FUZANG

伏藏

（上）

杨志军 著

青海人民出版社

图书在版编目（CIP）数据

伏藏：上、下册 / 杨志军著 . -- 西宁：青海人民出版社，2020.8
（杨志军藏地小说系列）
ISBN 978-7-225-06006-4

Ⅰ.①伏… Ⅱ.①杨… Ⅲ.①长篇小说—中国—当代 Ⅳ.① I247.5

中国版本图书馆 CIP 数据核字 (2020) 第 135912 号

杨志军藏地小说系列

伏藏（上、下册）

杨志军　著

出 版 人	樊原成
出版发行	青海人民出版社有限责任公司
	西宁市五四西路 71 号　邮政编码：810023　电话：（0971）6143426（总编室）
发行热线	（0971）6143516 / 6137730
网　　址	http://www.qhrmcbs.com
印　　刷	陕西龙山海天艺术印务有限公司
经　　销	新华书店
开　　本	890mm × 1240 mm 1/32
印　　张	31.125
字　　数	720 千
版　　次	2021 年 1 月第 1 版　2021 年 1 月第 1 次印刷
书　　号	ISBN 978-7-225-06006-4
定　　价	168.00 元（上、下册）

版权所有　侵权必究

写在前面

  在西藏，人们常常会进入遥远的历史，去体验内心需要的生活，六世达赖喇嘛仓央嘉措和他的情歌便是每个人的体验和经历。他是活佛、诗人、歌手和情圣，是西藏所有青春男女经久不衰的偶像，是所有女子的情人，是一个莲花芬芳、魅力无穷的秘密。而喇嘛们却警惕地强调着他的教主地位：我们崇拜他，就应该多念些经文，多行些善事，做一个好人。神圣的宗教情感和美丽的男女之爱被仓央嘉措融合成了一个形态，他因此成了一个僧俗共尊、妇孺皆知的人。

  在我的意象里，仓央嘉措的爱情是液态的，如奶如水，它在坚硬直立的万山丛中，浇灌出了遍地的柔软和美妙。教主的地位和爱情的追求从一开始就成了灵肉抗衡的激烈比赛。但是我们知道，在所有的比赛中，爱情总是胜利者。美妙的情歌和撼天地、泣鬼神的爱情穿越时间的迷雾，抵达今天，从而使教主的身份日见彰显。遗憾的是，历史曾经全然误解了仓央嘉措，以为他是宗教的背叛者，是忤逆之僧。人们没看到信仰从来不拒绝爱，历史悠久且纷争不休的宗教，正需要爱的洗礼。和世界上其他宗教不同，佛教营造的不是外部环境而是心灵世界。心灵在肉体深处，于是有了通过肉体来表达的心灵之爱。这便是仓央嘉措爱情的起源。

仓央嘉措是一个悲壮的胜利者,他付出了达赖喇嘛的地位和权力,付出了生命,却用爱情与情歌,把灵魂推向了辉煌与永恒;用惨烈的命运,让整个西藏为他疼痛。忧伤的西藏为了一个活佛的爱情悲剧而愈加忧伤。可以说,由于仓央嘉措的存在,整个藏传佛教变得温情脉脉,人民不是原谅了他,而是放逸了他,激赏了他。西藏的信仰因此而深广,狞厉的神像背后,严格的戒律之下,不可遏止的,是巨大的爱情温暖。有了仓央嘉措,西藏每天都是情人节。这个来自民间的歌手和来自天上的诗人,用脍炙人口的诗歌宣布了爱情的发生,并以此教化他的人民,培育着天地间最美好的感情。

与此同时,仓央嘉措用情爱的眼泪,撕裂了理想与现实决然冲撞的严酷,撕裂了历史与宗教的刻板。宗教流泪了,是悲泪,也是喜泪。他用自己的血肉填平了凡圣之间的沟壑,让宗教与世俗一马平川;用无所畏惧的生命激情尝试了众生与佛陀平等的至高境界,实现了佛性与爱情的水乳交融。他给古老而严谨的格鲁派注入了人性的血液,格鲁派顿时显得飞扬灵动,山高水长。这个包容而宽松的宗教,那些浪漫而朴素的教民,温暖了仓央嘉措及其情歌,弥合了西藏的裂隙——尽管历史上各个教派之间为着理念、权力、教民、属地迸发着残酷的争斗之光,但他们无一例外地拥戴并沐浴着仓央嘉措这颗爱情的太阳。

仓央嘉措,佛法密宗的最高修持者,永恒不衰的西藏代言,信仰的灵魂。从这个意义出发,我清晰地看见了《伏藏》的读者:

谨以此书献给:

有灵魂的人

和

寻找灵魂的人

开　端

　　在人们关于察雅乌金事件的记忆里，最初的景象是这样的：十一个孩子被白色裹尸布紧紧包裹着，在亚特兰大林肯中学的草坪上排成了一列。刚刚还是稚嫩而鲜艳的生命，在被剥夺了生长的权利之后，显得比整个亚特兰大都要沉重。距离十一具尸体大约五十米，还有一具尸体，一看就是成年人的。仿佛即使死了，也不能再让他冲过去吓着孩子，警察在这具尸体周围拉起了警戒线，无声地告诉别人，就是他，这个叫察雅的法师在两个小时前，冲进校园，枪杀了十一个孩子后自尽。

　　察雅法师是印度人，来美国已经五年了，他和来自尼泊尔的乌金喇嘛共同创办了"北美乌仗那坐禅中心"，收徒讲经，弘扬佛法，受到许多人的爱戴和敬信。一个慈悲为怀、以救度众生为己任的法师怎么可能如此残酷地去杀人夺命呢？

　　谁也不理解，包括乌金喇嘛。乌金喇嘛的不理解里蕴含了一层更加深广的忧虑，那就是察雅法师摧毁的不仅仅是信徒们对他本人的依赖和崇拜，而是佛教在东方之外的确立和发展。他挑战了宗教的存在，用血肉横飞的恐怖手段告诉人们：一个迷惘空虚、精神危机的时代已经来临，人类将重新审视灵魂的皈依，重新选择信仰，佛教还能是信仰的天堂吗？拯救世界，首先要拯救自己。乌金喇嘛向自己的本尊神西印度乌仗那诞生的莲花生大师发誓，一定要调查清楚，给教界信众一个合理的解释。

调查开始了。让乌金喇嘛吃惊的是，就在同一个月里，疯狂杀人的还有意大利天主教卢卡教堂的亚西尔神甫、英国基督教慈恩会的万彼得牧师。亚西尔神甫是举枪潜进一所大学，枪杀了八个学生和一个老师后被警察击毙；万彼得牧师挥刀在热闹的特拉法加广场，杀死两人、伤三人后，又闯进幼儿园，把孩子们劫持到十一楼顶层，一个一个扔了下来，最后他跳下来摔死了自己。更重要的是，他们三个人：察雅法师、亚西尔神甫、万彼得牧师都有一个共同的经历，那就是半年前都遭到过新信仰联盟的绑架。

乌金喇嘛在因特网上查找有关新信仰联盟的信息，意外地读到了《纽约时报》关于万彼得牧师被绑架一个月后获释的报道。报道援引万彼得牧师本人的话说，绑架者强迫他们强健肌肉、练习射击、刺杀活着的动物和模拟的人体，强迫他们每天吃三种肉：鸡肉、猪肉、牛肉。这些鸡、猪、牛用特殊的配方饲料喂养，能够无限激发人的贪欲、仇恨、愚痴。还喝一种白色的甜饮料，甜饮料是新信仰联盟的最新科研成果，能够让人的罪欲和恶念变得不可抑止。晚上只准睡三个小时，其余时间要么放女人进来强迫性交，要么看录像节目，节目都是新信仰联盟自己制作的短片，有信徒们互相残杀的，有如何抢劫银行、抢劫行人、抢劫住宅的，有如何棍棒杀人、刀具杀人、枪械杀人的。最让他痛苦不堪的是做一种歹徒杀死上帝的游戏，他做了，一边做一边忏悔。万彼得牧师说，原本以为这样训练之后，他们将被派去杀人越货、制造骚乱，或者参与战争，没想到被放了出来，所有被绑架的信徒都被放了出来。"现在好了，噩梦终于过去，我祈求上帝宽恕我，啊，那些不堪回首的罪恶。"

乌金喇嘛看到这里后长叹一声,真正的噩梦直到最近才显现它的狰狞,万彼得牧师和他的难友终于在五个月之后按照绑架者的意图达到了训练和改造的目的。

是因为绑架者还在威逼和强迫他们吗?问题肯定不那么简单。乌金喇嘛知道,如果仅仅是面对强迫,察雅法师宁肯自杀也不会杀人。

一种猜测让乌金喇嘛的执着变得疯狂,他想和新信仰联盟取得联系却找不到任何门路,只好在因特网有关察雅法师、亚西尔神甫、万彼得牧师特大杀人案的记载后面留下自己的挑战:"你们敢绑架我吗?你们的强迫改造对我是不起作用的。我是禅定之王,我有足够的信力不受任何外来邪毒的影响。"

一个星期后,就像乌金喇嘛期待的那样,他在"北美乌仗那坐禅中心"门外的广场上遭到绑架。又过了一个月,就像察雅法师、亚西尔神甫、万彼得牧师那样,他被绑架者释放。所不同的是,乌金喇嘛的狰狞并不是出现在五个月之后,而是提前到了五天之后,自戕发生了:乌金喇嘛在人头攒动的广场上脱光自己,用一把双刃刀在身上戳出了七七四十九个窟窿,边戳边笑,好像他不疼,好像疼痛才是他的享受。禅定之王的信念轰然崩溃,新信仰联盟再一次证明了他们的成功。但这显然还不是新信仰联盟训练和改造乌金喇嘛的最后目的,乌金喇嘛没有死,他被及时送进了医院,身体康复之后,他悄然失踪了。

乌金喇嘛失踪后,人们在他住处的墙上看到了他的留言:

用一号配方饲料喂养鸡,用二号配方饲料喂养猪,用三号配方饲料喂养牛,用四号配方制造甜饮料。鸡肉暴发贪欲，猪肉暴发仇恨，牛肉暴发愚痴，甜饮料暴发一切罪欲和恶念。不可抑止，不可抑止。

当所有的饮食都变成摧毁的动力，我们的，不，你们的仁爱、喜乐、和平、忍耐、恩慈、良善、信实、温柔、节制、利他、救度、天堂、理想等，就不会再有了。

他们，不，我们肌肉强健，体力发达，蛇蝎心肠，凶狠残暴，精通各种杀人技巧。我们要摧毁天堂和梦想，摧毁所有人的精神，摧毁全世界的信仰。我们来自地狱，我们创造地狱。

他来了，不，我来了，我是乌金喇嘛。

快打开《地下预言》，快启动"七度母之门"。

乌金喇嘛去了哪里？他将要干什么？人们等待着，就像提心吊胆地等待着一起骇人听闻的血案、一场毁灭性的地震、一个象征宗教末日的"圣徒丑闻"。

几年过去了，谁也不知道一起与乌金喇嘛有关的轮船杀人案已经发生。这个案件的最大特点并不是杀了人，而是杀了人后没有走漏半点风声。被害人死在穿越孟加拉湾的时候，他被一根绳子勒住了喉咙，死前恐怖地指着凶手说："你是乌金喇嘛，我知道你想干什么。"然后就说不出话来了。凶手在黑夜笼罩的甲板上抱起他，把他扔进了大海。

风平浪静。

目录 CONTENTS

第 一 章	地下预言	001
第 二 章	七人使团	037
第 三 章	迁识夺舍	065
第 四 章	因缘时节	097
第 五 章	仁增旺姆	127
第 六 章	登临宝座	161
第 七 章	万玛之踪	199
第 八 章	伊卓拉姆	245
第 九 章	情爱印戳	285
第 十 章	血咒殿堂	329
第十一章	吉彩露丁	371
第十二章	山魈之泪	417

第一章　地下预言

1

马上就要揭晓了。坐落在北京北四环东路安慧里的西藏礼堂座无虚席，所有人都安静下来，望着舞台上以喜马拉雅山为背景的大屏幕。客串主持的女歌星阿姬身穿艳丽的节日藏袍，声音激动得有些颤抖："5，4，3，2……"

中国藏学研究院和"藏学大众网"组织国内外一百多名藏学爱好者和数百名网友现场评选两千年以来最有影响力的西藏人物，前二十名已经揭晓，现在揭晓的是第一名。

"1——"阿姬把声音拖得长长的，期待着这样的效果：就在她的倒计时戛然而止的同时，大屏幕上出现第一名的名字。

但是期待的效果并没有出现,大屏幕哗的一闪,黑屏了。礼堂里响起一片"哦哦"的疑问,然后又是鸦雀无声,人们惊讶地瞪着阿姬。从后台匆匆上来一个人,把一个白色信封交给了阿姬。

阿姬抱歉地笑了笑,幽默地说:"看来第一名西藏人物果然最有影响力,当他希望由我来宣布他的名字时,大屏幕只好关灯闭嘴。"她把信封打开,拿出一张粉色纸,愣了一下,又释然而笑,仰起头,用响亮动听的声音说:"最有影响力的西藏人物第一名是……"突然她打住了,像是要吊足大家的胃口,又像是出于一个藏族女人天性的真诚,她说,"此刻我的心情很不平静,我觉得我根本不配直接说出他的名字,他的名字只能让最有资格的人告诉大家,有请雅拉香波副研究员上台。"

会场一片沉默。阿姬愣了一下,突然反应过来,又说:"雅拉香波副研究员有一个让姑娘们想入非非的笔名和网名,那就是'香波王子'。"

立刻有了掌声,然后是轰然响起的议论。所有人都知道第一名是谁了,因为在座的人中,只有香波王子出版过两本关于他的著作,一本是情歌研究,一本是生平研究。他有一个响亮到令人窒息的名字:仓央嘉措。

长发飘飘的香波王子大步走上台,从阿姬手里接过那张粉色纸,看了一眼,又接过话筒说:"我期待的就是这样的结果,真的,这是一个美丽动人的结果。"然后就如痴如醉地唱起来:

喇嘛仓央嘉措,
别怪他风流浪荡,
他所寻求的,

和人们没有两样。

唱完了,他说:"对我来说,我的故乡西藏是妈妈和情人的组合,它给我的是爱与生命的盛宴,是广袤的恩典里仓央嘉措的永世不衰。它让我从此知道,时间是最强大的力量,而宇宙中除了爱的发展,没有别的时间。仓央嘉措占领了时间的源头,便让西藏的历史变得温醇而饱满。是的,历史宠爱着人类,所以给我们创造了仓央嘉措,他在爱情中痛楚,在苦难中美好。他把对自由和幸福的追求,强调为人类的天性,引领西藏和我们超凡脱俗,让整个世界都来谛听那钻石一样光彩夺目的情歌。西藏,隐藏着最伟大的宿命、最奢侈的苍凉和最奥博的秘密,那便是仓央嘉措式的爱与被爱。假如让我从辞海里寻找一个最有价值的形容词,我愿意选择'仓央嘉措',它代表爱情、勇敢、坚忍、温暖、崇高,还有青春男女的憧憬;假如让我用一个词赞美我心中唯一的菩提树,我会用仓央嘉措来比较,然后说它'太仓央嘉措了'……"

香波王子真希望自己一直说下去,但他不能,从上台到现在,口袋里的手机一直在震动。他把粉色纸和话筒还给阿姬,走下舞台,沿着过道一直走向礼堂外面。

2

香波王子拿出手机一看,是边巴老师打来的。

边巴老师的声音微弱得就像蚊子哼哼:"只有你了,现在只有你了。"

"有事儿吗,边巴老师?"他心说,这个"老牧民",又怎么了。

声音更加微弱了:"快来,快来……中日友好医院……"咚的一声,好像手机掉到了地上。

边巴老师病了?什么病?他迄今没有成家,孤身一人生活,谁在医院伺候他?香波王子开上自己心爱的吉普牧马人,二十分钟后赶到了中日友好医院。

不是疾病,是车祸。边巴老师死了。

香波王子在医院太平间看到了边巴老师的尸体,惨不忍睹的样子吓得他回身就跑。他来到急救室的医生面前,惊骇地打着哆嗦,让戴在脖子上的一把鹦哥头金钥匙也跟着哆嗦起来。他问道:

"人怎么可能撞成那个样子?肇事司机呢?"

"你不是肇事司机?"

"我叫香波王子,是他过去的学生。"

"香波王子?正好,这个给你,他一直在等你,你早来十分钟还能见他一面。麻烦你通知死者的亲属。"

医生把一个手机和一份遗嘱交给了香波王子。遗嘱只有一行字:

手机送给香波王子。边巴

香波王子问道:"那你就不知道是谁把他送到医院来的吗?"

医生说:"送他来的人很快就走了,说要去报警,到现在还没回来。"

更不可思议的是,遗嘱居然是给他的。他虽然和边巴是师生关系,却一点也不亲密。边巴老师瞧不起他这个学生,说他风流浪荡,不务正业,整天就干一件事儿,那就是浪费才华。他也公然顶撞自己的老师:不要以为我在做你的学生时有过几年的风流浪荡,就永远会风流浪荡。如果你不改变看法，我们就没法交流了。再说了，就算我离校以后还会风流浪荡，那也是缘缘相碰的结果，有本事你也浪荡啊，你没有缘分，还浪荡不来呢。至于不务正业嘛，那是你的偏见，你不能让你的学生都把时间和精力花在你的研究项目上，整天给你查资料、抄手稿，甚至替你写文章。我有我的兴趣，我的时间只能花在我的研究项目上。"

他跟着边巴老师读完了硕士，本来是可以留校的，却因为不愿意做一个边巴老师指导下的助教，先去"藏学大众网"做了一年编辑，后又调入中国藏学研究院做了一名普通研究人员，不久便晋升为副研究员。但是他们毕竟没有决裂，离开学校四五年了，每年香波王子都会打一两个电话给边巴老师，把自己在女人和学问那里释放不完的精力变成调侃送进老师的耳朵。边巴老师就像一个巫师用恶毒的语言诅咒着这个被他称为魔鬼的学生，却始终不会真的生气，临了还要叮嘱学生："你能喜新厌旧一辈子？赶快把对象确定下来，结婚，生子，安家，在北京找不到好姑娘，就回西藏去找，千万不要在作风问题上给你的老师丢脸。"香波王子总是说："你怎么知道北京没有好姑娘？你怎么知道我没有确定下来。你自己到现在连老婆都没有，还说我呢。"

有时候边巴老师会说："多做学问多读书，要对得起中央民族大学对你的培养。"

香波王子反唇相讥："我在中央民族大学什么也没学到，就学到了《地下预言》，知道了'七度母之门'。"

真实的原因终于显露了：他们共同痴迷的就是破译《地下预言》，发掘"七度母之门"的伏藏，之所以还能保持联系，就是想探测对方有了什么进展。

当然是探测不到的，谁对谁都会保密。

这会儿，香波王子一边抽烟，一边打电话给边巴老师现在的研究生梅萨，接电话的却是另一个研究生智美。香波王子怒气冲冲地说："你们连手机都开始共用啦？老师不在，就可以随心所欲地'打狗'了是不是？""打狗"就是幽会，草原上的男人必须闯过牧羊狗的防线，才能接近心爱的姑娘，没有胆量打狗，幽会是不可能的。这样的话在平时就是玩笑，但现在开什么玩笑？他觉得自己说错了，就悲惨地吼一声："老师死了，还不赶快过来。"

打完了电话，香波王子再看遗嘱，突然一个警醒：我既不是他的学术门徒，又不是他的亲人子嗣，他送给我手机干什么？他打开手机，把所有信息检查了一遍，最后在发件箱里看到了边巴老师储存的短信。

　　香波王子，请记住仅属于你的使命，请开启"七度母之门"。

　　毁灭伏藏的阴谋已经开始，你必须和时间赛跑。速找阿姬。

短信是出了车祸以后写出的，还是早就拟好了的？但不管什么时候，都说明边巴老师死前已经强烈感觉到了危险的逼近，他很可能是被谋杀的。可拟好的短信为什么没有发出去呢？也许他意识到短信可以在电讯台查到记录，就选择了用遗嘱把手机交给我的办法，这样一举两得，既能让我看到短信，又能保证不把"七度母之门"的消息泄露给别人。更重要的是，短信跟《地下预言》里的内容是对应的，这种对应让他不得不相信边巴老师正在接近"七度母之门"

的伏藏，正是这种接近给边巴老师带来了杀身之祸。

香波王子迅速揣好边巴老师的手机，出了医院，大步走向医院旁边的停车场，看到牧马人前面搭着一件衣服，一把揭起来，扔到了地上：什么破烂，也敢搭在我的车上。再一看，保险杠脏兮兮的，有头发，有血迹，还有轻微的凹痕。

怎么回事儿，谁撞了我的车？他警觉地四下看看，没看到什么，心里惦记着《地下预言》以及"七度母之门"，急忙钻进牧马人，走了。

半路上，他给阿姬打了电话："你这会儿在哪里？我必须见到你，立刻。"

在香波王子刚刚离开的中日友好医院里，出现了边巴的两个研究生梅萨和智美。他们来到太平间，流着眼泪，抽出了写着边巴名字的大抽屉。

智美打开裹尸布的一角，看了一眼，就惊叫起来："你别看。"然后用自己的身体挡住梅萨的眼睛，"赶快离开这里。"他脸颊上有一块陈旧的伤疤，一喊叫伤疤就颤跳不已。

他们立刻报警。十分钟后，警察来到医院太平间，看过了尸体，又来到了医院门口的收发室了解情况。收发室的人说："那人是抬进来的，抬进来时还活着。"

警察知道不可能从肇事现场直接抬到医院，便来到医院旁边的停车场。

停车场的人想都没想就说："是从一辆黑色牧马人上抬下来的。"

警察说："牧马人是美国车，比较少见，你居然认识？"

那人说："我在停车场干了十几年了，什么样的车没见过。"

3

一个小时后,香波王子走进了阿姬在北京甘露漩花园小区的别墅。这是一栋豪华别墅,阿姬不像其他生活在北京的藏族人,会在自己家里铺上藏毯和卡垫,挂起唐卡和哈达,摆上藏式家具和藏艺饰品,供起怙主菩萨和吉祥天母,鲜艳浓丽得如同进了西藏文化博物馆。她家里基本不体现藏族风格,简单、明快、前卫,北京话叫"一水儿"的欧风美雨。

但是她穿着无袖彩袍"拉姆切",只要在家里,她就会穿起这种藏式仙女装。仙女装本来是藏族的戏装,她却把它当成了家常便服。照香波王子的说法,她戏里戏外都是仙女,自然戏里戏外都得穿上仙女装。

香波王子一进门,像以往一样拥抱阿姬,却没有以往的激情。阿姬正奇怪,香波王子说:"是边巴老师让我来的。"

"他为什么让你来?"

"也许你会告诉我。"

阿姬把他带到客厅沙发后面的桌子前,指着电脑说:"坐下,好好看看。"

香波王子晃了晃鼠标,早已打开的电脑立刻显示了"藏学大众网",搜索出的条目是:《地下预言》与"七度母之门"。

香波王子说:"没想到你对这个也感兴趣?"

阿姬坐到他身边说:"很感兴趣,我想听听你怎么说,就算是给我上课吧。"

香波王子审视着她,认真地说:"我怎么觉得你就是七度母中的一个度母呢,神秘而遥远。"

阿姬嫣然一笑,就像在舞台上唱歌那样,优雅地挺起了胸脯。

香波王子说:"你知道,我们中国的佛教主要有汉传佛教和藏传佛教,藏传佛教又有许多流派,主要有宁玛派、噶举派、萨迦派、觉囊派和格鲁派等,无论哪一派都包含了显宗和密宗。其中俗称黄教的格鲁派是六百多年在藏地获得统治地位的流派,影响遍及我国的西藏、青海、内蒙古、甘肃、四川、云南以及蒙古国。格鲁派在藏地主要有两大世系传承,一是达赖世系,一是班禅世系。"

阿姬温和地说:"你能不能直接进入主题?"

香波王子说:"这就进入。在两大世系如此广阔的流行范围内,'七度母之门'一直是一个古老的传说,传说它是一千多年前,西藏所有教派的密宗祖师、来自印度乌仗那圣地的莲花生大师离开西藏时最后的也是最重要的一部伏藏。伏藏发端于莲花生,是大师传承佛教的重要手段,即把经文教典埋藏起来,等到百年、千年之后的某个机缘成熟、众生需要的时期,由觉醒者和具缘者发掘出来,成为佛法再生的依据。但是对待'七度母之门',莲花生大师并没有像对待其他经教典籍那样,伏藏于山岩、湖泊、寺庙、佛像以及无垠的虚空里,而是伏藏在了六世达赖喇嘛仓央嘉措的内心深处和意识当中。也就是说,作为莲花生大师的转世,仓央嘉措是伏藏的承载者和执行者,因此伏藏又被看作是仓央嘉措的遗言。"

阿姬似有疑虑:"仓央嘉措遗言?"

香波王子肯定地说:"千真万确。三百多年前,就在二十四岁的仓央嘉措离开西藏不久,有人得到空行母的授记,在西藏一个叫鲁纳羯的地方发现了《地下预言》。《地下预言》里有好几个预言,但主要的预言就是'七度母之门'。它一方面说,在世界重新开始选择信仰、选择精神出路的时代,'七度母之门'是迷惘危机之中唯一的法门，是佛教走向未来世界的希望；一方面又说，仓央嘉措作为被政教摧残迫害的一代活佛，他的遗言包含了他对苦难经历的诉说和对残酷迫害的诅咒，它将摧毁天堂和梦想，摧毁人类的精神和政教的信仰，它来自噩梦，它将创造噩梦。更重要的是，《地下预言》指出了'七度母之门'伏藏于何处，还说'世间有名仓央嘉措者是成就七度母之门的第一人'。因此，它被看作是开启'七度母之门'的'授记指南'。"

阿姬问："'授记指南'？你是说根据《地下预言》，就能发掘到莲花生大师最后的也是最重要的伏藏'七度母之门'？"

香波王子说："理论上是这样。关于'七度母之门'，《地下预言》的'指南'是这样的：

　　拥有七个名字的人，心胸含露佛母的法音，天神已经决定你和圣者出生的日子，那是开启千年沉思之门的钥匙。

　　文殊道场的中央，四百八十四神像，千百亿化身之佛，来自燠热山国的菩提树，身后是七度母之门。

　　你要打开七度母之门，走向最后的伏藏，要记住七世佛的裙摆后面，黑色的大玛瑙，哪一串，第几颗，摁几下。

"自从《地下预言》问世以后，'七度母之门'就成了佛教最神秘也最有争议的法门，有人赞美它，视它为圣教的根本、最高的法门，殚精竭虑而没有结果；有人仇视它，说它是毁教之门、叛誓之法，极言其恶劣、垢毒、黑暗，却又无法灭除它。总之，无数高僧为它而怒，无数大德为它而喜，怒喜之间就有了明争暗斗、你死我活。但不管对它的仇视多么深刻，中国藏地几乎所有具备活佛转世传承的寺院，都有研究《地下预言》、试图开启'七度母之门'的活佛喇嘛。只不过各个寺院的研究独立而机密，它拒绝交流，禁绝暴露，谁也不了解研究的进展。只有一点教界教外都知道，那就是研究没有结果，因为《地下预言》告诉人们：

　　打开七度母之门的结果，将不胫而走，在众生陷入迷惘之日，它是佛法圆满的太阳般的见证。

"没有结果并不等于已经终止，实际上对《地下预言》的研究和对'七度母之门'的发掘，早已演变成了佛法密宗的修炼手段，一直都在'暗道'里进行。'七度母之门'在什么地方？为什么是最后的伏藏、唯一的法门、未来的希望？数十代佛子各自为阵的探索始终没有结果却为什么还在各自为阵？蒙昧弥漫着历史，覆盖了'七度母之门'，大家习惯于密守陈规、孤静独立地修炼该法，却没有一个人像率真的孩子那样问问身边的人：'你看到什么了？'但有一个人例外，那就是雍和宫的老喇嘛阿若·炯乃。阿若·炯乃喇嘛显然属于'七度母之门'的赞美派和修炼者，他肯定不是第一个探究原因的人，但绝对是第一个打破沉默、公开挑战密守习惯的教界高层人士。"

香波王子从"藏学大众网"中找到阿若·炯乃的博客，指着一篇文章说："阿若喇嘛是这样说的：'先逝的尊者、敬信的上师哪一个给了我们故步自封的教诲？莲花生大师赐予我们共有的光辉，而我们却互相保密、心念相隔，这是迄今为止亿万叩拜都不能打开七度母之门的唯一原因。'同时阿若喇嘛还公布了他的冥想成就：

　　七度母之门——北京雍和宫

　　"阿若喇嘛说：'现在缺少的就是钥匙。开启七度母之门的钥匙在哪里？谁是灵魂相托的福田？谁是口耳相传的法嗣？谁是心念相印的仙人？'看见了吧，阿若喇嘛留下了自己的电话和地址。遗憾的是，他的冥想成就已经公布一百零七天了，全世界没有哪个寺院，哪个教派，哪个活佛喇嘛、高僧大德、教授学者做出任何回应，一片沉寂。"

　　阿姬说："你不是在这里发了一个帖子吗？"

　　香波王子说："那只表明我关心'七度母之门'，不算回应。"

　　阿姬问："你为什么不做出回应？"

　　香波王子站起来，摊开两手说："这还用问吗？我不是灵魂相托的福田，不是口耳相传的法嗣，不是心念相印的仙人，我研究了几年，连到底有没有钥匙都不知道。"

　　"也许得来全不费功夫，当你对寻找钥匙绝望的时候，钥匙会自动朝你走来。"

　　"我从来没遇到过这样的好事儿。"

　　"你已经遇到了。"

　　"什么意思？"

　　阿姬笑道："钥匙，我有一把钥匙。《地下预言》的'授记指南'说，'拥有七个名字的人，心胸含露佛母的法音，天神已经决定你和圣者出生的日子，那是开启千年沉思之门的钥匙'。你肯定不知道，小时候妈妈给我起过七个乳名，七个乳名代表了一个星期中的每一天。"

香波王子呆愣着,似乎不明白对方在说什么。

阿姬又说:"你不会连一个星期中每一天的藏语名字都不知道吧?"

"当然不会,星期一是达娃,星期二是米玛,星期三是拉巴,星期四是普布,星期五是巴桑,星期六是边巴,星期日是尼玛。"

"其中的三天是小牛吃奶的日子。"

香波王子点点头说:"那就是代表太阳(尼玛)的星期日,代表月亮(达娃)的星期一,代表金星(巴桑)的星期五。"

"再从这三天中找出小牛吃奶的时间,就是我的生日。"

香波王子思考着:小牛吃奶是佛经上的故事——有一个牧人,他在太阳的日子放小牛11点去吃奶,母牛没奶了;又在月亮的日子放小牛下午3点去吃奶,母牛还是没有奶。一个喇嘛告诉他,你在金星的日子放小牛中午1点去吃奶,一定会有的。果然小牛这一天吃饱了肚子。牧人问,这是什么原因呢?喇嘛说,这就是佛道,佛道即中道,中道即有奶之道、先空后有之道,也是满天金星一样的广众之道。找出三天中小牛吃奶的时间,就是1131,1131是阿姬的生日?香波王子立刻想到,这个数字也是仓央嘉措的生日。

"尽管我的生日是11月3日1时,仓央嘉措的生日是藏历第十一饶迥水猪年三月一日,但把数字抽出来,都是1131。'天神已经决定你和圣者出生的日子'。还有,我的'心胸含露佛母的法音'。"

香波王子打量着阿姬:名字和生日都这么巧合,完全可以看成是伏藏者安驻密码的一种方式,让她记住密码并有机会被人发现。可为什么会安驻到阿姬身上呢?突然问:"你刚才说什么?你的心胸含露佛母的法音？"

"想看吗？"

香波王子点点头。

阿姬指着窗外的草坪说："仔细看，那是什么。"

香波王子望过去，半晌才看清楚，深深浅浅的绿色中，隐现着一个藏文"唵"字。

香波王子说："不错，这是真正的法音，度母咒、佛母咒、胜母咒等许多经咒的第一个字都是'唵'。但这是种上去的，不是心胸含露的。"说着回过头来，发现阿姬已经飘然而去，楼上传来急促走动的声音。而在她刚刚坐过的那把椅子上，就像蛇蜕皮一样，蜕下了她的仙女装——轻滑柔亮的"拉姆切"。

很快传来阿姬的声音："香波王子你听着。"

他望着楼上，看不见她，才意识到声音是从电脑里传来的。

"请打开视频聊天。"

香波王子打开了，看到屏幕上出现了一片白亮的肉色。他瞪了半晌才明白，那是一个女人高高隆起的胸脯。吸引他的当然不是胸脯，而是深深的乳沟，那里平躺着一个蓝色的藏文字："唵"。

他紧张地问："谁的，这是谁的胸脯？"

"我的。"电脑里阿姬的声音有一种滤细了的美妙。

"你的？果然你的心胸含露佛母的法音，是胎记，还是文身？"

"既不是胎记，也不是文身，是授记和托付。"

香波王子掩饰不住怀疑："谁的授记和托付？"

阿姬发出一阵傲笑："我只能说是我妈妈的，妈妈的托付就是遗传，遗传的既是基因，也是肉体和精神。它让我觉得我不是我，我是一个伏藏，等待着被人发掘。妈妈说，等待就是我的生命，就是奔赴《地下预言》的古老约定：'现在开始。'"

香波王子说："你连这个都知道？好像你也在研究《地下预言》，或者你就是《地下预言》的一部分，是'七度母之门'的指南？"

香波王子有理由惊讶，他们认识四五年了。她是师姐，他还没毕业她就走了。她从边巴老师的研究生变成了全国青年歌手大奖赛的冠军，又变成了歌星，变成了许多人的偶像。他一直都在关注她，喜欢她。她希望用原生态的唱法演唱一首仓央嘉措情歌而寻求香波王子的帮助，香波王子说："我会唱三百多年前仓央嘉措本人的音调，这是我辛苦调查、挖掘民间记忆的结果，我不能白白教给你。我要跟你交换，用仓央嘉措情歌交换你的爱情。"她说："仓央嘉措情歌属于全世界，而我的爱情只属于我。"他说："你这样说不公平，情歌就是我的爱。"她又说："你的爱太多太多，就像仓央嘉措。而女人，所有的女人，都希望她爱的男人只爱她一个。"但终究，他们就在这里，在沙发上经历了一场情爱洗礼。那时候，她死活不脱上衣。香波王子现在才明白，她是不想让他发现她的心胸含露佛母的法音。

看香波王子发愣，阿姬说："你知道为什么我要求你教会我的仓央嘉措情歌是'姬姬布赤'？"看香波王子摇头，又说，"因为我就叫姬姬布赤。姬姬布赤是仓央嘉措的情人，我是仓央嘉措情人的后代。"说罢，她唱起来：

    四四方方的宇陀树林，
    有一只灵鸟姬姬布赤，
    可愿意和公鸳鸯结伴，
    到东边的水池里游玩。

唱完了她说："上来吧，我可以告诉你一切。"

香波王子不安地问："你的这些秘密，边巴老师知道吗？"

"当然知道，正是边巴老师让我告诉你的，他说世界上只应该有两个人知道我的秘密，一个是他，一个是你。"

"他什么时候让你告诉我的？"

"昨天。"

香波王子内心一阵哆嗦，自己的猜测没有错，边巴老师正在接近"七度母之门"的伏藏，杀身之祸就是对接近的惩罚。他死前感觉到了惩罚的来临，自知无法回避，只好托付给一个跟他志同道合的人。不能再隐瞒了，应该立刻把边巴老师的死讯告诉她，姬姬布赤，姬姬布赤也是危险的，和边巴老师一样危险。

香波王子走上楼去。他虽然来过这栋别墅，但没有上过楼，今天是第一次。他有些伤感，又有些胆怯，说不清此刻他在接近什么，一个突然之间女神一般高贵起来的女人？还是研究了多年的"七度母之门"？或者是死亡的危险？

"姬姬布赤，姬姬布赤。"他喊起来。

没有人回答。地上耀眼的大理石把一些彩色的光圈映照在墙壁上，墙壁上一溜儿全是歌星的照片，有猫王、约翰·列侬、迈克尔·杰克逊、玛丽亚·凯莉、席琳·迪翁、莎拉·布莱曼、恩雅、崔健、周杰伦。还有一些香波王子不认识，但一看就知道，他们都是姬姬布赤的偶像。姬姬布赤似乎做梦也想和玛丽亚·凯莉和席琳·迪翁一样出名，至少也应该是华语世界的女周杰伦。别墅二层的走廊尽头，一扇白色的挂有姬姬布赤头像的门悄悄打开了，一股令人兴奋的藏香味飘出来招引着香波王子。香波王子快步走过去，一脚跨进了门内。

一声锐叫。香波王子从来不知道自己会发出如此怪异的叫声,似乎是自己的叫声吓蒙了他,而不是面前的景象。

一片让人眩晕的血,糊在姬姬布赤左臂上。姬姬布赤赤条条地仰躺在地上。香波王子觉得肠胃一阵痉挛,双手捂住了肚子。

姬姬布赤睁开眼睛望着他,嘴皮吃力地蠕动着。他赶紧蹲下,就听她含混不清地叫着他的名字。

他使劲点点头:"你怎么会这样,谁是凶手?你快说。"他突然意识到自己也是危险的,紧张地前后左右看看,手插进口袋抓住了手机,想着报警或者叫救护车。

姬姬布赤的话突然清晰起来:"妈妈说了,只要我说出我的秘密,我就会死。我活着就是为了把秘密告诉那个我等来的人,然后去死。知道我为什么做歌星吗?妈妈说,我等待的是一个会唱仓央嘉措情歌的人。"

香波王子摸着她的脸,泪水盈眶。

姬姬布赤说:"我想听你唱'姬姬布赤'。"

香波王子强忍悲痛,带着惊恐的颤音低声吟唱起来:

四四方方的宇陀树林,
有一只灵鸟姬姬布赤。
……

香波王子含泪唱完,姬姬布赤就走了。

他站起来,瞪着她,死僵僵地立着。一瞬间他想到,怎么还有这样杀人的?从左臂腋下一直到手掌小拇指尖,至少剜出了八个深深的血洞。边巴老师是一个熟知藏医和中医、精通密宗文化,又注重实际修炼的教授。作为他的学生,香波王子一眼就看出血洞的排列正好是人体"手少阴心经穴"的走向。从腋下极泉到臂弯少海,再到手掌少府,八个主要穴位被精确至极地剜了出来。

杀手没有响动,姬姬布赤没有叫声。一个经络专家的杀人就像地狱阎罗王的宣判,无声而恐怖。

香波王子的脑子不转了,仿佛一堵墙堵住了所有的思路,让他觉得这样的谋杀似曾相识却又想不起在哪儿见过。他打着寒噤,转身就走,突然发现两个蒙面人堵挡在门口。他"啊"了一声,下意识地后退着,脚绊到姬姬布赤的尸体上差一点摔倒。

两个蒙面人靠近着他,高个子蒙面人手里拿着一把藏医做手术用的双刃竹叶刀,矮个子蒙面人拿着一个显然是特制的类似法器又类似开葡萄酒瓶那样的钻器。血淋淋的竹叶刀和钻器在他面前晃动着。

高个子蒙面人说:"在我们的计划里,本来没有你,是你自己找上门来的,不怪我们。"

香波王子一个寒战,蓦然清醒了,沿着经络剜穴的杀人手段,他在历史深处见过,在仓央嘉措的苦难经历中见过。那是"隐身人血咒殿堂"的杀人标记,是墨竹血祭师独眼夜叉和豁嘴夜叉的传承。在历史的记忆中,他们追杀的往往是仓央嘉措的情人和后代。

香波王子摇着头说:"不会吧?'隐身人血咒殿堂'早就崩溃了。"

高个子蒙面人冷笑一声说:"崩溃的只能是'七度母之门',而不是'隐身人血咒殿堂',我们会除掉所有跟'七度母之门'有关的人。"说罢,扑过去用虎口卡住了香波王子的喉咙。

香波王子挣扎着,晃头的时候才注意到这里是姬姬布赤的卧室。床头墙上一片肉色,那是姬姬布赤半裸的照片。深深的乳沟里,正是佛母的法音、那个蓝色的藏文字："唵"。一台打开的笔记本电脑放在床上。在床和窗户之间的黑色供桌上，摆着一尊半人高的狞厉神像：三面六臂，正脸蓝，右脸白，左脸红。两手拥抱明妃，其他手里是珍宝、金刚、莲花与剑。三只慧眼烈烈喷火，大张着咬碎世界的兽嘴，毛发卷曲燃烧，众蛇缠身，人皮拖地，大欲大力，驻地不动。一炷黑色的藏香还在冒烟，就要燃尽了，半香炉的香灰说明姬姬布赤每天都在膜拜上香。

甘露漩明王——甘露漩花园小区和这栋别墅的标志？香波王子认出来了。与此同时他从被卡住的喉咙里迸出一句话："走啊，快走啊。"

高个子蒙面人问："谁走？"

香波王子又说："扎西你快走啊。"

矮个子蒙面人抓起床单，揩擦着钻器，似乎他必须弄干净上面的血迹，才可以钻剜另一个人的穴位。

高个子蒙面人回头看了一眼："还有一个人？在哪里？"手有些松动了。

香波王子猛然发力，使劲推开他，转身扑向甘露漩明王，抱起来砸向了高个子蒙面人的头。高个子"哎呀"一声，倒了下去。这时矮个子蒙面人丢下钻器扑了过来。香波王子跳上黑色供桌，端起香炉，把香灰泼向了对方。香灰仿佛是长了眼睛的，恰好糊住了矮个子的面孔，矮个子又是揉眼又是咳嗽。香波王子趁机一把拉开窗户，跳了下去。

4

阿若喇嘛在苦苦等待中度过了没有任何回应的一百零七天。他的同门师弟邬坚林巴说:"掌握钥匙的具缘者依然渺茫,说明唤醒蒙昧的机会不属于'七度母之门',你就不要太执着了,阿若喇嘛。"阿若喇嘛说:"我不相信我对'七度母之门'的迷恋不是吉祥的缘起。"邬坚林巴说:"吉祥的缘起也许在来世,来世再说。"阿若喇嘛似有绝望地说:"来世,来世……"

但就在这天晚上,打坐念经时,邬坚林巴告诉阿若喇嘛:"奇迹总是出现在第一百零八天,一个叫香波王子的人在你的博客上发了一个帖子,说他向莲花生大师发誓他掌握了开启'七度母之门'的钥匙,但他不认为'七度母之门'就在北京雍和宫。"

终于看见曙光了。阿若喇嘛激动地扑向电脑,跑进"藏学大众网"自己的博客,给香波王子留下了三个字:

见一面!!!

他希望自己是出自雍和宫的金字使者,带着皇天后土的指令和诚信,迎接这把打开"七度母之门"的钥匙。他有足够的把握让对方相信:"七度母之门"就在雍和宫。现在关键在于对方,真的掌握了钥匙,而不是信口开河。

一会儿,香波王子来了电话,说:"不用急着见面,先谈理由,用藏语。"

阿若喇嘛很满意对方的谨慎,这件事情太大太大,大到你根本无法估量的程度,任何小心都是必要的。他用藏语说了"七度母之门"一定在北京雍和宫的理由,为了具有说服力,他甚至提到了伏藏着"七度母之门"的那座佛殿和那尊佛像。

然后问:"你怎么能让我相信,你真的掌握了开启'七度母之门'的钥匙?"

香波王子说:"我已经说了,我向莲花生大师发誓。"

阿若喇嘛说:"我需要细节,就像我告诉你的那样。"

香波王子说:"我只想提醒你,这是最后的伏藏,一切都要绝对保密。"

电话挂了。老喇嘛阿若·炯乃焦急地等待着,他相信香波王子还会和他联系。但他等来的却是另外一个电话。

对方声音低沉地说:"在见到香波王子之前,你应该先和我见一面,我叫边巴。来吧,朝阳区平房北街133号。"

阿若喇嘛去了,所有的可能他都要争取,所有的机会他都要抓住。他叫上师弟邬坚林巴,坐着被信徒们称为"喇嘛鸟"的雍和宫喇嘛专用车,急速来到地处北京东郊的平房北街,很容易找到了133号,不禁有些纳闷:怎么是火葬场?

火葬场雅称殡仪馆,阿若喇嘛到达的时候,正好碰到有人出殡。一打听,吃了一惊:将要火化的就是他要见的边巴。边巴是个教授,送殡的大部分是学生。

阿若喇嘛问负责接待的研究生智美和梅萨:"什么时候死的?"

梅萨说:"两天前。"

阿若喇嘛吸了一口凉气:"不对,两个小时前他还给我打过电话。"

智美说:"不可能。"

阿若喇嘛问:"怎么死的?"

智美和梅萨对视了一下，几乎同时说："车祸。"

阿若喇嘛愣怔着，想到自己和死者还有"见一面"的约定，便随同一些伤心落泪的人，来到焚尸炉旁边巴的遗体前，默默地说："我们的存在就像旷野的流风，就像蜜蜂的舞步，就像闪烁的晨星，就像晴日的雨滴，匆忙而无奈。滑逝的生命，放心地去吧，我们活着的法师为你而修法，你的福报有多大呀。"然后望了一眼，就这一眼，让他脑袋轰然一响，就像被雷电击中了一样。他闭上眼睛，把头转了过去，只感觉心惊肉跳。

作为一个常年修法的老喇嘛，他记不清自己超荐过多少逝去的生命，一卷《中阴闻教得度经》他都能背诵如流了。他对凡俗界的死亡早已经超脱而淡然。但是这一次，他却比任何一个俗人都更加真切地感觉到了死亡的狰狞和恐怖。

就因为他从边巴的遗容里看出这是一个跟他一样修炼密法的人？就因为他从压扁的头顶看到了上星穴上的血洞？上星穴是灵识离开的地方，车祸怎么能在这个地方压出血洞来？一个招致杀身之祸的人肯定不是一般的人。

谁？谁是那个置他于死地的人？他惊恐地四下看看。

阿若喇嘛的黄色僧衣和绛紫色袈裟把他从那么多送殡的人中单另出来，很多人都看着他。他看到炉门已经打开，死者边巴就要被焚尸工人推进大火中，赶紧离开，来到殡仪馆举行仪式的大厅里，像憋了很久，长长地吐了一口气。

两个警察冲了进来，见人就问："死者呢？烧了没有？先不要烧。"

阿若喇嘛想：已经来不及了。他低头走出殡仪馆，路过一辆蓝白相间的路虎警车，走向了停车场。

喇嘛鸟里,邬坚林巴正在指扣镶嵌着猫眼夜光石的檀香木念珠,唱诵着《阿弥陀佛往生心咒》,这是祝愿亡者得生极乐世界的意思。见阿若喇嘛进来,便递过去一封信。

"谁送来的?"

"是个头顶上星穴上有血洞的人,他说他是'不动佛'。"

他一惊:"头顶有血洞的不动佛?"

信是打了怖畏金刚封印的,用藏文写着"阿若·炯乃上师亲启",撕开却没有信瓤。阿若喇嘛整个身子都抖了一下,也不知是激动,还是紧张,一抖就把边巴的遗容带给他的惊骇抖到一边去了。他愣怔着,心说莫非就在今天?就在这个时候?他翻来覆去地看着信,谁是信使?真的还是假的?他发现当那个记录在《地下预言》中的古老约定仙鹤一般翩然而来时,他并没有做好准备,所以他不敢相信自己的福缘大到可以成为那个古老约定的担当者。约定是这样的:

> 一封没有内容的信,那是空行母送来的莲花生大师授记:现在开始。

现在开始?是不是开启"七度母之门"的钥匙就要出现了?阿若喇嘛稳了稳情绪,郑重地把信放进衣怀说:"快回雍和宫,有人要来。"

"谁啊?"邬坚林巴漫不经心地问道。

阿若喇嘛不回答。邬坚林巴便不再打听,启动喇嘛鸟,继续唱诵着《阿弥陀佛往生心咒》,慢慢地开,稳稳地走。他是一个修炼虚无境的僧人,把什么都看得可有可无,阿若喇嘛说他是人淡如菊,身空如气,命清如虚,境宽如宇。

阿若喇嘛说:"我有一种预感,'七度母之门'可能要被打开了。"

邬坚林巴说:"'七度母之门'是沉思之门,与其打开了以后沉思,不如让我们坚守原来的沉思。"

阿若喇嘛说:"未开门是人的沉思,开了门是佛的沉思,难道你不想成佛?"

他说:"不想。"

阿若喇嘛吃惊地"啊"了一声:"那你念佛修佛干什么?"

他说:"做人呗。"

白色的喇嘛鸟带着一颗成佛之心和一颗做人之心,驶向雍和宫。

5

已是暮色四合,天空诡秘地阴沉着,同比往日似乎暗淡了许多。阿若喇嘛愣住了,他看到等在雍和宫门口的,竟是他在殡仪馆见过的两个警察和路虎警车。警车是鸣着警笛来到雍和宫的,一路畅通,比喇嘛鸟早到了半个小时。

最后一批游客刚刚离去,雍和宫南院临街的大门正要关闭,看到驶来的喇嘛鸟后又敞开了。阿若喇嘛让邬坚林巴停车,自己下来,站到了离警察十步远的地方。两个警察都是中年人,从长相看,一个是汉民,一个是藏民。

两个警察走过来,都用一双护法神一般锐利而阴郁的职业眼光盯着阿若喇嘛。

为首的警察说:"你老人家好,刚才在火葬场看到你了,你叫阿若·炯乃?我叫王岩。听说死者边巴今天给你打过电话,能解释一下吗?"

阿若喇嘛说:"色空无别,人佛无别,生前死后自然无别,幻身既是换身,灵识飘移的时候,打个电话又有什么不可以呢?"

王岩说:"我们怀疑他死于一起故意制造的车祸。"

阿若喇嘛半晌没有反应,突然咬咬牙说:"魔鬼。"

"谁是魔鬼?"

"贪、嗔、痴、慢、疑即是魔鬼。"

"我们已经查到一辆牧马人,车上有冲撞的凹痕,沾在上面的头发和血迹就是死者边巴的,车主你认识,他叫香波王子。"

"香波王子?不,我不认识。"

王岩笑了笑说:"对,你们还没见过面。我看过你的博客,很想知道如果开启了'七度母之门',你打算怎么办?"

"沐浴佛教再造世界的光芒,如法修持而已。"

"是不是不管谁得到钥匙,就都能开启'七度母之门'?"

"那要看他有没有获得发愿灌顶。"

"什么叫发愿灌顶?"

"'七度母之门'是伏藏,发掘伏藏需要神佛的授权。"

"香波王子是不是已经得到神佛的授权?"

阿若喇嘛摇摇头说:"佛机不会泄露给我,我正在用心灵谛听。"

王岩抬头望了望雍和宫高高的红墙说:"不管他得没得到神佛的授权,他都是边巴谋杀案的重大嫌疑人。我们注意到他发在你博客上的帖子——他向莲花生大师发誓掌握了开启'七度母之门'的钥匙,而你打算跟他见一面。"

阿若喇嘛有点紧张地问:"不能见吗?"

"不,一定要见。"王岩摸出一张名片,塞给阿若喇嘛说,"你知道,一个公民有举报犯罪嫌疑人的义务。另外,我们还想告诉你,死者边巴是一个研究《地下预言》和'七度母之门'的专家,香波王子是他的学生。"

阿若喇嘛点点头,想说他看到边巴的尸体时就有感觉,边巴不仅是一个研究者,也是一个修炼者,但他的思路突然滑到了香波王子身上。他说:"难道是学生害死了老师?为什么?"

"你应该比我们清楚。"王岩说着,看了看身边的手下。

手下碧秀摇摇头,表示没什么可问的。

两个警察走了。

6

阿若喇嘛一走进临街的雍和宫南院大门,大门就被护院喇嘛关死了。

一个青年喇嘛快步走来,小声用藏语说:"阿若喇嘛,有个香客找你,说是和你约好的。"说着指了指右首一间装饰华丽的佛品商店。

阿若喇嘛走过去,看到商店里除了售货员,没有别人,正要退出来,听有人说:"阿若喇嘛请留步。"原来那人在柜台里头的售货员当中。

那人把手里的香烟随手一扔,快步走出柜台,来到阿若喇嘛跟前。

"你是谁?"

"我叫香波王子。"

阿若喇嘛心里一揪:香波王子?杀害了边巴的凶手?向莲花生大师发誓掌握了开启'七度母之门'钥匙的那个人?仔细打量他:

不胖不瘦，微黑的脸膛，高个子，年龄在二十五岁到三十五岁之间，脖子上戴着一把闪亮的鹦哥头金钥匙。

香波王子诡秘地说："现、在、开、始。"

尽管他们说好要"见一面"，但阿若喇嘛还是惊讶地"哦"了一声。他万万没想到，一个杀人凶手居然会和他一起成为《地下预言》古老约定的担当者。

"你怎么会掌握钥匙？"

"那你怎么会知道'七度母之门'在哪里？"

"我今天去火葬场送一个人，他的名字叫边巴。"

"边巴是我的老师。我们两个都在研究《地下预言》，都梦想着发掘'七度母之门'的伏藏。但他比我强，如果他不死，今天来跟你见面的一定是他。他死前告诉了我伏藏着钥匙的地方。"

阿若喇嘛差一点说出来：一定是你杀死了边巴，然后窃取了开启"七度母之门"的钥匙。他想着警察王岩留给他的名片，伸手抓住了手机，一瞬间又意识到，对自己来说，最重要的不是对方杀了人，而是对方是唯一掌握钥匙的人，错过了就不会再来。他放松了自己，心说等开启了"七度母之门"再给警察打电话也不迟，这里是皇家气派的雍和宫，墙高院固，只要关上大门，陌生人插翅难逃。

阿若喇嘛带着香波王子走出商店，店外正跟人说话的邬坚林巴跟上了他们。

天正在迅速黑下去，灯光照耀着雍和宫南院，巨大的影壁比红墙更坚定地堵挡着京城的喧嚣，同时被挡住的还有时间。九顶三座牌楼无香而烟，仿佛是云彩里的南天门。一对古老的石狮子披着鲜艳的绸缎，护卫着从来不显古旧的雍和宫。

香波王子欣赏着牌楼，突然懊悔地"嗐"了一声，心说可惜了可惜了，可惜我把雍和宫忽略了。雍和宫建于公元 1694 年，康熙三十三年，最早是雍亲王府，出过雍正、乾隆两位皇帝，是名副其实的"龙潜福地"，所以殿宇是黄瓦红墙，与紫禁城皇宫一般规格。后来雍和宫改为喇嘛庙，成为朝廷联络蒙藏地区各宗教派别、象征汉蒙藏一体的皇家寺院，也成为全中国规格最高的一处佛教圣地。这么重要的一座寺院，却被他排除在视野之外，至少两年没来了。在破译《地下预言》，试图开启"七度母之门"的时候，他几乎想到了中国藏地所有被文献记载的寺院，就是没想到北京城里的雍和宫，因为它太富丽、太亮堂、太显要，显要亮堂得失去了所有的神秘、所有的隐蔽。而"七度母之门"是最后的也是最伟大的伏藏，几乎是神秘和隐蔽的同义词。

三个人穿越南院，通过牌楼下的安检门，走上了大方砖砌成的皇家辇道。密实的树荫把辇道圈成了一个隧洞，路灯夜眼似的藏在树荫里，隧洞显得幽深而机密。

辇道东侧的红墙外面是一片古意盎然的佛仓，一根包裹彩绸的经杆从佛仓里升起。经杆上亮着一盏灯，挂着一面条子旗，旗上印有"普陀洛迦"几个字。

条子旗似乎是刚刚出现的，阿若喇嘛奇怪地说："谁挂的经旗？"

邬坚林巴和香波王子看过去，就见通往佛仓的红墙门洞边，同样飘着一面普陀洛迦小方旗，小方旗后面的木门吱呀响了一下，又响了一下。

他们很快走过长长的辇道，来到雍和宫的大门昭泰门前。阿若喇嘛推开了门。他们进去，路过了钟鼓楼和那口八吨重的腊八粥大铜锅，再走，看到八角碑亭前站着一个短衣喇嘛。短衣喇嘛恭敬地弯下腰，双手合十，夹着一面小经旗，上面也有"普陀洛迦"几个字。

阿若喇嘛望着经旗，疑惑地"嗯"了一声。

短衣喇嘛赶紧回道："有人丢下的，到处都是。"说着，瞥了一眼香波王子。

他们继续往前走，很快走进了悬挂着乾隆题匾"雍和门"的天王殿。穿过天王殿，又经过黑暗中的铜鼎、乾隆亲撰《喇嘛说》的御碑亭、汉白玉池座的青铜须弥山和嘛呢杆，脚步沙沙地隐没在雍和宫大殿即大雄宝殿里。

香波王子停下来，仰头看着佛像。这里供奉着三尊铜制三世佛，中间是代表现在的释迦牟尼佛，左边是代表过去的燃灯佛，右边是代表未来的弥勒佛。这是佛界著名的雍和宫"竖三世佛"，它从时间上立意，表明了佛的久远悠长，无限延伸。而在内地各佛寺的大雄宝殿里，一般都是代表空间的"横三世佛"：中间为娑婆世界释迦牟尼佛，左边为东方世界药师佛，右边为西方世界阿弥陀佛，表示佛空辽阔，处处有佛。香波王子认为，对时间的重视是藏传佛教的一个特点，佛的意义就是生命的意义，意义都在来世，在未来，生命以幻灭为方式，以不死为目的，永恒是活着的唯一理由。

他呆愣着，心说自然不是这里了，这里是"三世佛"，不是"七世佛"。

阿若喇嘛在前面叫道："走吧。"

香波王子赶紧跟上，眼光飞快地扫过了东北角的观世音立像、西北角的弥勒佛立像和大殿两边的十八罗汉。他想这里有二十四尊神佛，怎么只点了二十三盏灯？再一看，不禁有些疑惑：在释迦牟尼佛之右，本来还有一尊无名一尺金佛，现在怎么不见了？

雍和宫大殿之后是永佑殿。他们左绕穿过，看到一个青年喇嘛正在角落里打坐念经，闭了眼睛不理睬他们。理睬他们的只是一面被他摇来摇去的"普陀洛迦"小经旗。

普陀洛迦？在别的地方从来没见过这样的小经旗，雍和宫怎么这么多？香波王子带着对小经旗的猜想，走出永佑殿，来到了法轮殿。

这是一座传统的藏式建筑，平面十字形，殿顶有五座阴楼和五座镏金宝塔，殿内正中巨大的莲花台上端坐着高硕伟岸的藏传佛教格鲁派创始人宗喀巴大师。铜像背后是雍和宫木雕三绝之一的五百罗汉山，山体由紫檀木雕刻而成，峰岭连着楼塔，参差叠翠，用金、银、铜、铁、锡铸制的罗汉星散其间。说是五百，其实只有四百四十九尊，另外五十一尊据说在战乱中被人偷走了。

香波王子望着五百罗汉山走过去，一个曾经想过的问题再次出现：为什么丢失的不是金罗汉，而是铜、铁、锡的罗汉？难道贼笨得都不知道金子更贵重？

继续往前走，迎面而来的是雍和宫最高的建筑万福阁。飞檐凌空的万福阁在夜空里如同一只振翅起飞的大鸟。他们拾级而上，跨过门槛，来到了一只巨大的佛脚前。

阿若喇嘛和邬坚林巴停下了。

香波王子说："这是什么佛？'七度母之门'怎么会在这里？"

阿若喇嘛说："我们叫强巴佛，蒙古语叫迈达拉佛，梵文音译弥勒，未来佛的意思，汉人叫慈氏菩萨。'七度母之门'是有关未来的法门，自然要伏藏在未来佛这里了。这尊弥勒佛身高二十六米，重约一百吨……"

香波王子觉得对方小看自己了，紧接着说："弥勒佛头髻摩天顶着天堂，双脚入地踩着地狱，用一整棵稀世的白檀香木雕刻而成，是世界上最大的独木雕佛，重量无限。当年乾隆皇帝为雕刻大佛，划拨库银无数，雕刻成功后，又是全身贴金，镶嵌珠宝无数，光大佛身披的大袍，就用去了万尺黄缎。"

阿若喇嘛吃惊地瞪着他。

香波王子说："我的意思是'七度母之门'应该和'七世佛'在一起。"

阿若喇嘛说："这就是'七世佛'。当年乾隆皇帝颁旨，将治藏大权交给七世达赖喇嘛格桑嘉措。七世达赖喇嘛为报皇恩，从西藏各地搜集大量珠宝，派人去尼泊尔换回这棵举世罕见的白檀香树，由西藏经四川、陕西、河南、河北，历时三年零三个月，才运到北京。'七世佛'就是七世达赖喇嘛献造的佛。"

香波王子说："你是说一千多年前莲花生大师伏藏'七度母之门'时，就已经预言七世达赖喇嘛将会献造'七世佛'？"

"不是预言，是授记，就好比现在对未来的规划。"

"这是对历史和命运的规划，有可能一丝不苟地实现吗？"

"那就看你了，看你的钥匙能不能打开'七度母之门'。"

香波王子仰头观望着，就像过去许多次感受到的那样，一股巨大的造像气势震撼着他，让他清晰地感受到了艺术在宗教氛围里所达到的效果。那是慈悲的高大和福田的伟岸，高悬而起，倾泻而来，能在一瞬间击碎任何一颗与佛有缘却又留恋俗尘的凡夫之心。他收回眼光，再看殿堂层楼的环衬，烛光一层层叠加着，绘饰的佛境、雕镂的廊檐、华美的穹顶，象征了世间的结构，而世间有多大，佛就有多大。

阿若喇嘛招招手。香波王子和邬坚林巴紧随其后，绕过护卫的红色木栅栏，走到了独木大雕佛的背后。

三个人静静伫立着。

香波王子看到佛体的裙裾飘飘欲坠，雕刻的线条有力而流畅，是那种功力非凡的斤斧挥洒，看到佛体的背面就像一面陡峭的山壁，衣裙瀑布似的流淌着，动感十足。他从来没到过佛像后面，新奇的感觉让他上看下看，左看右看。

阿若喇嘛音量充沛地说："就在这里，'七度母之门'。"

香波王子默诵着《地下预言》的"授记指南"：

> 文殊道场的中央，四百八十四神像，千百亿化身之佛，来自燠热山国的菩提树，身后是七度母之门。

香波王子说："雍和宫正殿里最早的佛像至少有五百三十五尊。"

阿若喇嘛说："如果从五百罗汉山上减掉五十一尊罗汉呢？"

香波王子说："怎么能减掉？五十一尊罗汉是在战乱中丢失的，除非……啊，除非……不会有这种可能吧？"

阿若喇嘛说："谁都觉得不会有那种可能，但就在最近，我从我的本尊佛的秘密加持中知道，雍和宫的瑰宝五百罗汉山其实并没有在战乱中丢失五十一尊罗汉，它本来就只有四百四十九尊罗汉。也就是说，如果不算原本就没有的五十一尊罗汉，不算两厢配殿里之后添加的数千尊金佛、铜佛、旃檀佛，在雍和宫成为皇家寺院的极盛时期，正殿里的佛像正好是'四百八十四'尊。"

香波王子说："可是'文殊道场的中央'又怎么解释呢？谁都知道，浙江普陀山是观音道场，四川峨眉山是普贤道场，安徽九华山是地藏道场，而文殊道场是山西五台山，跟北京雍和宫没有任何关系。"

阿若喇嘛说："道场不过是菩萨之心，心到哪里，道场就到哪里。历代有作为的皇帝都是文殊菩萨的化身,文殊菩萨把大智大勇安驻在帝王的心胸里,以求普天教化。如此,'文殊道场'就是王土,王土的'中央'自然就是北京了。"

香波王子说:"这是修行喇嘛的理解,不是严谨学者的解释。"

阿若喇嘛又说:"如果既是修行的喇嘛又是严谨的学者呢?至于'千百亿化身之佛',指的就是弥勒佛,古老的偈语是这样的,'弥勒真弥勒,化身千百亿,时时示时人,时人自不识'。'来自燠热山国的菩提树'就更好解释了,'山国'是尼泊尔,佛说'菩提本无树',又说'燠热檀生香',檀香树只生长在燠热之地。"

香波王子说:"几百年来,许多人都在疯狂寻找'七度母之门',预言中的'四百八十四神像'几乎挡住了所有探寻的脚步,为什么直到最近,你才得到了你的本尊佛的秘密加持呢?"

阿若喇嘛说:"不是所有的时间都有殊胜的缘起,我们的乌仗那佛祖莲花生大师就在头顶,到了'七度母之门'开启的日子,才会传来本尊加持你的心念。"

香波王子点点头:"看来我是问不倒你了,阿若喇嘛,现在你来问我吧。"

阿若喇嘛说:"不想多问,就问你钥匙在哪里?"

香波王子小声念诵着《地下预言》的"授记指南":

你要打开七度母之门,走向最后的伏藏,要记住七世佛的裙摆后面,黑色的大玛瑙,哪一串,第几颗,摁几下。

阿若喇嘛和邬坚林巴目不转睛地盯着香波王子。

香波王子把手放在胸口，继续念诵《地下预言》的"授记指南"：

> 拥有七个名字的人，心胸含露佛母的法音，天神已经决定你和圣者出生的日子，那是开启千年沉思之门的钥匙。

香波王子说："钥匙就是1131，姬姬布赤的生日，圣者仓央嘉措的生日。把1131和《地下预言》的'授记指南'对应起来，就应该是第11串、第3颗、摁1下。"

香波王子绕前绕后地从上往下数着，然后把手放在了独木大雕佛的裙摆后面，那儿有木雕玛瑙的佩饰。他摩挲着木雕玛瑙，突然手抖了一下。

他不信任地看着自己的手说："还是你来数吧，阿若喇嘛。"

阿若喇嘛说："第11串、第3颗、摁1下？"

香波王子说："也许它还是一张信用卡的密码，你可不能去消费。"

阿若喇嘛说："还是我们一起数，一定不能出错。"

香波王子、阿若喇嘛和邬坚林巴绕到独木大雕佛前面，仰头数起大佛身上的玛瑙串，当他们一起从上到下数到第11串时，恰好是香波王子刚才摩挲过的大佛裙摆后面的木雕玛瑙。

香波王子抑制着兴奋，小声说："太好了，太好了，这就证明没有错。"

他们又数起来，也是从上到下，数到第3颗时停下了。阿若喇嘛仔细看了看，把大拇指放在了一颗黑亮的木雕玛瑙上。

香波王子和邬坚林巴直勾勾地望着阿若喇嘛。

阿若喇嘛虔诚地念了一遍白度母咒，又念了一遍绿度母咒，然后使劲摁了一下,只听啪嗒一声,就在裙摆的末端,皱褶和皱褶之间,一块天衣无缝的佛衣突然弹了起来。

三个人同时"啊哟"了一声,惊奇得声音都变调了。

"七度母之门"?真的是"七度母之门"?似乎转眼大家又不敢相信了,愣怔着。

突然,阿若喇嘛首先扑了过去,接着是香波王子,最后是邬坚林巴。

弹出的门三尺见方,门洞里头黑森森的。

香波王子摁亮了手机。三个人扒到门口朝里窥伺着,发现里面是个很深的天然罅隙,位置正好在弥勒大佛的双脚之间,一股白檀木的香气丝丝入鼻。他想爬进去看看,被阿若喇嘛一只力道很大的手揪住了。

香波王子激动地说:"最后的伏藏,最后的伏藏,我去拿出来。"

阿若喇嘛严厉地说:"不可莽撞。"然后再次念起了白度母咒和绿度母咒,念咒的时候他用胸脯挡住门洞,生怕香波王子进去,也生怕邬坚林巴进去。

片刻,阿若喇嘛钻进了门洞,拿着邬坚林巴递给他的一根大蜡烛,朝里爬去。

香波王子和邬坚林巴屏声静气地望着洞口,不敢有一丝惊扰。

二十分钟后,阿若喇嘛爬了出来。

香波王子绷大眼睛,看他空着手,问道:"伏藏呢?"

阿若喇嘛失望至极地把蜡烛扔到地上:"空的,里面是空的。"

"不可能。"香波王子一把揪住阿若喇嘛,就要搜身。

阿若喇嘛推开他,脱掉袈裟,只剩下内衣内裤,摊开两手,看看香波王子,又看看沉默的同派师弟邬坚林巴说:"我向弥勒大佛发誓，我是干净的。"

香波王子哪里会甘心，爬进门洞，用手机照亮里面，仔细找了一遍，什么也没找到。他爬出来，站到地上，一脸迷惑地望着阿若喇嘛："怎么会呢，空的？"

阿若喇嘛说："已经有人打开过了。"

香波王子问："谁？"

阿若喇嘛眯缝起眼睛，用针芒一样的眼光刺着香波王子说："难道不是你吗？"

"我？嘀，我居然是贼了？"

"你杀害了你的老师边巴，窃取了钥匙，你早就打开过'七度母之门'。"

"你一个念佛的喇嘛怎么可以信口雌黄？"

阿若喇嘛"哼"一声说："不是我说的，是警察说的，警察已经查到了你的车，车上有冲撞的凹痕，上面的头发和血迹是死者边巴的。"

香波王子吼起来："诬陷，诬陷，都是诬陷，我既然早就打开过'七度母之门'，还来这里干什么？"

"狡猾的魔鬼，你在演戏，你想证明你没来过这里，想掩饰你的罪恶。"

香波王子看看邬坚林巴，发现对方的眼光同样也是不怀好意的，便望着门洞吸了一口来自独木大雕佛内部的檀香，愤怒地"哈哈"一声说："怀疑我偷了里面的伏藏？你们就去报案好了，那可是整个雍和宫都换不来的财富。"说罢抬脚就走。

万福阁的门口，一个胖大喇嘛威风凛凛地堵住了香波王子。

第二章　七人使团

1

谁也没想到，是沉默文雅的邬坚林巴首先扑向了香波王子。他扭住香波王子的胳膊，使劲推出门外，命令那个胖大喇嘛："快去打开隐修房。"

胖大喇嘛转身走开。

香波王子知道"隐修房"是苦修僧人冥想的地方，那儿阴冷黑暗、狭小逼仄，简陋得连睡觉都不可能，只能闭目打坐。对他这个不事修炼的人，那就是牢房。

香波王子挣扎着喊道："这里是佛天福地，你们竟敢随便抓人！"

阿若喇嘛说："我们抓的是杀害边巴的罪犯，是敢在佛眼之下作案的贼。"

又有八九个年轻喇嘛分别从万福阁两侧的永康阁和延绥阁那边走来,香波王子看到了他们手中捉拿人犯的绳索和禅杖。

扭住香波王子的邬坚林巴这时突然推了他一把,小声说:"快跑,普陀洛迦。"说着,身子一歪,倒在了地上。

香波王子打了个愣怔,意识到邬坚林巴是故意摔倒的,也意识到自他见到邬坚林巴后,邬坚林巴是第一次跟他说话,说出的竟是"普陀洛迦"。他拔腿就跑,跑了几步就反应过来:普陀洛迦,梵语观世音圣地,以海岛之舟慈航普度的意思。重要的是,此刻"普陀洛迦"成了给他的暗示,暗示那是他的逃生之路。

他迅速穿过法轮殿,跑进永佑殿,看到那个青年喇嘛还在角落里打坐,但已不再念经,拿着普陀洛迦小经旗望着他。他很想停下来问问:小经旗是干什么的,为什么拿着它?但他不能,追撵的脚步声和喊声越来越近了。

香波王子来到雍和宫大殿,在三世佛的注目下,狂奔而过。慌乱中没忘了看一眼释迦牟尼佛的右边,吃惊地发现,来时不见了的那尊无名一尺金佛,居然又出现了。都是禅机,不见是"归空"的意思,"七度母之门"已经归空不见了;出现是"依止"的意思,普陀洛迦也叫布达拉,依止它就有希望。他想自己真是枉读了《地下预言》,那上面说:

  凡是无名佛菩萨,都是观世音的化身,来自圣地普陀洛迦,走向圣地普陀洛迦。

他飞身经过天王殿,来到八角碑亭前,那个短衣喇嘛一见他,就把普陀洛迦小经旗一摆说:"快跑啊,邬坚林巴让我在这里等着你。"

他跑出雍和宫的大门昭泰门,跑向长长的辇道。看到辇道东侧红墙外的佛仓经杆上,那面飘扬的普陀洛迦条子旗还在,通往佛仓的红墙门洞边,那面普陀洛迦小方旗也在。小方旗后面的木门吱呀吱呀响着,像是对他的召唤。

香波王子狂跑而去,跑向通往佛仓的红墙门洞,哗啦推开了门。

追逐的僧人已经来到昭泰门外。不比别人跑得慢、更比别人反应快的老喇嘛阿若·炯乃大喊一声:"他进了佛仓。"

佛仓是皇帝赐给雍和宫住持以及其他活佛的住所或行馆,也是西藏高级喇嘛来京朝圣的住驻锡之所,曾住过阿嘉呼图克图、洞阔尔呼图克图、土观呼图克图等。香波王子是第一次来这里,只见青砖灰瓦,红窗彩檐,院落挨着院落,房间连着房间,幽静的巷道曲伸出许多个走向。他说:"哎呀我的呼图克图,我往哪里走?""呼图克图"是藏语"朱必古"的蒙古语音译,意为"化身""长寿",清廷以此封号称呼蒙藏地区"喇嘛之最高者"——大活佛。

正在香波王子茫然无措时,突然有人闪出来,拉起他就跑。他看了一眼那人脸颊上的伤疤和背在身上的牛皮挎包,惊讶地说:"智美?"

他们跑进了一座院落,抬头一看,是格昂佛仓,经杆和普陀洛迦条子旗就是从格昂佛仓里升起来的。早有一个小喇嘛等在那里,扑过来关上院门,对他们摆着手说:"快走快走。"

智美拉着香波王子穿过院子,经一道短巷,进入最大的佛仓阿嘉宅院,直奔北房后墙上的一道小门,钻出小门,是一个即使夜晚也能看出姹紫嫣红的花园。

他们沿着花园的石子路往前跑,跑到一道铁栅门前。门锁是打开了的,他们出去,绕过了一个佛仓,又一个佛仓,然后开始在胡同里穿行,穿过十几条地道般狭窄昏暗的胡同,突然停下了,眼前一片灿烂:灯火,大街,车水马龙。

智美说:"快上车。"

他们跑向停在五步之外的一辆黑色雅阁。

早有司机打开车门等在车里。香波王子上去,紧张地朝后看着,发现阿若喇嘛带着另外一些喇嘛已经追出胡同口,左右张望着。

雅阁朝前猛然一蹿,很快淹没在流动的车潮里。

阿若喇嘛带着他的人追了几步,突然停下,钻进了一辆从后面开来的喇嘛鸟。他摸出警察王岩留给他的名片,拨通了对方的电话。

那边,王岩听了就生气:"什么?'七度母之门'打开了,里面什么也没有?你怀疑是香波王子偷走的?为什么不在犯罪嫌疑人出现的第一时间报警?你这是在帮助凶手逃窜知道吗?死死咬住那辆黑色雅阁,我们就来。"

喇嘛鸟追逐而去。

2

黑色雅阁里,智美突然喊一声:"小心。"

原来司机为了超车差一点撞到一辆拉运土石的大货车上。香波王子把监视喇嘛鸟的眼光收回来,这才发现,开车的是梅萨。

"是你啊?你们居然和雍和宫的邬坚林巴里应外合。"

梅萨说:"有点奇怪是吧?邬坚林巴是智美的朋友。"

戴着藏式牛绒礼帽的梅萨冷静得像个将军,瞪着前面,超过一辆汽车说:"十地菩萨在身边,这里不能有谎言。说吧香波王子,你怎么知道打开'七度母之门'的钥匙?"

香波王子看到车内挂满了色彩浓丽的小尺幅唐卡,连头顶也是红色菩萨的造型,大致一数,有十幅唐卡、十位菩萨、十种境界。

香波王子点着一根烟说:"边巴老师指示阿姬给我的。"

梅萨说:"阿姬给你的?她一个演员知道什么?"

香波王子愤怒地说:"阿姬已经死了,她是仓央嘉措情人的后代,她叫姬姬布赤,她就死在我眼前,她的死亡能证明她知道一切。"

智美问:"她死了怎么没传出消息来?"

香波王子说:"她一个人住在甘露漩花园小区的一栋别墅里,没有人进去,就不会有人知道。"

梅萨问:"是你把她杀了?"

香波王子说:"佛爷,你怎么会这样认为?"

梅萨说:"其实你已经想到了,所有人包括警察都会这么认为,因此你没有报警。"

香波王子瞥了一眼梅萨冰冷的面孔说:"那你们为什么不抓我还要救我?我是个罪犯,我杀害了边巴老师和姬姬布赤,偷走了'七度母之门'里面'最后的伏藏',接着又第二次打开'七度母之门',告诉大家,看啊,里面什么东西也没有。"

夜晚的安定门东大街依然繁忙,雅阁穿插在车辆之间,一辆一辆超越着。智美看着后面紧追不舍的喇嘛鸟,催促梅萨再快点。

梅萨说:"既然你是无辜的,你为什么要逃跑?"

香波王子说:"是啊,我为什么要逃跑?我也不知道,我只是不想让他们抓住。停车,我要下去,我不跑了,我自己去找警察,不是投案自首,是说清楚。"

梅萨说:"你已经说不清了,普天之下就你一个人知道'七度母之门'的钥匙,你说你没偷,谁会相信?更何况还有杀害边巴老师和姬姬布赤的嫌疑。都是惊天大案,警察压力很大,说不定你就是替罪羊。就算人家相信你的话,那也得等到真相大白了以后。什么时候真相大白?一个月,一年,还是一辈子?这期间你没有自由,即使不待在公安局,也会受到监视。更何况还会有人出来作证,说你真的杀了边巴老师和姬姬布赤。"

香波王子长叹一口气,阿若喇嘛的话就在耳边回绕:"警察已经查到了你的车,车上有冲撞的凹痕,上面的头发和血迹是死者边巴的。"他苦恼地用拳头捶打着自己的头说:"真的说不清了,为什么?为什么要诬陷我?"

梅萨说:"这么简单的问题你还用问?"

智美解释道:"你在中央民族大学又是本科又是研究生,六年当中,感兴趣的就是《地下预言》,就是'七度母之门'。到现在坚持到底不放弃的,也还是它,是世间成就'七度母之门'的第一人仓央嘉措。这是边巴老师指示姬姬布赤把钥匙交给你而没有交给我们的原因,也是有人杀害边巴老师和姬姬布赤再诬陷你的理由。"

香波王子想起了在姬姬布赤别墅看到的一高一矮两个蒙面人,想起了他们的凶器:血淋淋的竹叶刀和钻器,想起了经络剜穴的杀人手段——"隐身人血咒殿堂"的杀人标记,突然打了个寒战说:"这跟你们有什么关系?你们又不研究'七度母之门'和仓央嘉措,胡乱掺和什么?"

梅萨不回答,频繁变换着车道,开向一个十字路口,不顾红灯的阻拦,驶向了东直门方向。

智美回头看了一眼说:"快啊,喇嘛鸟还在追。"

香波王子把烟蒂扔向窗外说:"我来开。"

很快，整个车流都在红灯面前变成一河死水，雅阁卡在中间，不得不停下。香波王子和梅萨换了位置。本来右拐的雅阁，朝左开上了东土城路。

梅萨说："应该去东直门，给喇嘛们造成去机场的错觉。"

香波王子说："喇嘛鸟紧追不放，说明前面有堵截。只要有堵截，就最有可能在去机场的路口。"

东土城路上车辆少多了，雅阁疾驰着，开上了北三环东路。临近午夜的三环路畅通无阻，雅阁铆足劲朝西跑去。喇嘛鸟开始还在后面，到了北三环中路时，就看不见了。雅阁往西，拐进学院路，直插前面的停车场，拐来拐去，把自己藏在了一辆卡车和一辆中型面包车之间。

梅萨问："怎么不走了？"

香波王子说："我得想想往哪里走，还得捋一捋思路，回答你们的问题，否则我很可能会开到公安局去。"

梅萨说："你不会的，因为你掌握的是开启'七度母之门'的方向盘。"

香波王子说："我一直想，那些试图彻底摧毁'七度母之门'的人是谁？我本来是知道的，但不敢相信。三百多年过去了，'隐身人血咒殿堂'难道还在传承杀戮和流血？"

"隐身人血咒殿堂？"梅萨和智美疑惑地对视了一下。

"你们肯定不知道这个名字，它出现在六世达赖喇嘛仓央嘉措时代来临的时候，销声匿迹于仓央嘉措时代结束之后。多少年来，无论传说还是文献，都没有再提到过它。但是今天它突然出现了，好像它一直潜伏在黑暗里窥伺着'七度母之门'，只要'七度母之门'一有动静，以血咒和誓言为生命的隐身人就会举刀而来。"

梅萨问："那你怎么知道？"

香波王子说："我是研究仓央嘉措的，'隐身人血咒殿堂'一直是覆盖在仓央嘉措头顶的巨大阴影。"

智美乞求地说："能给我们详细说说吗？"

梅萨也说："既然'七度母之门'因仓央嘉措而存在，那你就是我们的老师了。"

香波王子双手放在脑后，仰起头，思索着说起来：

"那得从五世达赖喇嘛圆寂说起。公元1682年，也就是藏历第十一饶迥水狗年二月二十五日中午，五世达赖喇嘛圆寂于布达拉宫的寝殿内。圆寂前他让其他人退下用饭，独留摄政王桑结嘱咐道：'我走之后，必须匿丧，否则将有大乱，不仅你性命不保，三大寺以及整个格鲁派也将有倾覆之难。随之而来的是藏土分裂，众生涂炭。我身前身后行走的核心大臣、僧俗近侍之中，有八个包括你在内的隐秘亲信，此八人有六人可靠，两人不可靠。你要千万当心，适当处置。一旦处置不当，他们就会变成政教的敌人、格鲁巴（格鲁贤人）的克星，毁佛灭教的叛誓者。'桑结问道：'这两人是谁？'五世达赖说：'我受班达拉姆之命保持沉默，更何况佛陀告诫我们，观色是无常的，受想行识也是无常的，对人和心念以及世间一切森罗万象的事物，都要做无常之想。我不能预言忠臣什么时候变成奸臣、奸臣什么时候变成忠臣。我已经给你传授了消除一切违碍的六臂依怙随许法，只要你极力祈祷，护法大神自会开示你。'桑结又问：'当善知识离开我们时，我们应该去哪里寻找？'五世达赖示意桑结扶他起来，他以菩萨跏趺的姿势面朝南方，用手一指，便有一道白光从顶轮上星穴处冒出来，闪闪地一亮，灵识便朝光净天划然而去。

"桑结明白了，五世达赖的转世灵童，将会出现在西藏南方。

"当天晚上,桑结召集格鲁派政权噶丹颇章的核心大臣、达赖近侍,在护法女神班达拉姆像前占卜问卦,请神降旨:如果匿丧,需要保密多长时间?班达拉姆头顶的七色华盖上有无数金箔的卦辞,但只有一片会飘下来。午夜,在众人合力吁请下,神意终于到达,在场的人都吃了一惊:金箔之上,一片空白。

"从来没有这样,占卜问卦的卦辞居然是空白。

"惊恐之余,摄政王桑结趴在桌子上号啕大哭:'尊师达赖,三界怙主,你撒手而去,我等众生依靠谁啊?'此时桑结只有二十九岁,做摄政王也才三年,是五世达赖喇嘛一手扶他上去的,他内心的空落可想而知。哭了一阵,脑海里一阵鸣响,就像有人吹动了法号,他不禁一个激灵,突然起身,盯上了在场的所有人。这些人中有七个隐秘亲信,此七人有五人可靠,两人不可靠,他们很可能变成政教的敌人、格鲁巴的克星,毁佛灭教的叛誓者,他们到底是谁?

"摄政王桑结的眼光从所有人脸上走过,发现他们一个比一个凄哀、忠诚、善良,便断然决定,祈请护法大神开示,让政教的敌人立刻显形。他说:'匿丧不发与政教大事利害攸关,为什么大护法会用空白启迪我们?一定是虔诚出了问题,我们当中定有忤逆之人、叛誓之徒让大家的虔诚失去了效应。发重誓的时候到了,让班达拉姆裁决我们谁是叛誓者,比我们互相猜忌好一些。'

"面前的班达拉姆猬发直立,骷髅戴顶,獠牙瞋目,一身青蓝。她是藏传佛教万神殿中首席女性护法神,翻译为忿怒吉祥天女。她骑的骡子腚上有一只眼睛,所以又叫骡子天王。作为达赖喇嘛必须尊崇的大吉祥圣母,她是拉萨城的守护神,是降魔索命的大战神。她能吞吃阳光,再用自己的肚脐照亮人间,能在湖中显现达赖喇嘛一生的凶吉夭荣,并通过声音和文字传授天机。她腰里挂着账本,记录着众生恶事，随时准备秋后算账；背上披着亲生儿子的连肢人皮，说明面对教敌，她会大义灭亲；坐骑上挂着装满细菌的疫病口袋，那是她以罪制罪的武器。她一手端着盛满童血的头盖骨，一手举着金刚棍棒，无论叛誓者躲到哪里，都将一命呜呼。

"不会有人反对，谁反对谁就有可能是叛誓者。

"重誓是这样的：班达拉姆在上，殊胜达赖喇嘛正在闭关修行，凡说圆寂者将会身首分家，族亲灭亡，堕入地狱、饿鬼、畜生三恶途，永远不断轮回。

"让摄政王桑结没想到的是，在场所有人的发誓一个比一个诚实恳切、斩钉截铁。他审视着他们的眼睛，心里充满了狐疑：难道有人发狂发疯到了不惧恶途的地步，心甘情愿做一个被杀被族的叛誓者？不会吧？在西藏，他还没有碰到过这样一个人。他说：'我们一起守灵吧，谁也不要离开。'

"就在守灵的时候，摄政王桑结想到了一个万无一失的办法，那就是宁错勿漏。他在第二天布达拉宫一如往日的平静中，以达赖遗嘱的名义宣布了一个决定：秘密进京，向文殊大皇帝即康熙进献五世达赖喇嘛祈颂国泰民安的'亲笔信'、平时穿用从不离身的三件法衣和五世达赖的泥塑像，委婉表明五世已经圆寂。最重要的是，在他的决定里，秘密进京的人选，就是除自己以外的七个隐秘亲信。他说：'你们是七人使团，要不辱使命。'

"'七人使团'里的七个人是谁，藏文史料和汉文史料都没有记载。什么时日出发，哪年哪月抵京，更无从查起。但藏族的历史从来都是文字记载和口耳相传并行不悖，且后者比前者更丰富、更隐秘，也更真实。真实而隐秘的历史中，这个使团的确存在过，存在的目的是毁灭。毁灭'七人使团'的秘密比活佛转世还要顽强地进入了时间，时间不灭，它也不灭，秘密不再是秘密。"

香波王子冷峻地盯着梅萨和智美，就好像冷峻地盯着历史："'七人使团'毁灭的日子是公元1682年6月1日。那时'七人使团'已经到达澜沧江上游的囊谦，突然冒出一伙身份不明的强盗，杀死了护送'使团'的所有藏兵，然后把'七人使团'赶到了江边的悬崖上。

"强盗说：'你们是布达拉宫的使者，你们在大护法班达拉姆面前发过重誓，但你们中间有两个是政教的敌人、格鲁巴的克星、阴谋毁佛灭教的叛誓者。如果今天这两个叛誓者不站出来接受班达拉姆的惩罚，万无一失的办法就是把你们七个人全部杀掉。'一天一夜过去了，三天三夜过去了，饿倒在地的'七人使团'中始终没有人站出来。'七人使团'的所有人都说了同样的话：'既然叛誓者至死不悔，为了政教的安全，我请求你们赶快杀掉我们全部。'杀戮是从早晨开始的，一个小时杀一个，杀害的办法是用一种藏医做手术用的双刃竹叶刀和一种特殊钻器钻剜经络穴位。人体经络穴位是度母的创造，用来寄居战神、保护神、阳神、阴神以及人的灵识魂魄，钻剜穴位就是不仅杀死你的肉体，而且直取你的寄居神和灵识魂魄，让你无法转世，也就无法记住仇恨进行报复。

"漫长的七个小时后，'七人使团'才从地球上消失。尸体被强盗滚下悬崖，顺着江水流走了，似乎也流走了格鲁派的倾覆之难，流走了藏土的众生涂炭。

"但是'七人使团'刚刚待过的悬崖边上，不知谁留下了四个字：小心伏藏。据说就是这个传说中的伏藏，在被人发掘之后，揭示了杀害'七人使团'的过程。这个过程告诉人们，噶丹颇章启用了'隐身人血咒殿堂'，因为只有这个西藏最古老的原始血教集团，才会使用钻剜经络穴位的暴行。更需要追问的是，以什么条件才能启用'隐身人血咒殿堂'？信仰血咒？共同盟誓？允许这个原始的民间血教进入佛教，甚至进入布达拉宫，然后发展秘密传承？

"摄政王桑结听到'七人使团'中有人留下了'小心伏藏'的警告后，惊怕得满脸肉颤，扑通一声跪在班达拉姆前的卡垫上，半晌没有起来。五世的遗言是，让他'千万当心，适当处置，一旦处置不当……'现在看来，他的'处置'太不确当了，他从七个人的从容就死中领悟到了恐怖。'七人使团'的消失并不等于政教之敌、格鲁巴的克星的消失。敌人、克星、叛誓者，坚定到以命相抵，这就跟信仰本身一样，岩石般永恒，河水般流长。叛誓的传承依然存在，推翻政教、毁灭格鲁派的行动将延续下去。他们都是修持到家的伏藏者，已经把仇恨和仇恨的理由、毁灭和毁灭的方法，埋入了山间的岩洞、湖中的礁穴、林中的树巢、寺里的佛身；埋入了宇宙之中那些不可思议的神秘地方：空气、阳光、东南西北风；埋入了人的灵魂、动物的本能、时间和记忆、口耳和语言；埋入了麦子青稞、奶酪苹果，吃一口就等于吃进了罪恶的种子。更可怕的是，本来只有两个叛誓者，现在一下子杀了七个，就等于逼出了七个叛誓者。七个叛誓者一旦传承下去，将是一股更加危险的力量。

"伏藏，既可以是伟大的经典，也可以是仇恨的源泉。

"桑结很后悔，如果能预见'七人使团'会集体就死，能想到伏藏也会传承叛誓和阴谋，他断然不会如此对待七个发了重誓的隐秘亲信。

"摄政王桑结的心惊肉跳，使布达拉宫的匿丧不发变得愈发机密。噶丹颇章对外宣布：'五世圣僧大宝在布达拉宫闭关修行，已进入无上瑜伽续的妙高境界，以帝释为友，梵天为伴，不见任何人间僧俗，藏地所有事务皆由摄政王桑结代为禀报传达。'如皇帝派来使臣或重要的蒙古施主前来，按规矩必须由五世达赖亲自接见时，就让长相与五世达赖酷似的朗杰扎仓的喇嘛江央扎巴出面，居高座远远瞩望，只听话，不说话。上奏下谕，则由摄政王桑结摹仿五世达赖手迹撰写。秘密保守得相当成功，五世达赖依然活着，在整个西藏乃至朝廷的感觉里都是这样。

"与此同时，摄政王桑结秘密派遣寻访人员，神不知鬼不觉地出现在西藏山南，开始寻访转世灵童。山南是五世达赖示寂时指明的转世圣地，布达拉宫的大喇嘛曲介等人辗转两年，见过了许多孩子，终于在门隅的山野里遇到了仓央嘉措。他们刚拿出画有宗喀巴大师和五世达赖喇嘛肖像的唐卡，三岁的仓央嘉措就指着五世肖像说：'这是我。'又抢过五世达赖喇嘛的金刚橛说：'这是我的。'然后在许多真假物品中，准确无误地辨认出了经常伴随五世达赖喇嘛的佛像、经书、念珠、刀子、银碗、真言牛角噶乌即护身符和仆人。

"消息飞快地传向五百公里之外的布达拉宫：日思夜想的转世灵童终于找到了。摄政王桑结当即指示：立刻把灵童从邬坚林迁往措那宗的巴桑寺。知情者，佛法制裁；泄密者，株连九族。'隐身人血咒殿堂'的无形密道不会遗漏任何一个走漏的消息，也不会放过任何一个危害圣教的人。

"这就是说，你不能知情，假如你自以为知道一个秘密，那就一定是受了魔鬼的蛊惑，怖畏金刚杀魔诛邪的威力随即降临，你将死无葬身之地。无限悲悯的佛法，为了利益众生，对魔鬼邪祟向来是杀无赦的。这就是庙堂教界为什么会有那么多忿怒护法神的原因，他们目眦尽裂、血口獠牙地横立了一万年，就等着你违法犯罪呢。

"既然你不知情，秘密就与你无关，又谈何泄密？即所谓人问：

怎样才能不起浪？答曰：无水。人问：怎样才能无烦恼？答曰：无心。人问：怎么才能无病苦？答曰：无身。人问：怎样才能无死亡？答曰：无生。

"摄政王桑结用佛理和权威双管齐下，把五世达赖喇嘛圆寂和六世达赖喇嘛降临的秘密保守了十多年。十多年过去了，政教的敌人、格鲁巴的克星、阴谋毁佛灭教的叛誓者，始终没有出现，仿佛'七人使团'之死，就是遗恨与记仇的完结，澜沧江悬崖边上'小心伏藏'的提醒或警告，不过是某个人的妄想。但桑结丝毫不敢懈怠，他知道越是寂静就越会有响动，风和日丽之后必然是怒云翻滚。

"秋天，保佑噶丹颇章的乃琼大护法的降神仪式如期举行，神灵的旨意是：翌年，也就是公元1697年即藏历第十二饶迥火牛年十月，达赖喇嘛必须向广众露面说法。这让摄政王桑结紧张不安：如果遵照神意，就等于公开了匿丧不发和暗藏灵童，难以逆料的结果会是什么？他夜夜不眠。

"恰在这时，一封告密信从西藏送达朝廷。朝廷震怒，康熙皇帝派人飞马西藏，送去一道紧急诏书，措辞极为严厉，谴责摄政王桑结欲专藏事，诡诈达赖喇嘛，秘丧矫奏，欺君瞒上云云。

"桑结意识到政教的敌人已经开始行动，叛誓者的伏藏正在暗中显露。他一面派人向皇上据实陈奏，一面责令'隐身人血咒殿堂'的无形密道调查并惩罚告密者。而更加紧迫的，却是从喜马拉雅山怀里迎请转世灵童仓央嘉措。依然是秘密行动，依然伴随着血雨腥风，少数人担当着西藏的命运，惊险，惊险，惊险，只要是参与其中的人，都感到了前所未有的惊险。仓央嘉措的命运就这样开始了。"

3

香波王子不说话了。

梅萨和智美这才发现不知不觉中雅阁已经启动。

梅萨说:"你这是要去哪里?"

香波王子说:"我已经想清楚了,现在最应该去的地方就是边巴老师的住宅,他是猝死的,来不及转移东西,有的话,应该能找到。"

梅萨问:"有什么?"

香波王子说:"在我之前,边巴老师是唯一掌握钥匙的人,要是我没拿走'七度母之门'里的伏藏,那就一定是他,至少逻辑上是这样。"

智美说:"不可能吧,他拿走了就不会再把钥匙给你。"

香波王子说:"要是他陷害我呢?"

智美冷冷地说:"你把边巴老师看成一个阴险小人了。"

香波王子说:"我的老师肯定不是小人是君子,现在重要的是,我们必须给自己找一个进入边巴老师住宅的理由。"

梅萨说:"我支持香波王子,这样至少可以还边巴老师一个清白。另外,大伏藏都是由一个掘藏者一掘到底,不可能先由一人掘出一半再传给别人。如果边巴老师意识到他将死去,也就等于意识到了他不是发掘'七度母之门'的具缘者,空行护法没有加持他绝处逢生的机会,他就很可能会让他认定的具缘者从头开始。更有可能的是,边巴老师本身就是掘藏的一环,香波王子从雍和宫开始,再到边巴老师住宅,本身就是掘藏路线的必然延伸。"

智美和香波王子都不吭声了,作为边巴老师的研究生,梅萨的研究方向是"伏藏学",她在《中国藏学》杂志上发表的论文《时间扭不断的精神之链——伟大的伏藏之谜》被看成是中国藏学研究的新成果。她的话当然是权威。

香波王子说:"你们两个是边巴老师仅有的研究生,差不多就是私人秘书,不会没有边巴老师住宅的钥匙吧?"

梅萨说:"智美有,我没有,我每次都是敲门进去的。"

智美掏出两把串在一起的钥匙,递给了香波王子。

黑色雅阁朝北疾驰着,驶向了中关村,突然一个紧急刹车,轮胎和柏油路的摩擦就像一声凄厉的惨叫。

香波王子望着前面,眼光就像两盏探照灯扫视着堵挡在路口的喇嘛鸟,沮丧地说:"我们就像孙猴子面对着如来佛,怎么跑都在人家的股掌之间。"说罢,急打方向盘,调转了车身。

喇嘛鸟追了过来。香波王子开足马力,在夜色中狂奔着,很快发现他们已经被包围了,一辆警车迎面而来,横着身子停在了路中央。

香波王子一边减速一边想:前面是警察,后面是喇嘛,到底哪边好突围?他没想清楚,本能地掉转车头,选择了喇嘛。

喇嘛鸟停下了。阿若喇嘛带着几个喇嘛冲出来,手挽手排成一溜儿,横挡在了马路上。香波王子朝着喇嘛冲过去,丝毫没有减速。

梅萨紧张地抓住自己的胸脯:"千万别撞到人。"

智美冷静地看着香波王子。香波王子瞪着前面,把车头对准了阿若喇嘛。三十米、二十米、十米、六米,吱的一声,当雅阁紧急刹住的时候,车头距离阿若喇嘛只有十公分。阿若喇嘛纹丝不动。

香波王子说:"好定力,喇嘛们为了'七度母之门'不要命了。"

但喇嘛毕竟是喇嘛,没有拦路截停的经验,所有人都让开前面的路，扑到两边的车窗前试图打开车门撕出里面的人。香波王子一脚踩住了油门，雅阁朝前猛地一蹿，再次疾驰而去。阿若喇嘛被拖倒在地，喇嘛们赶快扶起他。他摸着蹭破的膝盖喊道："快追，快追。"

路虎警车赶到了，抢在喇嘛鸟前面正要追过去，发现一辆黄色出租车插过来夹在了中间，怎么超也超不过去。警车里的碧秀焦急地喊叫着："让开，让开。"

出租车没有让开。喇嘛鸟里，阿若喇嘛看到前面的路虎警车慢了下来，果断地说："停停停，往回走。"

开车的邬坚林巴问："不追啦？"

阿若喇嘛说："打捷路，打捷路，我知道香波王子要去哪里。"

再次看到喇嘛鸟堵挡在前面路口时，香波王子不敢冲过去了。他放慢速度，从后视镜里看到一辆黄色出租车正在疾驰而来。

他把车停在S形路面的臂弯里，扑向马路中央，朝着出租车扬起了手。梅萨赶紧下车，用手压了压漂亮的牛绒礼帽，跟了过去。

出租车已经载客，但还是停了下来。一个身体强壮、戴着墨镜的客人摇下车窗，朝香波王子和梅萨招招手："上来吧。"

香波王子拉着梅萨坐进后排座："谢谢，谢谢，快走，师傅。"

这时智美开着黑色雅阁朝前驶去，驶出臂弯可以看见喇嘛鸟，喇嘛鸟也可以看到雅阁的时候，突然刹车，掉头回走。

喇嘛鸟追了过来，和那辆黄色出租车擦肩而过。

香波王子和梅萨从出租车的窗口看着喇嘛鸟。喇嘛鸟里，开车的邬坚林巴也看了一眼出租车里的人。

不到半个小时，黄色出租车就带着香波王子和梅萨来到了他们想来的地方：北京市海淀区中关村南大街27号。对中国所有少数民族的学子来说，这是一个光彩照人的地方，对它的向往，就是西方人对哈佛、牛津的向往。它有一个响亮的名字：中央民族大学。

他们来到学校东门口。戴墨镜的人要送他们进去。香波王子和梅萨异口同声地谢绝了。

戴墨镜的人望着他们走进校园的背影，突然下车，打发走了出租车，从腰里取出一样东西，摇晃着高声说："朋友，我是一个外国人，把这个东西送给你们，留个纪念吧。"

香波王子和梅萨互相看了看，快步走过来。他们看不清那人手中摇晃着什么，只觉得明晃晃的，把夜色都给晃薄了。

"镯子，见过这样的镯子吗？"戴墨镜的人满脸堆笑。

香波王子和梅萨摇摇头。戴墨镜的人伸手送过来，只听咔嚓一声，镯子套在了香波王子的手腕上。香波王子第一次经历这种事情，直到冰凉的感觉让他心慌，直到梅萨喊了一声"快跑"，才意识到，自己已经被铐住了。手铐的另一头，连在对方的手腕上。

梅萨扑向戴墨镜的人，想把香波王子抢回来。

戴墨镜的人一把推开梅萨，掏出手枪指着她说："告诉你，警察眼里没有男人和女人，子弹会打碎你这张美丽性感的脸。"

香波王子说："你为什么不早说你是警察，我可以说清楚的。"

戴墨镜的人用多肉的嘴唇撇出一个八字来，瞪着他说："准确地说，我是一个国际刑警。在'七度母之门'的发掘已经启动、新信仰联盟准备利用它进攻佛教的时候，来到了中国。你们是最早被我关注的犯罪嫌疑人。但我现在还没有见到我的中国同事，我没有权力抓人，我铐住你的目的，就是想给你们一个警告，一个来自警方也来自信仰者的警告。从现在开始，你们将步步涉险，处处危机。"说着，瞪了一眼他身后的梅萨，又说，"你的情况我的中国同事已经通报了我，你叫香波王子，制造了不久前的血案，偷走了'七度母之门'的伏藏，对吗？"

"不对，我没有。"香波王子还想解释，就听戴墨镜的人说："好吧，我相信你。记住，你只有一个小时，一个小时后，我的中国同事将来这里和我会面，怎样抓捕你们，我听他们的。"

又是咔嚓一声，手铐打开了。香波王子呆望着墨镜背后那双黑暗难测的眼睛，一时不知怎么办好。梅萨使劲拉了他一把，他才想到应该立刻逃跑。

他跑起来，突然又停下，大声问："你叫什么名字？"

戴墨镜的国际刑警说："卓玛。"

"卓玛？你居然叫卓玛？"

"不行吗？"

"卓玛就是度母，度母是我们藏民的女神，应该是婀娜多姿的那种。你壮得像狗熊，怎么能叫这么水灵的名字？"

腰圆腿粗的卓玛说："她也是我的女神，我喜欢这个名字。"

香波王子再问："你汉话怎么说得这么好？"

卓玛说："我会五种语言，就是汉话，也至少会三种方言。"

香波王子又问："会藏语吗？"

卓玛说："得冒。"（藏语"好"，有再见之意。）

香波王子说："得冒。"

4

香波王子和梅萨走进中央民族大学东门，从左边绕过中慧楼，沿南睿路走向理工楼，来到图书馆门口。尽管夜深人静，校园了无人迹，但青春的气息还在，往事的记忆还在，香波王子禁不住放慢脚步，左右观望着，感叹地说：

"一切如故，就好像昨天，我在这里跟你散步。"

"跟我散步，你记错了吧？"

"难道没有吗？而且不仅仅是散步。"

梅萨冷笑一声说："那时候你是研究生，我和智美都是本科生，我们几乎每天都能在校园里看到你。你经常和一些漂亮的女生在一起，几乎隔一段时间就换一个。大家都说你是全校著名的洗发香波，哪个女生都能用。"

"所以你拒绝了我，你是唯一一个拒绝我的女生。"

"不，我不是嫉妒，我压根就不喜欢你。"

"你有不喜欢的资格，因为你最漂亮、最有气质。"

梅萨再次冷笑一声："可那个时候你并不这样认为，你高大、英俊、潇洒，仪表堂堂，气度不凡。你是研究仓央嘉措情歌的专家，也是演唱仓央嘉措情歌的歌手。你思路敏捷，才华横溢，精力旺盛。没有一次周末舞会不是你在表演，没有一次节日晚会不是你在主唱。你用完美的表现诠释了一个西藏人的艺术气质，但你却谦虚地告诉别人：我算不了什么，在西藏只要会走路就会跳舞，只要会说话就会唱歌。不仅如此，你学习突出，成绩优异，不断有文章在报纸刊物上发表。甚至连踢足球、打篮球这种你根本不在行的运动也不会把你落下，因为只要你上场，就会引来更多的观众。你却借机亮出了你的线条、肌肉、凸起和凹下，光滑健美得吸引了许多摄影爱好者。你肆无忌惮地张扬着你的天赋，挥洒着你的才情，你是一颗星，不，是一轮完美的月亮。中央民族大学聚集了中国所有少数民族最优秀的青年，但你的出现让大家有了这样一种感觉：只有壮阔美丽的西藏山水，才能把人孕育得如此卓尔不群。你是藏族学生的骄傲，你就是西藏。当然并不是所有人都这么认为,其中包括了我。我清楚地记得,当我拒绝你的时候,你吃惊得半晌说不出话来,脸上茫然得就像没有水的河床、没有蓝的天空。"

香波王子说:"我不是吃惊,是遗憾,为你,也为我。我遗憾你失去了我,我也失去了你。我没有这样的准备:一个已经被我拥抱过的西藏女人,可以在肉体和精神上不属于我。藏族,也就是说,只要给,就是彻底地给,只要爱,就是毫无保留、深刻到底地爱,只要追求,就是执着到疯狂地追求。决不会一点点,一点点,试探着,应付着,三心二意着,半推半就,想给又不给着。"

梅萨说:"还有一点你忘了,只要要,那就是全部要,你不要我的一点点,我也不要你的一点点。你今天这个女生,明天那个女生,你好意思要我的全部?"

香波王子吃惊地"啊"了一声:"这些话你当时为什么不说?"

"说了管用吗?"

"西藏人的爱情是辽阔坦荡的,你刚才说了,我就是西藏。"

梅萨停下脚步说:"不错,不仅辽阔坦荡,而且无拘无束、自由浪漫,就像仓央嘉措。但是西藏人的爱情同样也是自私的。我妈妈从小就对我说,你可以抛弃你的父母,但你不能抛弃你的等待。你一辈子都会等待一个男人,这个男人一旦出现,你的心就会咚咚咚地跳。你只能给这个男人生孩子,别的,不行,除非你不怕死,更不怕死了以后下地狱,做畜生。"

"也许是因为你从小生活在北京,已经不适应老家的习惯了。"

"不,这与北京没关系,我的家教是祖传的,一直都这样。"

香波王子摇摇头说:"有点可怕,你妈妈几乎在诅咒你。"

他们继续往前走。香波王子指着路边一片黑魆魆的树林说:"看见了吧,就是在这里,也是一个夜晚,几十步远的地方好像还有情侣,但互相看不见。我紧紧地抱住了你。你说不能在这个时候,也不能在这个地方。我不听你的,非要那样,于是你就拒绝了我。你拒绝的方式倒是很藏族,拔出你的藏刀递给我说:'请你现在杀了我,不然就请你放开我。'现在我明白了,你为什么会那样,因为能让你的心咚咚咚跳的那个男人没有出现。"

梅萨苦涩地翘了翘嘴角:"亏你还记得当时的情形。"

"我虽然风流浪荡,但对接触过的所有女人都记得,记得她们的相貌神态,记得当时交往的情形,每一句话,点点滴滴。我本来想以最深情的方式为她们每个人创作一首情歌,后来考虑到仓央嘉措已经唱过了,我只需要在仓央嘉措情歌后面署上我的名字就足以表达我的感情,所以我就开始以原生态的仓央嘉措音调到处演唱仓央嘉措情歌。"

梅萨"呸"的一声:"大言不惭的家伙,你怎么能和仓央嘉措比。"

香波王子"呵呵"一笑:"我有时候真那么想,如果西藏没有仓央嘉措,那流传下去的就一定是我。"

梅萨说:"后来,不知为什么,你突然销声匿迹了,不是说你离开了中央民族大学,而是离开了人群和欢乐,离开了可以让你尽情表演的所有舞台。你把自己藏了起来,拒绝交往,默默无声,直到毕业离校。为什么?到底为什么?"

香波王子说:"这是我的隐私,我从来不对别人说。"

梅萨期待地望着他。"没有例外吗?"

香波王子斩钉截铁地说:"没有。"

梅萨瞪他一眼,加快了脚步。他们走向博物馆路,经过具有佛殿风格的18号楼,来到公寓区,停在了可以望见教授公寓的花坛前。

香波王子坐到花坛上，点着了一根烟，观察了一会儿，掏出智美交给他的两把钥匙，塞到梅萨手里，轻轻推了推她："别忘了给我信号。"按理说，边巴老师死了三天，而且已经火化，警察即使想来住宅取证也早就结束，不可能留守。但香波王子觉得既然自己已经被警察认定为边巴老师之死和伏藏被盗的重要嫌疑人，那就要格外谨慎。在没找到伏藏、洗清自己之前，绝对不能让他们抓住。

梅萨快步过去，掏出钥匙，悄悄打开了教授公寓的楼门，从门边的矮树上掰下一根树枝，从下面顶住沉重的铁门扇让它不至于再关上。

花坛旁的树荫里，蜷缩着一个鼻子塌陷、颧骨高隆的人，这时突然站起来舒展了自己。他从黑色西服的内兜里摸出一把雕饰精美的骷髅刀，用舌头舔舔刀面上的经咒，握在手里，悄悄摸过去，快速接近着香波王子。

香波王子全神贯注地望着教授公寓。

突然一股风吹响了香波王子身后的花草，他警觉地朝后看了看，站起来，扔掉香烟，朝前走到了一棵树下，背靠着树干，等待梅萨的信号。

骷髅杀手迅速蹲下，埋身于花坛，想了想，收起骷髅刀，把背在身上的皮制公文包一样的"遍撬一切"从前面移到后面，搬起了一个沉甸甸的花盆。他想先用花盆砸倒或砸晕对方，再使骷髅刀杀死，就容易多了。

他猫起腰，在一溜儿冬青树的掩护下，蹿到楼门前，溜了进去。

几乎在同时，香波王子看到梅萨用摁亮的手机在边巴老师住宅黑暗的窗户后门画了一个圈。香波王子快速过去，走进楼门，似乎听到楼梯上有脚步声，仔细听听，又没了。他大绷着眼睛慢慢地走，一步一个台阶，不时地停下来，朝上瞅一瞅。突然瞅到了一个被灯光映照在墙上的黑影，吓得他头发都立了起来。他拿出手机，胡乱摁几下，大声说："梅萨你从上面下来接我，快一点。"

他话音未落，一个花盆从上面飞了下来。花盆好像是有眼睛的，就在砸中香波王子脑袋的一瞬间，突然在空中滚了一下，用有植物的那一面对准了他，植物唰地扫过了他的头。接着，咚的一声响，花盆砸到了墙上。一阵嗖嗖嗖的脚步声朝上响去。香波王子定了定神，踢了一脚花盆，循着脚步声追了上来。他来到五层边巴住宅的门口，抬头朝六层看了看，推门进去，迅速从里面锁死了门。

房间里一片漆黑。香波王子喘着气，用袖子擦着额头上的冷汗，走了几步就撞翻了一把椅子，不禁一阵哆嗦。梅萨过来拽着他，轻车熟路地走到了书房的窗边。

借着窗边的光亮，香波王子看到一个人影立在墙角，喊了一声："谁？"一步跨过去，抓了一把，才知道是一尊菩萨像。

香波王子小声说："有人知道我会来这里，一直等着。"

"是警察？"

"警察只会抓我，不会杀我。"

"你不会是神经过敏吧？"

香波王子拍了拍被植物扫疼的头说："我的神经从来不过敏，我的感觉也从来不欺骗我，就在我跟你说话的这一刻，我还能听到杀人者的咬牙切齿，能听到凶器的嗞嗞叫嚣，能听到《地下预言》的神秘忠告：'于暗室打开七度母之门的人，将用生命祭奉罪过与天堂。'"

梅萨打了一个寒战说："这人是谁？为什么要杀你？"

"因为我打开了'七度母之门'。这就等于告诉我们，只要打开

'七度母之门'，就会面临死亡的危险。边巴老师肯定打开过，否则他不会死。"

梅萨不高兴地说："你没有理由揪住边巴老师不放。"

"我只能揪住他不放，是他把伏藏藏起来了。"

梅萨摁亮了手机。光亮带着他们来到了书房中央的大桌子前。大桌子上有一台笔记本电脑，摞满了书籍和木刻的经叶、经函、经卷，都是藏文或梵文的。有一摞装订起来的手写汉文遗稿，被一块巴掌大的嘛呢石压着。

香波王子取掉嘛呢石，看着遗稿的标题念道:《十万幻变德玛：情深似海》。"翻了几页，知道是一部研究西藏神秘宗教诗歌的著作，觉得没多大用处，就去翻看别的。他翻遍了满桌子的经文书籍，又去查看靠墙的书柜。

突然从楼下传来一声喊叫："不用怕，多上去几个人。"

两个人赶快来到窗边，一看吓了一跳，夜色中几十个人站在楼下的甬道和草坪上，仰头张望着边巴住宅，还有人指指点点的。

香波王子说："我们被发现了，赶紧走。"

楼梯上传来一阵杂沓的脚步声。

梅萨说："走不了啦，怎么办？"

香波王子再次看了看窗外："怎么喊喊叫叫的？警察抓人不会这样。"

梅萨仔细看了看说："都是学校的老师，他们要干什么？"

香波王子说："开门，开灯，问他们有什么事儿。"说罢一头钻到大桌子底下。

刚出现敲门，梅萨就把满屋的光明呈现给了一大群人。

那些人集体"哦"了一声：原来是你？他们认识梅萨。

为首的是藏语系的矮子德耶布老师，他哈哈一笑说："我说不是鬼嘛，你们非说是边巴老师的鬼，世界上哪有什么鬼。"

梅萨说："就是有鬼，也是边巴老师化现的，我不怕。"

德耶布又说："你刚才没开灯，有人从下面看到边巴老师家里一团火闪来闪去，就说是鬼。"

梅萨笑了，拿出手机说："我在打电话呢。"

人们离去了。到了楼梯上有人说："深更半夜，一个人待在刚刚死了主人的房子里，胆子真大。"

德耶布说："你又没进去，怎么知道一个人？"

梅萨砰地关上了门。香波王子从大桌子底下钻出来，望了望电灯说："抓紧时间，赶快找。"

香波王子在灯光下迅速走动着，到处看了看，看到客厅有一瓶打开的葡萄酒，扭掉瓶盖，咕嘟咕嘟喝了几口。边巴老师的住宅三室一厅，他把三室全部打通，做了书房兼卧室，只留下一厅用来接待客人。他孤身生活，这样的布局倒显得简单而适用。

书房一面是塞满了经函和图书的书柜，一面是没有书的书柜，没有书的书柜里陈列着各种佛像、法器、供器、经版、碗盏、壶瓶。另外两面墙一面参差错落地挂着一些唐卡、堆绣、面具、念珠，一面是一排雕刻精美的衣柜，有两张从古董市场买来的红木椅。地上铺着斑斓的地毯和更加斑斓的卡垫，这是边巴休息睡觉的地方。

香波王子俯身摸了摸地毯和卡垫，站到电脑前问："边巴老师用电脑写作？"

梅萨说："他只用电脑上网。"

香波王子打开电脑，看到没有设置密码，就把所有磁盘扫了一遍，没发现一份文件，是空的。他又走向书柜，快速浏览着，不时地打开经函看一看。

一个小时很快过去了,香波王子把书房所有的地方都查看了一遍,一无所获,再次看了看书房中央大桌子上的经叶、经函、经卷、书籍和一摞遗稿,发现遗稿里夹着一封信,想抽出来看看,掐住信的手突然停住了。他想也许这封信有书签的作用呢。他从夹信的地方翻开遗稿,看到的是一张没有文字的白纸,他想大概是边巴老师的粗心,或者内容缺了一章,留出空白打算以后补上。他又看那封信,发现不是信,是一张北京动物园的首日封。他把首日封重新夹好,问道:

"这部稿子什么时候完成的?"

"不知道。"

"不知道?这有七八万字吧?不是一天两天完成的,你作为他的研究生居然不知道?"香波王子又念一遍标题,"《十万幻变德玛:情深似海》。"无奈地点着一根烟,使劲吸了一口。突然一股异样的味道飘进了鼻子,他皱着眉头想了想,赶紧看手,发现手上有一小片鲜红的颜色。血?哪里来的血?他在自己手上没找到伤口,便冷飕飕地说:"到处找一找,这个房子里有血。"

血很快找到了,就在边巴睡觉的地方,很多,都渗到地板上去了。地毯和卡垫的斑斓混淆了视线,也掩盖了罪恶,不仔细看是看不出来的。

梅萨一脸惨白:"谁,谁的血?"

香波王子说:"还能是谁的血,别人的血怎么会跑到边巴老师住宅里来?"说着走向客厅,扬起脖子喝干了那瓶葡萄酒。"我们不知道谁是凶手,但警察知道谁是凶手,那就是我。《地下预言》的忠告是'于暗室打开七度母之门的人,将用生命祭奉罪过与天堂'。

这些用'生命祭奉'的人不包括你,梅萨,请你离开我。"

梅萨说:"我和智美都不可能离开你,是我们把你从雍和宫救出来的。"

楼外传来一阵停车的声音,很轻,但香波王子和梅萨都听到了。他们同时扑向窗口。

窗外的晨曦里,路虎警车停在两百米外的路边,三个警察下车,朝教授公寓悄悄走来。

"快下楼。"香波王子一把拽起梅萨,走到书房和客厅衔接的地方,回头看了一眼,眼光突然停留在边巴老师的笔记本电脑上。

电脑出现了屏幕保护:辉煌一片的寺庙衬景上,是一个姣好美艳的唐卡美女。

香波王子扑过去,拔下电源,拿起电脑就走,走了两步,又返回,抱起了那一摞起名《十万幻变德玛:情深似海》的边巴遗稿。

他们飞快地来到一层。

香波王子说:"快敲门,我渴了,要喝水。"

梅萨咚咚咚敲起来:"德耶布老师,我这位伙伴肚子疼,有热水吗?"

德耶布老师揉着眼睛打开了门:"有啊有啊。"说着朝厨房走去。

香波王子和梅萨跟进去,关上门,直接去了客厅。

德耶布老师端了一杯水,来到客厅,就见通往后院的门已经打开,梅萨和香波王子早已翻到镂空的花砖墙外面去了。他听到走廊里有脚步声,赶紧凑向猫眼,看到三个警察轻手轻脚朝上走去,嘲笑道:"又是来抓鬼的?真可笑,男女幽会犯什么法了?"

第三章　迁识夺舍

1

香波王子和梅萨跑出离公寓区最近的中央民族大学西门，拦了一辆出租车，往北而去。一个多小时后，赶到了白石桥路口，这是他们跟智美约好见面的地方。

雅阁早已停在"藏人之家"餐厅的门边，智美一见他们就把胳膊伸向窗外连连招手。他们下了出租车，跑过来钻进了雅阁。

香波王子说："为什么不进去吃点喝点？"

智美把自己的牛皮挎包放到胸前，指了指身后一百米外的喇嘛鸟，一踩油门就走。

香波王子说："湿牛粪粘到了身上，怎么甩也甩不掉了。"说着，把电脑平放在了腿上。

坐在前面的梅萨回看一眼说:"你拿这个电脑干什么?里面是空的,什么也没有。"

香波王子说:"空,不等于什么也没有。"他抽着烟,打开电脑,再次把所有磁盘扫了一遍,又打开控制板面,调出屏幕保护程序。屏幕上很快出现了辉煌一片的寺庙衬景和姣好美艳的唐卡美女。

香波王子拍了一下身边的遗稿说:"为什么边巴老师用《情深似海》命名了自己的遗稿?在我关于仓央嘉措情歌的书中,'情深似海'是第五章的小标题,我在想,这是巧合,还是边巴老师的借用?"

梅萨不服气地说:"也许是相反吧,是你借用了边巴老师的。"

香波王子挥挥手:"我说的不是谁借用谁的问题,'情深似海'放在仓央嘉措身上是恰到好处,放在'十万幻变德玛'后面就显得不伦不类。以边巴老师的才智,他不会借用一个不伦不类的词汇做遗稿的标题,可是他偏偏借用了,那就说明另有深意。"他又盯上了电脑,"屏幕保护一直是这样的吗?"

梅萨肯定地说:"死前两天才更换的,以前一直是西藏山水。"

香波王子又问:"是不是也是死前两天,他的遗稿《十万幻变德玛:情深似海》出现在了桌面上?"

梅萨说:"是啊,我们都不知道他是什么时候写的。"

香波王子说:"那就应该看成是一种暗示。"

梅萨说:"为什么要暗示?为什么不能直接告诉我们?"

香波王看着手上残留的血迹说:"这也是我的问题,为什么不告诉你们,你们是他最亲近的人。难道他不信任你们?为什么不信任?"

梅萨警觉地说:"你这是什么话,挑拨我们师生关系啊?"

香波王子瞪她一眼:"女人就是女人,尽说些八竿子够不着的话。"他看看遗稿,又看看电脑上的屏幕保护,来回看了好几次。突然,他一把抓住胸前摇晃的鹦哥头金钥匙,茅塞顿开地喊起来,"我知道了,她戴着孔雀尾毛的项链,我知道她是谁了。"他指的是唐卡美女胸前的项链,一轮一轮的蓝色纹路之间,是一个更蓝的核,就像睁开的眼睛,深情无限地瞪着香波王子。"孔雀尾毛的项链是玛吉阿米的标志,玛吉阿米突然出现了。而且,而且,在我的书中,第五章'情深似海'的内容恰好是关于玛吉阿米的。"

梅萨回过头来:"让我看看,让我看看。"

香波王子端起电脑递给梅萨。

智美望着后视镜说:"路虎警车跟上来了。"

梅萨盯着电脑上的唐卡美女,头也不抬地说:"甩掉,甩掉。"

智美左拧右拐,嗖嗖地超车。有个被超的司机在后面喊:"疯子,撞死去。"

香波王子持续着自己的思考:"这就是说,边巴老师让我们关注玛吉阿米。你们知道玛吉阿米的出处吗?"

梅萨说:"当然知道,它是当今最普及的仓央嘉措情歌。"说罢,就唱起来:

在那东山顶上,
升起了洁白的月亮,
玛吉阿米的面容,
浮现在我的心上。

香波王子说："你这是流行唱法，三百多年前仓央嘉措的原始音调应该是这样的。"他唱了两句又说，"仓央嘉措不仅是诗人，更是歌手，他的所有情歌都是即兴唱出来的。我能重复当年仓央嘉措的音调，这是我和这位歌圣情圣的因缘。因缘就是使命，我必须毕生关注'七度母之门'，如果有发掘的机会，绝对不能放过。但对我来说，完成使命也许就是接近死亡。知道《地下预言》是怎样提到玛吉阿米的吗？"没等到梅萨回答，他就背诵起来：

让乔装护法的骷髅杀手用粗粝之舌舔掉玛吉阿米的头。
让护佑圣僧大宝的门隅黑剑用锁链锁住玛吉阿米的灵魂。
让持教的凹凸大血黑方之主阎罗敌挖掉玛吉阿米的心脏。
让御敌的鹫头病魔吃掉玛吉阿米的脚让她永世无法走动。
隐身人血咒殿堂把如此猛烈的诅咒射向了圣教的最大祸害情欲和淫痴。
她是烦恼大黑的化身，是杀死圣僧大宝、摧毁圣教传承的群魔之首。
但是独脚鬼之主索命太乌让保护了她，谁也没有拘住玛吉阿米的灵魂，也没有找到她的尸体。
追杀现在开始。
玛吉阿米，站在兜率天宫之上，等待掉头，等待心脏碎裂，等待双脚斧斫，等待灵魂受难。
玛吉阿米，布达拉宫掘藏之神的金刚佑阻，受持仓央嘉措后代的名单，一展成空。
小心伏藏。

香波王子说:"每次想到《地下预言》的这些句子,我就不寒而栗。"

梅萨说:"我就听明白了一点,对玛吉阿米,有人要追杀,有人要保护。"

香波王子说:"不那么简单,其实你什么也没有明白。尤其是最后四个字:'小心伏藏',它和'七人使团'留在澜沧江悬崖边上的'小心伏藏'一样,让人心惊肉跳,寝食不安。'七人使团'中的'叛誓者'把仇恨和仇恨的理由、毁灭和毁灭的方法,伏藏在了岩洞、礁穴、树巢、佛身、空气、阳光、灵魂、本能、记忆、语言、眼睛、耳朵乃至麦子、青稞、奶酪、苹果等一切思议与不可思议之地,随时准备向圣教发动进攻。而《地下预言》用公允的立场提醒后世,曾经被圣教启用的'隐身人血咒殿堂'这个西藏最古老的原始血教集团,同样也把仇恨和复仇的计划伏藏在了时间的虚空里和后继者的肉体、意识、骨血中,随时准备应对来自'叛誓者'的任何进攻。都是牢不可破的秘密传承,都是不灭的火焰、愤怒的燃烧。"

梅萨说:"我明白了,你的意思是说,'叛誓者'和'隐身人血咒殿堂'都已经复活,对抗和死亡正在发生,'叛誓者'想通过开启'七度母之门',以伏藏的力量复仇历史。'隐身人血咒殿堂'同样启动了伏藏的神秘力量,杀戮所有与开启'七度母之门'有关的人。边巴和姬姬布赤之死就是'隐身人血咒殿堂'所为。"

香波王子默然不语。

梅萨说:"我们现在面对的是'七度母之门',它是最后的伏藏,而伏藏不管是经文教典,还是仓央遗言,都应该具有挽救历史和开启时间的能量。在不同的时期发掘出不同的伏藏,为的是信仰的复生和精神的重建,一个情人,玛吉阿米,有这么重要吗?"

香波王子说:"是的,很重要,跟玛吉阿米相比,所有的都是延伸,是背景,但到底重要到什么程度,还要看我们有没有证悟破解的能力。仔细琢磨《地下预言》吧,或许它会帮助我们理解三百多年前的玛吉阿米,在那些刻骨铭心的日子里,经历过的苦难。"

梅萨喃喃自语:"玛吉阿米,又是恐怖、流血和死亡?"

"这是传承之战,也是伏藏之战,一方是'叛誓者',一方是'隐身人血咒殿堂'。但问题比我们想象的肯定还要复杂,当复活的双方已经开始你死我活的时候,我们最不能忽视的,却是第三方,那就是新信仰联盟以及乌金喇嘛。'叛誓者'想开启'七度母之门',乌金喇嘛也想开启'七度母之门',但目的显然是不一样的,'叛誓者'是为了报仇雪恨,乌金喇嘛是为了用他们那一文不值的新信仰代替包括佛教在内的一切宗教。"

香波王子还想说下去,却听梅萨令人意外地反驳道:

"是这样吗?我觉得我们并不了解新信仰联盟,更不了解乌金喇嘛。"

"还需要了解吗?新信仰联盟制造的悲惨事件全世界都知道,人们等待乌金喇嘛就像等待瘟疫、地震、世界末日。"

"那不是悲惨事件,是宗教丑闻,那不是世界末日,是宗教末日。"

香波王子愣了一下,瞪着梅萨说:"你怎么这么说?怎么能把新信仰联盟制造的惨案栽赃到宗教身上?"

梅萨回头正视着他说:"我只是坚信如果一个人或一个组织要义无反顾、坚持不懈地制造事端,一定有他崇高的理由,有值得我们同情的背景。"

香波王子激愤地说："不不不，不能这样认为，对新信仰联盟的任何同情，都意味着玷污'七度母之门'。因为在新信仰联盟以及乌金喇嘛看来，作为仓央嘉措遗言的'七度母之门'，一定是他对自己被杀害的事实的陈述，是对历史的控诉和对圣教的声讨。他们要揭开'七度母之门'的秘密，就是要利用仓央嘉措让佛教走向自我毁灭的道路。可在我的情怀里，恰恰相反，仓央嘉措存在的意义，就是要拯救圣教，重建信仰，就是要用佛光照亮世界而让新信仰联盟黯然失色。"

梅萨倔强地说："不对，仓央嘉措惨遭宗教迫害，他的遗言不可能是拯救宗教，重建信仰。"

智美盯着后视镜，平静地说："有点怪，路虎警车好像并不想追上我们，喇嘛鸟超过它了。"

梅萨说："快点，不能让喇嘛们抓住，丢脸的不应该是我们。"

香波王子吼道："我知道你们发掘'七度母之门'的伏藏是为了让佛教丢脸。"

智美突然说："绝对不是，我们有更实际的目的。梅萨致力于'伏藏学'的研究，'七度母之门'是自有佛教以来最后的也是最伟大的伏藏，她怎么可能放过这个机会？而我是宣谕法师的后代，我的研究方向又是'藏族占卜文化'，跟伏藏有千丝万缕的联系。藏地大部分占卜术都是从伏藏中显现的，同时占卜也是发掘伏藏的重要途径，几乎所有伏藏的发掘，都离不开占卜。"

香波王子说："我不相信，这不足以让你们去冒生命危险，你们一定另有企图。"

梅萨说："当然，我们有更崇高的目的。"

香波王子依然沉浸在激愤中，大声说："停停停，我要下了，原来你们是新信仰联盟的立场，你们和乌金喇嘛一样，想跟佛教过不去。我和你们搅在一起干什么？停停停，我要去投案，我即便被他们当成杀人犯枪毙掉，也不会跟着你们一起污蔑仓央嘉措。停下，停下……"喊着，他打开了车门。一股风呼地吹了进来。

智美说："危险。"

梅萨气冲冲地说："有本事你跳下去，跳啊。"

香波王子抬起屁股就要跳。

智美猛踩油门加速，且大声说："你想畏罪自杀？杀害了边巴老师和姬姬布赤的凶犯巴不得你这样，从此他们就可以逍遥法外。"

香波王子无奈地坐下，砰地拉上了车门。

2

警笛突然响起，一辆标有"交警"字样的警车飞驰而来。

智美知道是因为超速行驶、抢占车道引来了交警。但他吃不准交警和路虎警车有没有共谋，紧打方向盘，拐上了西三环路，没跑多远，就被交警超过去挡在了前面。他看到后面五十米远的地方，喇嘛鸟和路虎警车一前一后跟进着，便开着雅阁冲下了匝道。走了一百米，才发现前面正在施工，此路不通。匆忙开上人行道，驶进了一家超市停车场。

雅阁转了一圈，发现停车场没有别的出口，只好原路返回。阿若喇嘛已经带人下车堵住了匝道，几个交警正从人行道上跑来。

梅萨喊一声："弃车。"

雅阁还没停稳，香波王子就第一个冲了出去。他先是往前跑，看到梅萨和智美跟着自己，停下来吼道："不要跟着我，危险。"看他们还是跟着，便跑进超市南门，在人群和货架之间三晃两晃，晃掉了他们，又从东门跑了出来。

雅阁旁边没有人。香波王子扑过去拉开车门，却被埋伏在一侧的碧秀一把揪住了。

香波王子推着碧秀说："没必要这样，我投降就是了。"

"那也得先铐了你。"碧秀从腰里摘下手铐，望了望超市门口，突然收起手铐，掏出了枪。"其实你可以跑，你不跑也算跑，你不仅想逃跑，而且想反抗，所以……"说着用枪口顶住了香波王子的小腹，小声说，"我既是警察，又是佛的护法。我一直等着你，你是唯一一个有能力开启'七度母之门'的人，你跟乌金喇嘛穿一条裤子。杀你是我的使命，是佛给我的权力。听说过'隐身人血咒殿堂'吗？我天天夜里都能听到'隐身人誓言'的督促，那是黑方之主在和门隅黑剑对话。门隅黑剑就是我，我要用飞翔的黑剑刺穿你的灵魂。"

香波王子吃惊道："一个警察，说他是门隅黑剑，谁相信啊。"

"你只知道我是警察，不知道我叫碧秀。"

"碧秀？我知道一个叫碧秀拉巴的，他是西藏山南孤儿庄园最早的主人。你该不会是碧秀家族的人吧？在西藏能叫这个名字的人不多。我佩服碧秀拉巴，不是一般的佩服。"

"那你就去地狱里继续佩服吧。"碧秀打开了手枪保险。

香波王子恐怖地瞪着他："你在执法，你不能胡来。"

"杀死一个试图反抗警察的杀人逃犯，就是执法。"

"杀人和反抗都没有证据，你不过是为了实现'隐身人誓言'。"说着，香波王子突然冷静下来，提醒道，"你说你是佛的护法，无慈不佛，佛不会让任何人残暴，也不会让门隅黑剑滥杀无辜。"

"是的，但如果你情愿就死，就没有我的残暴了。让圣教平安，这是我的最高目标。"碧秀说着，犀利的眼光像水晶珠子一样闪了一下。

香波王子几乎是本能地看出那是杀性的闪耀，他的反应比碧秀扣动扳机的速度还要快，蹭着顶住小腹的枪口，突然蹦了起来。枪响了，子弹擦破裤裆打进了雅阁的驾驶室。没等碧秀再次扣动扳机，香波王子一脚踢了过去。碧秀朝后一闪，正好绊在隔离墩上，身子一歪，想要站稳，却被香波王子推翻在地。香波王子回身钻进雅阁，倒出停车场，在人群的惊叫声中，鸣着喇叭疾驰而去。

几个喇嘛在后面追撵着，一领领袈裟鼓荡而起。阿若喇嘛喊道："上车，上车。"

雅阁开上西三环路。香波王子摸了摸被子弹擦破的裤裆，感觉里面的东西好好的，庆幸地擦了擦满头的汗。他想起了梅萨的话："都是惊天大案，警察压力很大，说不定你就是替罪羊。"不，不仅仅是替罪羊，那警察的话更让他寒心："让圣教平安，这是我的最高目标。"言外之意是，为了圣教平安，残暴是必须的。看来他已经回不去了，如同猫捉老鼠，不会有老鼠向猫投降后免于死罪的可能。他长叹一声，终于明白，自己的逃亡生涯开始了。只有逃离警察，才能发掘"七度母之门"的伏藏。

不管发生了什么，"七度母之门"对他的诱惑依然存在。

香波王子开着雅阁，沿着紫竹院路奔向了四环路，又奔向五环路，然后疯了似的跑起来。追撵而来的喇嘛鸟渐渐被甩掉了。

3

雅阁没油了,香波王子也是饥肠辘辘。他加了油,买了啤酒和酱牛肉,把车隐蔽在公路边的一片树林里吃起来。他是个喝酒如同喝水的人,天天如此,却没有一次因酒后开车被警察逮住,原因是他喝多少都不醉,也检测不出超标的酒气,好像酒一到他体内就会分馏,酒精从下面排泄,水气从上面散发。吃喝完了,他从后面座位上拿起《十万幻变德玛:情深似海》,抽着烟,一页一页翻了起来,翻了一会儿就翻不动了,扔掉烟头,眼睛一闭,睡了过去。

醒来的时候是下午,阳光照在他怀抱里,也照在边巴的遗稿上。遗稿花了,泛黄的白纸上,有红、白、蓝三色文字从背后洇出来。他眨巴了一下眼睛,摩挲着那些文字:这是什么?仔细看下去,发现本来没有文字的那页白纸上,这时不仅有了藏文字,而且每一个藏文字都是三种颜色。他躲开阳光,把遗稿放到阴凉处,三色文字立刻消失了。一个激灵打得他立刻清醒了许多:"光透文字"?

"光透文字"是古代藏密传承教典的一种方法:把机密的经文隐藏在经纸上,若干年以后,当因缘时节到来,便会在阳光下显示。

香波王子闭上眼睛,想起了《地下预言》里的启示:

当阳光照进七度母之门,噶举纸透出萨迦文字。

"噶举"是藏传佛教五大教派之一,该派的高僧修法时都穿白衣,俗称"白教"。这里的"噶举纸"不就是白色的经纸吗?"萨迦"也是藏传佛教五大教派之一,他们的寺庙涂有象征文殊菩萨、观世音菩萨、金刚手菩萨的红、白、蓝三色条纹,俗称"花教"。这里的"萨迦文字"不就是用三种颜色写成的藏文字吗？

他小心翼翼地察看着《十万幻变德玛：情深似海》，发现前三十页和后三十页都是现代纸张和边巴老师的汉文手迹，中间一页就不是了，在阳光下一看就知道是古代经文纸和古藏文字。

莫非藏匿在遗稿中的"光透文字"，就是边巴老师从雍和宫独木大雕佛后面的"七度母之门"里取出来的珍宝？是莲花生大师伏藏在六世达赖喇嘛仓央嘉措心里的遗言？香波王子浑身颤抖，是激动，也是恐惧，更是受宠若惊。如此伟大的伏藏居然真的落到了他手里，而且这么容易。

他把《情深似海》再次放到阳光下，看着渐渐显示的"光透文字"，发现那是他根本看不懂的。好像那些彩色的线条组合不是文字，而是一幅幅深奥难解的图案，是神祇用来控制人类的秘密符号和考验人类智慧的密码。

他突然意识到自己看不懂就对了，古代许多伏藏都有专门的伏藏语言，必须由专家来解码。专家，专家，谁是专家？

他再次抽出夹在遗稿中的那张北京动物园的首日封，仔细看看，没看出什么，又夹回遗稿，皱着眉头，一根接一根地抽烟。

手机响了，他看是梅萨打来的，犹豫了半天，才接起来："不要再打电话了，我们已经分手，各奔东西是最好的出路。"

梅萨说："便宜了你，你还开着我们的车呢。"

"车我可以还给你们。"

"我们不要车，就要你。"

梅萨的口气突然变得温和而柔顺，这让香波王子有些意外，他默然无语。

梅萨不无哀怨地说："你不愿意跟一个女人在一起，是因为这个女人毫无吸引力。"

香波王子说:"你应该知道,仓央嘉措是我的灵魂,你得罪了仓央嘉措就是得罪了我。"

"我没得罪仓央嘉措,我也巴不得是他的情人。"

香波王子讥笑一声说:"幸亏你不是。"

梅萨不紧不慢地说:"不错,我们是同情新信仰联盟,我们很希望'七度母之门'是仓央嘉措遗言,遗言又是对历史的控诉和对圣教的诅咒。因为正是圣教残害了仓央嘉措,也残害了那些至死不渝的情人,包括你为之流泪唏嘘的玛吉阿米。说真的,我从骨子里恨这些人。如果你真的不愿意听凭有人羞辱圣教,真的相信'七度母之门'圣洁而和平,真的崇拜仓央嘉措,那就应该证明给人看。"

"仓央嘉措是圆满佛、进步佛,我除了坚信,不可能拿出什么来证明。"

"跟我们一起发掘'七度母之门'的伏藏,让仓央嘉措的遗言来证明。"

香波王子愣住了,半响无语。他似乎这才意识到自己研究"七度母之门"的目的是什么,发掘伏藏的冲动是什么,那种来自灵魂深处的期待里,同样也掺杂了惶惑、动摇和怀疑。有什么比袒胸露怀、以身说法更有说服力呢?坚定不移地让"七度母之门"自己证明自己,让仓央嘉措自己证明自己,这才是他行动的目标,而不仅仅是声嘶力竭地喊叫:我坚信仓央嘉措伟大而光明,坚信"七度母之门"圣洁而和平。

他喘了一口气说:"你们在哪里?"

十分钟后,香波王子在五百米外一家名叫"大食堂"的餐厅门口见到了梅萨。

梅萨一见他，脸上不由自主就有了喜悦的色彩，红红的，很好看。香波王子心中感慨：她要是不那么偏狭、专一就好了。就像我，爱着所有的美丽、所有的女人，也希望所有的女人都爱我。

他们走进大食堂，来到包间。香波王子望了一眼桌上的饭菜和正在看电视的智美。智美沉默的眼中流露着对他的期待，朝着身边已经斟满了啤酒的座位，做了一个请坐的手势。

香波王子没有坐，他在寻找阳光，然后走过去，把《情深似海》翻到有"光透文字"的那一页，放到了阳光下。

"梅萨，你是研究伏藏学的，对古代专门的伏藏语言不会不认识吧？"

"当然认识，这是伏藏学的基础。"

香波王子得意地说："看看吧，也许伏藏已经现世了。"

4

一个鼻子塌陷、颧骨高隆的人走进大食堂，在大厅里拣了一张桌子坐下，很节俭地要了一个在他看来既便宜又好吃的回锅肉和一碗米饭。他把米饭一粒不剩地倒在回锅肉的盘子里，端起来，凑到嘴边大口吃着。他不低头，甚至都不往盘子里看一眼，两眼一刻不落地望着斜前方。斜前方是一面镜子，镜子映照着他的身后，身后三步远的地方是一个包间。他刚才已经问过服务员了，那个长发飘飘、脸膛微黑、不胖不瘦的高个子，就在身后的包间里。

包间是用三合板间起来的，隔音不好，能听到里面的说话。他在听，不时地会把手插进黑色西服的内兜里，摸一摸那把雕饰精美的骷髅刀。他想起离开罗马恩尼草原前，他在爸爸的监督下，就是用这把骷髅刀,一刀攮进了索拉毛的肚子。索拉毛是家中一头养了六年的牦牛,这是他第一次用刀杀牛。草原上宰杀牛羊都是绳杀,就是用绳子捆住鼻嘴,使其窒息而死。绳杀是不见血的,据说牛羊的痛苦也少些。人们需要亘古不变的慈悲,即使草原已经有了开着摩托车放牧、开着卡车运牛的日子,古老的宰牲方式也没有丝毫改变。所以当他把骷髅刀攮进牦牛肚子后,牦牛一动不动地瞪了他好半天,像是说:你怎么用刀子了,怎么让我这么痛,怎么让我流血了?那一刻他的手在发抖,爸爸厉声道:"不准发抖。你是我家唯一能够实践'隐身人誓言'的人,我修炼了一辈子都没有修炼来这样的荣耀,杀掉那个毁佛灭教的人,你就能完成'血咒'加持的护法成就,就能圆满。如果你活着回来,你就是圣教不朽的出世间护法神,就是我骄傲的儿子,如果你死了,请屈尊把灵识寄居在你儿子身上,他要像你一样在护法持教中一步登天。"于是他扑过去,朝着在流血中发抖的牦牛索拉毛,又攮了一刀,又攮了一刀,可怜的索拉毛轰然倒下后,他还在攮,一共攮了三十刀。

他带着由三十刀历练出来的狠恶,告别着故乡罗马恩尼草原,那些定居的石头碉房和草海里飘移的牛毛帐房。那些见惯了的亲朋好友、牛羊马狗,都是依依不舍的,但最不舍的还是儿子。儿子刚刚三岁,似乎已经知道告别的沉重,黑亮黑亮的眼睛长时间盯在他的骷髅刀上,满是疑问的目光:"你要去哪里?你为什么带着这把杀死了牦牛索拉毛的刀?"他把手重重压在儿子肩膀上,忧伤地说:"你的妈妈是格桑德吉,她走了,不管你了,你的爸爸是骷髅杀手,如今也要走了,不管你了。快快地长吧儿子,长大你就知道一切都是为什么。"

他曾经是那曲地区畜牧兽医学校的学生,格桑德吉是他的同乡同学。毕业了，一起回到乡里，都成了乡畜牧兽医站的防疫员。结婚，生儿，好好地过着日子，格桑德吉突然离开了，连兽医站的防疫员也不干了。她说你整天就是修炼修炼，连晚上睡觉都是修炼，还要杀了那个你们根本不认识的人才能圆满，你们家族的传承也太原始了。你们不是正经的佛徒，你们吃着现在的饭，过着古代的生活，难道你们的所见所闻不能让你们增长一点见识吗？杀人是要受到惩罚的。就算佛会睁一只眼闭一只眼，警察、法律却饶不了你们。他不听，格桑德吉生气回了娘家，一去不归，有老婆的日子就这样中断了。爸爸说："不遗憾，她是轮回之中的人，而你是'隐身人誓言'的担当者，你的目标是脱离轮回，走向神界。不要在乎一个女人的去留，天下女人多得是。等你完成护法使命，圆满归来，罗马恩尼草原上，那些仙女下凡的姑娘，都等着你挑呢。"

　　告别故乡前，他想再见一面格桑德吉，告诉她，不要因为不想见他就不去畜牧兽医站上班，他现在要走了，乡里就没有防疫员了。他开着摩托车去了她娘家，她以为他是来请她回去的，迎出来让他进家，听他一说他要远走高飞，立刻回身关上门，再也没有出来。他走了，义无反顾。

　　他通过"隐身人血咒殿堂"的无形密道，来到北京，在大护法"黑方之主"的指导下继续修炼，一年后修炼进入最后的也是最关键的血祭阶段：香波王子出现了，开启"七度母之门"的邪恶行动开始了。内心的狂喜让他热汗淋漓，惩罚邪恶，阻止开启，使命的完成就在这一刻，告慰祖宗父母的日子已经来到。他深信只要自己听从无形密道的大护法"黑方之主"的指令，以"骷髅杀手"的名义杀了这个人，他从世间护法主到出世间护法神的转变就能顺利完成，修炼就能圆满，血咒和血祭将使他焕然一新，那是一步登天的境界，是天马行空、遣降威灵的自由和满足，整个家族奋勇修炼而没有达到目标的秘密传承将由他获得最高成就而继续传承下去。

骷髅杀手看了看自己的右手，"哼"了一声：这是一双攮了三十刀牦牛的手，攮死一个人，有什么问题啊。他盯着包间的门，心里一再念叨着：快出来，快出来。

5

差不多用了一个小时，梅萨把《情深似海》中的"光透文字"翻译了出来。三个人盯着一张誊写着翻译文字的白纸，半晌无话。他们看到了"授记"两个字，看到了"授记"下面的文字和接下来的"指南"。

智美指着"授记"疑惑地说："这就是'七度母之门'的内容？"

梅萨说："'授记'不是内容，是关于内容的提示和授权，也是伏藏的标志。"

香波王子点点头，无奈地说："也许我们现在才开始接近'七度母之门'。"

梅萨说："可它怎么是一首情歌呢？"

"是情歌就对了，如果不是仓央嘉措情歌，'授记'给我这个仓央嘉措专家干什么？"香波王子走过去，拧小电视的声音，然后唱了起来：

茂密的树林深处，
是我告别姑娘的地方，

除了画眉鸟儿，
没有人知道我的悲伤。
风雪吞没了少年仓央，
门隅棠下魔鬼的山冈。

"请注意我的音调……"

梅萨语速飞快地说："我们已经注意到了，你的音调绝对是当年仓央嘉措的音调——虽然没有任何证据证明仓央嘉措当年就是这么唱的。我知道，全世界只有你一个人会唱，别卖弄啦，你快说为什么仓央嘉措情歌会成为开启'七度母之门'的'授记'？"

香波王子身子朝后靠向椅背，有点拿捏地说："说，也是卖弄啊。"

梅萨拍他一下："那就卖弄吧。"

"这是仓央嘉措最早的情歌，也是他最早的爱情经历，情歌里的姑娘，就是比仓央嘉措大两岁的玛吉阿米。"香波王子看梅萨眼睛亮亮地忽闪了一下，又说，"'玛吉阿米'这个词汇是仓央嘉措的一个创造，知道它的真实含义吗？"

梅萨焦急地说："你就直接说吧，别问我们，我们即便知道，也是皮毛。"

"'玛吉阿米'有很多翻译，'未生娘''少女''佳人''娇娘'，等等，直译应该是'没有生养我的母亲'。但在仓央嘉措这里，'玛吉阿米'有着特殊的含义，那就是：虽然没有生养我、恩情却像阿妈一样的情人。仓央嘉措于公元1683年出生在西藏山南门隅的一个农民家里，三年多后，被认定为圆寂于公元1682年的五世达赖喇嘛阿旺罗桑嘉措的转世灵童，五岁开始学习文字，不久就离开母亲，进入措那宗米拉山口下的巴桑寺，在摄政王亲定经师的监护下开始学文字、读经书。他是一个心灵丰富、感情炽热的人，那么小就离开母亲，相伴着青灯黄卷的枯寂，于是便把对母爱的渴望和对情爱的渴望混同在了一起。在他心目中，真正的爱情都带着母爱最饱满的温情和无私，所有的情人都具有母亲最亲切的面影和举动。他恰到好处地用'玛吉阿米'来称呼他热爱的姑娘，显得既光明又暧昧，既亲情又爱情。"

梅萨说："你是说作为喇嘛，他从小就是一个不守清规的叛逆者？"

"不，他没有叛逆，他只是顺其自然。有一些因素你恐怕没有想到，藏传佛教宁玛派的僧人是可以结婚的。甚至在有些地方，出家和在家没有太大区别。仓央嘉措出身宁玛世家，父亲扎西丹增（吉祥持教）得到过无上密宗传续。母亲才旺拉姆（自在天女）是婚姻明妃——既是妻子，也是修法女伴。仓央嘉措虽然从小就被认定为五世达赖喇嘛的转世，但对男女性爱一点也不陌生。他在巴桑寺时，除了监护他的经师，谁也不知道他是转世灵童，他的行动是自由的。他常到厹下这个贫民富户聚集的村庄和男孩女孩们玩耍，偶尔还可以穿过米拉山口，回家看望父母和同村的玩伴。那时的仓央嘉措长相俊美，性情开朗，而且情感早熟，率性而为，姑娘们没有不喜欢的。我是说，生活，所有宗教和世俗的生活他都有深深的投入。他的童年饱满而欢喜，除了对母亲的思念常常会使他陷入忧伤之外，刻板的寺院和他的达赖喇嘛身份都没有过多地限制他，他的天性按照自己的逻辑蓬勃起来。他需要姑娘，姑娘也需要他。"

梅萨说："你是说仓央嘉措在少年时期就有了情人，就开始了他惊世骇俗的爱情生涯？"

"不仅仅是爱情的开始，'光透文字'告诉我们的，恐怕主要是谋杀的开始。"

梅萨说:"谋杀?谋杀仓央嘉措,还是谋杀你、谋杀我们?"

香波王子阴森森地说:"有一种谋杀三百多年前就开始了,居然一直没有中断。这就是我刚才看'光透文字'时想到的,也是我想对你们说的关于这首'授记'情歌的起源。"他点着一根烟,抽了一口说:

"仓央嘉措童年的寺院巴桑寺有一座无量宫,它是该寺最早的庙堂,供奉着宁玛派的铁鏊子马头明王。马头明王跟无量光佛也就是阿弥陀佛心续一致,是后者忿怒降魔的精神体现。这说明措那宗这地方最早都是宁玛派的信徒。后来格鲁派势力大盛,围绕无量宫建起了巴桑寺,无量宫也就成了巴桑寺的一部分。

"巴桑寺最早的住持是格鲁派密宗大师郭芒德钦。他曾在无量宫修炼过十一年马头明王本尊密法。修炼需要明妃,却又要避开其他格鲁派僧人和信徒们的眼睛,于是就有了一个秘密通道,明妃从通道里来,从通道里走。直到修炼结束,也无人知晓。而提供和护送明妃的,是荣下村的宁玛僧人大秋丹。大秋丹是措那宗的宁玛教主,和郭芒德钦同一年圆寂。圆寂时把明妃通道的秘密告诉了儿子小秋丹,并且预言:'在我的传承里有一次神圣的经历,那就是为一个尊胜无二的佛宝进行《幻网》和《密点》方便道即男女双修的灌顶,可惜我没有福分,有福分的是你,你作为一个宁玛巴将为一个比你高崇一百倍的格鲁巴开示成佛之路。'

"一天,仓央嘉措根据经师的指教,正在无量宫里撰写他的第一篇经文《马头明王修行法》,从蓝色、盛怒、头顶嘶鸣绿马头、脚踏男女二尸的铁鏊子马头明王岔开的双腿之间,突然掀起一块圆木板,一颗僧头冒了出来。他很奇怪,以为马头明王显灵了,仔细一看，原来是籴下村的宁玛僧人小秋丹。小秋丹这时候已经四十多岁，他以一个修行成熟的前辈僧人的口吻说：'在树林，在山沟，在雪洼，在石头房子里，我看见了你和玛吉阿米的身影。你是一个伟大的尊者，请在明王面前祈求护持，秘密灌顶的时候已经来到。'

"灌顶就是授权。古印度国王即位时以水灌顶，即授权管理国家，搬运到佛教密宗亦即金刚乘中，就成了可以修习某种密法的授权仪式和传授过程。仓央嘉措是明白的，立刻跪下，口诵'上师'，连连膜拜。两个小时后，秘密灌顶仪式结束。小秋丹念了几声大寂静度母的身、语、意三咒：'唵达热都达热都热索哈'，然后让仓央嘉措打坐观想和金刚界自在明妃相拥相抱的乐空无我的境界，还让他用刚刚传授给他的'明王大妃咒'召请妙花天女。仓央嘉措观想了一会儿，感觉召请来的不是妙花天女，而是玛吉阿米。他于是倍加高兴，知道从此以后他和玛吉阿米的关系，就不仅是男女私情，而是明王与明妃的正当组合，至少在籴下村宁玛信众的眼里是这样。但是他也知道，一定要悄悄的，不能说出去，格鲁派是保守而严守戒规的，一个还没有学通显宗的格鲁派喇嘛，是不可以接受宁玛派密宗大师关于男女双修的秘密灌顶的。不能说出去的，当然还有那个秘密通道。这个通道成了仓央嘉措永远的情结，他一生都在建立一个更大的通道，通向佛天极地，通向长生不死，通向自由天堂和最纯粹的宗教。但在最初它仅仅是一个玛吉阿米穿梭往来的通道，就是这个通道引来了谋杀和所有的灾难。"

梅萨说："我能理解，但又为他惋惜。"

香波王子说："你其实根本就没有资格为他惋惜，因为你什么也不是，既不是佛，也不是那种可歌可泣的情人。"

梅萨说："还是说正题吧，谋杀。"

"第一次围绕仓央嘉措的谋杀出现在迎请队伍到达巴桑寺后的第二天。这是公元1697年,康熙三十六年,藏历第十二饶迥火牛年的春天。巴桑寺的僧众和栄下村的人们还不知道,他们熟悉的门隅少年仓央嘉措、那个山歌唱得最好的英俊喇嘛,是五世达赖喇嘛的转世灵童,就要被迎请到拉萨去了。这天,雪下得很大,充满魅惑的宁玛巴情人,那个被仓央嘉措称为玛吉阿米的姑娘,在自家石头房子里等不来仓央嘉措,便走出家门,朝巴桑寺的方向,快步走进了山边的树林。她想我为什么不能去老地方等他呢?她唱起了《萨玛酒歌》:"我的家乡在门隅,雪山巍峨,情人相聚。"惊起几只山鸡翻飞而上。山鸡落脚为吉祥,她就在有山鸡爪印的地方挖起了雪坑。雪坑就是天堂,就是她和他的老地方。入冬以来已经好几次了,她和仓央嘉措那么惬意地进入了天堂。

"一股冷风从后面压住了她。她说你这个强盗力气这么大。回头一看,果真冷风变成了强盗。那强盗穿着一身俗家的羔羊翻毛皮袍,一手抓着她,一手攥着刀,另有一把刀更是咄咄逼人。那是独眼里的凶光,刺得她胸腔一抖,几乎抖碎了心脏,连尖叫也发不出来了。这时,嗖的一声箭响,独眼杀手摇晃着,差点倒下去,一根竹箭插在了他握刀的臂膀上。他松开玛吉阿米,拔掉竹箭,扭头寻找射箭者。玛吉阿米爬起来就跑。

"三十步远的杉树背后,一个披着黑牛犊皮的猎人站出来,再次用弓箭瞄准了独眼杀手。独眼杀手大吼一声,立刻从左右两侧冒出另外两个杀手,举刀直奔猎人。猎人忽地转身,放出了竹箭,右边的杀手倒下了。他又挽弓搭箭想射杀左边的杀手,却发现已经来不及,左边的豁嘴杀手和前边的独眼杀手同时扑到他面前,一把刀插进了他的喉咙,一把刀插进了他的腰肋。猎人惨叫着扑倒在地。

两个杀手同时拔出刀,转身去追撵玛吉阿米。

"玛吉阿米朝树林外的村庄跑去,刚跑到树林边,就被从捷路上跑来的独眼杀手和豁嘴杀手堵住了。她转身往山上跑,跑着跑着突然改变了方向,她看到就在死去的猎人和杀手之间,张皇失措地伫立着仓央嘉措。她担心杀手伤害他,喊了一声'仓央',便跌跌撞撞跑了过去。就在这时宁玛僧人小秋丹出现了,他拿着一根木棍堵挡在了独眼杀手和豁嘴杀手前面。两个杀手把刺杀的目标对准了小秋丹,包抄过去,举刀就刺。仓央嘉措大吼一声:'那是我的上师,你们要干什么?'他跑过去,愤怒地望着两个杀手。两个杀手是认识他的,扑通跪下,惶恐地磕了一个头,仓皇逃走了。

"仓央嘉措指着死去的猎人和杀手问道:'上师,他们怎么死了?'小秋丹虔敬而又哀怜地看着仓央嘉措说:'有人要杀死玛吉阿米,有人要保护玛吉阿米。当观世音菩萨的化身、莲花生大师的转世需要跟马头明王、一辫天母浑然一体的时候,他们就死了。'仓央嘉措知道观世音菩萨的化身和莲花生大师的转世就是达赖喇嘛,也就是他自己,当自己以马头明王为本尊修炼密法时,就变成了观世音和明王合二为一的马头观音。马头观音法的修炼需要明妃,于是又有了马头观音和一辫天母的合二为一。玛吉阿米就是一辫天母,当她必须跟他仓央嘉措融为一体时,有人却要杀死她。他追问道:'谁要杀死她?谁要保护她?'小秋丹说:'所有的宁玛派都会保护她,却不是所有的格鲁派要杀害她。'

"仓央嘉措有些明白了,忧戚地望着玛吉阿米,从怀里拿出一尊五寸观世音镏金铜像说:'我把这尊观世音送给你,它会一直陪伴着你,它的守护就是我的守护。'他把铜像塞到她怀里,转身就走。玛吉阿米问道:'什么时候你还能再来?'仓央嘉措没有回头,心里已是悲歌阵阵。玛吉阿米追过去拉住了他：'仓央你哭了。'仓央嘉措说：'见了死人，我怎能不哭？'玛吉阿米说：'要哭就来我怀里哭，可怜的小喇嘛，别忘了我是你的情人、你的明妃，还是你的阿姐、你的阿妈。'说着，一把搂住了他。仓央嘉措在情人的怀里哽咽着说：'我要走了，我要走了，玛吉阿米，我要走了。'然后推开她，快步离去。玛吉阿米乞求道：'仓央，你能不能再待一会儿，有人要杀我。'

"仓央嘉措没有停留，他知道只有自己离开，情人玛吉阿米才是安全的。他走了，雪地上的脚印固执地延伸着，背影小了，没了，哭声却大了。玛吉阿米没有听到情人的哭声，只听到一阵山鸡的惊飞之后，传来门隅少年仓央嘉措放野的歌喉：

　　茂密的树林深处，
　　是我告别姑娘的地方，
　　除了画眉鸟儿，
　　没有人知道我的悲伤。

"玛吉阿米的回答也是歌声：

　　风雪吞没了少年仓央，
　　门隅崇下魔鬼的山冈。

"玛吉阿米的阿爸是个藏族商人，他用大米、鸡爪谷和兽皮去两百公里外的琼结或者泽当换来盐巴，再用盐巴和当地人交换大米、鸡爪谷和兽皮。他经常不回来，据说他在琼结还有一个老婆一个家。

独眼杀手和豁嘴杀手似乎知道这一点，所以当他们趁着夜色走进这个没有男人的家时，毫不怀疑今夜那座被柴火熏黑的石头房子里，比仓央嘉措大两岁的玛吉阿米将会死在她阿妈的身旁。

"石头房子分为三层，上面一层是露天的，堆放着烧火用的干草和秸秆，下面一层是牛棚马圈羊舍，中间一层用木板隔为两间，里间睡觉，外间做饭、进餐、取暖、待客。独眼杀手和豁嘴杀手踏上楼梯来到中间一层，推门进去，一前一后摸到了睡觉的里间。雪光从窗外钻进来，映照着地板上两个裹着皮袍蒙头睡觉的人。他们从头看到脚，发现了玛吉阿米的红氆氇软靴，一人一刀刺了下去。一股鲜血激射到了独眼杀手脸上。大概玛吉阿米还在梦中，来不及叫一声，身子一蜷，再一挺，眨眼死去了。独眼杀手收起刀，拽下红氆氇软靴上的黑玛瑙，拉起同伴就走。

"谋杀发生后的第二天，仓央嘉措就在一些官员和喇嘛的陪同下离开了巴桑寺。他们悄悄的，一点声张都没有，把神秘和诡谲留给了通往远方的马道。仓央嘉措告别着家乡，巴桑寺、㑊下村、门隅措那，清河一脉，大山一片，雪山和森林、农田和草场、家畜和野兽，熟悉的擦身而去，陌生的迎面而来。他还不知道这是一次永久的告别，以后无论他怎样怀念故土，都不可能回来了。

"最最不舍的当然还是玛吉阿米，那已是所有心痛的聚合、战栗如风的酸楚。仓央嘉措不敢哭，他知道达赖喇嘛是何等伟大的人物，不能为了一个情人而哭泣，只能默默祈祷：玛吉阿米，愿佛赐的幸福永远陪伴着你。

"仓央嘉措现在还不知道，在他离开门隅山乡时，除了㑊下村的山林里死了两个男人，㑊下村的石头房子里，还死了一个女人。

"十天以后，仓央嘉措一行途经哲古措、绒波、羊卓雍湖，到达了浪卡子。拉萨已不再遥远，六世达赖喇嘛坐床的日子正在祈请神的明示，他们在浪卡子住下了，等待着。"

香波王子不说了，三个人沉默着。片刻，梅萨说：

"想不到，这首情歌的背景这么复杂，这么残酷。"

香波王子说："这只是谋杀最初的延续，从'七人使团'的消失已经延伸到了玛吉阿米身上，想保护她的人会死，想杀死她的人也会死。其间有多少无辜啊，延续了三百多年的谋杀。"

梅萨和智美几乎同时问："谁要杀害玛吉阿米？独眼杀手和豁嘴杀手的后台是谁？又是'隐身人血咒殿堂'？为什么？"

香波王子没有回答，指着翻译过来的"光透文字"说："再往下看，'授记'给我们的情歌后面是'指南'，组成了完整的'授记指南'。"

梅萨念起来：

心性明空之地，沐浴清洁之天，龙山低卧，凤岭高飞，天母安驻于兜率天宫，说：这个叫作仁增旺姆的神，守望着七度母之门。那是吉祥原野上的第一个圆满、第一个曲典嘎布、第一个转经筒。

念完了问："什么意思？"

香波王子说："宁玛派把一切佛法判为九乘：声闻乘、独觉乘、菩萨乘、事部乘、行部乘、瑜伽部乘、摩诃瑜伽乘、阿努瑜伽乘、阿底瑜伽乘。前三乘是显宗，后六乘是密宗。'心性明空之地'和'沐浴清洁之天'是修行'事部乘'的境界，也是密宗教法的第一个层次，当年仓央嘉措就是在这个层次上接受了小秋丹的灌顶和玛吉阿米的爱情。它很可能是在提醒我们不要忘了仓央嘉措，因为接下来就是'龙山''凤岭'和'兜率天宫',它们是仓央嘉措的修法意境,藏地至少有三座寺院用这种意境命名了自己的山和主要大殿。"

梅萨问:"哪三座寺院?"

"四川那摩寺、甘肃拉卜楞寺、青海沙陀寺。"

智美说:"范围这么大?"

香波王子说:"不是大了,是小了。从'授记指南'看,其中的一座寺院里,有一尊守望着'七度母之门'的神像仁增旺姆,这应该就是我们的下一个目标。"

梅萨说:"仁增旺姆?没听说有这样一尊佛。"

"我只知道'仁增旺姆'出自仓央嘉措情歌,是仓央嘉措的又一个情人,到底是仓央嘉措的情人用了神的名字,还是情人变成了神,不得而知。"香波王子说罢唱起来:

峰峦绵延的东方,
云烟缭绕在山上,
是不是仁增旺姆,
又为我烧起了神香。

梅萨问:"这首情歌有特别的含义吗?"

"仓央嘉措的情歌都是言浅意深的,既是修法的层次,也是人生的意境,更是当时景、眼前情的表现。特别的含义肯定有,只是我们现在还没搞清楚。"

梅萨又问:"那么'第一个圆满''第一个曲典噶布'和'第一个转经筒'呢,又怎么解释?"

"我无法解释,也许只有一步步走下去才能逐渐清晰。但我们的思路已经明确了,'授记'让我们关注历史,'指南'让我们面对现世,'授记指南'就是要我们把历史的事件和现世的发掘结合起来,这大概就是开启'七度母之门'的关键。"

梅萨说:"看来,我们只能听你的了。"

"也可以不听我的,如果你们有更高明的见解。"

梅萨问智美:"有吗?"

智美瞪着电视不回答。电视正在播放北京台的新闻,好像说北京动物园一只死了五天的动物,前天突然复活了。

新闻倏然而逝。梅萨问:"什么动物?"

香波王子望着放凉了的饭菜说:"赶快吃吧。"

吃饭的时候,智美一直用一只手顺时针转动摩挲着一串念珠,突然停下了,问道:"吃好了没有?"他看了一眼手指间的那枚念珠,紧张地说,"不能再吃了,我在显示卦象的时候摸到了'山羊'。'山羊'代表惊恐和离开,危险离我们已经很近很近。"

香波王子起身要走,智美一把拉住:"小心,我们的来路上藏着刀。"

"你怎么知道?"

"我摸到的是公山羊,公山羊的犄角就是刀。"

"那我们总得出去。"

"我在前面,你跟着我,梅萨殿后。"

两人争执起来。梅萨把餐费搁在桌上,抢到他们前面说:"掘藏主要靠你们两个,我是最没用的。"说着,拉开了包间的门。

一瞬间,梅萨、智美和香波王子都看清了,门口站着一个塌陷着鼻子、高隆着颧骨的人。这个人皮厚色黑,脸上闪烁酥油的光亮,一看就是个来自牧区的藏民。更醒目的还是他敞开着黑色西服的胸怀，那儿是握成拳头的手，手里有一把雕饰精美的白晃晃的刀，刀面上是镂空的骷髅。

梅萨愣了一下，回身抱住了香波王子。

智美从后面跳过来，又护住梅萨，怒视着骷髅杀手。骷髅杀手像一尊带给人噩梦的凶神，就要切齿而来。

"你是骷髅杀手？你要干什么？"香波王子大声问。

梅萨说："他要干什么你还看不出来？"说着就把香波王子推进了包间。

智美迅速退回来，从里面关死门，打开了窗户。他们从窗口翻出去，跑向雅阁。

6

雅阁刚开上公路，就见路虎警车和喇嘛鸟从后面驶来。智美的车技不错，始终和紧追不舍的喇嘛鸟保持着距离。至于路虎警车，一会儿出现，一会儿消失，显然是只跟不追的样子。

香波王子望着窗外渐渐降临的夜色说："必须甩掉，决不能让他们知道我们的下一个目标。"

梅萨问："下一个目标是什么，四川那摩寺、甘肃拉卜楞寺、青海沙陀寺，三座寺院中的哪一座？"

香波王子说："智美肯定知道。"

智美说："北京动物园。"

梅萨说："动物园？干吗去？"

香波王子说："还记得夹在《情深似海》中的那张北京动物园的首日封吧，现在看来，边巴老师是想通过它告诉我们他的去向。

巧合的是，北京动物园一只死了五天的动物，前天突然复活了。"

梅萨严肃地说："你是说边巴老师复活？这种时候不要胡开玩笑。"

香波王子说："你不是相信边巴老师练就了'迁识夺舍秘法'吗？"

梅萨说："但我不相信随便一个什么动物，就能成为边巴老师的寄魂兽，何况我看不出它跟'七度母之门'有什么关系。"

香波王子说："有没有关系，现在还不能断定。"

"迁识夺舍秘法"是11世纪藏传佛教噶举派祖师玛尔巴从印度学来的密宗大法"那若六法"之一，它可以将施法者的灵魂迁入别的尸体使其复活，也就是借尸还魂的意思。在藏传佛教的历史上，"迁识夺舍秘法"直接孕育了活佛转世制度。公元1283年，噶举派之一的噶玛噶举黑帽系的创始人都松钦巴的再传弟子噶玛拔希圆寂时，第一次运用"迁识夺舍秘法"预言自己很快就会转世。他对弟子巫金巴说："西边将出现戴黑帽者，那是我的化身，你会迅速与我会面。"几年后，一个五岁的孩子来到噶玛噶举派主寺楚布寺，以种种神奇的表现证明了他就是噶玛拔希的转世，遂成为西藏第一位转世活佛，起法名攘迥多杰。嗣后，"迁识夺舍秘法"被藏传佛教各派接受，很多高僧都热衷于修炼此法，成功者却寥寥无几。早已离开寺院进入俗界的边巴老师居然成功了，说明他已经成为密宗大法的成就者，进入了生死无别的自由佛境。

边巴是中央民族大学少数几个把传授知识和修炼佛法结合起来的教授之一，在香波王子的记忆里，他死过三次，每一次都能死里脱生。

第一次是香波王子读大四的时候。死讯刚刚传出，教授公寓楼的花园里，就有一只兔子死而复生。边巴的一个学生向兔子磕头，恐慌地说："边巴老师快回来，快回来。"他一连说了几遍，兔子倒下了。楼内，死去的边巴老师突然睁开了眼。

第二次发生在香波王子离开大学之后。德耶布老师拿着一只从菜市场买来的死鸭子，挑衅地说："边巴老师，你不是修成了'夺舍秘法'吗？你要是让这只鸭子活过来，我就跪下拜你为师。"边巴老师不言不语走了。半个小时后，这只死鸭子突然扇着翅膀跑起来。智美喊着"老师死了"，从边巴住宅里飞身而出，朝鸭子扑通跪下，连连乞求尊师回来。转眼鸭子又死了，边巴老师复活了。

第三次发生在三个月前。边巴老师照例在自己住宅里施法，等灵魂迁移而去时，一个因为脑溢血死在学校医院里的学生突然坐起，打着哈欠朝所有人笑。大家吓坏了，有人喊："诈尸，诈尸。"又是智美，跪在医院里又哭又叫："边巴老师你不能走。"学生喷然倒下，又成了一具僵尸。教授公寓里，死去的边巴倏然坐起。

这三次死里脱生，没有一次是香波王子亲眼所见，他当然不相信，曾对梅萨说："边巴老师会无数次地死下去，不会有一次是真的，除非有人杀了他。"

现在真的有人杀了边巴老师，香波王子觉得自己不仅应该相信边巴老师练就了"迁识夺舍秘法"，而且要满怀希望，希望他的灵魂通过别的物体有所启示，让自己更快捷地走近"七度母之门"的伏藏。

第四章　因缘时节

1

　　天亮了，雅阁跑跑停停，折腾了一夜，终于在去怀柔的路上甩掉了喇嘛鸟和路虎警车，沿着岔道回到了北京。天尚早，北京动物园还没开门，他们就近找了一家饭馆吃了早点，才随第一批游客走进了动物园。

　　他们先来到动物管理处打听：五六天以前动物园死了一只什么动物？

　　管理处的人说："山魈。"

　　香波王子和梅萨吃惊地叫起来。山魈可不是一般的情器，作为动物，它属灵长目，猴科，原生地在非洲喀麦隆、赤道几内亚、加蓬和刚果。小群生活，性情暴躁，雄性尤为凶悍。作为一个从国外引进的藏地神怪，它是独脚鬼太乌让的代称，而独脚鬼太乌让有三百六十种变体：骷髅的、斤斧的、刀剑的、各类食肉动物的；黑雾的、狞岩的、恶水的。他的魔性可以引起人们的争吵、残杀、疫病、死亡。公元751年，莲花生大师在康区的独脚麝地方降服了所有的太乌让，使他们成为佛教的护法，又因为护持德玛的需要，其中一部分成了众曜神之主罗睺罗的部属。罗睺罗是一位被西藏万神殿接纳的印度神灵，有人考证说这个罗睺罗就是释迦牟尼在俗时的儿子。罗睺罗受戒出家，得到开悟，被佛陀称赞为"密行第一"。密行即指三千威仪、八万细行，都是护法大神护持德玛的品德修养和法宝。"德玛"就是"法藏"，埋入德玛，叫"伏藏"，掘出德玛，叫"掘藏"。

香波王子问："后来呢？山魈是不是又活了？"

管理处的人说："活过来几个小时又死了。"

"又死了，尸体呢？"

"你们去猴馆问问。"

他们匆匆来到猴馆，从饲养员那里得到了一个意想不到的回答："的确活了，后来又死了，尸体被一个喇嘛买走，听说又活了。"

"哪里来的喇嘛？"看饲养员摇头，香波王子指着他胸脯上的纪念章说，"这个是哪来的？"

"喇嘛送给我的，说是他们寺院里活佛开过光的吉祥物，戴着它会保佑我。"

三个人轮番凑到跟前看了看，上面有一串藏文，翻译成汉语就是"噶丹雪珠达尔杰扎西伊苏旗具琅"，意思是"兜率天宫讲修弘扬吉祥右旋洲"。三个人都知道这是甘肃"扎西旗"的全称。而"扎西旗"又被冠以"拉章（佛宫）"，称"拉章扎西旗"，"拉章"转音为"拉卜楞",人们俗称"拉卜楞寺"。

梅萨说:"这个甘肃拉卜楞寺的喇嘛现在在哪里呢?"

智美说:"更重要的是,成功的'迁识夺舍秘法'可以把灵魂迁移到任何地方的任何死尸上,边巴老师为什么偏要选择北京动物园的山魈呢?"

香波王子说:"山魈就是独脚鬼太乌让,是护持伏藏的神灵。这肯定也是甘肃喇嘛的看法,否则他不会千里迢迢来北京买走它。边巴老师一生研究'七度母之门',研究也是护持,是准备发扬光大的护持。寄魂于山魈,是想以伏藏护法神太乌让的身份继续靠近'七度母之门'。还有,《地下预言》中说,独脚鬼之主索命太乌让保护了玛吉阿米,谁也没有拘住她的灵魂,也没有找到她的尸体。现在边巴老师又把太乌让当成了自己灵识的载体,大概也是为了保护玛吉阿米。"

梅萨问:"谁是玛吉阿米?"

香波王子说:"山魈保护谁,谁就是玛吉阿米。"

梅萨说:"要是保护我呢?"

香波王子果断地说:"你就是玛吉阿米。"

梅萨说:"也许玛吉阿米期待的不是山魈的保护。"

香波王子说:"她当然更期待仓央嘉措的保护。"

梅萨翻他一眼:"那么谁是仓央嘉措?"

香波王子愣了一下,想说"我就是仓央嘉措",看了一眼智美,又没说。

智美说:"我们不能忘了我们是干什么的,我们的目的不是寻找边巴老师的灵识,而是开启'七度母之门'。我们应该关注的是山魈能不能成为发掘伏藏的'授记指南',如果不能,马上PASS。

梅萨是研究伏藏学的,她知道发掘伏藏最忌讳的就是心有旁骛,左顾右盼。是吧,梅萨?"

梅萨呆呆地望着香波王子说:"是的,智美。"

香波王子说:"现在看来,《地下预言》、'七度母之门'、边巴之死、《情深似海》、'光透文字'、姬姬布赤、玛吉阿米、山魈复活,所有的都是符号,都可能是掘藏前的'授记指南'。问题是为什么要'授记'给今天的我们,又是谁在向我们'指南',是边巴老师,还是伏藏'七度母之门'的承载者和执行者仓央嘉措,或者是更加遥远的伏藏之祖莲花生大师?"

智美说:"既然认定是'授记指南',我们要做的就仅仅是如何按照'指南'往下走,至于谁让我们走、为什么让我们走,应该交给结果去回答,也许仓央嘉措的遗言会解释一切。"

香波王子说:"问题是如果我们放弃对边巴寄魂、山魈复活的追究,下一步往哪里走就很难琢磨了。"

梅萨突然说:"智美,你的占卜该派上用场了。"

三个人走出动物园,来到停车场,钻进了雅阁轿车。智美从座位上拿过自己的牛皮挎包,抱在怀里,从里面拿出了一串木质的念珠,挂在脖子上,又拿出两枚红铜的古藏币一左一右放在了自己盘起的腿上。香波王子听到牛皮挎包里丁零当啷响,好奇地伸过头去。

智美双手捂住说:"别看,陌生人会给它带来邪气,这是祖传的胜魔卦囊。"

"胜魔卦囊?"香波王子更加好奇了,"既然占卜可以开启'七度母之门',干吗不一开始就用上呢?"

梅萨说:"历史上的确有仅靠占卜就发掘到的伏藏,但都是些小伏藏。面对大伏藏,尤其是面对'七度母之门'这样关系到佛教生死存亡的诡秘伏藏,需要在占卜之外找到更合理、更有效的支撑。"

两个人都盯着智美。

智美低声祈吁:"卜神来,卜神来。"然后摸摸自己的胸口,念诵着别人听不懂的梵语经咒,摩挲念珠。突然拿起一枚古藏币抛向了空中,落下时五变成了七,原来这枚古藏币是正反两面不同值的。他又拿起另一枚古藏币,重复了一遍刚才的动作,朝上的一面是九。智美说:"七加九,买老牛,九减七,买小鸡。"一手飞快地搓动着念珠,突然停住了,看看拇指和食指捏住的念珠上显示的藏文和汉文,皱着眉头说:"脑?什么意思?我们下一步是走向'脑'?'脑'是什么地方?大脑?首脑?没头没脑?"

梅萨说:"再占一次吧,换一种方法。"

智美摇头:"我的占卜没有不灵的,只是我们不理解。"

香波王子突然扬手拍了一下自己的大腿,从座位上拿起边巴老师的笔记本电脑放在了自己怀里。

梅萨说:"电脑?不可能吧,它让我们走向电脑?"

香波王子打开电脑,呆呆地望了一会儿,钦佩地说:"智美你真厉害。"他把电脑端给他们看。电脑的屏幕保护上,依旧是辉煌一片的寺庙衬景和姣好美艳的唐卡美女。

"我们通过唐卡美女孔雀尾毛的项链知道了她是玛吉阿米,那么辉煌一片的寺庙衬景呢,是哪里的寺庙?"香波王子脸上挂着神秘的微笑,"一切都是佛法,一切都是'授记',一切都是'指南',就看我们有没有领悟的智慧了。'授记指南'的启示和智美的占卜,把我们指向了同一个地方……"

梅萨和智美都瞪着香波王子。

香波王子不说了,摸出突然响起来的手机,看了看来电显示,下意识地扫了一眼梅萨，自嘲地撇撇嘴，这才接了。

对方说："我是珀恩措。"

"知道你是珀恩措，我正忙着呢。"

"我要死了。"

他朝梅萨不好意思地笑笑说："你别吓唬我，真的我很忙，没时间管你。"

"不是要你管我，就是想告别一下。"说罢，对方挂了电话。

梅萨和智美仍然瞪着香波王子："说呀，我们去什么地方？"

香波王子心神不定地说："国子监。"

其实他想说的是："我们要去甘肃拉卜楞寺。但在去拉卜楞寺之前，必须去一趟国子监。"那天傍晚，香波王子去雍和宫开启"七度母之门"时，把他的牧马人停靠在雍和宫旁边的国子监，现在得取回来。

梅萨说："也许不用，我们可以坐飞机去拉卜楞寺。"

香波王子说："到了以后呢？你能开着飞机在甘南草原上到处跑？再说我每次上路都是牧马人带着我，它是我的吉星。"

梅萨说："可能会有人守株待兔。"

香波王子说："那也得试试。听我的，天黑以后行动。"

他们躲在雅阁轿车里小睡了一会儿，等睁开眼睛的时候，天已经黑了。在香波王子眼里，北京的天是说黑就黑的，不像西藏。西藏的傍晚有些黏糊，太阳挑在山尖上，硬是不下去。山就只好戳破它，捣碎它，迫使它流着血，纷纷乱乱地沉没到山背后。但西藏的天说黑就真的黑了。北京的天虽然黑得快，却又不是真黑，路灯和霓虹灯会代替阳光继续照亮这个世界。

香波王子望了一眼窗外，望到了不远处霓虹灯装饰下"奇正藏药"的大广告牌,望到了大广告牌下的三角形灯箱广告和带花坛的路岛,路岛上停着一辆中型货车。灯箱广告是用于治疗各种皮肤病的藏药,娇艳无比的形象大使正是藏族女歌星阿姬。阿姬半裸着胸脯,胸脯上醒目地写着"香波王子"几个黑色藏文字。谁把我的名字写在这里了?他一时好奇,开门过去,站到了灯箱广告前。

香波王子用手指抹了抹自己的名字,知道那是刚刚写上去的,突然一阵警觉,正要往回走,发现一个黑影被公路上更强的车灯打在了灯箱广告上,他扭了一下头,意识到危险已经来临,忽地弯下腰,把屁股朝后猛地一撅。黑影被撅出了半米,那把本来要刺进他心脏的刀划破衣服,擦身而过。黑影收起刀,一脚踢在他屁股上。他扑倒在灯箱上,一头撞碎了玻璃,顾不上疼痛,抱着头回过身来。

他瞪着黑影,发现对方就是在大食堂看到的鼻子塌陷、颧骨高隆的骷髅杀手,那把雕饰精美的骷髅刀从大食堂晃到了这里,白亮得越来越像灯光了。

"不要这样,你们一定误解了'七度母之门'。"

"是'七度母之门'误解了佛教,以为佛教是可以被羞辱被摧毁的。"

"一定不是羞辱和摧毁,开启之后你们就会明白。"

"没有开启之后。"

骷髅杀手再次举刀逼过来。

香波王子看看不远处来来往往的行人,大喊一声:"来人哪。"

有几个人很快围过来。骷髅杀手看了一眼,转身就走。

香波王子揩了一把额头上的血,朝雅阁走去,头晕目眩,走路都没有方向感了,赶紧蹲下来,想休息一会儿再走,突然听到有人喊:"快让开。"抬头一看,只见路岛上那辆中型货车朝他驶来,速度极快,根本来不及逃跑。他"哎哟"一声,缩成一团,闭上眼睛,等待着被撞死,就听哗啦一声,接着就是紧急刹车的声音。香波王子抬起了头,看到中型货车的车头玻璃已经烂出了一个大洞,一块六角形的地砖滚落在车头下,车前挺立着梅萨。梅萨一手扶正歪斜的牛绒礼帽,一手指着骷髅杀手吼道:"有本事你连我也杀了。"

骷髅杀手和货车一起无语。尽管修炼已经进入血祭阶段,但他只能杀死"隐身人血咒殿堂"指定的目标。他默默看着如花似玉的梅萨回身扶起香波王子,朝雅阁走去。那一瞬间,他想起了离开他的儿子他妈——格桑德吉。

他听见香波王子说:"你又一次救了我。"

又听见梅萨说:"我救的不是你,是'七度母之门',是仓央嘉措遗言。"

2

在失去目标的这段时间里,警察王岩开着路虎警车路过了自家门口。他突然停下,对身后的碧秀和卓玛说:"你们两个立刻去国子监,监视一直停靠在路边的牧马人。"直觉告诉他,香波王子不会丢弃这辆性能极好的越野车,对方在逃跑,越野车是最好的逃跑工具。

卓玛说:"哪里是国子监?我们两个都是外来的,路不熟。"

王岩说:"那就把车留下,你们坐出租车。"

碧秀问:"你是头,你去干什么?"

王岩说:"我要回趟家,见个人,很重要,有情况给我打电话。"

三个人中,只有王岩是北京警察,关于他的单位和职务他一向守口如瓶。别人只知道他一直都在关注察雅乌金事件。就在事件过去多年，他觉得已经不可能延伸到中国时，中央民族大学的教授边巴之死突然激醒了他。他虽然还搞不清楚这起案件的背景，也无法断定它是不是意味着乌金喇嘛已经潜入中国，甚至都不能确认是邪恶者的犯罪，还是正义者的惩罚。但凭着一个警察的直觉，他觉得边巴之死一定与这位教授潜心研究的"七度母之门"有关。而"七度母之门"的出现作为察雅乌金事件的尾声，给这个世界留下的悬念肯定比察雅乌金事件本身还要重要，它很可能是新信仰联盟向佛教发动进攻的唯一武器。由于"七度母之门"属于藏传佛教，他希望上级派一个精通藏族文化和宗教的警察协助自己。于是碧秀便从拉萨飞到了他身边。碧秀是拉萨重案侦缉队的副队长，昨天才到，几乎是一下飞机就投入到了破案中。

王岩离开路虎警车，跑步上楼，推开家门，去厨房接了一杯直饮水一饮而尽，又顺手从冰箱里拿了一个面包，一头扑到了电脑前。

他没有妻子和孩子，也没有女朋友，曾经的女朋友已经跟他分手了。女朋友在一家藏人创办的医药公司上班，负责冬虫夏草、藏红花、雪莲花、佛手参、藏茵陈、红景天、肉苁蓉、枸杞、锁阳、鹿茸、牦牛鞭等名贵藏药的对外贸易。有许多西藏人跟她打交道，也有外国人跟她打交道。王岩是借口买藏药跟她认识的，后来他真买了，真吃了，结果发现，阳气冲天，欲火攻心，舌头上长出了七八个大泡，没有女朋友的日子应该结束了。

爱情伴随着成熟男人的性欲突如其来。他请她吃饭，请她来家，然后推她上床，流畅得如同行云流水。

她说："你是想一夜风流呢，还是想真的跟我好？"

"当然是想真的跟你好，我喜欢你。"

"为什么喜欢我？别跟我说我漂亮，这不够。"

"我喜欢藏族，喜欢你们的文化、宗教，还有历史、风俗，等等。当然我可以通过别的途径了解这些，但我更注重活生生的交往，跟你，也跟你的朋友交往。"

他知道她对他的回答不满意，又说："当然，我还想证明我是一个男人。"

"天下女人多了，随便一个女人都可以证明你是男人。"

"在天下的女人里，我遇到了我的唯一，我们还是尊重缘分吧。"

她提醒他："可我们互相并不了解，尤其是对方的过去。"

他漫不经心地说："那不难，慢慢就了解了。"

三年后他们分手，分手是他提出来的，果决而冷静，什么原因呢？是她想改变女朋友的身份逼着他结婚？是她过去那些乌七八糟的事情一直让他耿耿于怀？还是她的拖累让他不快？——她有一个必须由她抚养的哑巴妹妹。不仅如此，这个没有工作、无所事事的哑巴妹妹还在吸毒，就在家里，被他发现了。他等她下班回来，问她和哑巴妹妹，毒品是哪里来的？什么时候开始吸的？她们拒绝回答。他一声叹息，怒吼道："滚出去。"哑巴妹妹从他的口型中知道他在说什么，急得半张嘴"嗷嗷嗷"叫着，飞快地用手语申辩起来。他没搞懂，也不想搞懂，挥挥手："走吧，还啰唆什么。我这样的人需要跟什么人结婚你们应该想到。""我瞎了眼，瞎了眼。"她拉着哑巴妹妹，哭着甩门而去。

就这样，男欢女悦的爱情从此告别了他。他发现他天生是个纯洁专一的人，除了爱过她，别的女人都提不起他的爱情，连喜欢都谈不上。

现在，王岩习惯性地打开"藏学大众网"，走进了阿若·炯乃的博客。他隔一段时间就会光顾一次,因为在这里他得到了"七度母之门"的信息,现在又成了唯一一个可以遇到香波王子的地方。香波王子发过一个帖子,询问阿若喇嘛:"有钥匙了吗?期待中。"紧跟着有网友问他为什么叫香波王子。香波王子很负责任也很得意地做了回答:

"我是雅拉香波副研究员,我来自西藏山南的雅拉香波神山,所以又叫'香波王子'。雅拉香波神山坐落在雅砻河源头,是藏民族的发祥地,一个关于起源的传说告诉我们:就是在这里,公猴王和女魔主实现了划时代的结合,繁衍了最初的藏族人。

"雅拉香波神山和雅砻河圣水起源了藏族,同时也起源了藏王。

"传说古代印度恒河流域有个野蛮的王国,国王不喜欢眉毛如草、眼睛如鹰、指间有蹼的三王子,试图杀掉他。一个不忍心的老臣偷偷把三王子和写着三王子身世的一卷羊皮纸,放进一个木箱,让木箱顺着恒河漂进了一户人家。这户人家抚养三王子长大,并告诉了他的身世。三王子说:'既然父亲不要我,我为何还要生活在他的王国。'他告别了抚养他的人,越过喜马拉雅山,来到雅砻河谷,顺着雅拉香波神山下来,正好碰见几个放牛的牧人。牧人们问他从哪里来?三王子望了望天,指了指山。牧人们惊喜地说:'啊,你从天上来。'就把他扛在脖子上,来到了自己的部落,四处传言:'这个人从天梯上下来,是十三代光明天子下凡。'大家看他的确与众不同,就拥立他为王,起名叫聂赤赞普。'聂'是脖子,'赤'是宝座,'赞普'是王,就是骑在脖子上的王。从此,吐蕃有了第一代藏王聂赤赞普,有了第一座王宫雍布拉康,雅拉香波神山也就成了历代藏王的生命之山和象征藏族发祥的神山。

"我最早的祖先就是聂赤赞普的后代,是雅拉香波神山的王子。

他的领地十分辽阔,一直延伸到喜马拉雅山下。后来发生了朗达玛灭佛,藏王时代结束了,祖先的后代们都变成了穷人甚至乞丐,默默无闻。但我喜欢这些默默无闻的人,在他们中间有我的祖父祖母,有我的爸爸妈妈。爸爸去世了,妈妈还在世,都已经八十多岁了,还好好活着,和我的姐姐在一起,健康地活着。我天天想着妈妈,一想到妈妈就想到西藏,一想到西藏就想到妈妈。"

什么样的原因,会让一个有这样伟大的祖先并津津乐道的人,一个感情深厚得整天想妈妈想故土的人,成为杀人嫌犯呢?

王岩思考着,看看表,赶紧打开QQ,看到"度母之恋"已经在线,便写道:"对不起,晚了两分钟。"这就是他要见的人和见的方式,一个星期一次,今晚正是约定的时间。

"度母之恋"说:"不要紧,我也刚上来。"

他们的聊天已经有半年了。王岩因为关注察雅乌金事件,经常会在网上消耗一些时间,有时也会以"乌仗那孩子"的网名留言、发帖和聊天。突然有一天,"度母之恋"跳进了他的视线,然后就成了唯一一个引起他长期关注的聊天对象。对方透露他是个喇嘛,还说到西藏的风物和拉萨的建筑,说到他家乡的阿尼玛卿雪山和巴颜喀拉雪山,一再地感叹着,雪山不白了,草原不绿了,河流越来越小了,架在河床上的转经筒已经不能随流转动了。

有一天王岩问道:"你为什么叫'度母之恋'?"

"度母之恋"反问:"你为什么叫'乌仗那孩子'?"

王岩说:"我说了实话你也得说实话。"

"度母之恋"说:"那我就先说实话,'七度母之门'是密宗修炼的法门,我是它的崇拜者,也是一个微不足道的修炼者。"

王岩问:"你修炼成功了吗?"

"度母之恋"说:"你还没说你为什么叫'乌仗那孩子'呢。"

王岩说:"莲花生是乌仗那的孩子,我崇拜莲花生。"

"度母之恋"问:"你是藏族,还是汉族?"

王岩说:"藏族。"他害怕露出破绽,又说,"我是汉族地区长大的藏族。"

"度母之恋"又问:"你是干什么工作的?"

王岩说:"教师。"

"度母之恋"说:"再见。"

王岩说:"为什么?才开始聊。"

"度母之恋"说:"你在骗我,你不是藏族,也不是教师。我在修炼'七度母之门'时看到了你,看到你身上带着枪。"

王岩不寒而栗。他怀疑自己因为关注察雅乌金事件而受到了新信仰联盟的监视,怀疑乌金喇嘛正在鬼魅一样跟踪着自己。当这种可能被排除后,他突然对跟他聊天的"度母之恋"产生了恐惧。

王岩问:"你是什么时候看到的?"

"度母之恋"说:"刚才。"

王岩摸着腰里的枪,警觉地上下左右看看说:"你撒谎,你是在上网,不是在修炼'七度母之门'。"

"度母之恋"说:"上网就是修炼,'七度母之门'跟所有密宗法门的区别在于,它不怕入世,不避俗人,不讲究闭关,不在乎静闹。所谓法不孤起,仗境方生,道不虚行,遇缘则应。你是我的一个缘。"

王岩问:"你是不是说,警察可以助你修炼佛法?"

"度母之恋"发了一个笑脸说:"我没猜错吧,警察同志?"

王岩问:"你是不是说,你对'七度母之门'已经修炼成功?"

"度母之恋"说:"不不,差得很远,我还在等待发掘伏藏的时刻。"

王岩问:"你是不是说'七度母之门'除了修炼,还有发掘?"

"度母之恋"说:"一个警察怎么会对'七度母之门'如此感兴趣?"

王岩想了想,干脆说:"你是知道察雅乌金事件的,我们要防止新信仰联盟对佛教的进攻,要防止乌金喇嘛潜入中国制造血案甚至地震。乌金喇嘛在他住处的墙上留下的话我们不应该忘记:我来了,我是乌金喇嘛。快打开《地下预言》,快启动'七度母之门'。"

"度母之恋"说:"我向你致敬,但你应该更多地了解'七度母之门',魔鬼也会念佛经,但并不等于佛经就是魔鬼。"

以后的聊天就自然多了,王岩因此知道了不少有关新信仰联盟和"七度母之门"的事儿。"度母之恋"告诫他,乌金喇嘛肯定会利用佛教内部的矛盾,以佛灭佛,你要深入佛教内部,多结交一些活佛喇嘛,才可以找到蛛丝马迹。信佛、入佛、传佛是保卫信仰、守护佛教的第一步。王岩寻思,我是不是应该有一个新的计划:先成为一个地道的僧人再去破案呢?遗憾的是,他还没有来得及这样做,就发生了边巴之死。他必须赶快行动了。

王岩说:"今天不能多聊,刚接手一个案子,要忙起来了,我是来告别的,以后恐怕不能按时和你见面。"

"度母之恋"说:"我们真有缘分,闲都闲,忙都忙,我也要忙起来了,以后一段日子对我很重要,关系到我的前途。你接手了一个什么案子,能告诉我吗?"

王岩说:"你不该这样问,我会因为不诚实而尴尬。"

"度母之恋"说:"在我的观想里,乌金喇嘛已经来了。"

王岩说:"你是有第三只眼的,你有什么忠告?"

"度母之恋"说:"从现在开始,你见到的每一个陌生人,都可能是乌金喇嘛，你要小心。但你千万不要对正常开启'七度母之门'的人下手。"

王岩说："这有点难，我尽量吧。"

"度母之恋"说："有些背景你恐怕还不了解。"

王岩说："我就是想从你这里了解。"

"度母之恋"说："在我们佛教人士的眼里，世界几十亿人正处在物欲泛滥、利益纷争的大迷惘之中，人类怀疑宗教，重新选择信仰的动荡已经来临。新信仰联盟就是动荡中的一股巨大潮流，它相信'七度母之门'一定是仓央嘉措的遗言，而遗言饱含了对自己受难和情人受害的愤怒，是倒出来的苦水，是对陷入权力之争和血腥对抗的政教的失望和诅咒，相信本来无懈可击的佛教因为仓央嘉措的存在而有了软肋，他所伏藏的'七度母之门'是佛教留给世界的唯一破绽，一旦昭示于天下，佛教将面对爆炸性的羞辱而无地自容，不攻自灭的结局就在眼前。所以乌金喇嘛的到来，一定意味着发掘'七度母之门'伏藏的开始。而在佛教内部，对待'七度母之门'，基本上是有多少人赞美就有多少人仇视。赞美派对乌金喇嘛开启'七度母之门'的扬言不屑一顾，认为佛教的追求始终是圆满，'七度母之门'是最后的伏藏和最高的法门，也是最后的圆满和圣教的根本，所以要发掘，要修炼，要弘扬，甚至认为'七度母之门'是唯一可以用来抗衡新信仰联盟以及乌金喇嘛的殊胜法门。仇视派则相信仓央嘉措遗言是外道之乘、险邪之道，会摧毁圣教形象，认为决不能让新信仰联盟以及乌金喇嘛的阴谋得逞，封藏、禁绝、毁灭'七度母之门'是保护圣教、延续信仰的必要手段。据说仇视派的仇恨和杀人手段从历史深处的'隐身人血咒殿堂'延续而来，都是一线单传，机密而牢固，无法测知也无法防备。"

王岩说:"显然你是属于赞美派了?"

"度母之恋"说:"'世间有名仓央嘉措者是成就七度母之门的第一人',作为一个修炼者,仓央嘉措是我灵魂依附的本尊神。"

王岩说:"我一直搞不明白什么是新信仰联盟的新信仰?"

"度母之恋"说:"我也搞不明白,事实上新信仰联盟还没有确立什么新信仰,只是一味地在制造毁灭,也许毁灭就是他们的新信仰。人类是精神动物,最需要信仰,但有些信仰是无比残酷而丑恶的,我们必须躲开残酷丑恶的信仰,去寻找幸福美好的信仰。"

王岩说:"'度母之恋',你能不能告诉我,你是哪儿的喇嘛,你的真实姓名,我想在需要的时候去找你。"

"度母之恋"说:"'乌仗那孩子',我不是你的需要,如果你的需要也是佛的需要,是'七度母之门'的需要,即使你不知道我叫什么、我在哪儿,我们也会见面的。"

王岩说:"好吧,你忙你的,我忙我的,忙完了这阵,我们再聊。"

王岩关掉电脑,来到卫生间,面对镜子望着自己,大吼一声:"谁是乌金喇嘛?"

手机响起来,仿佛是给他的回答。

是碧秀打来的,告诉他,香波王子出现了,牧马人已经启动。

王岩说:"你们跟上,随时告诉我牧马人的方位,我这就去找你们。"

他冲出去,撞上家门,下楼钻进了路虎警车。

3

香波王子开着雅阁，经过西直门、德胜门、安定门，驶向国子监。路灯是昏暗的，但他还是远远看到牧马人依然靠在路边。他疾驰过去，突然停了下来。

香波王子下去，打开后排的门，抱着智美出来，扛死人一样扛在肩膀上，走过去，打开牧马人的门，塞进去，砰地从外面关上了门。他迅速回到雅阁上，不紧不慢地开着。

立刻从旁边一辆黑色轿车里闪出两个黑影，快步走向牧马人。他们从窗口朝里望了一眼，一个说："好像死了，香波王子把谁杀了？"回身钻进黑色轿车，追向雅阁。雅阁快起来，黑色轿车也快起来。

牧马人突然启动了，装死的智美驾车驶向东四北大街，转眼消失在茫茫车海里。

香波王子没想到，他引开的只是"隐身人血咒殿堂"的人。一辆出租车里，警察碧秀和卓玛一直盯着牧马人。牧马人一启动，出租车立刻跟了过去。

遗憾的是，出租车司机没有跟踪的经验，跟了不多一会儿，就被开着牧马人的智美察觉了。牧马人在午夜的大街上狂奔起来。等到王岩开着路虎警车赶来会合时，目标再次消失了。

4

不动佛出现了，就像第一次出现时那样，让人猝不及防。

第一次出现时，不动佛送来了"一封没有内容的信"。邬坚林巴说不动佛是个顶轮上星穴上有血洞的人。这次的出现却没有形貌，只是手机短信上的一个名字。让阿若喇嘛奇怪的是，提示短信的声音居然是一首他从未听过的外国歌曲，他不知道这是迈克尔·杰克逊的《You are not alone》，心说我设置的是震动，怎么响起了音乐？难道不动佛会随意改动我的彩铃？要是这样，改动成梵语经声该多好。

短信的内容是这样的：

不动佛明示：拉卜楞寺。

阿若喇嘛有点狐疑：拉卜楞寺？想确认一下，立刻按照来电的号码拨了过去，关机，又拨了几次，都是关机。突然想到，关机是对的，一旦不动佛接了电话，感觉我对他缺乏虔诚和敬信，下次就不会再出现了。

好像有一种默契，路虎警车恰在这时停在了喇嘛鸟前面。警察和喇嘛走下车来，聚到了一起。

王岩期待地望着阿若喇嘛："目标又一次跟丢了，能告诉我们往哪里追吗？"

阿若喇嘛神秘地说："往该追的地方追，一个人的目标来自内心的虔诚，虔诚会让我们充满智慧。"

王岩说："你和他们都是研究'七度母之门'的，你应该明白他们为什么这样跑来跑去。"

阿若喇嘛说："'七度母之门'不是单纯的学问，更不是人人可以参与的游戏。它是神圣金刚乘的伟大法门，依靠的不是凡人的研究，而是莲花生大师的发愿灌顶、空行护法的加持力和明智弟子的证悟力。"

王岩似懂非懂地点着头："这么说你是拥有莲花生大师的发愿灌顶、空行护法的加持力和明智弟子的证悟力的？"

阿若喇嘛谦虚地说："还不一定呢。"他很想把手机短信上的"不动佛明示"炫耀给王岩看，但又克制住了。"不动"就是静心不动，守拙不动，本分不动，而不事张扬、不起骄念便是本分之一。更何况佛有佛道，魔有魔路，警察追捕罪犯，自有其门径和办法，我何必拿了不动佛对我的眷顾干预警事呢。

王岩望着对方虽然苍老却依然炯炯有神的目光，突然闪过一个念头：能不能把阿若喇嘛设想成乌金喇嘛呢？他说："你是知道的，我们之所以到现在还让香波王子逍遥法外，是为了抓住乌金喇嘛。"

阿若喇嘛左右看看说："在我的预感中，乌金喇嘛离我们很近，他很可能就是那个西装革履正从你身边经过的人，或者是一个袈裟裹身正在某个寺院拜佛念经的僧侣。甚至可以这样想，香波王子就是乌金喇嘛。反正除了你自己，一切人都可能是乌金喇嘛。你要像观世音菩萨那样长出一千只眼睛一千只手。"

王岩说："可惜，我们还没有足够的证据把香波王子看成乌金喇嘛或者他的同伙。"

碧秀走过来说："就算不是，乌金喇嘛也一定会利用香波王子掘藏，抓住香波王子就等于断了乌金喇嘛借风使船的念头，乌金喇嘛必然会自己跳出来。所以我们对香波王子不能就这样放任不抓。"

王岩瞪了碧秀一眼，没有表态，低头沉思着。突然，他用一双职业警察的鹰眼望着面前的所有人，一个个指着问："谁是乌金喇嘛？你是不是？你是不是？你是不是？"

阿若喇嘛说:"我说我是,你又能拿出什么证据来?"

邬坚林巴说:"我真恨不得自己就是乌金喇嘛。"

碧秀说:"王头儿,你是不是有线索啦?"

去上厕所的卓玛这时大步走来,瞪着阿若喇嘛和邬坚林巴说:"乌金喇嘛?一个可怕的人。"

王岩说:"是啊,是不能放任不抓。不过……"

卓玛说:"证据不足,不能抓。"

碧秀瞪了一眼卓玛说:"证据不足也抓,抓了再放。"

阿若喇嘛似乎想提醒王岩,眯着眼睛说:"香波王子一伙逃跑得非常成功,好像是神灵的安排。下一步他们要干什么,逃离北京,销声匿迹?那可不行,'七度母之门'的伏藏不能糟蹋在他们手里。"

王岩说:"一定有人提前知道'七度母之门'里面什么也没有,香波王子打开后必须营救他逃跑。"

阿若喇嘛说:"看来我们这些愚钝的喇嘛遇上了聪明的警察。你是说另有人打开过'七度母之门',香波王子不知道里面是空的,也不知道他必须逃跑,更不知道他会被营救?"

邬坚林巴说:"佛门即空门,既然'七度母之门'是佛门,什么也没有,也是理所当然的。"

阿若喇嘛说:"邬坚林巴,佛有千亿化身,干什么像什么。我们现在是追踪盗贼,找回'七度母之门'的伏藏,是破案。佛智让我们说警察的话,做警察的事,你就暂时把袈裟从脑子里脱掉吧。"然后望了望前面的路灯,又说,"我们追撵他们的路,条条都是可以通达藏地的。这些路上,到处都有祈请的虔诚和神灵宣谕的可能,只要风和光能够传送祈祷的声音,神灵便会引导我们沿着便捷的路走向目标。香波王子是藏民,不管他想干什么,他只能往藏民集中的地方跑。"

王岩瞅了一眼阿若喇嘛，发现他眼睛里有一种凡人不及的睿智和自信，就像两股穿透迷雾的光，突然想，这样的人要是做了警察，肯定非同凡响。

三个警察回到路虎警车里。

碧秀说："王头儿，要不要报告上级，派人在各个路口堵截他们？"

"不用。"王岩说。

王岩感觉还不到抓捕的时候。香波王子的目的是什么，还有没有幕后？抛开香波王子和乌金喇嘛的关系不明，即使看成是单纯的刑事犯罪嫌疑人——杀害边巴和盗窃文物，也还缺乏铁证。仅靠牧马人保险杠上的头发、血迹和轻微的凹痕是不能定案的。万一真的是有人诬陷，想借刀杀人呢？比如"度母之恋"告诉他的以封藏、禁绝、毁灭"七度母之门"为己任的"隐身人血咒殿堂"。

王岩望着驾驶座上的碧秀，解释道："只有放长线才能钓到深海鱼。"

碧秀担忧地说："就害怕线越长越容易断。"

卓玛说："我知道，王头儿，你说的深海鱼就是乌金喇嘛。"

喇嘛鸟突然开走了。

王岩说："跟上他们，他们一定清楚香波王子的行踪。"

喇嘛鸟和路虎警车一前一后，在路两边黑森森的树丛映衬下，划出了一道道闪电似的白光。

5

香波王子和梅萨把雅阁撂在停车场,换了好几辆出租车,辗转到达了昌平,天已经亮了。智美早就等在那里。三个人坐进牧马人。从这里走向京藏通道北线的张家口,再经呼和浩特、包头、银川、兰州,最多两天,就可以到达拉卜楞寺了。三个人都很兴奋,是那种紧张之后放松心身的兴奋。他们回忆着几天来的山重水复,庆幸着柳暗花明,你一言我一语,坚信已经摆脱了所有的跟踪和追杀。香波王子喝着从最后一家属于北京的商店买来的烈性二锅头,唱起了仓央嘉措情歌:

已经是心猿意马,
黑夜里难以安眠,
白日里没有到手,
不由得伤心感叹。

梅萨跟着唱起来:

已过了开花时光,
蜜蜂儿不必心伤,
既然是缘分未尽,
待来年再续衷肠。

香波王子吃惊地瞪着梅萨:"啊,你也会唱,而且唱得这么好,什么时候学会的?"梅萨不吭声。香波王子又说:"不过后两句错了,应该是'既然是缘分已尽,我何必枉自断肠。'"梅萨还是不吭声。

开车的智美说:"她唱的不是仓央嘉措情歌,是梅萨情歌。"

香波王子说:"好啊,梅萨也有情歌啦,梅萨情歌是唱给谁的?不会是唱给我的吧?当然不是,是唱给智美的。"

智美说:"她没给我唱过,但我知道她一直在学唱。就在你还没有毕业离校,使劲不理她的时候,她跟着录音,跟着你的声音,开始偷偷地学唱原生态的仓央嘉措情歌。"

梅萨说:"智美你别说了。"

智美说:"有些事情应该让他知道。"

梅萨红着脸,大声说:"要说我自己说。"

香波王子笑道:"还有我不知道的事情?说呀。"

梅萨说:"说就说,有一件事情我至今耿耿于怀,那次我去校外,回来的路上遭人抢劫,不仅抢了我的项链、耳环、手镯,还戳了我一刀。我知道智美特意告诉了你,便在学校医院等着你。我觉得你不仅是一个温存缠绵的人,更是一个胸襟开阔的人,你一定会来看看我这个曾经拒绝了你的女生。但是你没有来,所有认识我的男生都来了,唯独你没有来。"

香波王子说:"你被抢劫的时候,我已经离开喧闹,归于沉默,不光不理你,哪个女生我都不理。"

梅萨"哼"了一声说:"你不是沉默是冷漠。"

"更不幸的事情已经发生了,我只能冷漠。"

"什么更不幸的事情?"看他不回答,梅萨说,"你不说就是撒谎。"

香波王子望了一眼车窗外倏忽后隐的行道树,激动地说:"难道我不说出来你就不能谅解？好吧，我告诉你，我就是不想用一个灾星的形象吓死你。当年在中央民族大学，到底为什么我会从无拘无束、自由浪漫的生活中消失？为什么我会像老鼠一样躲在寂寞的洞穴里默默无声？为什么我冷漠地对待了你也对待了别的女生？因为几乎所有女生，我指的是跟我谈情说爱的女生，都打算违背我们心照不宣的约定：不因为我们的青春激荡而导致怀孕。她们以为那是在草原上，怀孕是一件值得骄傲的事。首先是珠姆，每次都说有措施，直到有了身孕我才知道她一直在骗我。她说反正这辈子香波王子是不属于我的，我要生下一个小香波王子让他永远属于我。我从来没想过为爱情承担过于沉重的生活责任，也不希望她们因我而增添拖累。珠姆因为怀孕被学校开除，公开的理由是因为醉氧而退学。之后，珠姆，一个孕妇，死在回家乡的路上，她被人从疾驰的火车上扔了下来。你们不知道吧？所有的同学都不知道，但是我知道，有人特意打电话告诉了我，还对我说：'你招惹哪个女生，我们就让哪个女生死，尤其是怀孕的女生。你不要认为你是一个人见人爱的王子，你其实是一个灾星你知道吗？'我当时不知道珠姆为什么会死，我只有害怕和担忧，就像老鹰的爪子揪住了我的心，痛苦得夜夜都在抽风。我去火车站打听，去铁路公安局打听，想知道到底是什么人把珠姆从火车上扔了下来。没有人告诉我，好像大家都在为一个坏蛋保密。我不是一个没心没肺的人，不希望那些可爱的女生都有珠姆的结局。我收敛了自己，不去主动接近女生，也不再抛头露面。我对她们视而不见，也希望她们对我视而不见。我当然不可能去学校医院看你。我甚至想，也许正是因为我，你才遭人抢劫、被人行刺。我唯一的办法就是冷漠，冷漠，冷漠。"

梅萨沉默着，半响才说："原来是这样。"

"我为女人而活着，怎么可能会因为一次拒绝而放弃呢？"

梅萨哀叹一声："珠姆到底为什么会死，你现在知道了吗？"

"我也是猜测，但我希望我的猜测是不对的，三百多年前的追杀即使会重演，也不应该殃及珠姆，毕竟我不是仓央嘉措本人。"

"你能不能说明白了？让我听懂你的意思。"

"我没想明白的事情说不明白，以后再说吧。"

梅萨吹了一口气说："我怎么跟你一说话就上火，又是以后再说，你总是以后再说。"她看他有些迷惑，又说，"那次我出国你还记得吧？"

"你出国的时候我已经研究生毕业。"

"可你的幽灵并没有在中央民族大学消失。我专门给你打了电话，对你说，中国藏学基金会资助藏族青年学者去美国惠灵顿大学做访问学者，作为基金会的副主席，边巴老师推荐了智美。访问学者可以带家属或女伴，智美希望我跟他一起去。你是怎么说的？你说：'这是好事儿，祝贺你。'我说：'以后要是有机会，我想留在国外，你觉得呢？'你说：'这方面我没有经验，以后再说吧。'你的平静就好像你从来不认识我。"

"难道不是好事儿？我没有理由不平静。"

"好事儿，好事儿，好事儿，我远远地去了国外，对你来说是好事儿？"

香波王子愣了："好像是我把你推向了国外，好像不是你拒绝了我，好像我跟你有过很久很久的关系。"说着，突然意识到如同爱情往往并不是爱情，拒绝有时并不是拒绝，她当初拔出藏刀递给他说："请你现在杀了我，不然就请你放开我。"其实深层的意思是：

你爱我又去爱别人，那还不如你杀了我。你不杀我，又不放开我，那就说明你是爱我的，你就不能再去爱别人。可惜他做不到，就像花的开放，辽阔的草原不能只开一枝花；又像水的流淌，可以顺着河道一直走，也可以泛滥起来淹没一切。但是他知道这些道理对梅萨讲不通，梅萨听妈妈的，听她妈妈诅咒般的教诲。他说："我虽然很自信，但我从来不认为，我就是那个你妈妈让你一辈子等待的男人，那个一旦出现就会让你的心'咚咚咚'跳的男人。"

梅萨瞪起眼睛说："撒谎，是因为你又开始花心绽放了。你再次以最深情的方式，向所有你看中的女人唱起了仓央嘉措情歌。"

香波王子认可地低下了头："你怎么知道？"

梅萨大声说："我是间谍。"

香波王子用手指弹了一下鹦哥头的金钥匙说："离开中央民族大学，对我的爱情生活是个解放，我又开始了和女人的交往，但方式已经大不一样了。我尽量不去张扬，总是偷偷摸摸的，最重要的是，她们不是女生，不会异想天开地用怀孕的方式自造一个小香波王子然后永远属于她。"

"而我，却还像以前那样在偷偷地学唱仓央嘉措情歌，只要你唱过的，我都学会了。仓央嘉措情歌，到底有什么魅力啊？"梅萨知道，其实她想说的是，香波王子，你有什么魅力啊，应该放弃却一直没有放弃。

"怪我，怪我，我应该想一想，为什么你想留在国外却又回来了。"

"自作多情，我回国跟你没什么关系。我跟智美分不开了，我必须回来。"

"那就好，那就好。"香波王子突然转向智美："对不起智美，我们居然会在你面前敞开心扉。"

智美大度地说:"没关系,梅萨的心思我是知道的,说对不起的应该是我,因为毕竟我成了那个她妈妈让她一辈子等待的男人,那个一旦出现就会让她的心咚咚咚跳的男人。"

"恭喜啊,恭喜你们两个。"香波王子说着,突然觉得有点言不由衷,还有点酸,这么好的姑娘已经属于别人,而你只配坐在旁边一眼一眼地看,你这个大笨蛋。

牧马人的奔驰飞快而沉稳。三个人再也无话。

沉默的时候,香波王子想起了珀恩措。他拿出手机要打过去,摁了几下,发现没电了。要借梅萨的手机用用,又不好意思开口。突然想起边巴老师留给他的手机,赶紧掏出来,摁通了珀恩措。

没有人接。他意识到这是边巴老师的手机,珀恩措情绪不好的时候也许不接陌生的电话,就发了一个短信:我是香波王子,快接。

再次打过去时,果然接了。

"你不是不理我吗,为什么还要打电话?"

"你好像有事儿,这会儿可以说了。"

珀恩措轻叹一声:"我没别的事儿,就是想告诉你,我要死了。"

"死亡的玩笑可不能随便开。"香波王子说。

沉默。珀恩措似乎不想再解释什么。

香波王子意识到珀恩措不是一个喜欢开玩笑的姑娘,心中警惕,问道:"你为什么要死?"

珀恩措说:"活着没意思。"

"想想你明天还要工作,你还有亲人,还有喜欢你的朋友,你就不会有这种想法了。"其实香波王子也不知道她干什么工作,只知道她是个白领。一个藏族姑娘，在北京这样的大都市，混成一个白领，就算是成功人士了。但人士一旦成功，就会产生一些稀奇古怪的想法，她怎么会觉得活着没意思呢？

珀恩措说："你知道我这会儿在什么地方？在海淀区京晶大厦的顶层，这是一座三十六层高的大厦。"

"你去那里干什么？"

"自杀。"

香波王子打了个哆嗦。

"我知道，不等我做出来，你是不会相信的。"

"不不不，我知道你随时都会跳下去，但你至少得等我见到你吧？"看珀恩措不说话，香波王子又说，"我现在要去千里之外的拉卜楞寺，不能赶过去见你，所以你现在必须回家，等我回北京见到你，你爱干什么就干什么。"

珀恩措说："好吧，要等我就在楼顶等，不是等你来到，而是等我的耐心消失。我说的是对生活的耐心，不是对你的耐心，香波王子，你可以不来。"

她把手机关了。香波王子呆怔着，突然揪住自己的衣服说："我现在怎么办，遇到了一个想从三十六层高的大厦顶层跳下去的人？"

梅萨说："什么人，值得你这么牵挂？"

香波王子不回答，极力回想着：似乎是在北京玛吉阿米餐厅认识的，珀恩措跟他一样喜欢喝酒，喝醉了抓住他脖子上的鹦哥头金钥匙，死皮赖脸地说："给我吧，给我吧。"他推开她，双手捂着金钥匙说："给命也不能给这个，这是祖传的宝贝，我的护身符。"总之也就是他泛爱的姑娘中的一位，从不会有特殊的牵挂。可现在她要自杀，又在自杀前通知了他，分明是把活下来的希望寄托在了他身上。无论她是什么人,他都必须牵挂了。他心事重重地说:"回去吧,万一出事儿呢。"

智美说:"回去就完了,警察,阿若喇嘛,还有骷髅杀手,都在北京的大街小巷等着你。"

香波王子说:"我总不能见死不救吧。"

智美说:"现在最要紧的是开启'七度母之门'。"

香波王子说:"我在想,仓央嘉措会怎么做。"

智美说:"作为活佛,仓央嘉措一定会顾全大局。"

香波王子固执地说:"生命加爱情就是大局,仓央嘉措向来都这么认为。'七度母之门'是仓央嘉措的遗言,我要是见死不救,仓央嘉措会嫌弃我,会认为我连人都不是,哪里还有什么资格发掘伏藏。你们先去拉卜楞寺,我坐出租车回北京,然后再去找你们。"

梅萨说:"等我们到了拉卜楞寺,恐怕听到的只能是你的死讯。"

香波王子说:"就是我死,也不能看着珀恩措先死。"

梅萨说:"智美,停下吧。"

牧马人停在了路边。香波王子下去了。

梅萨恼怒地说:"救你的情人去吧,我们不需要一个三心二意的人。"

牧马人飞驰而去,飞出去两百米后就慢下来。

智美说:"不能把他丢下,没了他,我们一筹莫展。"

梅萨叹气说:"这我知道,我就是要看看那个珀恩措在他心里到底有多重的分量。"

一个小时后,香波王子坐着出租车追上了牧马人。

梅萨说:"怎么又回来了?我们并不是离不开你。"

香波王子说:"我报警了,警察会去救她。"

梅萨吼起来:"你疯了?你已经告诉珀恩措你要去拉卜楞寺,她要是告诉警察,警察立马就会追上来。"

香波王子说:"已经追上来了。我坐着出租车往北京走时,看到喇嘛鸟和路虎警车迎面驶来,这才觉得我不必回去了,我可以报警。"

第五章　仁增旺姆

1

梅萨是个在北京出生的藏族人，由于父母长期定居北京，已经脱离了和故乡的联系。她也就成了一个没去过西藏的藏族人，甚至都没有到过西部各地。她对西藏宗教文化、风土人情的了解，主要来源于父母的言说和书本，来源于她在中央民族大学读本科和读研究生的经历。现在她来到了甘肃省的省会兰州，看着车窗外楼厦高耸、霓虹遍地的市容，一次次地诧异着："不错嘛，比我想象的好多了。"正想下来看看黄河边的夜景，当头就是一盆水——阴郁的天空突然下起了雨。

一连几天的奔波，已经很累很累了。智美希望找个酒店好好睡一觉。梅萨不愿意,说是等真正开启了"七度母之门"、得到"最后的伏藏"才能休息。香波王子说:"这里的路我熟,我来开车,你们就在车里休息。"他给牧马人加足了油,又来到一家昼夜拉面馆,让大家饱餐了一顿,然后在清晨的寂静中,开车上路了。

牧马人一进入甘南藏族自治州就把天空的阴郁甩掉了,一路都是明媚,越来越明媚。大夏河在接近源头的地方用一种气势磅礴的蜿蜒搂定了夏河县的县城。在县城西头,龙山和凤岭的鸟瞰中,大夏河右旋海螺般的弯道里,就是俗称黄教的藏传佛教格鲁派六大寺院之一的兜率天宫讲修弘扬吉祥右旋洲,又称拉卜楞寺或扎西旗。它是百代呈祥的功德林,在辽阔的安多大地上葱茏放光。

拉卜楞寺始建于公元1709年,康熙四十八年,一世嘉木样大师受青海蒙古和硕特部前首旗贝勒察汗丹津之请,返回故里传法建寺,有了最初的庙堂。以后数次扩建,发展成现在这个有六大札仓(学院)、四十八座佛殿和囊谦(活佛住所)、五百多座僧院的大型寺院。

香波王子一望见寺院,就兴致勃勃地说:"藏传佛教以拉萨为中心,向西延伸到新疆,向南延伸到喜马拉雅山麓,向东延伸到大渡河流域、川西高原,向北延伸到蒙古国。拉卜楞寺的位置就在东部延伸区域和北部延伸区域的交会带上,起着文化枢纽、宗教航标的作用。如果没有拉卜楞寺,整个河西走廊、黄河中游和甘南、川西、藏东、藏南的信仰联系就会十分艰难。可以说,拉卜楞寺恰好填补了衔接处的空白,弥合了一条十分明显的宗教断裂带,才使藏传佛教有了比西藏本土更辽阔的传播范围。"

他身边的梅萨不断点着头,感叹道:"我真是白做一个藏民和藏学研究者了,这么重要的地方居然没有来过,太晚了。"

香波王子说:"不晚,你来得恰到好处,因为有我陪着你。"

梅萨说:"自以为是。有智美在,有你不多,没你不少。"

香波王子说:"得意吧智美,你话少,实干,深藏若虚,多数女人喜欢你这样的。"

智美打了一声喇叭:"梅萨不是多数女人,梅萨就一个。"

香波王子说:"错了,梅萨至少有两个,你眼里一个,我眼里一个。"

梅萨一拳捣在香波王子肩膀上。

牧马人穿过僧舍区,停在了广场上。三个人下来,在售票处买了票,正准备走进纪念品商店,有个眉清目秀的姑娘过来拦住了香波王子。

"我是导游央金,有人让我来接待你。"

香波王子吃惊地问:"谁?我没有委托任何人。"

"委托了,你真的委托了,委托了我奶奶。"

香波王子说:"不可能,绝对不可能。"

"既然不可能,我为什么要在这里等你呢?"

香波王子说:"那是你的事儿。这地方我都来过四五回了,不需要导游。"

央金说:"这一回不一样,拉卜楞寺刚刚整修过。"

香波王子皱着眉头寻思:居然已经有人在这个地方等着他,到底是什么人?他对梅萨说:"你跟这位姑娘先聊聊。"

他不想让陌生姑娘知道他要打听什么,一个人走进了纪念品商店。一般来说,纪念品商店都有本寺著名佛像的袖珍雕塑,售货员也应该知道哪个雕塑出自哪座殿堂。他在柜台前迅速浏览着大大小小的铜佛瓷佛木雕佛,突然说:"给我拿一尊仁增旺姆像。"

售货员愣了一下说:"仁增旺姆像?是菩萨吗?从来没听说过。"

香波王子安慰着自己：我也是从来没听说过，但没听说不等于没有。拉卜楞寺很大，各种佛像数万尊，谁记得住啊。他转身走出纪念品商店，故意不看央金，朝梅萨和智美招招手，向最近的闻思学院走去。没走几步，就感觉空气变得坚硬而紧张，佛天净地的平静和祥和正在一点点消失。他停下来，倏地转过头去。

二十步开外，那个鼻子塌陷、颧骨高隆的人把拎在手里的一顶宽边棕色高筒帽扣在头上，扭身藏进了旅游的人群里。

骷髅杀手？居然已经跟来了。

骷髅杀手身后是神秘的护教组织"隐身人血咒殿堂"，显然那些看不见摸不着的无形密道正在发挥作用，完全掌握他的行踪。香波王子打了个寒战，意识到必须用最短时间结束拉卜楞寺的调查，便大声催促梅萨和智美快走。又过去对央金说，"我们真的不需要接待，你还是忙你的去吧。"

央金淡淡一笑："我不忙，我的任务就是接待你们。"

香波王子只好对梅萨耳语道："你和智美拖住她，不要让她离我太近，在没搞清她的真实身份之前，不能让她知道我们的目的。"说罢，大步走过前庭院，踏上正殿台阶，低头快速问一个坐在门边的中年喇嘛："这里有仁增旺姆神像吗？"

"仁增旺姆像？"中年喇嘛摇摇头，"不知道你在说什么，自己去找吧。"

香波王子还要问什么，看到央金丢开梅萨朝自己走来，赶紧离开了。

央金追上他说："这里是闻思学院，又称铁桑朗瓦札仓或慧觉寺。"

香波王子望着高悬殿内的乾隆御赐"慧觉寺"的匾额说："这

谁不知道？"

央金又说："闻思学院是拉卜楞寺的显宗学院，是一个声名显赫、广结法缘的诵经道场，可同时容纳四千喇嘛。当他们一起放声的时候，厚重的木板门都会被吹动得吱呀吱呀响。"

走到哪里，央金讲到哪里，香波王子不胜其烦地加快了脚步。

梅萨和智美故意落在后面，低声问一个添油点灯的喇嘛："知道仁增旺姆神像在哪里吗？"没有结果，又去问别的喇嘛。喇嘛们一个比一个迷茫，反而追问梅萨和智美：仁增旺姆神像是什么？好像"仁增旺姆神像"跟藏传佛教压根没关系。

香波王子快步走着，打量着正殿内那些著名的粗壮柱子和华丽的幢幡宝盖，在寺主嘉木样大师和寺院总法台的金黄宝座前停了几秒钟，然后双手合十，走过了释迦牟尼、宗喀巴、二胜六庄严和历辈嘉木样大师的塑像。在一片斑斓得令人眩晕的刺绣佛像护送下，走出闻思学院，走向一座高大宏丽的殿堂。看了一眼清嘉庆皇帝御赐的匾额"寿僖寺"，一步跨了进去。

寿僖寺是拉卜楞寺最高的建筑，六层之巅的宫殿式方亭上，覆盖着镏金铜瓦，饰有镏金铜狮、铜龙、铜宝瓶、铜法轮、铜如意。殿内供有令人震撼的镏金弥勒大铜像，两侧是情态超逸的镏金八大菩萨铜像。

香波王子这儿看看，那儿望望，扭头不见央金，便走向一个老喇嘛，恭敬地弯下腰说："师父，我打听个事儿，仁增……"突然发现央金从一根柱子后面闪了出来，赶紧闭嘴，转身走开。

央金跟过来说："你要打听什么，也许我知道。"

香波王子说："这还用问，来了寺院，不就是打听佛像吗？"

央金说："拉卜楞寺是一座规模宏大的造型艺术博物馆，寺内保存有佛像两万九千多尊,你打听哪尊佛像?"

"我打听最大的佛像。"

"最大的佛像是狮子吼佛,一眼望不到头。"

"最小的呢?"

"最小的佛像是千佛树上高不盈寸、轻不足两的木雕小佛——两个五彩的莲花台,一对镀金的大宝瓶,两棵精铜菩提树,每棵树上有五百叶,一叶立一佛,共有一千佛,称为千佛树。它是稀世珍宝,更是藏传佛教的造像奇葩。"

香波王子还要问什么,就见戴着棕色高筒帽的骷髅杀手匆匆走进了寿僖寺。他躲到柱子一侧,绕过骷髅杀手的视线,快步出去,直奔不远处的释迦牟尼佛殿。

他想起了"七步莲花"的典故。释迦牟尼一出世就能行走,走了七步,每一步都开出了一朵莲花,于是莲花便象征了佛陀的诞生。佛经上说,释迦牟尼所行七步是七个女神的法身化现。如果七个女神是七度母,那"守望着七度母之门"的仁增旺姆神像,是不是就跟释迦牟尼有关系了呢?他觉得很可能他会在释迦牟尼殿里找到答案。

释迦牟尼殿的形状酷似拉萨大昭寺,高三层,镏金铜瓦的屋顶。殿内主供两尊释迦牟尼佛像,一尊铜的,一尊金的。香波王子知道,金释迦是8世纪静命法师从印度带回的,先由格鲁派祖师宗喀巴供奉,几乎转遍了西藏所有格鲁派大寺院,最后被一世嘉木样大师迎请到拉卜楞寺作为镇寺之宝。

香波王子看央金不在身边,赶紧问一个摇着法铃、翻着经册的年轻喇嘛:"你知道仁增旺姆神像在哪里吗?"

"仁增旺姆?你问的是一个姑娘?"

"不,是神像。"

"神像？是佛母的神像？那就不知道了。"

他心里一亮：对了，仁增旺姆肯定是一尊女性神佛。

央金跟了过来。香波王子离开年轻喇嘛，走到金释迦前面，躬身一拜，仔细看看，没看出什么，转身走开。刚到门口，就和骷髅杀手打了照面。

香波王子站在三米外盯着对方，看他手里没有凶器，稍微松了一口气。两个人对峙着，眼光的交流就像火与冰的碰撞，在骷髅杀手是掩饰不住的仇恨，在香波王子是无法自持的怯惧。

"为什么，为什么要这样逼我？"

骷髅杀手冷然一笑："明知故问。"

香波王子试探着问："如果我放弃'七度母之门'，你还会杀我吗？"

"来不及了，你不能关上已经打开的门。"

"'七度母之门'其实还没有真正打开。"

"'隐身人血咒殿堂'不这样认为。"

"又是'隐身人血咒殿堂'，它在哪里？"

"永远在你身边。"

骷髅杀手把手伸进衣袋，嗖地亮出雕饰精美的骷髅刀。香波王子浑身一抖，想逃开却被骷髅杀手一把拽住了衣肩。央金突然走过来，插进香波王子和骷髅杀手中间，挽住了香波王子的胳膊。骷髅杀手松开香波王子，和央金擦身而过，寒光闪闪的骷髅刀唰地收了回去。

香波王子和央金迈出释迦牟尼殿，回头看时，骷髅杀手已经跪倒在佛像前，虔诚地磕起了头。

央金说："你认识这个人？"

香波王子说:"不认识,你好像认识?"心想,显然这姑娘刚才也看见了骷髅刀,也知道骷髅杀手想干什么,我跟她素昧平生,她为什么要救我?

央金说:"我倒是见过,在梦里。"

香波王子苦笑着摇摇头,丢开央金搀他的手,朝南走去。

央金追上他:"真的在梦里见过,我还梦见过你。"

香波王子停下来,瞪着她:"你到底是干什么的?"

"我是专门接待你的,我做导游就是为了天天等你。"

"你这种话不要对我说,花言巧语拉客的导游我见得多了。不过我还是喜欢你的,如果我们一起来的没有姑娘,我一定会让你一整天都陪着我。"说着,掏出一百元钱递给姑娘。姑娘摇头。再加一百,还是摇头。他又加了一百,塞到姑娘手上说:"谢谢你刚才救了我。"

央金一脸委屈:"我要的不是这个。"

不过她还是按照寺院的规矩,没有把不满意的施舍退还给施主。这让香波王子略感失望:她要是真的纯粹到一点儿不为金钱该多好,那我就爱上她了。他拔腿就走。

央金跟过来,依然用导游的殷勤口气说:"前面是白度母佛殿。"

香波王子打了个愣怔:我怎么忘了,拉卜楞寺有一座白度母佛殿。

依然是失望,白度母佛殿里没有仁增旺姆佛像,这里的白度母塑像跟"七度母之门"没有任何关系。他忍不住问道:"拉卜楞寺哪里还有女性神佛?"

央金说:"藏传佛教的女神大致有四个系列、卓玛系列、空行母系列、女护法神系列、女魔系列,基本都属于密宗。拉卜楞寺有五个密宗学院，其中续部上学院就供奉着二十一尊度母佛。"

离这里不远，就是续部上学院。香波王子走过去，用最快的速度拜见了八大药师佛、十六罗汉、三十五尊忏悔佛、一千尊铜制无量寿佛，最后来到二十一尊度母佛像前。二十一尊度母佛是从观世音的眼睛里变化出来的，除了常见的白度母和绿度母，还有红度母、黄度母、黑度母、紫度母、蓝度母、花度母，等等。美丽的度母们，在酥油灯的照耀下，用那亲和万众的优美仪态，妖娆在朦胧的烟气中，把佛国神界对有情众生的感情表现得温婉可爱。

香波王子看到央金站在门口没过来，赶紧向守灯的喇嘛打听，哪尊度母名叫仁增旺姆。回答是沉默，似乎那喇嘛根本就不愿意理睬这种莫名其妙的问题。

他一尊一尊地看下去，希望能在某一尊的怀抱里看到"七度母之门"的踪迹，很快意识这是浪费时间，正要走开，就见梅萨和智美走了进来。

梅萨和智美告诉香波王子，他们刚才去了密宗系的时轮学院、喜金刚学院、续部下学院和医药学院，都没有打听到仁增旺姆神像。

梅萨说："看来我们的思路是不对的。"

香波王子说："要不我们去贡唐宝塔看看？"

央金过来说："参观拉卜楞寺，贡唐宝塔是一定要去的。"

他们离开续部上学院，绕过郎仓宫和贡唐宫，走向贡唐宝塔。

2

贡唐宝塔位于拉卜楞寺西南角，七重叠加，绿檐金顶，里面用许多稀世珍宝供奉着佛像、经典和法器，价值不可估量，称为亚洲佛教第三塔。

香波王子和央金首先走进了塔门,人到风到,随着他们的走动,酥油灯一盏盏灭了。黑暗的塔内深处,只亮着一盏酥油灯。香波王子看到里面没有一个值守的喇嘛,就想自己动手点亮那些酥油灯。正要拿起引火的捻子,就见唯一闪亮的一盏灯也灭了。他愣怔着,突然听到黑暗中传来一阵沙沙的脚步声,节奏有些诡异,能感觉出是一种偷偷靠近的声音。他心说危险,朝后一退,一脚踩到身后的央金脚上。央金疼得"嗞嗞"吸气,弯腰摸了摸脚。他说:"对不起。"央金说:"不要紧。"话音未落,一把飞刀破空而来,哧啦一声划破香波王子的衣肩,插在了身后的木墙上。央金倏地直起腰,大喊一声:"快蹲下。"猛扑过去,把呆望着飞刀的香波王子和自己一起塞到了供桌底下。几乎在同时,一根铁棍呼啸而来,砸在了桌面上,砸得满桌供品四下乱飞。

梅萨和智美冲进来喊道:"怎么了?怎么了?"

有人奔逃而去,不知撞翻了什么,稀里哗啦一阵响。

央金拉着香波王子从供桌底下钻出来,朝外走去。

光亮从门外溢进来,人影渐渐清晰了。他们快步走出贡唐宝塔,发现仅仅在里面待了几分钟,外面的阳光就变得格外亲切熠亮。香波王子回头看着黑暗的宝塔门洞,心说刚才太危险了,是骷髅杀手吗?他难道长了翅膀,这么快就提前守候在了这里?突然想到那把寒光闪闪的飞刀是一把双刃竹叶刀,而不是雕饰精美的骷髅刀,就更加惊讶:出现在北京甘露漩花园小区姬姬布赤别墅里的杀手又出现在了这里,莫非他们要和骷髅杀手联合起来对付我?我算个什么呀,一撮离开羊身的羊毛,经得起东南西北的狂吹?而且,而且他看见了高高举起的铁棍,如果这个时候砸下来,他肯定躲不过去。

但铁棍晚了一瞬间,凶手好像在等待央金,等央金一直起腰,铁棍就呼啸而来。

香波王子扭头盯住了央金:啊,也许,仅仅是也许,有人也要对你下毒手,你到底是干什么的?但是他没有说出口,他说出来的是:"谢谢你,你又一次救了我。"突然愣住了,两眼放光,直勾勾盯着她的胸脯,那儿有丰腴的起伏,有低领的衣服遮不去的细腻白净的肌肤,还有一串红玛瑙项链。自从出现以来,他就没有正眼看过的央金,居然戴着一串让他怦然心跳的红玛瑙项链。

央金说:"现在你该告诉我了吧,你们到底在打听什么?"

香波王子瞪着她的红玛瑙项链和项链上的坠子说:"我们打听的,不会是你吧?"

央金用手捂着自己的胸脯,大惑不解:"我?"

一阵歌声响起来,是作为手机铃声的仓央嘉措情歌:

> 峰峦绵延的东方,
> 云烟缭绕在山上,
> 是不是仁增旺姆,
> 又为我烧起了神香。

央金从棕色坤包里拿出手机,习惯性地走到一边,"喂喂"了几声说:"你是谁?你怎么知道我的电话?奶奶找我?她怎么了?突然晕倒了?好,我马上回去。"然后头也不回就要走。

香波王子跳过去,一把拽住央金,捏住了她的红玛瑙项链。

央金说:"对不起,我要去看我奶奶。"说着使劲推开了他。

砰的一声,项链断了,心形的红玛瑙坠子留在了香波王子手上。

央金从脖子上取下项链，攥在手里看了看，惊喜地望着他："啊，你拿走了我的心，你就是我等了很久很久的人。我梦见的果然是你，是你在梦中唱起了仓央嘉措情歌。我还会来找你的，我一定能找到你，听你亲口给我唱。"然后夺路而去。

香波王子看着红玛瑙坠子上的刻字，念道："仁增旺姆？"

梅萨和智美围过来，也和他一样瞪着坠子。

香波王子懊悔地说："她的手机铃声是'仁增旺姆'，她的项链坠子是'仁增旺姆'，她就是仁增旺姆。我怎么没早一点告诉她，我们要找的就是仁增旺姆。"他自责地捶捶胸，"而且我还在千方百计回避她，我这个人真他妈莫名其妙。"

智美说："谁让她来接待我们的？又是谁把她叫走了？她肯定有来头。"

香波王子说："对，不能让她走了，快追。"

三个人沿着三条道路追寻而去。

拉卜楞寺作为恢宏一地、照耀十方的大型寺院，纠缠着数不清的街巷胡同，要在这里追寻一个不知底细的人，几乎没有可能。三个人会合在白伞盖佛母殿前，气喘吁吁地坐在台阶上，半天说不出话来。

黄昏已经露头，山脉的绿意正在黯然深沉，有些是黑的，有些是灰的，苍茫的时候那些属于自然的就完全成了佛殿的陪衬。片片金顶、座座绿檐、重重楼宇，给大山大水赋予了灵气。佛是自然灵气的再生。

香波王子说："智美，该是你占卜的时候了。"

智美摇头："每次占卜，我都要祈请卜神安驻于心，卜神不来，占卜形同儿戏，不可能灵验。我已经呼唤过卜神了，卜神不来我心里。"

有个打扫殿前台阶的中年喇嘛过来说:"快走吧,佛要下班了。"

香波王子说:"佛不能加会儿班吗?"

喇嘛说:"不能,佛明天起得早,五点钟就得陪着喇嘛做法事。你们要想早来,就不要走远,住在拉卜楞寺旁边的夏河饭店里,价钱和县城的宾馆一样,还比它清净。"

香波王子问:"夏河饭店是不是僧人经营的?"

喇嘛笑了笑,挤挤眼睛说:"知道怎么走吧?"

三个人商量着,结果是:就住在寺院里,明天继续找人。再说央金姑娘,不,仁增旺姆已经说了,香波王子拿走了她的心,他就是她等了很久很久的人,她还会来找他的。梅萨很少说话,凸上凹下的面孔上到处都是对仁增旺姆的不屑和排斥。但她还是同意住下来,不管仁增旺姆是什么人,有什么用意,从开启"七度母之门"出发,目前的关键,就应该是找到这个活生生的仁增旺姆,而不是一尊泥雕或铜铸的神像。

前往夏河饭店的路上,梅萨背诵起"授记指南"来:

> 天母安驻于兜率天宫,说:这个叫作仁增旺姆的神,守望着七度母之门。

然后发泄郁闷地说:"我不相信,决不相信,这个连导游也做不利索,也要半途而废的女人,就是经年累月'守望着七度母之门'的仁增旺姆。"

香波王子凑到梅萨耳边小声说:"怎么醋成这样?老实说,仁增旺姆尽管迷人,比起你来,还是差了一大截。"

梅萨眼皮忽地一掀,溢出里面的全部光亮,嘴上却说:"口是心非。"

夏河饭店是座三层楼的藏式院落,紧靠着大夏河,一面是餐厅,三面是客房。许多打算一大早随同喇嘛去各个学院经堂参加早殿诵经的游客,都住在这里。

三个人先在二楼开了两间房,匆匆一洗,再去餐厅吃饭,完了就各回各的房间。香波王子看着梅萨和智美一前一后走进隔壁房间的身影,遗憾地摇摇头,心说太不公平了,这个世界,怎么偏偏我的房间是空的?突然大声说:"祝福你们度过一个美好的夜晚。"然后就唱起来,自然是仓央嘉措情歌:

  柳树爱上了小鸟,
  小鸟恋上了柳树,
  只要情投意合,
  鹞鹰也无机可乘。

梅萨等在门口,背对着他听他唱着,余音还在袅袅,她却急急忙忙甩上了门。

砰的一声响,香波王子的歌声戛然而止,他望着关死的门,拍了一下头说:"完了完了,我的姑娘不理我了,黑暗啊,光明在哪里?佛,佛,我要一个姑娘,你给我。"

门里边,似乎情歌就是电波,一下子穿透了灵肉,一种害怕和疼痛突然袭来,梅萨抖抖索索地说:"智美,智美。"

智美用眼睛问她:怎么了?

梅萨气喘吁吁地说:"快来救我。"

然后她丢下背包,掀掉牛绒礼帽,扑过去紧紧抱住了智美。

他们热吻在一起，互相摩挲着，好像他们初次这样，好像他们是一对旷时分离的情侣，彼此思念了几十年，更好像他们终于有了奇异、厚重而没有杂质的情欲，需要满河行走。很快地，他们互相扯掉了对方的衣服，当裸体出现的时候，情歌也便水波似的流出了梅萨嘴边：

> 不息的流水，
> 汇到一个池中，
> 如果心有诚意，
> 就到池中来引水吧。

他们开始做爱。

智美说："你唱得真好听，你是唱给谁的？"

梅萨使劲摇头："智美，我知道你会给我一切，你已经给了我一切。我爱你，我就爱你一个人，不管发生什么，任何人都别想把我从你身边夺走。"

智美说："我知道，我知道。"

但是智美更知道，危机终于出现了，在梅萨的潜意识里，跟她做爱的不是他，至少灵魂不是，情歌就是证明。她从来没有在他面前唱过仓央嘉措情歌，今天也没有，绝对没有，情歌是唱给香波王子的，是不由自主的灵魂对香波王子的回答。

香波王子正在勾引她，不，是仓央嘉措情歌勾引了她。她进入了一个不能自抑的空间，那种正在悬挂、即将无靠的惊恐变成寻找出路的野兽，一头撞向了墙壁。墙壁是原来就有的，梅萨，我是原来就有的，你今天怎么啦，梅萨？

"智美,你相信我吗?你是我唯一的法侣。"

"相信,相信,你是我唯一的法侣。"

尽管处于癫狂状态,但梅萨还是听出来了,智美不想说在他看来不真实或者即将不真实的那句话:"我是你唯一的法侣。"或者,"我们互相都是唯一的法侣。"

香波王子在走廊里站了一会儿,失落地走进自己的房间,仰倒在床上躺了片刻,突然想起骷髅杀手的出现和贡唐宝塔里未遂的谋杀,赶紧起身,扑过去从里面关死了门。

卫生间的门缓缓打开了,有人走出来,不是一个,而是一堆,一堆红袈裟的喇嘛从卫生间涌出来围住了香波王子。香波王子惊呆了,一动不动。来人是阿若喇嘛和他的随从。香波王子看到,他们中间少了邬坚林巴。

"哎呀,世道变了我都不知道,中国警察把侦查破案的权力移交给了活佛喇嘛,辛苦啦辛苦啦,能追到我不容易。"

"有不动佛的明示,你逃到哪里,我们就能追到哪里。"

两个魁梧喇嘛架着香波王子把他摁在了床沿上,香波王子挣扎着说:"说你们胖你们就喘,这里不是雍和宫,你们没有权力动我半根毫毛。"

阿若喇嘛说:"你杀害了你的老师边巴,已入一层地狱。盗窃了雍和宫的'七度母之门',已入两层地狱。戴着罪孽不思忏悔、到处乱跑,已入三层地狱。现在又来拉卜楞寺作孽,莫非还想入四层地狱?"

香波王子说:"我没干过任何该入地狱的事情,你居然看不出来,算什么喇嘛?喇嘛抓人非法,法就是佛,佛就是法,你违法就是违佛。"

阿若喇嘛说:"好一个违法就是违佛。"说罢,拿出手机就打,"王岩吗?已经抓到了香波王子,你们赶快过来,他的两个同伙也在隔壁房间。"

香波王子知道是打给警察的,警察叫王 YAN,是岩石的岩,还是发言的言?讥讽道:"你也会借刀杀人喽?不僧不佛、无慈无悲到了这种程度,还好意思披着这一身袈裟。"

阿若喇嘛面无表情地说:"我劝你还是尽快交出来,'七度母之门'带给偷窃者的不会是福,对你们这些贪财害命的人,唯一的伏藏将是唯一的灾难。"

香波王子知道说什么都没用,苦苦一笑,低下了头。

有人敲门。谁也没想到警察来得这么快。但进来的警察不是北京的王岩、碧秀和卓玛,而是当地派出所的。

派出所的警察诧异地看着几个喇嘛和被摁在床沿上的香波王子,其中一个说:"你们在干什么?"

阿若喇嘛说:"抓罪犯,他是杀人盗窃犯。"

警察问:"有证据吗?"

阿若喇嘛一时答不上来,只好说:"总会有的。"

警察有些恼火:"喇嘛们都要抓罪犯,那我们警察就该去念经了。放开他,我们有话要问。"

阿若喇嘛示意两个魁梧喇嘛放开了香波王子。

警察瞪着香波王子说:"今天你用了一个导游?导游是不是叫央金?"看他点头,又说,"她出事儿了。"

"出什么事儿了?"

"去了就知道,走吧。"

香波王子被几个派出所的警察带走了。路过梅萨和智美的房间时,他加快了脚步。阿若喇嘛知道阻拦是无济于事的,带着他的人跟在了后面。

警察问:"你们去干什么?"

阿若喇嘛说:"作证。"

警察说:"那就去一个,不要都去。"

3

央金姑娘死了。她死在拉卜楞寺西头尼姑寺的门外。香波王子到达时,尸体还在勘验当中。她趴在地上,是一种触目惊心的赤裸,半个身子都是血肉模糊,已是非人所有了。派出所的警察一时搞不明白,为什么死者的伤口都是一个接一个的血洞,从手背到耳根,十二个血洞连成了一条线。而且都是如此深圆的血洞,绝不可能是刀子戳出来的,一定有一种特殊的杀人工具,帮助凶手完成了这场惨不忍睹的谋杀。

香波王子半个身子都是疼痛,里里外外地疼,里头脏器疼,外头皮肉疼,好像那十二个血洞剜在了他身上。他看了看央金姑娘依然捏在手里的红玛瑙项链,难过地说:"是她,一个不请自来的导游,她说她叫央金。"

警察说:"快说,今天到底发生了什么,千万不要隐瞒。"

香波王子神经质地说:"你们怀疑是我杀了她?"

警察说:"不要紧张,我们有权力怀疑任何人。"

香波王子想起了白天在贡唐宝塔里有人谋杀未遂的一幕,正要说出来,突然被央金身上血洞的排列吸引住了。"手太阳小肠经穴?"

他蹲下去看了看说,"十二个血洞恰好是十二个穴位。"

警察问:"你怎么这么熟悉?"

"我师从精通密宗的边巴,经络穴位知识是必修课。"

警察又问:"能用什么东西剜出这样的血洞?"

"一种钻器,特制的,专门摧毁死者灵识转移的通道。"

弦月亮着,灯亮着,地上的央金姑娘也亮着。佛国净地里,人的眼睛亮成了一把把寒刀,有多少眼睛就有多少寒刀。佛在黑暗中,不言不语,永恒的沉默就在流血事件的这一刻,显示了广大而高深的慈悲之力:原野的荒风响起来,呜呜地哭泣着,走过了所有人的头顶。所有人的心都在悄悄地惊跳:什么样的仇恨,才会把央金姑娘刺成这个样子?

尼姑寺的一个老尼姑证明,她看见一个人就在尼姑寺门口杀死了央金姑娘。

警察把香波王子带到尼姑寺的院子里,问坐在椅子上行动不便的老尼姑:"你还能认出那个杀了央金姑娘的人吗?"

老尼姑撩了香波王子一眼,肯定地说:"认得出,就是他。"

香波王子惊怒道:"沙门怎么能诬陷人?三恶途的轮回等着你。"

老尼姑恬然一笑说:"我不怕,我的孙女已经去了,她用自己的命为'七度母之门'做了祭祀,'七度母之门'就会保佑她的所有祈祷变成现实。她祈祷她的奶奶下一世还是一个人,一个信佛拜佛的僧尼。"

警察边记边问:"死者央金是你的孙女?"

老尼姑回答:"是啊,是孙女,我的孙女叫央金仁增旺姆。"

香波王子拿出红玛瑙的坠子说:"我已经知道了。"

老尼姑说:"就为了这个坠子,你杀了她?"

香波王子说:"不,我在发掘'七度母之门'的伏藏,出自雍和宫的'授记指南'告诉我,在号称'兜率天宫'的拉卜楞寺,有个'叫作仁增旺姆的神,守望着七度母之门'。"

"雍和宫的'授记指南'?这么说不是你杀了央金?那就是他。"老尼姑极力睁大眼睛,指着警察说。

香波王子说:"老人家你眼花啦,肯定也不是他,他是抓坏人的警察。"

老尼姑说:"看样子你是个好人。实话对你说,我的奶奶就对我说过,不知道哪一代哪一世,会有一个知道'授记指南'的年轻人来找仁增旺姆。仁增旺姆就是我,我也叫仁增旺姆。我等老了都没有来,我的孙女接着等,今天果然等来了。只可惜一等来她就死了。你怎么不早来?早来十年,死的就是我不是她了。她要是不死,下个星期就该结婚了。"

香波王子心里一颤:结婚了,仁增旺姆就要结婚了。

老尼姑沉痛地叹气,忍不住念叨:"等来了你,她才能结婚,等不来你,她和男朋友就只能相望。可你来了,她的死也来了。"老尼姑仰天一笑,神色惨然,"你也不必自责,都是宿命。她也不是等你,是守望'七度母之门',你知道她在哪里守望吗?"

香波王子问:"不知道,请你告诉我。"

老尼姑望了望天上的星星说:"水往低处流,人往高处走,扎西旗这地方,哪里接天?哪里最高?哪里望得最远?你能在最高的地方满足她的要求,她的灵魂就归天了。在我们祖先的说法里,哪个姑娘为'七度母之门'死亡,哪个姑娘就是度母神下凡。"

香波王子赶紧问:"她有什么要求?"话一出口,立刻想起央金姑娘离开他时的最后一句话,知道那就是她的要求:为她唱仓央嘉措情歌。

香波王子弯腰抱住老尼姑亲了亲脸颊，转身就走。

所有警察都没有反应过来，连老尼姑也吃惊：他居然已经领悟了。倒是跟来的阿若喇嘛早有准备，大步向前，双臂一展，挡住了香波王子。香波王子像一头愤怒的狮子，冲过去撞得阿若喇嘛一个趔趄倒在地上，然后压住他，撕下他身上的暗红袈裟，跳起来就跑。

4

黑夜和拉卜楞寺蛛网般的巷道帮助了香波王子，他很快甩掉了追过来的警察和阿若喇嘛，一口气跑到了寿僖寺前。这就是扎西旗"最高"的建筑，"接天"的望得"最远"的地方。六层的藏式碉楼之上，坐落着汉式金瓦方亭，飞檐凌空，金碧如水。念夜经的声音正从那里徐徐传来，带着桑烟的香味，变成了一首歌，怎么听怎么像是："仓央嘉措，仁增旺姆，仓央嘉措，仁增旺姆。"香波王子朝后看了看，没看到追来的人影，便穿上阿若喇嘛的袈裟，悄悄摸了过去。

寿僖寺没有关门，守夜的喇嘛正在门内闭目念经。他进去，上楼，在镏金大弥勒和八大菩萨的凝视中，谛听自己的脚步声，紧张得把身子缩了又缩。也许念经的喇嘛过于专注或正在观想什么，也许抢来的暗红袈裟蒙蔽了喇嘛的眼睛，谁也没有阻止香波王子。

香波王子顺利走上顶层，来到方亭之中，发现这里并没有念夜经的喇嘛，便这儿摸摸，那儿看看，心里念叨着：那个叫作仁增旺姆的神，不，姑娘，就在这里守望着"七度母之门"？"七度母之门"在哪里？为什么要在这里守望？他找了半天，什么也没有找到，怀疑地想：难道这里不是最高？难道老尼姑的话里没有"指南"？不不，没有的只是自己的聪明，自己太笨了，即使找到了仁增旺姆，知道了她在哪里守望，也还是看不见似乎触手可及的"七度母之门"。

香波王子把金瓦方亭搜索了好几遍，失望地立住，背靠龙山，面朝朦胧夜色里无边无际的拉卜楞寺全景，一遍一遍拍着脑袋，拍出了无限伤感。按照老尼姑的嘱托，自己来到最高的地方，首先是要满足仁增旺姆的要求，让这个下星期就要结婚的姑娘的灵魂尽快归天，或者转世，转世了以后再去结婚吧。于是他唱起来：

峰峦绵延的东方，
云烟缭绕在山上，
是不是仁增旺姆，
又为我烧起了神香。

木船虽然无心，
船头木刻的马首，
还能回身望人，
无情无义的冤家，
却不肯转脸，
再看我一眼了。

他把这两首仓央嘉措情歌轮换着唱了好几遍，眼泪出来了，心说她等啊等啊，终于等来了他，等来了仓央嘉措情歌，但还没有等到他唱给她听，她就香消玉殒，归天而去了。这是天意？不不，不能用天意减轻他的过错，正是有人从他身边叫走了她，然后杀了她，他要是不那么傲慢、愚蠢，要是早一点知道她就是仁增旺姆，她也许就死不了，她会很快结婚，然后像所有幸福的女人那样，生活到老。

他在怒责中唱着唱着，泪花把视线挡住了，但泪花挡住的视线却是最明亮的视线，他看见了因仁增旺姆一生的"守望"而格外凸显的风景：寿僖寺下面，许多人在彻夜"转嘛呢"。他们打起火把，沿着绵延不绝的经轮房，转动经筒，顺时针旋绕着。火把形成了一个数公里长的圆圈，如同巨大的霓虹，在平阔的扎西旗原野上缓缓流淌。他眼前突然一闪，就像黑暗的脑袋一下子被火把照亮了，随即出现的是雍和宫"授记指南"的启示："那是吉祥原野上的第一个圆满、第一个曲典噶布、第一个转经筒。"

"圆满"？"第一个圆满"？不就是这些安装着一个个转经筒的经轮房吗？经轮房有五百多间，连成一线，环绕着拉卜楞寺，从高处看，就是一个偌大的圆满。而"曲典噶布"是藏语白色佛塔的意思，沿着经轮房的圈线，东西两边恰好有两个转经塔。按照太阳东出为上、西落为下的藏族民间意识，"第一个曲典噶布"就一定是东边的转经塔，而塔里的转经筒自然也就是"第一个转经筒"了。

第一个转经塔里的转经筒就是"七度母之门"？

香波王子惊喜地叫了一声："太棒了，果然就在这里，这个叫作仁增旺姆的神，守望着'七度母之门'。"

他舒了一口气，朝下走去，一步迈出去，又迈回来。他看到从楼梯口升起一个黑影，宽边的高筒帽之下，脸的轮廓如同一个竖起的菱形，那是颧骨高隆的原因。他退回到方亭中央，眼前立刻浮现了自己的尸体，那是被骷髅杀手用骷髅刀切割成无数碎块的一堆血肉，就像许多劈裂的眼睛，正在红汪汪地瞪着他。他心说这下完了，没有退路了，这个在《地下预言》中出现过的骷髅杀手，就像传说中那样是个摘掉了忏悔之心的神，在成为佛教护法之后，他的行为准则是，以杀为修，以血为法。

骷髅杀手举着骷髅刀朝前靠近着。

云雾挡住了月亮，光华敛尽了，漆黑的夜色成倍地放大着恐怖。心把死亡了解得清清楚楚：就要发生，就要发生。香波王子看看天空，突然举起手，拍了一下头顶的金刚铃。金刚铃当啷当啷一阵乱响。

骷髅杀手朝前蹿了一步说："没用，拉卜楞寺的风总会吹出铃声。"

香波王子知道自己也不能喊叫，那只会刺激对方即刻扑过来行凶。他必须在死前争取时间留下伏藏的线索。他掏出了手机："我死可以，但我要交代后事。"然后摁通梅萨的电话，叫起来，"还在饭店睡大觉呢？一进门你就气喘吁吁，这会儿还在气喘吁吁，我都快死了，你和智美还在寻欢作乐，起来，起来。"

这是什么后事？骷髅杀手感到意外，人也站住了。

电话里，梅萨忧急地说："你怎么一个人跑出去了，我们到处找你，你在哪里？"

他朝寿僖寺下面看看，发现"转嘛呢"的人越来越多，火把的排列愈加密集，昭昭煌煌的圆满就像巨大的项链，套在大地的脖子上。他后退着大声说："我看到了'第一个圆满''第一个曲典噶布''第一个转经筒'，我知道'七度母之门'在哪里。但我让人家用刀逼着，身不由己。你们快去，快去打开。它就在五百多间经轮房的连线上，在东边的转经塔里，塔内的转经筒里就有'七度母之门'。"

骷髅杀手猛然醒悟，扑了过来。香波王子继续后退着，试图翻过金瓦方亭，站到碉楼顶层的平台上。骷髅杀手抢先一步拽住他的袈裟，用象征惩戒邪恶的骷髅刀顶住了香波王子的腰。香波王子浑身抖了一下，腰肋一疼，感觉那刀已经噌噌地钻进了肉里。他意识到自己注定要死，反而不害怕了，推了一把对方说：

"你的刀最好不要戳破我身上的袈裟，这是我抢阿若喇嘛的，得还给他。"

骷髅杀手觉得这个要求是合理的，从他身上移开了骷髅刀。

香波王子脱下袈裟，团起来，塞到骷髅杀手怀里："麻烦你还给阿若喇嘛。我死之前，我想知道是谁杀了我，你叫什么名字？"看对方一脸呆怔，又说，"你妈妈总不会从小就叫你骷髅杀手吧？"

"我妈妈就叫我骷髅杀手。"

"那么你有女人吗，你的女人总不会说：骷髅杀手，你来要我吧？"

骷髅杀手觉得奇怪："你都快死了，还管我有没有女人。"

"这么说你没有？你是哪儿的人？家乡在什么地方？"

骷髅杀手骄傲地说："罗马恩尼草原。"

"啊，罗马恩尼草原，好地方，我去过，那里的肥羊和牛鼻靴子是全藏地最有名的，肥羊喂大的姑娘，一个个都很健康漂亮。"香波王子看骷髅刀离自己又远了一点，便说，"我教你一个办法，保证你这辈子能娶到一个最让你动情的女人。"

骷髅杀手没好气地说："我有过让我动情的女人，但是她走了。"他忽地又把骷髅刀伸过来，"就因为你。"

香波王子说："因为我？因为你要杀我？明白了，因为你只知道修炼杀人，不知道'七度母之门'是仓央嘉措遗言，更不知道仓央嘉措的故事。你会唱仓央嘉措情歌吗？我告诉你，只要你会说仓

央嘉措的故事,会唱仓央嘉措情歌,草原上就没有抱不回来的女人,哪怕她是上了天的仙女。"香波王子说罢,唱起来:

> 一双明眸下面,
> 泪珠像春雨连绵,
> 冤家你若有良心,
> 回来看我一眼。

骷髅杀手吼道:"住口吧,我是'隐身人血咒殿堂'的世间护法主,我不可能去唱什么仓央嘉措情歌,我杀你就是要杀死情歌。"

"哦,是这样,那我就不多说了,你赶快动手吧。"

骷髅杀手摇晃了一下,用骷髅刀重新顶住了香波王子的腰。

腰肋又是一疼,又有了刀刃噌噌钻进肉里的感觉,香波王子发自内心地感叹着:"可惜啊,那些仓央嘉措故事没有人再会讲了,那些仓央嘉措情歌没有人再会唱了,失恋的永远失恋,痛苦的永远痛苦,没有爱情的生活,是最孤独黑暗的了。"

骷髅刀停住了,没有再往前钻。香波王子立刻看到了希望,盯着骷髅杀手的眼睛说:"我知道了,你心里还有你的女人,你还没有放弃爱情。那么她还爱你吗?"

骷髅杀手一把捂住香波王子的嘴,举刀就刺,这次他要刺向眼睛,他觉得对方的眼睛太厉害了,一眼就看穿了他的心。

香波王子看到寒森森的刀尖在额前一闪,忽地闭上了眼睛。心说原来死亡是这样,它没来的时候,你胆战心惊,你祈求它不要来,永远也不要来,一旦看到了它的影子,你又希望它快点,再快点,不要滞缓了最后的脚步。

但骷髅杀手在家乡罗马恩尼草原对准牦牛发狠的时候，没有过刺瞎眼睛的历练，他的心在抖，心一抖，动作就慢了，就给香波王子留下活命的机会了。更何况他心里又有了别的重量，那就是情歌，香波王子刚刚唱过的仓央嘉措情歌，已然压在了他的心尖尖上，似乎是情不自禁地，他也想唱，但又不会唱，只把歌词一遍遍地咀嚼着："冤家你若有良心，回来看我一眼。"

香波王子和骷髅杀手都没有发现，邬坚林巴早已出现在楼梯口。

邬坚林巴悄悄走过来，长期的密法修炼这时候起了作用，连他自己也觉得他不是人，是幽灵，不是走，而是飘，无形无色，无声无息。他隐没在亭柱后面，突然探出手，一把嵌住了骷髅杀手的后脖颈。

骷髅杀手浑身一颤，颤没了情歌的感染，回头便刺，却只刺在硬邦邦的亭柱上。邬坚林巴非常在行地利用亭柱保护了自己。骷髅杀手知道，靠了自己的能耐，只要出现干扰，行刺就会失败。他使劲缩着身子，挣脱嵌住脖颈的手，猫腰就走。

香波王子有些奇怪：怎么搞的，还不来？突然睁开眼，看到金瓦方亭里，月色淡淡，清风习习，空荡荡的没有别人。摸摸刚才疼痛的腰肋，发现那儿好好的，骷髅刀根本就没有噌噌地钻进肉里。他捡起骷髅杀手丢在亭柱下的阿若喇嘛的袈裟，重新穿上，朝前走去，心说骷髅杀手怎么突然放弃了？一个念头让他脑袋嗡的一下：骷髅杀手已经知道"七度母之门"在什么地方，他要是抢先毁了"七度母之门"，比杀了他还糟。

香波王子沿着楼梯跑下去，跑出寿僖寺，一路狂跑。他跑过续部下学院、离合塔、藏经阁，眼看转经塔就要到了，迎面走来三个人，慌忙中他一头撞在一个人身上。那人抱住他，又使劲推开他，大吼一声："你干什么你，没长眼睛啊？"他想绕过去，定睛一看，推开他的居然是一个一直在追捕他的警察。

那警察是卓玛。卓玛身后，是王岩和在北京一枪打烂了香波王子裤裆的碧秀。香波王子"哎呀"一声，身子没转，腿先转了，呼呼呼地跑起来。

王岩、碧秀和卓玛拔腿就追。

追得最快的是国际刑警卓玛，卓玛一路都在大声恫吓："站住，站住，再不站住，我开枪了。"香波王子担心开枪，本能地慢下来，卓玛却一头栽倒在地，"哎哟哎哟"呻唤起来。趁此机会，香波王子一溜烟跑起来，毕竟拉卜楞寺是他来过好几回的地方，七拐八拐就无迹可寻了。而北京来的警察人生地不熟，夜色一堵，就不知道往哪里追了。

香波王子穿过一片片僧舍，混进"转嘛呢"的人群，逆着人流走向在经轮房的连线上峭然凸出的转经塔，一头扎进了"第一个曲典噶布"——大圆满的经轮线上，坐落在东边的转经塔。

他大吃一惊，火把的光耀照透了塔内的虚空，什么也没有。昔日普通的转经筒、吱扭吱扭唱歌的"六字真言"，现在他心目中神奇的"第一个转经筒"，已是荡然无存。他冲着塔外喊一声："转经筒，转经筒。"他会相信骷髅杀手或者梅萨和智美快速跑来撬开"七度母之门"，拿走里面的伏藏，绝对不相信他们会带走转经筒。转经筒为了天长日久地旋转，安装得非常结实，不可能这么快卸下来，就是卸下来，一两个人也扛不动。

梅萨和智美赶到了，也在问他："你没事儿吧？转经筒呢？你说的'七度母之门'呢？"

香波王子来到塔外，四下看看，看到了跟他同样满脸疑惑的骷髅杀手，也看到一个胖喇嘛正从不远处的宗喀巴佛殿出来，走向僧舍区。他指着骷髅杀手对梅萨和智美说："你们认识认识这个人，就是他一直想杀我，刚才又差一点得手。"

梅萨和智美望过去，骷髅杀手正了正歪斜着的宽边高筒帽，匆匆离开了。香波王子看着他的背影，突然弯下腰，躲开火把的光亮，跑向那个已经消失在僧舍区的胖喇嘛。

"打听个事儿，转经塔里的转经筒哪里去了？"

胖喇嘛说："滚轴坏了，扎西拉走了。"

"哪个扎西？"他想藏民叫"扎西"的成千上万，拉卜楞寺说不定就有十几个。

胖喇嘛看他穿着袈裟，不想啰唆，没好气地说："你说哪个扎西？"

香波王子脱掉袈裟说："我不是喇嘛，我是游客，麻烦你说详细一点。"

胖喇嘛立刻扭住他的胳膊喊起来："抓强盗，抓强盗。"原来尼姑寺门前央金姑娘被杀、阿若喇嘛袈裟被抢的事情已经传开，喇嘛们已是高度警惕。

香波王子把袈裟甩在胖喇嘛身上，掰开他的手，奔逃而去。

胖喇嘛没敢追，声嘶力竭地喊着："强盗跑了，强盗跑了。"

梅萨拉着智美跑过去说："喊什么喊什么？谁是强盗？是强盗也是佛变的，佛变了强盗来考验你，看把你吓的。"

"佛考验魔，魔考验佛，考验来考验去，不知道谁是佛谁是魔。"胖喇嘛抖了抖香波王子甩给他的绛红袈裟，搭在胳膊上说，"一个游客？怪不得他不知道我说的扎西是欣索扎西。"

梅萨说："欣索扎西，吉祥的木匠？"

5

不能再回夏河饭店了,三个人来到文殊菩萨殿后隐秘的夹道里商量下一步怎么办。

香波王子说:"现在这里到处是我们的对手,北京来的警察、当地派出所的警察、阿若喇嘛一伙、骷髅杀手、拉卜楞寺的喇嘛,说不定还有游客,随时都可能跳出来抓住我,或者杀掉我。牧马人必须连夜出发,造成我已经离开这里的假象。"

梅萨警惕地说:"你想让我们离开,一个人留在这里?"

香波王子说:"不行吗?"

梅萨愤怒地说:"你总想甩掉我们,离开夏河饭店时为什么不叫上我们?"

香波王子委屈地说:"我是被派出所的警察押走的,那种情况下,我是能不牵扯你们就不牵扯你们,万一我失去了自由,留下你们还可以继续掘藏。再说了,我是你们的大师兄,我得考虑多给你们一点单独相处的时间,不能让你们互相浪费,是不是?青春白白激荡的日子啊,难受。"

梅萨说:"流氓总是把天下人都想象成流氓。"

香波王子说:"'流氓'是汉文化的产物,藏族人从来不会把这种蔑称强加给任何一个风流好色的男人或女人。你们变了,变得不像藏族了。"

梅萨说:"不是变了,是进步了,文明了。"

香波王子说:"那你就去文明吧,我宁可自由而浪漫地野蛮。"

梅萨说:"别闲扯了,快说下一步怎么办。"

香波王子说:"不是已经说了吗,你们离开,我留下,不是甩掉你们,而是调虎离山。发掘到'七度母之门'的伏藏,我一定会去找你们,第一我心爱的牧马人在你们手里,第二我心爱的姑娘在等着我。"

梅萨从鼻腔里"哼"了一声:"厚颜无耻。"

智美说:"别扯淡了,说正经的,你一个人留下来把握有多大?"

"一半对一半,就像我跟你。对了智美,我们可以赌一把,要是我成功了,你就放弃梅萨。要是我失败了,我从此不再痴心妄想,我就是你们绝对的保镖,绝对的电灯泡,只照亮你们,不骚扰你们。"

梅萨嘲笑地说:"智美决不会跟你打这种赌。"

智美说:"谁说的,其实我比香波王子更想赌一把。"他没说他想打赌是因为他比梅萨自己更了解梅萨,梅萨已经开始强迫自己了,强迫自己极力排斥香波王子,但最强烈的排斥往往又是最强烈的爱,梅萨表达的,其实是她的害怕,她害怕她会滑落到无法自持的地步。智美觉得如果不打赌,失败的肯定是自己,如果打赌,说不定还有赢的希望。

香波王子欣赏地望着智美:"那就一言为定。男人就应该是感情的赌徒,尤其是西藏的男人。"说着朝梅萨挤挤眼。

梅萨瞪着香波王子:"痴心妄想。"

智美说:"现在就怕牧马人开不走,早就有人监视着它。"

香波王子说:"我还担心没有人监视呢。"

他们走出夹道,绕到文殊菩萨殿前,突然听到有人喊:"喂喂喂。"扭头一看,发现殿门边的平台上,放着一个铁笼子,那声音就是从铁笼子里发出来的。朦朦胧胧的月光下,铁笼子里面是什么看不清楚。他们好奇地走了过去,还没到跟前,梅萨就敏感地叫了一声:"山魈?"

是山魈，活着的，从铁笼子里发出了一阵阵人似的声音："喂喂喂。"

香波王子说："听啊，就像边巴老师在上课。"

梅萨说："你是说边巴老师的灵识寄住在了它身上？"

智美说："集中精力掘藏，不要胡扯一些跟'七度母之门'没关系的事情。"

山魈似乎听懂了他们的话，突然人立而起，两只前爪拍了几下，合拢到一起，俨然一副拜佛作揖的样子。

香波王子说："你们再看它的眼睛，湿乎乎的，像是一见我们就哭了。边巴老师，你来这里干什么？"

山魈放下前肢，在铁笼子里原地转了一圈，翘起嘴巴，用泪汪汪的眼睛望着他们，哈哧哈哧吐着气。

香波王子问："边巴老师，你寄魂于山魈，变成了独脚鬼太乌让，作为护持伏藏的神灵，你想帮助你的三个学生是不是？"

山魈琥珀色的眼睛里突然射出两股奇异的红光，扫在香波王子脸上，继而晃晃头，好像并不同意他的说法。

梅萨说："智美，还是你问吧，边巴老师生前对你是最好的。"

智美后退着："它就是一只怪兽，跟边巴老师没关系，我问什么？"

山魈突然跳起来，哗啦一声，头撞到了铁笼子顶上。

一个留胡子的喇嘛从文殊菩萨殿里走出来，呵斥道："走开，走开，小心它咬了你们。"

智美转身离开。山魈皱起鼻子，瞪起血光之眼，朝着智美龇了龇牙，抓住铁笼子，哗哗哗地摇起来。

香波王子问："这是北京动物园一只死而复生的山魈，你们怎么把它搞到这里来了？"

胡子喇嘛说:"不是我们搞来的,是它自己走来的。"

香波王子说:"不会吧,明明是拉卜楞寺的喇嘛买走了它,还留下了'兜率天宫讲修弘扬吉祥右旋洲'的纪念章。"

胡子喇嘛说:"你们是干什么的?三更半夜打听这些事情?"突然明白了,面前这三个人恐怕跟央金姑娘被杀、阿若喇嘛袈裟被抢有关,惊慌失措地喊起来:"来人哪,来人哪。"边喊边往文殊菩萨殿里跑。

香波王子和梅萨恋恋不舍地望着山魈。

智美在身后喊:"还不快逃跑?"

三个人疯了似的跑起来。身后,山魈"喂喂喂"地喊着,接着变成了尖叫和凄号,变成了冲撞铁笼子的疯狂。

梅萨和智美来到停泊着牧马人的广场。

黑暗中,王岩、碧秀、卓玛看到梅萨和智美开走了牧马人。碧秀迅速启动路虎警车,跟了过去。

没走多远,牧马人突然停下,灯光亮堂的车内,梅萨和智美回头张望着。

王岩说:"不要跟得太紧,香波王子还没出现呢。"

牧马人关掉所有的灯,忽地起步,飞速来到两百米外树荫浓郁的拐弯处,紧急刹车。车上梅萨喊一声:"快,快上来。"车门开了,又咚地关上了,然后急驰而去。

王岩又说:"追,一定要拦住,香波王子跑了。"

两个小时后,他们在临夏县城追上牧马人,迫使它停了下来。

碧秀抢先扑过去,一看车内没有香波王子,吼道:"人呢?"

梅萨说:"我们不是人吗?"

第六章　登临宝座

1

清晨，淡淡的光亮揭开了拉卜楞寺的又一个白天。钟声响起，信仰以庙宇的形式渐渐清晰着，精神的辉煌涂抹在寺顶庙墙上，用沉默的热情拥抱着天地世界。香波王子在狮子吼佛殿找到一个下夜的喇嘛，随便一打听，就打听到了木匠扎西。

木匠扎西是一个出家的手艺人，负责修理拉卜楞寺的所有木器，木制的转经筒自然归他管。因为要更换轴承，前几天他叫了几个喇嘛帮他把转经筒卸下来，用马车拉到了木工院里。香波王子看到他时，他刚刚起床，正要去参加早殿诵经。

"吉祥的木匠请你不要走，我找了你一夜才找到你。"香波王子张开双臂,把木匠扎西堵回到院子里,又说,"我从北京来,听说你正在修理转经塔里的转经筒,如果我能用额头碰碰里面的'嘛呢',福气就会随着转经筒的旋转源源不断了。"

每个转经筒里都有一个木匣子,里面装着"六字真言"又叫"六字大明咒","六字大明咒"的藏语略称便是"嘛呢"。

木匠扎西客气地说:"好啊好啊,你就碰碰吧。"

香波王子问:"转经筒是不是经常坏,你们经常修?"

木匠扎西说:"也不经常,五六年坏一次,就是换轴承,别的不会坏。"

"里面的匣子也不会坏吗?"

"匣子是封死了的,没有盖,没有缝,囫囵一个,几百年几千年不会坏。不过这次全裂开了,就像开出了一朵八瓣莲花。"

香波王子心说那是因缘时节已经成熟,伏藏现世的征兆出现了,又问:"莲花里的'嘛呢'呢?"

木匠扎西迷茫地说:"奇怪,没有'嘛呢'。"

"不可能吧,转经筒里怎么会没有'嘛呢'?"

木匠扎西指了指院子当中像贝壳一样打开的转经筒说:"就一张白纸,上面什么也没有,大概当初装藏的时候忘了写吧。"

香波王子一怔,心说对了,离开了阳光的"光透文字"就应该是一张白纸。他扑向转经筒,仔细观察裂成莲花状的木匣子,发现里面什么也没有。

"你说的白纸呢?"

木匠扎西从经筒一侧拿出一块印有黑色"嘛呢"的黄绸子,放到木匣子里说:"我去印经院请了一个新'嘛呢',你就碰碰这个吧。"

"白纸跟着转经筒转了几百年,我就碰白纸,白纸呢?对不起,我做了个梦,梦见转经筒里的'嘛呢'是白色的,这不就是白纸吗?我一定要碰碰这白纸。"

"那你昨天为什么不来?今天来就没有白纸了,白纸我写信用掉了。"

"写信?信呢?寄给谁了?"

"昨天寄给了哥哥,塔尔寺居巴扎仓的加洋博士。"

香波王子瞪起眼睛半晌无话,突然说:"那我去邮局找你寄出去的信。"说罢就走,走出木工院几步又停了下来,惊恐地寻思:完了,我掉到陷阱里了。

他看到长长的胡同那边,许多人朝这里走来,有当地派出所的警察,有阿若喇嘛一伙,还有几个身材魁梧的拉卜楞寺护寺喇嘛。走在前面带路的,是那个昨天晚上扭住他的胳膊大喊"抓强盗"的胖喇嘛。

他转身回到木工院里,对木匠扎西说:"有个胖喇嘛告诉了我你的名字,然后又带着人来这里抓我,出世的喇嘛陷害起人来怎么这么熟练?"

"是宗喀巴佛殿里的胖喇嘛吗?这个人,哼。"

"他们把我当成了强盗,我想逃跑,有路吗?"

"好人行世,到处都是路。"木匠扎西到院门口看看来人,回身拍了拍打开的转经筒说,"躺进去试试,要是走不出去,你就真个是坏人了,那就不能怪我不救你。"

香波王子将信将疑地蜷腿躺了进去。木匠扎西咬着牙使劲抬起另一半,砰的一声扣下去,把一个巴掌大的榫头用拳头打进了卯眼。

胖喇嘛带着人走进了木工院,一见木匠扎西就问:"强盗呢?"

木匠扎西说:"你们怎么才来?快快快,帮我把转经筒抬到车上,转经塔里几天都没有转经筒了,管家说今天再不把转经筒安上,就让我还俗去。"

胖喇嘛四下看看说:"看样子强盗还没来。"

木匠扎西说:"来了呀,你不是吗?快搭手啊,愣着干什么?"

胖喇嘛和几个护寺喇嘛把转经筒抬到一辆架子车上,又帮着木匠扎西推到了院门外。木匠扎西拉起来就走,大声说:"来两个人,帮我推到转经塔里。"

胖喇嘛厌烦地说:"快走吧,快走吧,我们要守在这儿抓强盗呢。"

木匠扎西说:"我一无财宝二无钱,强盗是傻子吗,能往我这里跑?"

走街串巷,两个护寺喇嘛帮着木匠扎西把转经筒推到了转经塔里。木匠扎西说:"快去吧快去吧,抓你们的强盗去吧,这里我找别人帮忙。"两个护寺喇嘛巴不得听到这句话,转身走了。

木匠扎西打开转经筒,放出香波王子,无言地挥挥手。

香波王子欲走又止,问道:"你怎么敢救我这个强盗?"

木匠扎西说:"人心挂在眉毛上,是不是强盗一望就知道。"

香波王子说:"我先去邮局查你的信,要是查不到,就去塔尔寺找你哥哥加洋博士,你有事儿吗?"

木匠扎西说:"我今年念了十万个'嘛呢',送给他五万,祝他健康平安。"

香波王子说:"也送给我几个'嘛呢'吧,我也需要平安。"

木匠扎西说:"我和你没关系,为什么要送给你?个人的功德要个人积累,你自己不会念吗?不过既然你已经开口,我也不能吝啬,就送给你两万吧。好歹我是个喇嘛,喇嘛念'嘛呢',是为了全人类的幸福平安。"

香波王子鞠躬致敬，连声"谢谢"，领受了两万"嘛呢"，心存感念地走了。

早晨的拉卜楞寺游客很少，看不到出租车。香波王子沿着经轮房快步走向人民西街，再顺着大夏河往东，来到县邮局，告诉1号柜台里的人，他要查一封信，收信人的名址是：青海西宁塔尔寺居巴札仓加洋博士。

柜台里的中年男人告诉他，查信要有单位介绍信和个人身份证。香波王子又是恳求又是解释："我一个外地人，没带单位介绍信。"中年男人一再表示不行。香波王子急了，跟人家吵起来，引来很多顾客围观。有人提议叫警察。香波王子知道这个小地方吼一嗓子警察就会赶来，赶紧离开了邮局。

他在街上逛了一会儿，再次走进邮局，来到7号柜台前，对里面一个眉清目秀的姑娘提出了查信的要求。

姑娘撩他一眼说："不行。"

"你还没问我有没有证件呢，怎么就不行了？"

"你刚才和我们主任吵架了，肯定不行。"

香波王子捋了捋自己的长发说："我一开始找你就好了，我知道姑娘越漂亮就越好说话，但是我太着急了，没看见你，现在后悔来不及了。"

姑娘再次撩他一眼："信很重要吗？"

"是写给女朋友的情书，我初恋，没经验，愣是把缺点写进去了。我说我这个人大大咧咧，喜欢单刀直入，热情奔放。可是有人提醒我说，现在的姑娘都喜欢含蓄委婉、不动声色的。最重要的是我把地址写错了，我写给了一个喇嘛，喇嘛懂什么爱情，又不是仓央嘉措，他要是不转交她怎么办？"

姑娘笑了:"看来真的很重要,你等着,我去给你看看。"

"谢谢,谢谢,我说漂亮的姑娘好说话嘛,万一我跟女朋友吹了,我来找你怎么样?"

几分钟后香波王子拿到了那封信封上写着"青海西宁塔尔寺居巴札仓加洋博士收"的信,他立刻打开,拿出信瓤看了看,果然是一张白纸,但上面没有木匠扎西写给他哥哥加洋博士的任何内容。

显然木匠扎西骗了他,为什么?

姑娘说:"其实这封信是寄不出去的,没贴邮票,也无法退回去,没写发信人的地址。"姑娘讥讽道,"你真是大大咧咧啊,还不知道信里面忘了什么。"

既寄不出,又退不回,那就只能是有人来查来取。他恍然大悟:木匠扎西,木匠扎西,原来你也是"七度母之门"的链条上传递"光透文字"的一个使者。你肯定不知道转经筒里的这张白纸是干什么的,但你坚信,你的使命就是在一个早已被祖先确定的日子里,把白纸交给一个寻找白纸的人。

可是,你为什么不直接交给我呢?

交给我是危险的,在我离开拉卜楞寺之前,我行动的自由其实非常有限,决不能在抓住我或者杀掉我的同时,也毁掉"光透文字"。但如果我能来邮局,就说明我已经摆脱了危险,"光透文字"就可以十分保险地跟我走了。

出租车风驰电掣。香波王子回望跟昨天一样明媚的扎西旗原野,告别着龙山和凤岭护卫下的兜率天宫吉祥右旋洲,心情愉快地离开了夏河县城。

前方,兰州,是梅萨,还有智美。最重要的是智美,因为已经打过赌了。他的成功将使智美离开梅萨。梅萨就要归他了,只要唱着仓央嘉措情歌肆无忌惮地追求，哪个姑娘不能属于他？

2

回到兰州时，已是中午，香波王子走进了位于城市东部的皋兰山酒店。

酒店大厅一侧的咖啡厅里，三个警察同时直起了腰。

卓玛说："我说得不错吧，只要盯死牧马人，就能找到香波王子。"

碧秀说："可我们并不知道他失踪的这半天干了什么。"

卓玛说："要紧的是，下来他要干什么。"

碧秀说："下来他会再杀一个人，那就等于我们失职。"

王岩说："我们的任务是防止察雅乌金事件的蔓延，防止乌金喇嘛潜入中国制造血案，但血案还是接二连三发生了。我现在的考虑是，就算香波王子不是血案的制造者，不是乌金喇嘛罪恶行径的代行人，但他开启'七度母之门'的行为客观上已经成为引发血案的导火索，必须立刻制止。碧秀说得对，他走到哪里，哪里就会出现死人，再死下去，就是我们的失职。"

卓玛说："你还应该考虑'七度母之门'是唯一可以抗衡新信仰联盟的法门，香波王子开启'七度母之门'的举动，是对新信仰联盟以及乌金喇嘛的严重威胁。我们这些警察，可千万不要成为乌金喇嘛除掉强敌的工具。"

王岩说："说得不错，但前提是香波王子必须把自己洗刷干净。很遗憾，目前还没有，他仍然是唯一进入我们视野的犯罪嫌疑人。"

碧秀着急地说："行动吧王头儿，机不可失。"

王岩说："上楼，立刻抓捕。"

卓玛抢先跳起来，大步走了过去。

电梯门口，香波王子盯着电梯旁边明光闪亮的大理石。大理石就像一面镜子，清晰地映现了他自己和他身后疾步而来的卓玛。

电梯门开了，他低头走进去，马上打电话给早已等候在703房间的梅萨和智美："打搅你们了，不会又是见缝插针吧？差不多就是旅行结婚了。我很生气知道吗？快走，警察来了。"三个人在电梯门口相会，看到旁边另一间电梯正在上行，已经上到五楼了，赶紧往下走。

他们来到地下停车场，钻进牧马人，开上就跑。

半个小时后，香波王子把车停在了东岗西路的路边停车场。他身后的座位上，斜射而来的阳光正在照耀他带回来的那张白纸。又是神秘的"光透文字"，来自五百多间经轮房组成的"第一个圆满"，来自被称作"第一个曲典噶布"的转经塔，更来自塔内的"第一个转经筒"。梅萨的翻译已经开始。香波王子抽着烟，感觉饿了，拉开车门要下去买吃的。智美制止了他："你别动，太危险。"自己下去，给香波王子买了两瓶啤酒、一个烧鸡和几个面包。香波王子一边吃一边看着梅萨，等他吃饱喝足了，梅萨的翻译也结束了。她立刻交给了香波王子。

香波王子从头到尾看了一遍说："'授记'给我们的还是仓央嘉措情歌，情歌后面是'指南'，和雍和宫的'光透文字'一样，组成了完整的'授记指南'。"说着，朝窗外看了一眼，发现不远处的十字路口，路虎警车正被红灯和车潮拦在那边，他说："不好了，老虎追上来了。"发动起牧马人，赶紧逃跑。

一路都在回味刚刚看过的"光透文字"，心在蹦，心爱的牧马人也在蹦,连公路也在蹦。心蹦是因为默契,仿佛默契是一座桥梁,横搭在时间之上,连接着他的心和仓央嘉措的心,那是淬过火的爱情之心,以情歌的形式持续着穿透时空的力量,令人痛楚的锋芒不是越来越迟钝而是越来越犀利了。香波王子希望尽快跟两个同伴分享这种奇特的默契,见路就走,三窜两窜,甩掉了路虎警车。

香波王子把车停靠在敦煌路黄河桥头的树荫里,指着翻译出来的"光透文字",告诉梅萨和智美,这首情歌是仓央嘉措的早期作品,他曾经做过重点考证,如今却赫然成为关于"七度母之门"的神秘"授记":

> 乞求神圣的教诲,
> 地位再高的喇嘛,
> 他也会真心讲解;
> 幼年相好的情人,
> 说好等我的姐姐,
> 如今却不辞而别。

他唱着,完了又说:"这首情歌在最初流传的时候,还有一个一问一答的'注释',现在看来,似乎'注释'比情歌更重要。"香波王子背诵起了"注释":

> 尊者,你什么时候不辞而别?
> 六路人马出现在浪卡子之后。

梅萨问:"尊者是谁?谁在和尊者对话?"

香波王子说:"尊者就是仓央嘉措,跟他对话的,也许是尊者自己,也许另有其人。但不管是谁,它都在提醒我们,这首情歌产生的背景和仓央嘉措的经历,是发掘'七度母之门'必须关注的问题。"

梅萨说:"掘藏是伏藏的延伸,今天是昨天的继续,'授记'给我们的历史,我们是必须了解的,这是伏藏学的要求。"

香波王子说:"我担心历史正在重复。我们提起历史上的谋杀,就是要面对今天的谋杀。"

"又是谋杀?"

"仓央嘉措一生都在经历谋杀,一次比一次凶险,也一次比一次重要。"

梅萨兴奋地说:"看来我和智美很幸运,离开了边巴老师,又遇到了香波老师,快讲吧。"

智美下车,把香波王子换到了后排座上。

3

香波王子说:"浪卡子是五世达赖喇嘛舅父的庄园,也是五世达赖喇嘛常来讲经的地方,还是前藏和后藏以及日喀则和拉萨之间的枢纽地带。空行护佑,山水呈祥,仓央嘉措在这里暂住。暂住是因为年前摄政王桑结敦请乃琼大护法降神问旨,结果是:'将灵童迎至布达拉宫的日子应该是藏历十月下旬十天内。'现在是四月,时日尚早。还因为在神定的藏历九月十七,无量光佛化身的五世班禅额尔德尼罗桑益喜将在这里给灵童授沙弥戒。受了沙弥戒,才算是一个真正的僧人。更因为即使在拉萨,五世达赖的圆寂和六世达赖的降临，也还是少数人知道的秘密。五世达赖圆寂已经十五年，为什么秘不发丧，灵童转世已经十四年，怎么直到现在才公开？一切都需要解释。解释在四、五两个月全面展开，摄政王桑结派出了六路人马。

"第一路是向驻扎拉萨的达赖汗营帐解释。达赖汗是控制西藏的卫拉特蒙古和硕特部首领，靠着数千黑毡房蒙古马兵，他应该是西藏生杀予夺的最高统治者。但在这个精神信仰远远高于军队武器的地方，他显然有些失势，出自布达拉宫的摄政王居然连五世达赖喇嘛圆寂和六世达赖喇嘛降临这样的大事都会隐瞒十多年。达赖汗既不表示对五世达赖的哀伤，也不表示对六世达赖的庆贺，接受了布达拉宫使者的哈达，却没有回赠哈达，生气地说：'我们在你们眼里还是蒙古的施主吗？这样的事情就不必告诉我们了。虽然我们信仰圣者宗喀巴的格鲁派，但对贵派领袖的存亡我们是不配知道的。'打发走了来人，达赖汗立刻叫来自己的两个儿子商量对策。老大旺扎勒说：'太阳已经升起，不认可的人只能永远处在黑夜里。'老二拉藏汗说：'认可六世达赖，就等于认可我们在西藏可有可无。我们监护着西藏，为什么不能有自己的太阳？别忘了四世达赖喇嘛就是一个蒙古人。'说罢，瞪着父亲达赖汗，从牙缝里挤出一句话：'趁朝廷还没有诏封，杀掉这个新达赖。'

"第二路是向远在新疆的蒙古准噶尔部首领策旺阿拉布坦解释。对摄政王桑结来说，这是一个远交近攻的策略——利用策旺阿拉布坦牵制达赖汗，让达赖汗不敢把自己看成是唯一可以控制西藏的蒙古天王。而策旺阿拉布坦也想利用摄政王桑结把手伸向西藏，所以当布达拉宫使者带来五世达赖喇嘛已经圆寂、六世达赖喇嘛也已降临的消息时，他当即决定：派侄子乌兰特带重礼前去贺喜。

"第三路是向藏传佛教宁玛派解释。'宁玛'为'旧派',它是藏传佛教最古老的教派,形成于公元 1055 年,以公元 757 年从印度乌仗那来到吐蕃传法的莲花生为祖师。由于五世达赖喇嘛出身的琼结家族曾经信奉宁玛派,格鲁派取得西藏政权之后,高层大部分僧人对宁玛派采取了包容、眷顾、利用的态度。前往解释的布达拉宫使者分为两组,一组奔向北传宁玛派祖庙山南贡嘎境内的多吉扎寺,一组奔向南传宁玛派祖庙山南扎囊境内的敏珠林寺。两座寺院即刻做起了法事,经声鼓语响亮得就像宁玛派自己的活佛转了世,然后多吉扎寺的寺主土登朗杰活佛和敏珠林寺的寺主久米多杰活佛分别离寺,携带礼物,奔赴浪卡子朝会。

"第四路是向藏传佛教萨迦派解释。萨迦派的创始人昆·贡却杰布于公元 1073 年在藏南仲曲河北岸灰白色山岩下建起萨迦寺,故名萨迦,'萨迦'就是'灰白色的土'。萨迦寺以仲曲河为界,分南北两寺,距拉萨三百七十公里,是萨迦派的祖寺。13 世纪中叶到 14 世纪中叶,在元朝的扶持下,这里成了统治整个西藏的萨迦政权所在地。元世祖忽必烈无比崇信萨迦教法,奉萨迦五祖之一的八思巴为金刚上师,接受密法灌顶,对其言听计从。八思巴受封'大元帝师',名闻天下,举国膜拜。后来萨迦政权虽然被帕竹噶举政权取代,但世袭相传的萨迦法王在藏传佛教界的地位,依然如星晖耀地。萨迦法王的大管家八思旺秋在萨迦南寺欧东仁增拉康会见了布达拉宫使者,听到五世达赖早已圆寂,立刻泪眼婆娑,听到六世佛宝已经降临,又马上破涕为笑。随即决定,他将代表萨迦法王,亲自拜倒在新达赖喇嘛足下。

"第五路是向藏传佛教噶举派解释。'噶举'是'教言传承'的意思,指的是金刚坛乘也就是佛法密宗的口传密修,在藏传佛教中最为神秘高妙。噶举派起源于 11 世纪，产生了西藏最著名的四个密宗大师：玛尔巴、米拉日巴、热穹巴和达波拉杰。其中的分支帕竹噶举于公元 1349 年推翻萨迦政权，建立了长达近三百年的西藏噶举政权。比这三百年统治史更为重要的是，噶举派的另一分支噶玛噶举黑帽系的大师噶玛拔希不仅开创了活佛转世制度，还开创了诵唱'六字真言'的习惯，他的诵唱从公元 1227 年算起，蔓延了近八百年，蔓延到了世世代代藏族人民的口中心里。噶举政权从帕竹噶举开始，由噶玛噶举结束，结束时的统治者名叫'藏巴汗'，意思是'后藏上部之王'。

"藏巴汗于公元 1612 年征服各个地方势力，统治了西藏全境，又于公元 1618 年打败被格鲁派施主吉雪巴请来的蒙古喀尔喀部，摧毁色拉寺和哲蚌寺。在两寺后山，杀害格鲁派喇嘛五千多人。公元 1635 年，格鲁派再次遭到噶玛噶举施主的内外夹攻。尤其在青海和康区，许多大喇嘛被逮捕入狱，或惨遭杀害。格鲁派和萨迦派、宁玛派的寺院统统遭到破坏。情急之中，五世达赖喇嘛的大管家索南群培和吉雪巴派人前往准噶尔，求救于卫拉特蒙古和硕特部首领固始汗。

"公元 1636 年，固始汗率兵进入藏地，陆续打败并处死了迫害格鲁派以及其他派别的青海却图汗、康区白利土司、后藏藏巴汗，并以达赖喇嘛驻锡地哲蚌寺噶丹颇章宫为名，于公元 1642 年正式建立了统治整个西藏的格鲁派政权，强迫藏巴汗管辖的噶举派寺庙改宗格鲁派。噶玛噶举派屡屡反抗，一度占据后藏和山南许多地方，大有推翻格鲁派政权的气势。固始汗的儿子达赖汗领兵前往镇压，捣毁大部分噶玛噶举派寺庙，在所有噶玛噶举派僧人手上打上印记，交给各个格鲁派寺院收管，只留下没有参与抗争的楚布寺在风雨飘摇中坚守着噶玛噶举的教宗阵地。

"楚布寺是噶玛噶举派黑帽系的祖寺,位于堆龙德庆境内楚布河上游北岸,距拉萨七十公里。住持活佛噶玛珠古在杜康大殿前的六柱明廊里接待了布达拉宫使者,然后对身边的侍从喇嘛说:'既然格鲁派的活佛可以从宁玛世家转世,为什么不能从噶玛噶举世家转世呢?格鲁派近有蒙古人监护,远有朝廷扶持,气势越来越大了。如果我们还希望噶玛噶举东山再起,办法只有一个,那就是依靠转世制度渗透、改造和替代。噶玛噶举的金刚(密宗)教法是天下无敌的,该是行动起来的时候了,快去准备一下,我要去见见这位格鲁派的新达赖。'

梅萨打断了香波王子的话:"原来历史上藏传佛教内部也是这么不清净的。"

"岂止是不清净,派与派、佛与佛之间常常是你死我活、血雨腥风的。这说明教派一旦变成政治集团和利益集团,就跟释迦牟尼没有关系了。称佛而不是佛,念经而不是经,俗界里争权夺利、尔虞我诈的那一套,全有。而且更黑暗、更残酷、更是涂炭生灵的源头。"香波王子停下来,点着一根烟,深深地吸了一口。

智美着急地说:"往下说吧,还有第六路呢。"

"第六路是向朝廷解释。这是最重要的一路,早在一月就出发了,解释开始时,恰好是四月。鉴于有人告密而朝廷已有急诏严词叱责,摄政王桑结亲自撰写的奏章畏罪乞怜,辞恳意切,敬谨之至:'为众生不幸,五世达赖喇嘛已于壬戌年示寂,转生静体,今十四岁矣。前恐唐古特民人生变,故未追荐报丧,乞请大皇帝容悔罪愆。自我敬事达赖喇嘛,西藏番民唯愿普天之下天朝皇帝为护法主,此处尚有异心,三宝照鉴,威灵作证……'康熙皇帝读了奏章说:'朕严颁谕旨，摄政王悚惧，既如此，可宽宥其罪，允许所请。摄政王必感恩，而众蒙古亦欢悦矣。'遂派常驻朝廷的蒙青活佛大国师章嘉呼图克图作为使臣，去西藏参加六世达赖喇嘛在布达拉宫的坐床庆典。这是清朝政府首次派人入藏督察转世灵童，标志着朝廷对六世达赖喇嘛仓央嘉措的承认。

"公元1697年的西藏，夏天就要来临的时候，六路人马从不同方向，走向了六世达赖喇嘛仓央嘉措的暂住之地、距拉萨一百六十四公里的藏南福地浪卡子。

"暂住浪卡子的仓央嘉措对这个陌生地方非常好奇，每天在经师曲介的指导下学完经课之后，便喜欢俗装便服走出他居住的丹增颇章到处转转。曲介想到浪卡子是格鲁派的净地，没什么危险，就派了两个僧人跟着，叮嘱道：'他走到哪里，就跟到哪里，千万不要丢失了。'这两个僧人一个独眼，一个豁嘴。之所以派他们随从，是因为难看的面孔具有大黑护法的狰狞，谁见了谁躲。独眼和豁嘴是来自墨竹地方的血祭师。血祭是本教祭祀天神的仪式，一年两次，每一次都要宰牲杀人，以求天神的愉悦满足。血祭师就是专司宰杀的信徒。他们以野赞凶神和十二丹玛女神的名义宰牲杀人不眨眼，所以当噶丹颇章政权启用'隐身人血咒殿堂'后，'隐身人血咒殿堂'便召请他们作为存亡危难时刻格鲁派的护法夜叉。

"两个黑脸狞厉的夜叉知道他们看护的是至尊无上的达赖喇嘛，便寸步不离，十分小心。但他们毕竟是本教徒，对佛教领袖没有透心透骨的敬畏和爱戴，时间一久，不仅有些松懈，举止也随便起来。有一天，独眼夜叉突然捧着仓央嘉措胸前的一颗黑玛瑙说：'我也有一颗黑玛瑙，跟你的一样。'说着摸出自己的黑玛瑙，在仓央嘉措面前炫耀。仓央嘉措惊叫一声：'哪里来的？'他有一对黑玛瑙，是他十岁那年摄政王桑结托人送给他的,他留下一颗,送给玛吉阿米一颗,想不到送给玛吉阿米的这一颗出现在独眼手里。独眼夜叉说:'当野赞凶神和十二丹玛女神需要尸体喝血吃肉的时候,就会把珍珠玛瑙奖赏给我。'

"仓央嘉措没再问什么,骑到马上边走边说:'玛吉阿米,你好吗?我现在就去看你,玛吉阿米。'然后唱起来:

翠绿的布谷鸟儿,
何时要去门隅,
我要给美丽的姑娘,
寄去三次问讯。

"唱着唱着,他朝着远方纵马疾驰,却没有像往常那样再纵马回来。独眼夜叉和豁嘴夜叉眼巴巴等着,等到太阳落山,才意识他们看护的达赖喇嘛已经丢失了。他们惊慌失措地去向经师曲介报告,一时间转世灵童失踪的消息传遍了浪卡子。刚刚到达浪卡子的拉藏汗听了一阵狂喜,密令部下马上去寻找,找到就杀。

"从贡嘎到浪卡子,中间有座靠近羊卓雍湖的岗巴拉山。山里有个大岩洞叫'红色阎摩敌密门台阶'。是宁玛派掘藏大师娘热巴发掘密宗法典和法器的地方,后来成为神预和密会之地。每当西藏即将发生重要事件,宁玛派先知先觉的高乘僧人都会来此领受莲花生大师和阎摩敌即金刚大威德的法旨,共同施放密咒以阻止或推动事件的发生。但是今天,奔赴浪卡子朝会的土登朗杰活佛路过这里时,看到的不是什么吉祥的法旨,而是恃强凌弱的凶景。七八个蒙古骑手正在追杀一个少年。少年无路可逃,丢开坐骑,跑进密门台阶,爬上了阎摩敌法座。那是一个高两丈阔尺五的平台。骑手们举起弯弓，就要搭箭射击。土登朗杰活佛朝着骑手张开双臂说：'慢慢慢，这里是宁玛巴的圣地，不是你们蒙古人的杀人场。'说罢，熟练地爬上平台，一把抱住少年，朝后一退，突然消失了。等蒙古骑手爬上去寻找时，才发现平台背后是一口斜井，斜井下面隐隐有一丝亮光，说明下面有出口。

"土登朗杰活佛带着少年爬出斜井底部的地洞，绕过山梁回到密门台阶的门口，抱着少年骑上了自己的马。少年问：'尊者为什么要救我？'土登朗杰活佛说：'我救的是达赖喇嘛。''你怎么知道我是达赖喇嘛？''一个修炼到家的宁玛派活佛是遍知一切的。'他们策马跑向了浪卡子，骑手们追撵着，从后面射过来的箭镞砰砰砰地落在土登朗杰身上。跑不多远，他们就遇到了拉藏汗亲自率领的马队。拉藏汗命令手下：'两个都杀掉，不留活口。'骑手们个个手提月牙刀，面孔狰狞，杀气腾腾。土登朗杰活佛毫无惧色地挺立在马上，坦然走来，用坚定的步履逼视着对方：让开，让开。拉藏汗一手攥住缰绳一手举着刀，瞪着怀抱仓央嘉措的土登朗杰活佛，突然倒抽一口冷气，放下了屠刀。他让开了，所有的骑手都让开了。

"土登朗杰活佛背后插着十六根带羽毛的利箭，根根淹没在骨肉里。鲜血洇透了袈裟，红艳艳的袈裟湿漉漉地滴沥着，浸染着马鞍马身。而他依然挺身在马背上，睁圆红色阎摩敌般的宁玛巴之眼，护法而来。土登朗杰活佛死了，他用身子保护着仓央嘉措早就命归西天。但使命没有完结，仓央嘉措需要他，他就必须这样用无言的威武喝退杀伐者。

"拉藏汗疑惧地望着土登朗杰活佛，突然又后悔放过了仓央嘉措，打马追了过去。眼看就要追上，死活佛土登朗杰突然仰身倒下，用自己的头直撞拉藏汗的马头。马惊了，嘶鸣着扬起前腿，又一个急速地回转。拉藏汗摔了下来，不偏不斜倒在了土登朗杰身上。他想爬起来，死活佛的袈裟挂住了刀柄和箭壶，就像用手拦腰抱住了他。他惊叫着，几个骑手过来扶起了他。再看前面时，他要追杀的六世达赖喇嘛仓央嘉措已是踪影全无。

"仓央嘉措安然回到了浪卡子。想去家乡看望玛吉阿米而没有去成的他又多了一份伤心：为了保护他，土登朗杰活佛死了。

"浪卡子的夏天里，羊卓雍湖是仙境。成群结队的斑头雁、黑颈鹤、赤麻鸭，占领了天空和湖中大大小小的岛屿。岸边的牧草新鲜到滴翠，草尖上挑着绿茸茸的羊卓鸟和红艳艳的喇嘛鸟。白羊黑牛，红马黄狗，庄园的石头碉房外，是牧家。

"自从仓央嘉措失踪过一次后，经师曲介就不准他离开丹增颇章了。更何况摄政王桑结来了，也就是说，监护和管束来了。桑结是一个严酷的政治家，不可能为顾及一个少年率真的性情、早熟的感情而给政教大业增添麻烦。仓央嘉措只好天天站在碉房错层的平台上，无可奈何地望着湖水和草原那边灯苗一样飘忽不定的人影和帐房，望着飞鸟甚至自由的蜜蜂，望着望着就会唱起来：

> 金黄蜜蜂的心上，
> 不知怎么把情人念想，
> 而我青青小草的愿望，
> 就是盼着雨露和阳光。

"他是随想随唱，用的是门隅山乡的流行歌调，词儿却都是现编的：

压根没见最好，
　　也省得神魂颠倒，
　　原来不熟也罢，
　　免得情思缠绕。

　　"有时候经师曲介会来到他身边，手拿经卷规劝他：'尊者，回寝宫听我讲经，如果你不听我的话，摄政王就该责骂我了。'他有时候听，有时候不听，听和不听脑子里都只想一个人：玛吉阿米。他面对莲花生大师的塑像祈祷：'你的愿力足以征服西藏所有的魔鬼，现在就请你改变摄政王的主意，给我自由，放我回家。'然而祈祷没有效果，他的自由越来越少，为此他经常给经师曲介发脾气。

　　"作为布达拉宫显密兼通且密法修炼已经步入高乘的大喇嘛，曲介自然领受过男女之间肉体接触的快乐。也知道在阴阳合修的秘传里，精液具有超凡入圣的力量，它会把肉体的欲望引入精神渠道而使信仰成为永恒。但他作为坚定到冷酷的信仰者，拒绝理解凡俗而宽泛的情感，不知道这种情感是精神的父亲，更是精液的主宰。它代表思念、依恋、温暖、纯洁、芬芳、陶醉、柔情蜜意和母亲般的关护。它处在性力和交合之外，也处在欢喜金刚阴阳合修的秘传之外。它引导那些信仰的头脑明白，关于色欲的实施，除了怛特罗密教奥义的鼓动，还有生命对水乳交融的渴望。

　　"就是为了水乳交融，为了思念和依恋，仓央嘉措又一次逃跑了。他脱掉平时穿的袈裟，换上一件从来没穿过的白色氆氇袍，用一顶大礼帽遮住脸面，溜出寝宫，走出丹增颇章，飞快地走向傍晚的原野。前面，有人跪着，他绕开了，再往前，又有人跪着，他又绕开了。这样绕来绕去，总有人跪着，跪着的都是藏兵。突然遇到了两个不跪的僧人，一看就泄气，原来是他最不想见到的独眼夜叉和豁嘴夜叉。他们毕恭毕敬朝他做出手势：'尊者，请回吧。'再一看，围绕着丹增颇章，到处都是藏兵。

"逃跑不成，只好装病。仓央嘉措说他浑身疼痛，四肢乏力，口口声声要找门隅措那余下村的宁玛巴小秋丹给自己治病。新近被摄政王指派为经师的宁玛派高僧久米多杰活佛说：'小秋丹是我的弟子，他能治好的病我自然不在话下。'久米多杰是名扬山南的藏医，两手在仓央嘉措腕脉上一搭，身体和心理就全知道了，给他开了一种药，叫'羯摩甘露'。'甘露'哪里有一点'甘'的意思，就是苦，苦得他打战。

"病好了没几天，又开始胡闹。给他授经他唱歌，让他念佛他舞蹈。动不动就会跑到丹增颇章碉房错层的平台上，望着湖边草原上的人影和帐房，又蹦又跳，跳累了就睡觉，也不管太阳还在高高照耀。要是经师干涉，他就说你让我去羊卓雍湖边，我就念经。曲介和久米多杰活佛都劝他：'为众生考虑，达赖喇嘛是不能这样的。'他说：'我既没有受戒也没有坐床，我不是达赖喇嘛。'

"为了让他尽快摆脱孩子的任性，忽一日，摄政王桑结来到他的寝宫，屏退左右，亲口把五世达赖的遗言、'七人使团'的死亡、叛誓者的伏藏、政教之敌终于显露、格鲁巴的克星已经发出逼人寒光的事情告诉了他。摄政王叮嘱说：'六路人马来到了浪卡子，浪卡子表面上平静祥和，实际上杀机四伏。尊者的安危就是整个藏土乃至蒙古的安危。听我的话，千万不要走出丹增颇章。'然后，桑结带他来到丹增颇章最高层的经堂，祈祷过药师、弥勒、文殊之后，桑结和蔼地说：'来啊，你来看看窗外。'

"从经堂可以看到丹增颇章另一边的草场，这里望不见秀丽的羊卓雍湖，却有雄奇的山脉抬升着草场的海拔。几乎所有远远近近的缓坡上，都有白晃晃的夏季帐房。桑结告诉仓央嘉措：'那一片是蒙古和硕特部首领达赖汗的二儿子拉藏汗的营帐，他们对我们，是身边的狼。那一片是蒙古准噶尔部首领策旺阿拉布坦的侄子乌兰特的营帐，他们对我们，是远方的狼。蒙古人和我们西藏人一样，各个部落、各个派别是要彼此争斗的。远方的狼和身边的狼互相牵制着，对我们有好处。一旦两匹狼变成了一匹狼，我们就危险了。东边那些帐房里，住着萨迦法王的大管家八思旺秋，对我们格鲁派来说，他是牦牛，能作为朋友，但不是同类。西边那些帐房里，住着楚布寺的住持噶玛珠古活佛，他是鹰，教法对我们有好处，但如果不提防，就会吃掉我们。最远的那顶帐房里，住着你的新经师宁玛派领袖敏珠林寺的寺主久米多杰活佛，他代表着亲近和众多，他是羊，他会像土登朗杰活佛那样，用生命保护你。所有这些人，很快都要来拜见你了。'仓央嘉措突然问：'我见到他们怎么办？'摄政王桑结说：'你祝福他们，给他们摸顶。摸顶的时候不要伸直胳膊，不要把手放在他们的头顶，要让他们弯着腰用头碰你的手。'仓央嘉措又问：'也给拉藏汗摸顶吗？他可是政教的敌人。'桑结说：'现在还不一定，最危险的敌人肯定是那些表面上温和顺从的人，叛誓者到底把仇恨和摧毁政教的能力伏藏给了谁，神灵并没有降旨于我们。'仓央嘉措一脸疑惧：'为什么，格鲁巴的敌人这么多？'桑结说：'因为我们拥有了西藏，我们的领袖达赖喇嘛登上了最高宝座，这个宝座一旦成为权力的象征，就会吸引情器世间所有的贪欲和嗔慢，那是野兽的大嘴时刻想吃掉你。受戒的日子就要到，你要警惕，从你面前走过的任何人，都有可能变成格鲁巴的克星，对你亮出夺命的暗器。'

"公元1697年，藏历火牛年九月十七日，是个非常重要的日子。按照降神问旨的结果和摄政王桑结的安排，三十四岁的五世班禅额尔德尼罗桑益喜从日喀则扎什伦布寺来到浪卡子，为仓央嘉措剪去头发，授沙弥戒，取法名普慧罗布藏仁青仓央嘉措。二十日，噶丹颇章在浪卡子举行隆重庆典。班禅大师当众把黄色法衣披在仓央嘉措身上，又送上经字哈达、释迦佛像、金塔金瓶、曼札念珠等。在藏兵把守的警戒线以外，是达官显贵，僧伽喇嘛，加上四面八方赶来的平民百姓。羊卓雍湖边的草场上，磕头朝拜的人群一轮接着一轮。最重要的当然是接受朝贺。一个既没有举行坐床典礼，也没有接受无上灌顶的达赖喇嘛，还没有资格为众多高僧和来使讲经做法，但可以摸顶，而且必须摸顶，这是朝贺者的最低要求。

"危险就出现在朝贺摸顶的过程中。仓央嘉措按照摄政王桑结的嘱咐，伸出胳膊，让那些人排着队弯腰从他手掌下面碰触而过。萨迦法王的大管家八思旺秋过去了，楚布寺的住持噶玛珠古活佛过去了，宁玛派领袖敏珠林寺的寺主久米多杰活佛过去了，准噶尔部首领策旺阿拉布坦的侄子乌兰特过去了，和硕特部首领达赖汗的二儿子拉藏汗也过去了。但拉藏汗没有像别人那样用头顶碰触仓央嘉措的手，显然是故意的，在这个小小的动作里，藏匿了他对新达赖的蔑视。

"接下来是一个蒙古贵族。他穿着华丽的裘袍，紧跟在拉藏汗身后。警戒线上的藏兵以为他是跟拉藏汗一起的，就没有阻拦。他极力弯着腰，隐藏他的面孔，迈着细碎的步子，来到仓央嘉措手掌下面，猛地用手捂住了嘴。嘴里，藏着致命的暗器。

"这时突然有人喊：'仓央，仓央。'仓央嘉措抬头一看，愣了，他不相信喊他的居然是玛吉阿米。'仓央，仓央。'喊声越来越急切，他不由得跳下法座，跑了过去，站在玛吉阿米面前，还是不相信，觉得自己是在做梦。玛吉阿米挽起袖子，让他看了看左臂上蓝色的孔雀尾毛的胎记，他这才相信了，高兴地说：'我以为你死了。'玛吉阿米说：'阿妈替我死了，阿妈知道魔鬼要杀我，就穿上了我的红氆氇软靴。'说着就哭起来。

"那蒙古贵族打扮的刺客已经从嘴里吐出了暗器，再无法吞回去，攥在手里就追。警戒线上几个藏兵立刻扑了过去。蒙古贵族无路可逃，噌地跳上了法座，等他从法座上栽下来时，暗器已经抹开了自己的脖子。

"刺客自杀了，他受了谁的指使？他是蒙古贵族的打扮，但和硕特部的拉藏汗与准噶尔部的乌兰特都说不认识他。以后'隐身人血咒殿堂'的无形密道经过多方调查也没有查实凶手的归属。他的出现不过是印证了摄政王桑结的担忧：叛誓者到底把仇恨和摧毁政教的能力伏藏给了谁，谁也无法知晓。从新达赖面前走过的任何人，都可能变成格鲁巴的克星，亮出夺命的暗器。

"玛吉阿米用喊声救了仓央嘉措的命，却暴露了自己。当仓央嘉措和她手拉手站在一起时，他们身边除了宁玛僧人小秋丹，除了一些扑到地上用头碰触新达赖靴子的信民，还有跑过来护卫的独眼夜叉和豁嘴夜叉。他们揪住玛吉阿米的氆氇袍，瞪着她发呆：在籴下村那座被柴火熏黑的石头房子里，这个姑娘不是被他们一人一刀杀死了吗？从红氆氇软靴上拽下来的黑玛瑙就是证明，激射到独眼夜叉脸上的鲜血也是证明，但更有力的证明却是她活得好好的，她还在以情人以明妃的身份，追随着仓央嘉措。

"玛吉阿米意识到了危险，丢开仓央嘉措，拽着小秋丹转身就跑。仓央嘉措喊道：'玛吉阿米你不要跑，我是达赖喇嘛，我可以保护你，你不要跑。'但玛吉阿米和小秋丹还是跑了,他们对危险的感觉比仓央嘉措要敏感得多。

"仓央嘉措在浪卡子以及后来去拉萨的路途上,再也没见到玛吉阿米,只有苦苦的思念萦绕不去,只有悲酸的情歌久久回荡在胸臆间:

> 乞求神圣的教诲,
> 地位再高的喇嘛,
> 他也会真心讲解;
> 幼年相好的情人,
> 说好等我的姐姐,
> 如今却不辞而别。

"九月二十一日,在经师曲介和久米多杰活佛以及布达拉宫官员的陪伴下,声势浩大的迎请马队离开了浪卡子,二十七日到达聂塘扎西岗。监护西藏的蒙古和硕特首领达赖汗、从浪卡子赶到这里的摄政王桑结率领蒙藏僧俗官员和三大寺代表一千多人,前来迎接。十月二十四日,迎请马队从聂塘扎西岗出发,走向拉萨,半途有朝廷使臣、大国师章嘉呼图克图带领百余人前来迎接,呈献康熙皇帝封诰和敕书。十月二十五日,是宗喀巴大师圆寂纪念日燃灯节。在摄政王桑结的引导下,仓央嘉措走进布达拉宫,在红宫司西平措大殿登临无畏雄狮宝座。在坐床典礼的法号鼓乐声中,在清朝顺治皇帝册封五世达赖喇嘛为'西天大善自在佛所领天下释教普通瓦赤喇怛喇达赖喇嘛'的金册、金印面前,正式开始了达赖生涯。"

香波王子喘着气,不说话了。三个人都在沉默。

4

天气闷热起来,好像又要下雨了。兰州从前是一个少雨的旱城,这些年雨水突然多起来,而且说下就下,没有酝酿。停靠在黄河桥头的牧马人里,热气和汗气纠缠在一起,加上香波王子一根接一根地抽烟,三个人又是流泪,又是咳嗽。但注意力一点也不分散,好像世界是不存在的,除了仓央嘉措和玛吉阿米以及情歌。

突然梅萨说:"看来没有玛吉阿米,就没有仓央嘉措情歌。"

香波王子说:"这样想就对了,在仓央嘉措的生活中,玛吉阿米占据最重要的地位,没有她,不仅没有情歌,也没有仓央嘉措。如果说仓央嘉措是爱情的象征,玛吉阿米就是爱情的保姆,是她诱发并培育了仓央嘉措的爱情。她就像山宗水祖,以此出发,大山绵绵,阔水汤汤。"

梅萨发自内心地说:"真让人羡慕。"

香波王子说:"知道为什么孔雀尾毛是玛吉阿米的标志吗?因为在印度民间的传说里,孔雀公主是天上人间最美丽的女人,是天地精华的显现。佛教借此发挥,说所有的度母神在通过观世音化现为佛门女神之前,都是孔雀的转世,都有过从孔雀公主到凡间女子的经历。孔雀是美丽圣洁的灵物,由它转世的女人,身上都有蓝色的孔雀尾毛的胎记。"

梅萨说:"玛吉阿米,孔雀尾毛做标志的玛吉阿米。"

香波王子说:"仓央嘉措也有动物标志,那就是鹦哥,在藏族的传说里,鹦哥是爱情的象征。"

梅萨望着香波王子胸前的鹦哥头金钥匙说:"你不会是在说你自己吧?可惜你的鹦哥头是锻造出来的,如果是长出来的,就长在你身上，那你就是仓央嘉措的转世了。"

"这可是天神的锻造，我的祖先的宝贝，跟我的命一样重要。"

"那也无法避免重复，天神一锻造一大堆，一人发一个，你的祖先侥幸得到了一个。而我相信，能代表仓央嘉措的'鹦哥'，绝对是天底下唯一的鹦哥。"

智美慢腾腾地说："能不能说正经的，你们总是跑题。"

香波王子说："这就是爱情的魅力，是爱情让掘藏跑题了。"

梅萨说："一般来说，伏藏的目的是圣教不会消失、教言不会掺杂、加持不会衰弱、传承不会断裂。可'七度母之门'的伏藏却恰恰相反，不断显现的'授记'——仓央嘉措情歌让我们触摸到的是一个宗教叛逆者的灵魂，他用世俗的爱情否定了神圣的戒律，让圣教感到了惶恐。惶恐也许是这位教主带给圣教的唯一礼物，而圣教带给他的却是压抑、苦闷和愤怒。"

香波王子说："只能说暂时是这样，我不相信仓央嘉措会压抑到底，苦闷到底，愤怒到底。这就是我们的不同，你们相信愤怒是极端而持久的，而我只相信爱情。仓央嘉措用情歌唱响了西藏，用情歌轻而易举地主宰了人们的精神。为什么？因为西藏就像需要宗教一样需要爱情，爱情与宗教不仅不抵触，而且是互为表里的胶结体，是天下第一的水乳交融。"

智美说："这只是你的愿望，我们面对的是一个涤罪的世界，宗教的存在首先不是为了追求爱情，而是为了洗清罪孽。"

香波王子激动地说："如果没有罪孽呢，宗教洗涤什么？仓央嘉措没有，我也没有，我相信你们两个也没有。"

智美说："所以这个世界不需要宗教。"

梅萨看到香波王子睁圆了眼睛要反驳，赶紧说："不说这些了，集中精力往下掘藏吧。"她把"光透文字"拿起来看看。大概是随着转经筒长久旋转的缘故,边角有些残损,纸面上密密麻麻一层皱纹,但阳光下古老的伏藏语言还是清晰可辨的,伏藏语言旁边是她的翻译。她说:"了解了'授记'给我们的历史,我们现在要面对现实,下面的'指南'是什么意思?"说着念起来:

脐带之红,成道之翠,文殊狮子吼。
聚莲之塔,弥勒之寺,衮本贤巴林。
圣门之内,万玛之踪,伊卓拉姆吉。

香波王子说:"我想听听你们的高见。"

梅萨着急地说:"别卖关子了,我们没高见,就想听你的。"

香波王子点着一根烟,抽了一口。

梅萨拿出纸巾揩着眼睛说:"别抽了好不好?你又抽又喝,浑身都是脏毒,一点也不清净,按规矩,不清净的人是不能接近伏藏的。"

香波王子说:"不清净的还有心灵,我的心灵更肮脏,胡思乱想。我知道我不配掘藏,可为什么偏偏摊上了我呢?"

梅萨说:"机会到了,你必须改变自己。"

香波王子说:"很难。不说我了,说'指南'吧。'脐带之红',显然指的是宗喀巴大师和他的诞生地。'宗喀'是藏语古地名,指甘南积石山主峰宗喀杰日以西、青海湖以东、湟水以南的地方。当初,元帝忽必烈感念大国师西纳喇嘛对朝廷有功,要赏赐封地,请他在喇嘛教流行区域的甘青西藏挑选。西纳喇嘛花四年时间到处走动,最后选中了宗喀,禀告皇帝说,这是个出圣人的宝地，文殊大皇帝封也罢，不封也罢，我都要在此安住。西纳喇嘛安住的地方，八谷八川形如莲花排列，名叫宗喀莲花山。九十年以后的公元1357年，第二佛陀宗喀巴就降生在宗喀莲花山的怀抱里。母亲香萨阿曲剪断脐带后鲜血滴下，透过地毡渗入地下，不久，这地方便长出了一棵神奇的菩提树，翠绿的枝叶伞盖而起，很快撑破了小小的帐房。后来宗喀巴在西藏创立格鲁派，宗喀莲花山便成了格鲁派的祖宗之山。"

梅萨问："那么'成道之翠，文殊狮子吼'呢？"

香波王子说："'成道'指的是树，就是旃檀树，学名叫暴马丁香，佛名叫菩提树，印度人称为阿沛多罗树。当年释迦牟尼出家为僧，苦修六年后来到菩提树下，跏趺而坐，对天发誓：'成道就在此处，如果不成，我不离禅座。'后来果然得道，菩提树也就成了成道树、思维树。由宗喀巴母亲的脐带之血养育的这棵菩提树，根深叶茂，十万叶片芳香熏人，每片叶子上的纹脉清晰地显现一尊狮子吼佛像。佛像呈墨绿或浅绿，树皮上还显示出文殊菩萨的五字心咒。狮子吼佛是释迦牟尼的第七幻身，托文殊菩萨转生于宗喀莲花山，那就是宗喀巴。"

梅萨说："'聚莲之塔，弥勒之寺，衮本贤巴林'又是什么？"

香波王子说："就是青海塔尔寺。当时正在西藏学法的宗喀巴托人带信，请求母亲保护菩提树。宗喀巴的母亲会同当地施主和信民，用一尊狮子吼佛像做胎藏，把菩提树干用黄绸包裹，在四周镶砌石板，建成了一座聚莲塔。聚莲塔是宗喀莲花山最早的佛教建筑。

"后来，大禅师仁钦宗哲坚赞根据佛菩萨的梦授，建起一座明代汉式宫殿，殿中用药泥塑造了一尊弥勒佛镀金坐像，佛像体高身伟，内部装有如来舍利子、舍利母、阿底峡大师的圣骨灵灰、释迦室利大师的法衣法物、宗喀巴大师的头发袈裟、宗喀巴父亲显现文殊菩萨像的额骨、来自印度和尼泊尔的释迦牟尼小铜像等。这是宗喀莲花山最早的佛寺，称为弥勒寺。

"宗喀莲花山的山怀里，先有一塔，后有一寺，汉族的信民们为显得亲切，称'塔'为'塔儿'，跟'寺'合起来，就成了'塔儿寺'或'塔尔寺'。而藏语沿用至今的称呼是'衮本贤巴林'，'衮'是'佛身像'，'本'是'十万'，'衮本'就是'十万佛身像'，'贤巴林'是弥勒寺，合起来就是'十万佛身弥勒洲'。"

梅萨说："'圣门之内，万玛之踪'呢，什么意思？"

香波王子说："后来聚莲塔几经重建，又用佛殿覆盖，变成了如今耸立在大金瓦殿通风天井里的菩提大银塔。塔形巍峨，塔基宽阔，外壳是纯银，间有镏金装饰，镶嵌着许多玛瑙、珊瑚、青金石、绿松石。塔中上方，有一佛龛，环衬着大鹏、宝象、雄狮、祥龙、吉鹿、胜母，里面是头戴通人冠的宗喀巴镀金像。菩提大银塔是塔尔寺首屈一指的宝供神物，号称黄教第一塔、世界一庄严。

"菩提大银塔从出现到现在已有六百多年，无论怎样改造重建，基座上都留着一道圣门，通往里面的菩提树和十万叶片、十万狮子吼佛像。圣门很少被人打开，在所有关于菩提大银塔的文献里，只有一次打开圣门的记录，那就是万玛活佛著的《尼玛·僧格》，他说大约在八十年前，因为要刮取菩提树的树脂作为圣胶粘连被盗后又回来的药泥佛头，寺院决定打开圣门，全体僧伽推举万玛活佛钻进圣门刮取圣胶。他完成任务出来时，发现一片叶子落在肩膀上，上面格外清晰地显现着一尊狮子吼佛像。"

梅萨说："'圣门'清楚了，'万玛'也基本清楚了，是不是可以这么理解：菩提大银塔的圣门之内，万玛活佛当初留下踪迹的地方,就是'七度母之门'所在地?"

香波王子说:"很可能是这样。因为紧接着就是'伊卓拉姆吉','吉'是'德吉'的略称,'德吉'就是幸福。比如'卓玛吉',就是'幸福的度母';'伊卓拉姆吉',就是'幸福的伊卓拉姆'。'伊卓拉姆'跟玛吉阿米、姬姬布赤、仁增旺姆一样,也出自仓央嘉措情歌。"说着他唱起来:

心爱的伊卓拉姆,
本是我猎人拿住,
却被有权有势的官家,
诺桑王子夺走。

梅萨说:"仓央嘉措失恋了,音调这么悲凉。"

香波王子说:"追求而不得,就叫失恋。这首情歌好像说的就是我,我有什么心境,就能发掘出什么'授记'来。"

梅萨立刻岔开了话题:"我发现你对塔尔寺很熟悉。"

香波王子说:"所有跟仓央嘉措有关系的寺院,我都去过不止一次。在一些传说里,塔尔寺是仓央嘉措的归宿,他的尸骨曾在这里火化,火化时天空出现殊异的彩虹云朵,遗体渐渐变小,小到尺许,然后消失。这时出现众多天神天女,华服美饰,高奏仙乐,迎接仓央嘉措灵识南去,藏地南方是他转世的地方。"

梅萨说:"那就赶紧走吧,青海塔尔寺。"

这时他们发现,牧马人早已开动,朝着兰宁(兰州至西宁)高速公路开去。香波王子"咦"了一声说:"智美到底是宣谕法师的后代,早就知道我们要去哪里。"

智美说:"我已经占卜过了,跟你说的一样。"

但是智美立刻又停了下来,停在了离公共厕所很近的地方。梅萨下车往厕所走去。香波王子望着她的背影,心说他们两个真是默契,梅萨并没有说什么,智美就知道她需要方便。

香波王子说:"智美,我要提醒你,现在到了你信守诺言的时候。"

智美说:"拉卜楞寺是你的福地,我知道我该怎么做。不过,我提醒你,就算我放弃她,你也不一定能得到她。"

香波王子一笑,说:"你放心,我知道梅萨的心,如同知道我自己的心。"

再次上路的时候,香波王子头歪在座位上睡着了,睡梦里总是高高地悬浮着一个人影,心说你谁啊?问了几遍都不回答,突然喊起来:"梅萨,梅萨,你怎么还要往下跳啊?"

梅萨摇醒了他:"你说什么呢?往下跳的是你的珀恩措。"

香波王子揉着眼睛说:"珀恩措,我怎么忘了珀恩措。"

5

阿若喇嘛站在拉卜楞寺珍宝馆的门口接到了玛吉阿米的电话。

他慧眼里透着看穿所有的自信,心说大千世界一切皆无,包括玛吉阿米的电话,但一切皆无的背后又是真实不虚,没有不假的,也没有不真的。这个玛吉阿米到底是历史的遗响,还是现存的骨肉?辽阔的教界,东西南北,一直都在流传玛吉阿米的存在,就像流传二十一度母、十六天女、十二丹玛女神那样。不同的是,玛吉阿米拥有骨肉的载体,是神心人貌的色身,而度母和天女却都是幻境梦界里单纯的神,是不可触摸的精神。

谁也没见过玛吉阿米，包括阿若喇嘛。

阿若喇嘛虽然不愿相信对方真的就是玛吉阿米，但那泉水叮咚般的声音还是让他心生喜悦。他说："玛吉阿米？就是六世活佛仓央嘉措的玛吉阿米？你怎么知道我的电话？你找我干什么？"

所有的问题对方都没有回答，只是口气飘淡地说："你在拉卜楞寺，但你并不知道为何而来，为何而去。放弃吧，阿若喇嘛，当香波王子和他的同伴走向'七度母之门'的隐秘通道时，你不能追捕他们，而应该超过他们。如果你先于他们到达目的地，发掘到'七度母之门'的伏藏，你就是最后一个也是最伟大的一个掘藏师了。机运永远只报答那些认准目标和预备充分的人，天上的佛菩萨，哪个不知道你阿若·炯乃对'七度母之门'的殚精竭虑呢？"

"可是，可是我凭什么相信你呢，就凭这个电话？"

"还有短信，你看了就明白。"

声音消失了。阿若喇嘛看看来电显示，立刻打了过去，响了几声，就被对方挂断了。他想如果开启"七度母之门"已经成为莲花生大师埋藏在我头脑里的"心意嘱托"，玛吉阿米的突然出现就一定意味着新启示的出现。他对掘藏的执着和痴迷使他不去想这也许是一个骗局——有人试图利用他达到自己的目的。"短信，短信。"他盯着手机满怀期待地念叨。短信来了，它说在香波王子的追寻下，拉卜楞寺惊现"七度母之门"，开启之后发现了"光透文字"，内容是一首作为"授记"的仓央嘉措情歌和关于伏藏的"指南"。

阿若喇嘛盯着情歌和"指南"，读了几遍，没怎么读懂，却恍然明白了一个道理：自己和香波王子其实是竞争对手，而不是你逃我抓。不管香波王子是杀人还是盗窃，他都应该是一个得到过莲花生大师发愿灌顶的人，他聪明过人又机缘凑巧，似乎比任何教内的高僧大德都更有可能成为掘藏大师。但是现在，香波王子的机缘已经有了阻滞，他阿若喇嘛得到玛吉阿米的青睐，将要踏上掘藏之路，一争到底了。最后的伏藏、迷惘混乱时期的救世珍宝、掘藏大师的荣耀，只能属于天下第一皇寺雍和宫的老喇嘛阿若·炯乃。因为在阿若喇嘛看来，苦修佛法是发掘伏藏的最好预备，他已经几十年如一日地预备过了，就像玛吉阿米说的，机运永远只报答那些认准目标和预备充分的人。

阿若喇嘛招呼几个随从喇嘛匆匆走向喇嘛鸟。

正在念经的邬坚林巴看他们上了车，钥匙一拧就走。

阿若喇嘛问："要去哪里？"

邬坚林巴说："我怎么知道。"

阿若喇嘛把手机递了过去。

邬坚林巴停下车看了看短信，惊讶地说："谁发来的？为什么要发给我们？我们不懂仓央嘉措情歌。"

阿若喇嘛说："不管懂不懂，我们都得改变策略。现在可以肯定香波王子并没有在雍和宫的'七度母之门'里得到'最后的伏藏'，得到的仅仅是'授记指南'，所以他们来到了拉卜楞寺，他们还会到别处去。"

邬坚林巴说："我明白了，我们的目的不是抓住他们，而是跟着他们。"

阿若喇嘛说："不光是跟着他们，还要超过他们。我们和他们，都是被'授记'的掘藏者，但我们是喇嘛，我们的修行就是修功德。功德无量，伏藏才能无量。就是我们不去追求最后的成功，最后的成功也会找到我们。"

邬坚林巴说："我不关心大道理，只关心现在车往哪里开？"

阿若喇嘛盯着短信，把仓央嘉措情歌和伏藏"指南"看了一遍又一遍，半响才说："是不是应该问问不动佛？"又说，"还是算了吧，不动佛没有明示，说明还不到明示的时候，等等再说。"

邬坚林巴开动了喇嘛鸟，在公路上漫游。两个小时后，阿若喇嘛的手机才响起来，是朱哲琴梦魇般的《七只鼓》："快敲响尼玛的鼓、达娃的鼓、米玛的鼓、拉巴的鼓、普布的鼓、巴桑的鼓、边巴的鼓，唔哦唔哦。"阿若喇嘛手忙脚乱地摁出短信，大声念道：

不动佛明示：塔尔寺。

阿若喇嘛看了看窗外的山景："我们现在在哪里？"

邬坚林巴说："已经过了临夏，进入积石山脉，要是往左拐，走不多远就是青海的孟达自然保护区，这是去西宁塔尔寺最便捷的路。"

"太好了，争取比他们早到塔尔寺。"

邬坚林巴又问："要不要告诉警察王岩？"

阿若喇嘛说："你说呢？如果香波王子同样是一个有掘藏缘分的人，如果我们跟他们是竞争，是比赛智慧和运气，我们就不能靠着向警察告密来达到目的，公平是我们的守则。如果莲花生大师偏向苦修佛法的人，已经通过发愿灌顶，把开启'七度母之门'变成了伏藏在我头脑里的'心意嘱托'，我又何必依靠警察。"

邬坚林巴叫了一声好，加快速度，直奔四百公里之外的塔尔寺。

6

香波王子小心翼翼地拨通了珀恩措的手机,心说但愿她这会儿正在家里休息,或者正在单位上班。

传来一个虚弱而阴郁的声音:"喂?"

"你还好吗?"他问。

珀恩措的回答让香波王子感到意外:"还好。警察已经来过了,但我藏了起来,他们没找到我就以为报警的人是谎报,是欺骗。一个真正想自杀的人是谁也阻拦不了的,你接着报警吧,你报警就是逼我早死。下次只要警察一出现,我立刻就跳。不是威胁,是誓言,你应该知道,在藏族的世界里,不可违拗的,只有誓言。"

"你这会儿在哪里?"

"我就坐在楼沿上,两条腿搭在外面,只要屁股一抬我就下去了。"

香波王子说:"你听我的,往后退,离开楼沿,到一个安全的地方,冲着天空,用最恶毒的语言大骂几声。骂谁都行,骂我,骂你,骂父母,骂世界,然后沿着楼梯下去,好事情在下面等着你。"

"什么好事情?"

"你还活着,你依然是鲜艳的生命,这就是最好的事情。"

"那我会再次上来的,我讨厌活着,讨厌所有的鲜艳、所有的生命。我觉得我现在的状态最好,在三十六层大厦的顶层,鸟瞰着下面。我从来没这么高地看过人,觉得神看人的眼光就是我现在的眼光,地上全是蚂蚁,一群一群,忙忙碌碌的,不知道他们在干什么。我曾经也是他们中的一员,一只蠕动的蚂蚁,踩死你的脚随时都会下来,我时时刻刻惶恐不安,一有点风,我就想,它是冲我来的,它会吹跑我，从地球上抹掉我。我怯懦地活着，忐忑不安、无精打采地活着。但是现在，我不这么想了，我就要死了，主动走向死亡是勇敢者的行为。香波王子，你最好快点来，和我一起，从三十六层高的大厦跳下去。两个人的自杀总比一个人悲壮，你砰的一声响，我砰的一声响，世界就没了，一切都毁灭了。"

香波王子喊起来："可你到底为什么要这样？为什么？你告诉我，我可以帮你呀。"

"自杀是我的命运，命运是没有原因的。"

"不管怎么说，你一定要等着我回去。我很想见到你，我爱你。"

"什么爱不爱的，我从来不信。还是那句话，我等着我的耐心消失，消失之前你来，我们一起跳，消失之后你来，你就替我收尸吧。"

"耐心是你我之间的一根线，它永远不会断。"

"不，很快就要断了。瞧瞧啊，我穿着高跟鞋，它们就挑在我的脚趾尖上，只要我的脚趾一缩，就会掉下去。你说我怎么办，是让它们掉下去，还是让它们就这样悬着，挂着，最后和我一起从天空沉入大地？"

香波王子说："这个问题你应该问问你的高跟鞋，看它们怎么说，它们肯定不希望从这么高的地方掉下去。它们带着你走路，也带给你美丽，它们也是有生命的。你怎么可以去做连高跟鞋都不愿意做的事情呢？"

"我就是想做一般人不愿意做的事情，高跟鞋已经掉下去了，两只都掉下去了。刚开始我还能看见它们，现在看不见了，我想听到声音，但声音没有传上来。它们就是我，我和我的高跟鞋都跌到一个巨大的空虚里去了。"

"你自杀就是因为你空虚。而佛要告诉我们的,恰恰是摆脱空虚,投入到既空又有、既色尘又清净的生活中去。你是个藏族人，总应该知道，你想毁灭是不可能的，因为死亡不是毁灭，是再生，既然你还要再生，那还不如现在不死。"

珀恩措冷笑一声："你说话的口气像个说教的喇嘛，但你知道我不信佛。上大学的时候，老师说自我是最强大的，我拼命想找到自我，越找越迷惘，哪儿都没有，找来找去才知道，自我也好，佛也好，并不能改变我们的命运，并不能让坏人遭殃好人幸福，并不能取消生老病死的规律，并不能让一切灾难、一切黑暗、一切罪恶烟消云散。就像现在，你信仰的佛如果认为我值得怜悯，他就应该在我跳下去的时候让我不死。啊，我晕了，晕了，好像天旋地转了，好像乾坤颠倒了。"

香波王子喊起来："珀恩措，珀恩措。"

珀恩措关掉了手机。香波王子一直在拨，一直再拨。

第七章　万玛之踪

1

邬坚林巴把喇嘛鸟停在塔尔寺的寺前广场上，他不下车，照例守候在车里。守候也是掘藏的需要，照阿若喇嘛的说法："你是我们的后备力量，轻易不要冲锋陷阵，要是我出了事，你就上。"这会儿阿若喇嘛来到车外，告诉他这次他可能会等很久很久。邬坚林巴点点头，一副早已知道的样子。阿若喇嘛仰头看着四周的莲花形山脉，原地转了一圈，忧心忡忡地说：

"塔尔寺的天空有粉色的流云，空行母的预示似乎并不吉祥。"

邬坚林巴问："不吉祥到什么程度？"

"还不知道，也许这里又是一个祭场，灿烂的除了佛光和太阳，还有鲜血与生命。"说着,阿若喇嘛带着几个随从喇嘛匆匆离开了。

邬坚林巴望着阿若喇嘛的背影,拿出手机给智美发了个短信:"我们已到,快来。"

他和智美是朋友。智美的父亲作为云游各地的宣谕法师曾经在拉萨哲蚌寺修法三年,和同样在哲蚌寺修习显宗高级教程的来自北京雍和宫的邬坚林巴交谊颇厚。宣谕法师圆寂后,智美从康巴地区考入北京中央民族大学,两个人相互看望,一来二往,就很熟了,熟到一起策划了一起里应外合的救人行动——把开启"七度母之门"的香波王子从雍和宫救了出来。但邬坚林巴认为,他跟智美的忘年交关系,并不是他必须营救香波王子的理由,至少这个理由不重要,而是对"七度母之门"的共同关注把他和智美以及香波王子联合到了一起。

他曾经问智美:"假如是你发掘了'七度母之门'的伏藏,你打算怎么办?"

智美说:"立刻公布,让仓央嘉措遗言发挥作用,去改变冥顽不灵的世界信仰局面。你呢?假如你发掘了伏藏,你打算怎么办?"

他说:"我也会公布,但前提必须是'七度母之门'不折不扣地光大佛教。"

智美问:"万一不是呢?"

他浑身抖了一下说:"啊,我不知道。"

有一种深埋心底的感觉邬坚林巴没有说出来,那就是害怕。他害怕仓央嘉措遗言真的是毁教之门、叛誓之法,真的饱含对自己受难和情人受害的愤怒,饱含对权争与血腥之政教的失望和诅咒,让佛教面对爆炸性的羞辱而无地自容。如此,"七度母之门"便是炸弹,掘藏便是愚蠢野蛮的引爆行为。

他在害怕和犹豫中帮助香波王子逃离了雍和宫，又协同阿若喇嘛东奔西颠。一个新的佛僧境界悄然出现了，一直在修炼"七度母之门"的他，不期然而然地感觉到掘藏就是修炼，而且是精进便捷的修炼。或者说伏藏不现世，修炼就不能进入高层。于是他看清楚了自己希望掘藏成功的另一个理由，那就是他跟所有研究和修炼"七度母之门"的活佛喇嘛一样，无法抗拒地受到了仓央嘉措的诱惑。《地下预言》里的那句话："世间有名仓央嘉措者是成就七度母之门的第一人"，成了他的理想和自我塑造的目标，既然已经修炼，那就必须成功。

为了修炼，他登上了阿若喇嘛的掘藏快车，尽管他表面上一直平静而淡漠，但是他知道没有真正淡漠的掘藏者。不同的是，他清楚自己没有独立掘藏的天赋，对圣教中地位极高的"掘藏大师"的桂冠并没有奢望，所以他帮了智美，又帮阿若喇嘛，只希望快点，快点，快点掘出来。

阿若喇嘛让几个随从喇嘛在寺巷里等着，自己一个人走向了寂静笼罩下的塔尔寺密宗学院也就是居巴札仓。

密宗学院热萨佛堂的门口，首席密宗博士（欧然巴格西）加洋坐在椅子上，一见阿若喇嘛就把眼睛闭上了。

阿若喇嘛淡然一笑，走向精美绝伦的密集金刚、胜乐金刚、大威德金刚三座四方立体曼荼罗（坛城），跪下一拜，又来到宗喀巴大师母亲香萨阿曲的额骨前，也是跪下一拜。那额骨天然凸出"嗡""阿""吽"三字法音，镶以镂花白银和珠宝，是每年的九月法会僧众顶礼祈福的圣极之物。阿若喇嘛无比崇敬地望着，用袈裟袖子轻轻揩去额骨上的一缕香火飘尘。

他看到加洋博士依然不理他，走过去大声说："有人已经打开了'七度母之门'，你还在这里冥想什么？"

神情矍铄的加洋博士洪亮地说："坛城面前不要胡说。"

阿若喇嘛又说："打开'七度母之门'的人并没有得到'最后的伏藏'，好像门里还有门，最新的'授记指南'告诉我，它就在塔尔寺。"

加洋博士睁开眼睛，看都没看对方一眼，起身走向供桌，把宗喀巴大师母亲的法音额骨连带佛盒抱起来，转身一步迈出热萨佛堂的门槛。报警器尖锐地响起来。加洋博士又一脚迈回佛堂，定定地看着阿若喇嘛。

几个五大三粗的护寺喇嘛冲了进来。

加洋博士指着阿若喇嘛吼道："把这个盗贼给我抓起来。"说罢将额骨放回到供桌上。报警器顿时不响了。

阿若喇嘛被几个护寺喇嘛扭送到密宗学院苦行殿关了起来，他没想到会这样，长叹一声说："佛门怎么有这么多笨蛋，当初我在雍和宫见到香波王子时，我成了笨蛋，现在加洋在塔尔寺见到了我，加洋又成了笨蛋。"

一直到天黑，加洋博士才打开门锁走了进来。

阿若喇嘛抡起巴掌就打："快放我出去，'七度母之门'危在旦夕，我敢保证香波王子已经来到了塔尔寺。"

加洋博士挡开他的手说："不要给我提什么'七度母之门'，我不想听。"

阿若喇嘛知道，塔尔寺是藏传佛教格鲁派的发祥地，是格鲁派六大寺院之一，鼎盛时期，常住寺僧达到三千六百名，大小活佛八十三名，即使现在，具备转世传承的活佛也有十多名。这样一座瓜瓞绵绵的大寺院，秘密研究"七度母之门"的密教僧人一定很多。研究就是修炼，证悟就是开启。阿若喇嘛不可能知道谁是塔尔寺研究和修炼"七度母之门"的高僧，但肯定他的老朋友加洋博士是其中的一个。理由是性格开朗的加洋从来不说他在修炼什么密法，而除了"七度母之门"，藏传佛教各派的密宗已经没有什么不可以向同道袒露的了。

阿若喇嘛说："你必须听。我问你，为什么在察雅乌金事件发生以后，我们还不能团结一致，互通有无？为什么我们在听到乌金喇嘛'我来了'的叫嚣之后，还能安之若素，无动于衷？至尊至圣的'七度母之门'难道要拱手让给乌金喇嘛去发掘？圣教面临生死大劫，我们为什么还要像过去那样囿于门户、相互敌视呢？"

加洋博士说："我不知道为什么，只知道大僧官已经传下话来：严加防范来塔尔寺打探'七度母之门'的人，不管俗人还是僧人，见到阿若喇嘛，打出去。"

阿若喇嘛说："你们已经知道我要来？"

加洋博士说："自从你在'藏学大众网'上公开叛教，公布了你的冥想成就之后，你就成了我们的敌人。敌人的行动，我们怎么能不知道？"

阿若喇嘛说："三十年前我和你一起在哲蚌寺郭芒札仓学法，我们同门同道，我要是圣教的敌人，你是什么？告诉你，我已经得到关于'七度母之门'的'授记指南'，那是一首仓央嘉措情歌……"

加洋博士说："不要说了，'七度母之门'是无上佛密，'授记指南'更是只可亲见，不得旁闻，一旦众人皆知，就成了胡说八道，就算有伏藏，也会迅速焚逝，烟消云散。你现在不仅是叛教，而且是毁教。"

阿若喇嘛说："那就把我打出去好了，为什么要关起来？"

加洋博士不回答，边往外走边说："密宗学院的人都是过午不食，我们没有晚饭招待你，明天早殿时会有人来送茶，晚上你就闭门思过吧。有几个你的随从喇嘛来找你，我说你在修行，打发回去了。"说罢，啪地打开电灯，出去，从外面关死了门。

阿若喇嘛使劲打了几下门，回身恼怒地望着苦行殿的四壁，心说香波王子肯定已经来到塔尔寺开始到处寻访"七度母之门"了，我却被关在这里，像个猴子一样。他拿出手机要打给邬坚林巴，发现苦行殿里手机没有信号，着急地踱来踱去，突然一个愣怔，"啊唷"一声，拍着自己的脑门，扑通一声跪倒在南墙根里。

他看到南墙之上，写着一行藏文字，翻译成汉文就是：

阿若·炯乃在此预备修法，晨起掘藏。

2

阿若喇嘛以为已经来到塔尔寺抢先掘藏的竞争对手香波王子，这时候还在青海省的省会西宁市。

他们住下了，住在新概念大酒店，照例开了两间房，香波王子一间，智美和梅萨一间。三个人在餐厅吃了饭，然后回房间休息。

香波王子洗了个澡，穿着睡衣，干干净净、大大方方、哼着情歌走出自己的房间，走向同伴的房间。他希望智美现在就兑现他的承诺。

门虚掩着，香波王子推门进去，正要叫一声梅萨，猛然感觉眼前一片缭乱，一股气浪汹涌而来，自己顿时被淹没了。

有一种声音只属于性爱，那是无意识的婴童之声，是人发自肺腑的原始古朴的快乐之音。但到了梅萨口中，就成了情歌的余韵，是仓央嘉措情歌的袅袅古音从艺术天堂来到了性爱天堂，遥不可及的想象在现世的欢喜中骤然成为呢喃的天籁，被两个鲜活动感的肉体激情澎湃地演绎着。香波王子心说我们只会唱仓央嘉措情歌，看不到仓央嘉措性爱，这就是仓央嘉措性爱，所有人的美妙快乐都是仓央嘉措的性爱。仓央嘉措是一个标准，情爱与性爱的标准，是一种意境，诗与情、歌与爱的意境。但此刻意境不属于香波王子，他兴冲冲走来，却只能叹息着离开。

这时智美回头看见了他，突然起身，冲他招了招手。

香波王子愣住了。智美披上衣服过来，微笑着，双手扶住他的肩膀，把他往里面推，似乎马上就要兑现离开梅萨的承诺。惊愕中，香波王子已经站在了梅萨面前。

迷迷离离的，梅萨睁开眼，看见了香波王子，以为是幻觉：她刚才闭着眼睛把智美想象成了香波王子，智美就真成香波王子了。她心里一阵凄凉，心说对不起智美，我能够支配我的身体，却不能支配我的心。你肯定发现了，发现我的心思已不在你身上。但是智美你也不必就此离开，毕竟是你而不是香波王子在和我做爱，毕竟我在肉体上从来没有背叛过你。来啊，再来啊，你可以停下，我停不下来。智美，我保证，保证再也不把你想象成香波王子了。

梅萨勾起头，急切地招手。

智美一声惊诧："香波王子你来干吗？"

梅萨猛然惊醒，瞪眼细看，眼前是真的香波王子，他身后才是智美。她忽地坐起，本能地把自己缩成一团，喊起来："你怎么进来了？出去，出去。"

智美小声对香波王子说："你看到了最不该看到的，她有严厉的家教传承，最讨厌，不，几乎仇恨除了我之外的任何一个男人看见她的裸体。"

香波王子回身,注视着智美脸上的微笑。

"出去,出去,智美你把他打出去。"梅萨声嘶力竭地喊着,拿起床上的衣服,胡乱往自己身上套,怎么也套不好,干脆拉开被子盖住了自己,满脸悲哀地说,"妈妈呀,我今天差一点,差一点下地狱、做畜生。"

香波王子朝外走去。智美送他出来,笑道:"我没有食言,是你自己失败的。你已经看见了,她从骨子里反感你,你还是死心吧。"

香波王子摇摇头,转身走开,胸腔里酸酸的,酸酸的不是情绪而是情歌。高兴是情歌,悲伤也是情歌,失望、无奈、惊讶、不解、懊恼等说不清的复杂感觉还是仓央嘉措情歌。他情不自禁地唱起来,好像此刻他真成了仓央嘉措,又好像仓央嘉措在数百年前就已经用情歌替他替所有人表达了热恋和失恋的全部感情。

> 一百棵树木里头,
> 选中了这棵杨柳,
> 少年我从不知道,
> 树心早已经腐朽。
>
> 杜鹃从门隅飞来,
> 为了思念的神柏,
> 神柏她变了心意,
> 杜鹃伤心又徘徊。

他一直在唱,毫无睡意,唱了一首又一首,都是失恋的悲歌,都是伤心的倾诉,好像他挺拔高大的身躯比别人更多地储存了敏感和脆弱,让他越来越深地沉浸在仓央嘉措的语境里头,清莹而凄凉地荡漾出一股股的伤逝之水。他不知道梅萨一直在听,他和她的房间只有一墙之隔,听得清清楚楚。

还是做爱,是重新开始的做爱。仿佛智美要用奋勇和耐久证明自己,梅萨也要用重新燃起的欲望释放自己和安慰智美,但是最终他们发现失败了,做爱引出的不是情水欲浪,而是眼泪。梅萨哭了。

是仓央嘉措情歌让梅萨泪流不止,而且它影响的还不仅仅是心理和情绪,更是生理和本能,就像无法控制的饥饿和睡眠。随着香波王子唱了又唱的仓央嘉措情歌,一种条件反射出现了,不由自主的感情和眼泪成了情歌的影子,它在你在,它走你走,挺拔着,流淌着,就像灵魂之间无形的狂爱,觉得是存在的,却永远是摸不着的。智美和梅萨只好匆匆结束。

智美冲着隔壁房间大吼一声:"别唱了。"

然而没有停止。香波王子不会因为任何人的干涉而停止仓央嘉措情歌,似乎也是一种本能的反应和条件反射,他醒着他就必须唱。

梅萨哭出了声。智美不知所措地围着她转来转去,突然意识到,他刻意给香波王子挖了一个陷阱,但真正陷进去的却是自己。他盯着梅萨,感觉她眼中和泪水搅在一起的不仅仅是悲伤,还有深深的哀怨和对他的疏远,这是他最最受不了的。他心里一阵绞痛,跑出去挥拳猛砸香波王子房间的门。

情歌终于停止了。香波王子打开了门。两个男人对峙着,智美不断把拳头攥起来又伸开,眼里的怒火腾腾地燃烧,都可以看到蓝色和红色的焰苗了。而在香波王子脸上,也堆满了坚定和勇毅:要打谁不会打,来啊。一场恶斗就在眼前。

突然，香波王子笑了。几乎在同时，智美也笑了。

香波王子说："我记得仓央嘉措从来没打过人，他的武器就是情歌。"

智美说："仓央嘉措唱死了自己，你也会唱死自己的。"

"这只是新信仰联盟和乌金喇嘛的期待，你为什么要跟乌金喇嘛穿一条裤子？"

"不是我，是我跟梅萨。"

"你等着，我一定要把梅萨从你和乌金喇嘛手里夺回来。"

"不可能，'七度母之门'不是情歌，是挽歌，是唱给佛教的挽歌，到时候连你都得回到乌金喇嘛这里来。"

"想爱的人唱情歌，想死的人唱挽歌。我们还在这里说什么？既然睡不着，不如连夜出发去掘藏。我相信'七度母之门'和仓央嘉措会让梅萨爱上我。"

智美冷笑一声："'七度母之门'只能撕碎爱的谎言，仓央嘉措遗言一定会把'圣徒丑闻'进行到底，不信走着瞧。"

香波王子说："如果真是这样，那我只好放弃了，不是梅萨，是生命。"

三个无法入眠的人，连夜离开了新概念大酒店。

西宁的夜晚让香波王子大喜过望：居然一盏灯都不亮。原来那天晚上一辆汽车撞倒了高压线杆，引起城市东部大面积停电。香波王子以为，这就是天神的暗助，即便后面路虎警车和喇嘛鸟追踪而来，黑暗也会掩护他们安全离开。他来过几次西宁，对这个城市的主要干道记忆犹新。他让智美从宽阔的东新路往西再往南，直奔通往湟中塔尔寺的高速路，突然又大喊一声："停车。"

这里已是城南，城南是有电的，灯光照亮了前方，也照出了高速路收费站的警车和警察。牧马人转身就跑。警车追了过来。

智美说："我们现在往哪里跑？"

香波王子说："原路返回。"

牧马人原路返回到没有灯光的城东，关了车灯，胡乱走了一阵，突然发现走进了死胡同。好在尾巴已经甩掉了，他们在死胡同里休息了一会儿，然后由香波王子开车，再次往西走去。香波王子的意思是，必须搞清楚警察仅仅堵住了去塔尔寺的路，还是堵住了所有走出西宁的路，如果是后者，就说明人家并不知道他们要去塔尔寺，不过是四面围堵，瓮中捉鳖。他们走向城市西头通往青海湖的高速路口，远远看到那儿也有警察、警车。

"车是开不出去了。"香波王子说，"再说牧马人目标太明显，即使开到塔尔寺，也很危险。"

他们又一次原路返回，把车开进了地处八一路的青海民族学院。

这是个香波王子熟悉的地方。五年前调查仓央嘉措事迹时，他就住在民院招待所里。离招待所不远，是一片家属区，他把牧马人停靠在一个隐蔽的夹角，望着招待所说："智美你算算，继续走，还是暂时躲起来？"

智美手伸进斜背在身上的胜魔卦囊，摸出一个水晶珠看了看说："走吧，离开西宁前不会有大事儿，不过还是要小心。"

但是他们刚刚走出青海民族学院大门，就听有人大喊一声："抓住他们。"十几个警察嗖嗖嗖扑了过来。

香波王子大喊一声："快跑。"

三个人朝三个方向跑去。

香波王子跑出去十多步就被抓住了。六七个警察摁倒他，反扭着胳膊,咔嚓一声上了背铐。等他被拉起来,押向警车时,他发现梅萨也被上了背铐,在警车门口痛苦地弯着腰。两个警察跑过来,喘着气告诉同伴,见鬼了,那人像是影子,感觉抓住了,眨眼你手里又是空的,再抓,连影子也没有了。

智美逃脱了,这个被乌金喇嘛蒙蔽了头脑的傻瓜蛋,逃跑起来居然比谁都快。

香波王子和梅萨被押到了西宁市刑警队。审讯是分开的,问题却一样:为什么跑?既然你们没做什么,怎么见警察就害怕?这样的问题让香波王子和梅萨顿时醒过来:警察要抓的根本不是他们。好像是商量好了的,香波王子和梅萨的回答差不多:我们是藏民,草原上生活惯了,城里的规矩不知道,加上有男有女,心虚,担心误解,所以就跑。香波王子还着意加了一句:我们是正派人,男女作风上什么问题也没有,不信你们检查。警察很快就放了他们,还告诉他们,两小时前发生了一起特大抢劫杀人案。

香波王子说:"照你们这样随便抓,肯定会冤枉好人。"

警察说:"照你们这样见警察就跑,不冤枉才怪呢。"

香波王子和梅萨坐上出租车,连夜赶往距离西宁二十多公里的塔尔寺。

香波王子说:"你给智美打电话,让他自己去塔尔寺找我们。"

梅萨低着头说:"我已经打了,关机,大概没电了。"

一路上,两个人很少说话,都好像有些别扭。尤其是梅萨,只要面对香波王子,脸就会发红,头就会低下。好像被香波王子看到了一次裸体,她在他面前就只会是裸体,就永远是裸体。香波王子耐不住寂寞,唱起来,当然都是仓央嘉措情歌,唱着唱着就听梅萨说:

"请你不要再唱了,我很难过。"

香波王子再也唱不出来，心说这就是仓央嘉措情歌的效果，它会让一切有情人难过。或者说，听了仓央嘉措情歌难过的，都是浓浓淡淡、深深浅浅的有情人。

好在路已到尽头，塔尔寺迎面扑来，别扭和难受自动退让着，当掘藏的神圣和紧迫溘然而来时，两个人顿时自然多了。

3

塔尔寺的布局最早是村落式的，街巷串联着殿堂，给人的感觉是殿殿临街，寺寺成巷。现在修起了围墙和大门，俨然一个大庭院。不过这庭院是沿山错落、依势参差的，少的是方圆和规整，多的是气势和巍峨。香波王子和梅萨沿着塔尔寺外围到处走了走，白天的商铺林立、金碧辉煌藏匿在黑灯瞎火里，万籁俱寂。两个人幽灵似的移动着，给夜晚的塔尔寺平添了许多诡谲和不安。

香波王子曾经用步行的方式研究过塔尔寺的地形，如同莲花排列的八谷八川他是熟悉的，知道那围墙再高再长，也不可能去绵亘不绝的山脉上起起伏伏。宗喀莲花山的山坳里，花蕊般的塔尔寺，它的东、西、南三方，是以山为墙的。香波王子带着梅萨先来到东山，后来到南山，借着月光摸来摸去，没摸到下山的途径。最后来到西山，忽上忽下地走着。也不知怎么走的，等他们停下来喘气时，发现已经来到了半山腰的大拉让门前。

香波王子高兴地小声说："我们能到达这里，说明已经进入了塔尔寺。"又告诉梅萨，大拉让是俗称，正规的名字是扎西康赛，汉人称它吉祥宫，过去是达赖、班禅以及历任法台的寝宫。乾隆皇帝曾派人为大拉让修建了宫墙、华门和牌坊等，并赐名"永慧宫"。

"你看，这是一个可以俯瞰塔尔寺全景的地方。"

浓浓的夜色就像层次分明的涂抹，天是浅黑，山是浓黑，树是墨黑，万间僧舍一片灰黑，而那些挺着的高殿和卧着的矮堂，因为红墙而变成了紫黑。还有些白墙的庭院、灰瓦的楼阁，则是烟黑的一溜儿。不黑的是金顶、宝瓶、法幢、法轮、祥麟、吉鹿、铜镜，它们在黑色的层次里，显现出风格各异的金色来：柔和金、太阳金、白炽金、星光金、耀斑金、红铜金，而且是漂浮着的，就像一群群黑浪里的金色鱼、一道道黑云里只闪不逝的天雷电。

梅萨看呆了，连声说："好地方，好地方。"

香波王子带着她，沿着"之"形的德吉路，朝下走去，刚走到长寿殿跟前，就见一队拿着禅棍的护寺喇嘛从管家活佛院出来，匆匆忙忙走进了前面一座大庭院。香波王子拉住梅萨躲了起来，小声说："前面就是大吉哇，半夜三更调兵遣将，一定发生了什么事情。"

"大吉哇？大吉哇是什么？"

"大吉哇曾经是全寺的行政管理机构，负责全寺的放债租佃、布施分配、对外联络、审理案件等。过去大吉哇老爷在审理寺属部落的各种案件包括人命案时，当地县衙无权干涉。大吉哇内设有班房、刑堂以及皮鞭、铁索等刑具。对判定有罪的百姓和僧人，轻者罚款，责令出钱为全寺僧人熬茶煮粥以赎罪；重者处以肉刑，鞭打、上铁绊、罚苦役等。也会把欠租欠债的人投入班房，让其亲友花钱赎出。什么叫'政教合一'，这就是啊。'政教合一'既是精神对政权的统驭，又是政权对精神的统驭。当权力开始罚罪肉刑时，精神的肌理就是无敌而被创，自己戕害了自己。现在大吉哇已经没有这些权力了，但威严和惯例还存在，关键时刻，他们依然可以得到管理委员会的授权，组织经堂大会和承担护教护法的责任。"

香波王子拉着梅萨，猫腰靠近着大吉哇，突然停住，蹲在了黑黢黢的石墙下。

大吉哇的门开了，那队手提禅棍的护寺喇嘛从双开的木门里鱼贯而出，在一个裸臂活佛的带领下，直奔大经堂。香波王子呆愣着：大经堂后面就是"脐带之红、成道之翠、文殊狮子吼"的地方，就是供养着菩提大银塔的大金瓦殿。那里有万玛活佛的踪迹，有圣门的诱惑："七度母之门"——"最后的伏藏"——"仓央嘉措遗言"——"幸福的伊卓拉姆"，一层层的迷雾，一重重的风景，每一重都是天堂。他凭感觉意识到：如果大金瓦殿出现众多护寺喇嘛，就一定是冲着他香波王子和梅萨的。

"怎么办？"他问梅萨。

"我怎么知道？靠你了，快想办法。"

"千万别说靠我，我得靠你。我现在把你想象成了无死佛母和智慧空行母，只要你加持我，我们就可以闯过去。"

"怎么加持？"

香波王子朝她凑了凑，拉住她的手："亲我一下。"

梅萨甩开他的手："都什么时候了，你还耍流氓。"

香波王子认真地说："我亲你一下也行。"

梅萨朝后躲开，却见香波王子猫腰前去，赶紧又跟上。

香波王子停下来说："其实你已经加持过我了，我刚才拉住了你的手，发现它滑滑的、绵绵的、烫烫的，我于是就把它想象成了你的心。就像女人有两只手一样，女人也有两颗心，一颗是跳动的产生思想的心，一颗是流水的产生爱情的心。一颗心在身体里头，一颗心在身体外头。外在的心是身体的中心，内在的心是思想的中心。两颗心都是女人最隐秘也最诱人的东西。更重要的是，两颗心是相通而一致的,无论你得到哪一颗心,都意味着两颗心皆属于你。希腊神话中说丘比特之箭射中谁,谁就会产生爱情,其实讲的是男性的生殖运动。男人虽然射中的是女人外在的心,真正俘虏的却是内在的心。仓央嘉措就是我们藏族的丘比特大神,他用情歌射中了所有女人的心,包括你的心。"

"什么心不心的,你抓住的只是我的手。"梅萨嫌恶似的把手在自己身上蹭蹭。

香波王子说:"不是这只是那只。"看她又蹭蹭那只手,他笑道:"没用的,你知道,佛教最大的贡献就是开启了人类的想象,想象它是什么,就是什么。这需要虔诚和功夫,我天生具备这样的功夫。你已经在我白天黑夜的想象中了,想象是蹭不掉的。"

梅萨恨得咬牙切齿:"我要是会杀人,首先杀了你。"

香波王子说:"杀一个爱你和你爱的人?"

他们沿着石墙往前移动,来到大经堂的院门外,门是半掩着的,听了听,瞅了瞅,一片哑静,什么也没有。抬脚跨过门槛,咚的一声,梅萨的头碰歪了突出的门闩,疼得她"哑哑"直叫。有个喇嘛从院子西北角的小门里出来,往前几步,又疾步返回,好像没看见他们。他们从右首的廊檐下靠近着大经堂。

大经堂里,酥油灯的光闪就像一团团滚烫的火球,火球集中的地方就成了火流。喇嘛的身影在火流前摇晃,经声穿过黑暗,让午夜更加寂静。风在匀速回荡,殷勤地把那些真诚的经咒托送到天上去了。

香波王子倚在大经堂的门柱上,探头张望了片刻,拉着梅萨的手走进西北角的小门,来到那条著名的大厨房巷道。巷道的西端连接着释迦殿和依怙殿,依怙殿的旁边,正对着大经堂的后墙,就是大金瓦殿。

香波王子发现，他们根本无法穿越大厨房巷道，巷道西端的灯光里，挺立着一排手提禅棍的护寺喇嘛。不像是防盗，而像是足球运动员正在自家门前堵挡近距离的任意球。他们迅速后退，刚退到大经堂的院门外，就听一声喊叫："抓贼。"

两个人浑身一颤，几乎抱在一起。等了一会儿，不见有人来抓，才意识到跟他们无关，就听大厨房巷道里，脚步杂沓，不时传来护寺喇嘛们的吆喝。他们对视着，眼里的疑问是：谁呢？在这个深藏若虚的暗夜里，难道还有人跟他们一样怀揣了掘藏的野心，正在偷偷靠近大金瓦殿里的菩提大银塔？

不管是谁，这个"贼"已经先于他们来到这里，并且走了一条跟他们同样的路。他们四下里探寻着，看到身后的大吉哇里，又走出几个护寺喇嘛，赶紧离开，向南跑去，一头扎进了跳神院。

他们躲藏在跳神院的暗角里。香波王子观察着院子里的动静，不失时机地告诉梅萨："塔尔寺每年都会在这里举行四次大型法会和两次小型法会，盛会的法事之一便是跳法王舞，俗称'跳神'或'喇嘛社火'。"

梅萨问："好看吗？"

香波王子说："当然好看，在藏族文化中，只要跟六世达赖喇嘛仓央嘉措沾上边的，都是既好看又好听。仓央嘉措不仅情歌唱得好，也是金刚舞的能手，精通'一楞金刚''三楞金刚''五楞金刚'等各种金刚步伐和舞姿。他的继任七世达赖喇嘛噶桑嘉措有感于先世的以歌弘佛、以舞传法，授意塔尔寺第二十任法台建起了神舞学院和跳神院，并赐赠了许多文武护法面具和舞衣、法器等。现在的塔尔寺有男女武士舞、男女怒神舞、和静舞、教内舞、密咒舞、专一舞等三百六十种舞蹈，其中有不少来源于仓央嘉措最初的创造，还有几种舞蹈是有背景音乐的，是当年仓央嘉措情歌的调子，非常珍贵。"

梅萨不解："喇嘛们为什么要跳舞？"

"为了消除来自心灵和外部世界以及密宗不良修习法的邪见，驱散危害圣教的外道魔障，用舞蹈来诠释坚固、光明、锋利而又空空如也的金刚不坏之身。可以说，藏传佛教的舞蹈是娱乐宗教化和艺术宗教化的典范。"

"还有你口口声声的仓央嘉措，恐怕也是典范。"

"不错，娱乐、艺术、宗教、爱情、生命、信仰，没有谁比仓央嘉措更懂得它们内在的联系。它们实际上没有区别，至少在仓央嘉措看来是这样。"

香波王子突然闭嘴，拉着梅萨蹲在了暗角最暗的地方。两个喇嘛从不远处经过，说着话，声音不大，却格外清晰。

"这个加洋博士，喊'抓贼'是为了给贼提个醒儿，谁不知道呢。抓住了一个贼，原来人家也是来防贼的。"

"千里迢迢来我们塔尔寺防贼，防什么贼？"

"大僧官不是已经说了，来塔尔寺打探'七度母之门'的人都是贼，要严加防范吗？整个佛教都在防范。"

"那抓住的这个防贼的人呢？"

"放了，加洋博士不想放，大僧官说'隐身人血咒殿堂'的人惹不起，他想去哪里就让他去哪里。"

香波王子望着两个喇嘛消失而去，回味着他们的话，仿佛看到骷髅杀手正在举刀走来。忽地站起，稳了稳神才说："世界上聪明的人很多，好人聪明，坏人也聪明，我恐怕逃不脱危险了。你觉得期待危险和面临危险哪个更可怕？"

梅萨说："别问我，问你的仓央嘉措。"

香波王子说："对仓央嘉措来说，只要有歌喉，就能唱情歌，只要有情歌，就没有什么可怕的了。"

"你也可以唱嘛。"

"你请求我不要再唱，你说你难过。"

"是的，你不应该让我难过，但你必须让你的对手难过。"

香波王子拽拽梅萨，朝前走去。

他们踏上台阶，走过三世达赖喇嘛索南嘉措灵塔殿和大嘛呢轮亭，右拐来到文殊菩萨殿门口，穿行在回廊里。著名的九间佛堂、十根八棱红柱擦身而过，内藏宗喀巴大师自画像和舍利骨的文殊菩萨大像透过板壁平静地望着他们。文殊菩萨代表大智大勇，又是文化艺术、百工智巧的总司神。喇嘛立宗考辩，文人济世经国，不拜文殊便一事无成。香波王子边走边拜，不时用额头碰碰板壁和红柱，一再念着"南无文殊师利菩萨"。"南无"为梵语，读音"那摩"，是皈依顶礼的意思。他知道九间佛堂里还有观世音、大势至、千尊释迦牟尼小铜像、狮子吼佛、金刚尊胜母、白伞盖佛母、妙音天女、二圣六庄严、被教界称为"师徒三尊"的宗喀巴及其高足弟子贾曹杰和克珠杰、三世和四世达赖喇嘛，等等，就把所有的佛名尊号统统"南无"了一遍。

"南无"的祈请似乎立刻灵验，他和梅萨沿着九间佛堂，顺利通过了东北角的小门，来到了弥勒寺跟前。

弥勒寺紧挨着大金瓦殿，环绕寺殿巡逻的护寺喇嘛刚刚走过去。香波王子和梅萨闪出他们的视域，在廊柱间绕了一个"S"，又绕了一个"S"，隐没到大经堂后墙前那几棵著名的菩提树下。这是从大金瓦殿的地下蔓生出来的菩提树，在这个枝繁叶茂的季节，正对大金瓦殿正门上方乾隆皇帝的题匾"梵教法幢"，笼罩出一大片黑暗的藏身之地。匾额下是门廊，门廊前一排黑影此起彼伏，吓得香波王子和梅萨转身就跑，突然又停下，仔细看看，才发现那是些彻夜磕长头的信徒。

香波王子左右看看，一把攥起梅萨的手，扑过去，挤到了信徒们中间。他们趴下了，也成了黑影，也开始念着六字真言磕起了长头。香波王子一边磕头，一边观察大金瓦殿，看到里面没有人影，只有层层绣幡、条条哈达在酥油灯的照耀下斑斓如花；看到巍峨如山的菩提大银塔珠光横溢、宝气弥漫，沉厚的基座一片堂皇。但是他没有看到圣门的存在，更无法想象塔内居然有十万叶片、十万狮子吼佛像的珍藏。

裸臂活佛带着几个手拿禅棍的护寺喇嘛从他们身后走了过去。

磕头，磕头。香波王子默想着"授记指南"："圣门之内，万玛之踪，伊卓拉姆吉。"也不知磕了多少个长头，更不知那个裸臂活佛带领护寺喇嘛从他和梅萨身后路过了多少次。当最后一个长头噗然响过之后，他仰起的脸上出现了惊讶和欢喜：天亮了，晨光从后面斜斜地流洒着，菩提大银塔沉厚堂皇的基座上，赫然出现了一个半人高的窄门。他以为看花了眼，揉了揉，眨巴着，再看，三看，黑洞洞的窄门越来越清晰，清晰到可以看到里面的东西，那是一只白花花的手，弯起来朝他勾引，不，是一个喇嘛，正在朝他招手。

圣门？终于临照而来，拥有十万叶片、十万狮子吼佛像的圣门，通往"七度母之门"、留下万玛活佛踪迹的圣门，已经开启，似乎马上就要关闭。

他说："梅萨，梅萨，快看。"

梅萨看见了。两个人翻过大金瓦殿的高门槛，一前一后扑向了圣门。

4

阿若喇嘛跪在苦行殿的南墙根里，朝着墙上的那行藏文字咚咚咚磕着头，几乎把头磕破。

原来他还得感谢宣布他为敌人的加洋博士。加洋博士把他关进苦行殿是因为一切都在安排之中。谁在安排？是他无缘相见、色身骨肉的玛吉阿米？还是那些如影随形地保护着"七度母之门"的慈猛护法？或者是加洋博士？没有必要追问了，现在要紧的是，他必须立刻进入预备修法。

预备修法就是掘藏师在掘藏之前交通神灵，并让神性附着自身的密宗观修仪轨，目的是获得寂静吉祥的缘起，求得神灵护佑而排除所有干扰阻碍。阿若喇嘛以为他几十年如一日地苦修佛法就是在为开启"七度母之门"做准备，没想到临到掘藏，他还得进入预备修法的程序。预备修法可长可短，有闭关几年的，有十天半月的，而他却只有几个小时，几个小时以后就是早晨，"晨起掘藏"。

他从地上爬起来，四处走动着。苦行殿里什么也没有，没有佛像烟火、几案供品、唐卡壁画，也没有卡垫板凳、床帏毡铺，就是干干净净的砖地、清清爽爽的石墙。佛说，一切皆无处一切皆有。要紧的是观修，一旦进入境界，你想本尊，满堂都是本尊，你想上师，四面都是上师。要弥勒有弥勒，要地藏有地藏。贤劫千佛、十六尊者、八部空行、九众佛母，只要观修了人家，人家就会金身法相显现于你的眼前。显现伴随着灌顶，说明你的预备修法具足圆满，你可以当仁不让地去掘藏了。

阿若喇嘛坐北朝南,修法立刻开始。

几个小时很快过去了,等天亮,大厨房的喇嘛给他送来一壶酥油茶、一碗糌粑的时候,他想亲见的上师、本尊、空行母一个也没有出现,这说明无神授权他去掘藏,预备修法没有获得圆满证悟。他满腹狐疑,检点自己是否把观修仪轨搞错了,又觉得是受了加洋博士的欺骗,南墙之上的那行字:"阿若·炯乃在此预备修法,晨起掘藏",不是神灵的明示,而是加洋的涂写。他忽地抬头,再看南墙,发现那儿一任空旷,匀净的灰色之上,什么也没有。字呢?加洋没有出现,不可能抹去,说明了加洋也不可能涂写,不是神灵的明示怎么会忽隐忽现呢?

再说了,就算那是一行加洋博士写上去的可以定时消失的藏文字,也不能算是欺骗。掘藏的"授记"可以由空行护法直接赐予,也可以通过别人间接赐予。间接的赐予其实就是获得同道帮助。"七度母之门"的修炼者加洋博士所获得的证悟也许仅仅是把"授记"传递给他,然后引导他,帮助他,因为他才是唯一被莲花生大师看中的掘藏大师。

这么想着,阿若喇嘛心里宽坦了许多,坐下来,吃尽了一碗糌粑,喝完了一壶酥油茶,用手掌抹着嘴,抬头一看,只见一束阳光从门楣之上的狭小窗洞里斜射进来。这是苦行殿里唯一的一束阳光,投射在西墙的正中央。那儿便有了一尊金佛的轮廓,是密法至尊大日如来的轮廓。

阿若喇嘛激动得一阵眩晕,亲见了,亲见了,终于亲见金身法相了,而且是金刚乘的最高神祇、法力无边的大日如来。他起身,立定,庄严地念诵了片刻"大日如来"经咒,纳头便拜。头顶顿时暖烘烘的，似有热浆流淌而来。他享受着醍醐灌顶的满足，缓缓起身，泪眼瞩望，阳光消失了，大日如来刚刚晖曜过的地方，赫然出现了一道包铁的木门。其实那门昨天晚上一进来他就看到了，他以为那是苦行殿的后门，没怎么在意。但是现在他就要打开它了，他坚信阳光照射和大日如来显现的门，就是走向"七度母之门"的掘藏之门。

阿若喇嘛精神抖擞地走过去，使出浑身的力气拉开了包铁的木门，一股阴湿寒凉的气息扑面而来。他紧张地退后一步，又鼓起勇气往前两步，眯着眼睛看了半晌，才看清脚下的地面突然跌落，一条石阶倾斜而下，很远很远的石阶下面，指路似的亮着一盏酥油灯。他犹豫着前后左右看看，伸脚踏上石阶，默想着刚刚亲见的大日如来，一阶一阶挪了下去。

终于来到石阶下面，他看到酥油灯前面是一条长长的佛塔走廊，没有人，没有气息，只有昏暗的灯苗把佛塔延伸到他看不见的地方。

他沿着佛塔走过去，认出那些佛塔都是肉身灵塔和舍利塔，每一座都象征一位高僧曾经的存在。他们离世而去，又转世而来，在浩茫的寂寞里，把生命变成一座座坚硬的宝塔，作为佛徒的名片，分发给了时间。他双手合十，不断向佛塔诵念六字真言，声音很小，反响却很大，嗡嗡嗡的，全是回音。突然回音消失了，佛塔的排列已到尽头，面前出现了一座红墙绿瓦的地下庙宇。

庙宇的门是白骷髅镶边的，里头森然一片，没有灯，只有带夜光的一对红眼睛、一对绿眼睛、一对白眼睛。阿若喇嘛停在门口，分辨着那些眼睛。红色是四面财神护法的，绿色是热玛蒂魔女的，白色是黑业阎罗王的。这三尊酷神是大机密、大境域的象征，往往表示着明暗两极的无限延伸。他对自己说：你想穿过去吗？你必须穿过去。一庙一大洲，一神一千劫，穿过去就是光极天的太阳，是大伏藏的宏音。更何况他要去的方向是大金瓦殿里的菩提大银塔，那是塔尔寺的心脏，说不定就是"七度母之门"所在地，最后的伏藏正静静等着他。

阿若喇嘛一步迈进庙宇，却被一堵铁墙撞得眼冒金花。他吸着冷气，来不及退出来，就发现铁墙变成了一个人。

那人阴沉沉地说："你终于来了，认识这把骷髅刀吗？你当然不认识，它是我祖先的恩赐，是'隐身人血咒殿堂'的武器。"

冰凉的骷髅刀贴到了阿若喇嘛的脸颊上。

"就在你公开叛教、宣布冥想成就时，我们就想杀了你，后来看到你并没有什么作为，也就算了。没想到你跟在香波王子后面紧追不舍，追到了拉卜楞寺，又追到了塔尔寺。死亡的机会总是自己创造的，就像现在，我正等待香波王子的出现，你却控制不住地前来送死，我只好先杀你，再杀香波王子。"

阿若喇嘛浑身颤抖，结结巴巴地问："你、你是怎么来到这里的？"

"我从菩提大银塔的圣门里进来，不可以吗？"

骷髅杀手哈哈大笑，震得地下庙宇有些颤抖。骷髅刀哗的一响，离开阿若喇嘛的脸颊，就要刺过去。

阿若喇嘛沙哑地惨叫一声倒在地上。

"你是什么人，敢在这里杀人？"突然响起一个女人的声音，尖尖细细的就像针。

骷髅杀手赶紧回头，只见一只白花花的手丫叉在自己面前，立刻想到庙宇里有绿眼睛的热玛蒂魔女，魔女出面干涉自己了。他跨过阿若喇嘛，想跑，意识到自己的来路就是退路，又回身朝庙宇北门跑去。

5

圣门里头是一个凹槽，顺凹槽往前几步，就可以站直身子了。香波王子和梅萨刚站好，就听身后一声金属的碰撞，黑暗禁锢而来，圣门关闭了。梅萨浑身抖了一下，惊怕地撕住香波王子说："怎么办？"

寂静壅塞了一切。香波王子摸了摸旁边，似乎摸到了菩提树的枝干。他拥着梅萨往前挪，挪一点停一会儿，挪了很长时间眼睛才开始感光。他们看到一只手，就一只手，白花花的，叉开来，用手背对着他们，一再地招引。

他们带着树叶的沙啦声走了过去，渐渐的，凹槽没有了，脚下宽阔了些，气流从前面飘来，阴阴的，潮潮的。他们看到几盏酥油灯出现在三十米开外，灯光的背后，是一座红墙绿瓦的地下庙宇。他们慢慢靠近着。

"没想到塔尔寺还有这么个去处，各种文献都没有记载。"香波王子说着就要走进庙宇，梅萨一把拉住了。

"小心，我们得搞清楚，是谁带我们来这里的？"

"是那只白花花的手，谁的手？"

两个人顿时毛骨悚然，前后看了看。一对忿眼、忿嘴、忿牙、忿舌的狮面空行母就在庙宇北门两侧，送来阵阵肃杀之气。

他们站了一会儿，互相壮壮胆，正要走过去，就听一声沙哑的惨叫从庙宇里头传来。接着，一个黑影冲出来，蹭着梅萨的身子一闪而逝，吓得梅萨一屁股蹾到地上，蹾掉了自己的牛绒礼帽。香波王子用身体护住梅萨，紧张地观察着，没发现危险，捡起牛绒礼帽给她戴上，又拉她起来，一步跨进了庙宇。

香波王子拿出打火机，点着了庙宇里仅有的三盏酥油灯。他们看到一个喇嘛躺在地上，面前的四面财神护法、热玛蒂魔女和黑业阎罗王正用红、绿、白三色眼睛愤愤然望着门外。他们小心翼翼过去，想扶起倒地的喇嘛，又把手缩回来，几乎同时惊叫一声："阿若喇嘛？"

阿若喇嘛好好的，那只白花花的手救了他，他惨叫是因为惊怕而不是肌肤割裂的疼痛。他坐起来，一看是香波王子，突然就抱住不放了："有人要杀我，也要杀你。"

"谁？"

"'隐身人血咒殿堂'派来的杀手。"

"我早就领教过了。"

阿若喇嘛看香波王子很镇静，自己也渐渐不惊慌了，问道："你们从哪里来？是不是已经抢在我前面了？'七度母之门'在哪里？'最后的伏藏'在哪里？"

香波王子问："你不是来抓我的吗？不是要把我交给警察吗？"

"原来是想抓你，因为你杀人又盗窃。现在看来，你在雍和宫和拉卜楞寺盗窃的只是'授记指南'而不是'最后的伏藏'。但在塔尔寺，就很难说了。"阿若喇嘛说着，起身走出了庙宇。

香波王子跟过去说："那边是大金瓦殿的菩提大银塔。"

阿若喇嘛断然说："我不会连这个都不知道。"

"可你并不知道菩提大银塔是伏藏着'七度母之门'的圣门，从圣门到庙宇，很长一段通道，找到'七度母之门'不容易。我们订个协议吧，你找到告诉我们，我们找到告诉你。"

"伏藏是圣教的无价之宝，我为什么要告诉你们两个俗人？我是喇嘛，喇嘛就是祈祷赐福者。如果你们能告诉我，我的祈祷就会变成福气永远伴随你们。"

香波王子笑了笑说:"佛就是众生,法就是证悟,只有上根和下根的区别,没有圣教与世俗的区别。我说我是莲花生大师的亲炙弟子,比你更有资格发掘伏藏,你是不会相信的;我说我一定会比你更早地打开'七度母之门',你也是不会相信的,那就走着瞧吧。"

他们分开了,三个人端了三盏酥油灯,查找了两个多小时,当香波王子和梅萨再次来到地下庙宇时,发现阿若喇嘛已经在靠墙休息。他们放下酥油灯,面对着阿若喇嘛坐在了门槛上。

阿若喇嘛挑剔地说:"起来,神庙的门槛是不能当板凳的。"

香波王子说:"你少管,我已经请示过庙里的财神、魔女、阎罗王了,他们允许。"脑子里突然一闪,噌地站起,"你是怎么来这里的?"看阿若喇嘛躲闪着不说,便一把撕住他,"你说啊,这很重要,这说明'圣门之内'的'万玛之踪'会延伸到什么地方,'伊卓拉姆'会出现在哪里。"

阿若喇嘛呆愣着,极力想搞清对方的思路。

香波王子松开阿若喇嘛说:"'圣门之内,万玛之踪,伊卓拉姆吉',这是我们得到的'授记指南'。它告诉我们的也许是这个意思:万玛活佛进入了圣门,但并不表示'七度母之门'就在圣门之内。'万玛之踪'的意思应该是,万玛活佛的踪迹连接着'幸福的伊卓拉姆',而'幸福的伊卓拉姆'很可能在别的地方,只有沿着万玛活佛的踪迹,才能找到'伊卓拉姆',也才有可能接近'七度母之门'。"

梅萨说:"你是说,这个古老的通道很可能留下了万玛活佛的踪迹?现在,首先要找的是万玛活佛的踪迹,而不是'七度母之门'?"

香波王子说:"踪迹必须延伸,万玛活佛跟我们面临着同样的问题:从圣门进来之后,就不可能原路返回了,他从哪里出去,就会把踪迹留在哪里。"

阿若喇嘛转身就走,他已经听明白了,边走边懊恼地责备自己:你得到了苦行殿的南墙启示,又进行了预备修法,怎么还是证悟不过香波王子呢?

他们沿着阿若喇嘛来时的路朝前走去,经过了长长的佛塔走廊,观察每一座肉身灵塔和舍利塔,分辨不出哪一座跟万玛活佛有关。只好踏上石阶,一阶一阶地查找,一直查到包铁的木门那边、苦行殿一切皆空的氛围里。

苦行殿不仅是空的,也是暗的,暗中一撇亮色无声地吸引了他们。还是南墙,曾经启示阿若喇嘛"晨起掘藏"的地方,又出现了一行字。

香波王子说:"你们看,'措钦朵康',就是大经堂。"

南墙上闪了一下,如同嵌进墙体的霓虹瞬间明灭。

梅萨说:"不对吧,是'夏达拉康',长寿殿的意思。"

话音刚落,墙上又是一闪。

香波王子"咦"了一声:"怎么会是'夏达拉康'?明明是'措钦朵康'。"又转向阿若喇嘛,求证似的问:"你呢?你看到了什么?"

阿若喇嘛盯着南墙上的闪烁,摇头不语。

香波王子皱起眉头说:"考验出现了。"

梅萨问:"考验什么?"

香波王子说:"考验我们的根器,根器是感悟佛法的素质、能力、天赋。《幻网秘藏》说,如来不离真如之座,随众生之业而显现不同。佛法的显现因人而异,好比镜子,你是什么根器,就照见什么影子。佛祖释迦并没有说一句法,众多法门却遍布天下。这是因为佛之于众生就是感应。众生的感应个个不同,有上根利器的感应,有下根钝器的感应。就好比现在,当我们面对佛示,根器不同,心念就不同,心念不同,感应就不同,你是'夏达拉康',我是'措钦朵康'。"

梅萨说:"也许我们看墙的角度不同,看到的也就不同。"

他们调换了一下位置,再看南墙时,发现上面什么也没有,只有一片均匀的石青色寂寞地铺排着,好像刚才不过是幻觉,是眼花所致。

香波王子还要说什么,发现阿若喇嘛已经不在了。苦行殿的门大开着,走过去一看,是密宗学院的院子,阿若喇嘛正对加洋博士说:"你是在等着我感谢你吧?我不会的,除非你告诉我,你修炼'七度母之门'时获得了哪些成就?"

加洋博士冷冷地说:"我没有修炼,也没有成就。"

阿若喇嘛说:"你到了今天还是讳莫如深,那你就错过了一位上师。"

加洋博士问:"你是说我错过了你?"

阿若喇嘛指着香波王子说:"不,你错过了他。"说罢就走。

加洋博士望着阿若喇嘛自语道:"他终于明白了。"

阿若喇嘛走出密宗学院,快步走向小金瓦殿。

香波王子说:"阿若喇嘛在墙上看到的一定是'赞康','赞康'就是小金瓦殿。"

梅萨问:"那我们怎么办?"

香波王子说:"只能赌一把,他去他的,我们去我们的,谁的根器好,谁就能找到万玛的踪迹,找到幸福的伊卓拉姆。"

6

塔尔寺东边的山坡上,坛城殿门前的树荫里,骷髅杀手望着从密宗学院那边走来的香波王子和梅萨,拿出震动起来的手机,看了看,惶恐不安地放在了耳边。是无形密道的大护法黑方之主打来的电话,询问他这边的情况。

骷髅杀手说:"又一次失手了,他命大,好像总有神在保护。"

黑方之主说:"不要紧,只要你别忘了'隐身人誓言'。"

骷髅杀手说:"不会忘,誓言的最后一句是,要么香波王子死,要么我死。"

黑方之主说:"我当然不希望你死。继续你的使命,我会帮助你。警察就要出现了,你要趁乱而为。另外还想告诉你,跟你一样,我和我的助手鹫头病魔也是身体力行的杀手,我们从来没失过手。"电话挂了。

骷髅杀手愣了半晌,摁了一个最熟悉的号码。每当他心情郁闷,就要拨打这个号码。对方是格桑德吉,儿子他妈。

通了,他听见了她的呼吸声,却听不见她说话。

她总是不说话,总是等他说话。因为她想听的话是"回家,你回家,我也回家",而他,却说不出这样的话。香波王子没死,伏藏没毁,作为骷髅杀手,他不可能把掘藏者香波王子扔到一边,和老婆回家。

他叹气。她也叹气。

然后,她就挂断了。显然,她很失望,又一次。

一条短信凌虚而来,飞到了王岩手机上:

香波王子已到塔尔寺。

王岩立刻拨通了对方:"你是谁?"

"你不相信我的短信?"

"我愿意相信你,更愿意知道你为什么要通知我?"

"我叫黑方之主,我相信我们有共同的目标,那就是毁灭乌金喇嘛。香波王子是乌金喇嘛的代表。"

"有什么证据?"

"他们共同的兴趣'七度母之门'就是证明。"黑方之主把电话挂了。

碧秀盯着王岩问:"跟谁打电话?"

王岩说:"黑方之主。你知道黑方之主是谁?"

碧秀说:"听名字好像是佛教密宗里的人。"又说,"我们真是无能,迄今还没有抓到香波王子,更没有发现乌金喇嘛的踪影,现在又跑出个黑方之主来,见鬼了。"

王岩听出话里有对他的埋怨,烦躁地说:"我来开,我来开。"跟碧秀换了座位,又说,"目标已经出现在西宁塔尔寺,而我们还在兰州城里左顾右盼。"

这时去买水的卓玛钻了进来,把矿泉水分给两个同伴。

王岩像飙车一样把路虎警车开到几乎不沾地面,吓得那些被超过的司机每每都会惊叫一声。无风的日子呼呼地往后刮着风,能感觉到空气变成了一个清透的隧洞。碧秀坐在后排,一只手攥着头顶的抓手攥出了汗,不断说:"王头儿慢点。"王岩慢不下来,似乎他是不由自主的。他们穿越兰宁高速公路,到达西宁,都没有停下来撒泡尿,就直奔塔尔寺。

两小时四十分钟后,王岩把车开进了塔尔寺所在地——鲁沙尔镇。经过镇街口的长途汽车站时,一辆大客车正好从站内出来挡在了路上。他着急地打着喇叭,看到前面几个人突然举着器械打起来,警察的本能使他立刻推开车门,招呼碧秀和卓玛走了出去。

械斗被制止了,王岩却让一个姑娘扑倒在地。

那姑娘披头散发,死死抱着他的腿不放,哭喊着:"你打死我,你打死我。"

王岩坐在地上使劲推她:"我打你干什么?"

姑娘撕开自己的衣服,露出满身青青紫紫的伤痕,冲着围拢来的人又哭又嚎,嚎了几声,便昏躺到地上,口吐白沫,浑身抽搐。

王岩说:"快,送医院。"

碧秀和卓玛把姑娘抬进了路虎警车。

有个骑摩托车的人说:"跟着我,我带你们去县医院。"

路虎警车相随而去。县医院到了,抢救立马开始。

王岩说:"时间已经耽搁了,赶紧走。"

三个人匆匆离开,刚走到医院门口,就被一伙人堵住了。为首的一个光头男人撕住王岩责问他为什么要残害那姑娘。

王岩说:"我是外地人,刚到这里,根本不认识她。"

光头男人说:"残害她的人都说不认识她。"

碧秀和卓玛过来拉开了光头男人,却有更多的人撕住了王岩。

王岩拍着自己的警服说:"没看见我是警察吗?"

有人说:"假的,肯定是假的。"

王岩要掏出警察证表明自己的身份,一摸口袋才发现里面已经被掏空了,立刻意识到阴谋正在包围他们,厉声说:"你们想干什么?我们是北京来的警察,你看看我们的车牌。"说着指了指路虎警车。

早有人盗开路虎警车的门，发动起来准备开走。碧秀大吼一声，奋力追过去。卓玛推搡着那些人，要使拳脚给王岩解围。有人喊："派出所的人来了。"

王岩和卓玛被带到了派出所。他们松了一口气，感觉就像是走进了自己的家，一屁股坐在了沙发上。但接下来的事情却有些意外。

所长讥讽地眯起眼睛望着他们："别装模作样了，穿一身警服，开一辆警车，就算警察啦？只要有钱有关系，挂个警车牌子还不容易？"

王岩说："就算我们不是警察，也犯不着抓起来吧？"

所长说："你们打了那姑娘，几乎打死，现在还在抢救，万一人死了，你们就是杀人犯，我能放你们逃走？"

立刻过来五六个警察，把他们从沙发上揪起来，关进了一间用铁条封闭着窗户的房子。铁门从外面咣当锁死的瞬间，王岩愤怒地大喊："你他妈渣滓洞。"

安静了，外面的世界和关起来的两个人似乎都在沉思。

半晌，卓玛说："你急急忙忙往这里跑，好像就是为了撞上一次械斗，然后被诬陷、被关押。"

王岩说："我也这么想。"

卓玛说："那姑娘是谁？为什么要诬陷你？她浑身的伤疤真真切切，的确有人残害了她。照理诬陷你的人就应该是残害她的人，这个人是谁？为什么你一来这里就盯上了你？"

王岩说："我在琢磨医院门口撕住我的那个光头男人，他说'残害她的人都说不认识她'，为什么？"

卓玛说："残害她的不止一个，你是其中之一。什么样的人会被许多人残害呢？妓女？总之一切都是安排好了的，我们一头撞进了人家的陷阱。"说着,过去使劲踢了一脚铁门,喊道,"开门,我们有话要说。"

没有人理睬他的喊叫,派出所里一片沉寂。

王岩想,难道那个短信就是陷阱的开始?不,黑方之主显然要阻止开启"七度母之门",他的敌手是乌金喇嘛和香波王子,他发短信就是想利用警察对付敌手。既然这样,陷害并关押我们的就应该是乌金喇嘛或者香波王子。看来他们能量不小,都可以发动群众、动用当地派出所了。四下看看,房子里什么也没有,只有两个沙发、一个茶几,茶几上有杯子有壶。打开壶盖,一股开水的气雾升腾而起,伴随着一股花香,眨眼弥漫到空气里。

两个人坐在沙发上,一人喝着一杯菊花茶。

王岩说:"必须赶快想办法出去,一旦香波王子在塔尔寺得手,他们会立刻离开这里。"

卓玛说:"香波王子是伏藏的探索者,又是掘藏的实施者。而伏藏照我的理解是天下最深奥最玄妙最不可思议的迷宫。我们要做的其实应该是彻底了解这迷宫,然后埋伏在一个恰到好处的地方,来一次出其不意的拦截。"

"是迷宫,但我们来不及了解,只能像现在这样在后面追。"

"能追上就不错了。不过,往往子弹追起来比人快。"

王岩严厉地说:"不行,任何情况下都不能击毙香波王子,他后面一定有很深很广的背景,还有乌金喇嘛。可以说,这起案件,搞清楚背景比惩罚罪犯更重要。"

"可有时候你顾不了那么多。比如现在,你根本不知道碧秀这会儿在干什么。"

"我知道碧秀有自己的想法,所以我们必须立刻出去。"王岩说着,咚地放下茶杯,起身掏出了枪。

卓玛望着王岩手中的枪,愣了:"王头儿你发现了没有,这里不是派出所。"理由很简单:既然派出所抓人又关人,怎么可能连被抓人的枪都没有没收掉呢?

两个人同时扑向铁门,又砸又踢,结实的铁门毫无反应。卓玛回头,瞪着用铁条封闭起来的窗户,过去摇晃了一下,那些交叉焊接的铁条居然纷纷离开了窗框,使劲一推,窗户便哗啦一声倒了下去。原来这是假封闭,关他们的人似乎只想耽搁一会儿他们的时间。两个人翻出窗外,才知道这是一家私营旅馆,那个所长和五六个警察早已不见了踪影。

王岩和卓玛朝塔尔寺跑去,没跑多远,卓玛忽然"哎哟"一声歪倒在地。王岩要扶他起来,他皱着眉头直吸溜,说他脚崴了。

王岩忧急地说:"怎么回事儿,还能不能走?"

卓玛一手捂着左脚,一手挥着说:"别管我,快去寻找碧秀,阻止他,他会杀了香波王子。"

王岩无奈地看着卓玛:"好自为之吧,我顾不上你了。"转身就跑。

卓玛突然站起来,朝医院走去。他对医院里那个伤痕累累的姑娘更感兴趣。

碧秀的奋力追撵没有奏效,路虎警车还是被人开走了。他返回医院门口,看到王岩和卓玛已经被人带走,转身就跑。他觉得机会来了,一个可以单独追踪香波王子的机会,能使他瞬间结束这场猫捉老鼠的游戏。他是猫,凡是警察都是猫,但猫和猫是不同的,只要有一个非同凡响的靠山,有的猫转眼就是虎,就好比他,他觉得自己早就是老虎了,怎么还能听凭老鼠开着汽车到处奔走?碧秀摸了摸腰里的枪，快步走向塔尔寺，他知道自己此去的意义，只要见到香波王子，无论什么场合，他都要一枪毙了对方。对方命案在身，又是重大文物失窃案的犯罪嫌疑人，如今畏罪潜逃，继续作案，不毙他毙谁？

碧秀买了参观券，走进塔尔寺，两只鹰眼嗖嗖嗖地瞄准着，先去几个主要殿堂转了转，然后来到寺前广场，警察的直觉告诉他，香波王子就要出现了。

7

香波王子和梅萨走向被藏语称为"措钦朵康"的大经堂，警惕地观察着，没有发现护寺喇嘛，只有香客进进出出。

香波王子说："塔尔寺大经堂最著名的是柱子、壁龛中千尊宗喀巴铜制镏金像、数以万计的孤本经卷、达赖和班禅的弘法宝座。'授记指南'的制造者想把万玛活佛的踪迹留在这里而且希望被后来的有缘者发现，肯定不会忽视它们。"

说着，他们走进了大经堂。

千尊宗喀巴铜制镏金像和数以万计的孤本经卷锁在壁龛中，他们看得见摸不着，只能排除在外了。

梅萨说："一般来说，掘藏者无法接近的地方，伏藏者是不会留下启示的。"

他们径直来到最里面富丽堂皇的达赖和班禅弘法宝座前，隔着防护栅栏瞅了半天，沮丧地摇摇头。

香波王子说："现在就剩下柱子了。大经堂一共有一百六十八根柱子，其中六十根在墙内，每一根都是造诣很高的艺术品。"

他们一根一根地研究柱子顶端的雕刻和围裹柱子的蟠龙壁毯，顺便也看了看柱子之间一排排的禅座、五彩的条毯、集体诵经时的法器、灿然一片的栋梁、斗拱、藻井、佛教故事壁画以及悬挂着的帷幔、经绸、幡幢、伞盖、古代卷轴画，等等，什么收获也没有。可以容纳三千喇嘛同时诵经的大经堂，这个被僧人称为参尼札仓、修习五明义理的显宗经院，毫无悬念地拒绝了他们。

梅萨说："那就去'夏达拉康'长寿殿，说不定我的根器比你好。"

他们走出大经堂，朝长寿殿走去。

梅萨问："为什么要在塔尔寺建一座长寿殿？相对于人的长寿，佛教不是更重视无常、消亡和灭度吗？"

香波王子说："这就是佛教世俗化、人性化的一个证明。长寿是极境，是世俗界的最高目标，怕死是一切生命的本能。佛教只有尊重人性和人的本能，才有可能扎根人间。以此类推，我们就明白为什么藏传佛教会产生仓央嘉措和他的情歌。仓央嘉措代表爱情，爱情也是极境，是世俗界的理想目标。无爱是最可怕的，有恨是最痛苦的，一个有爱无恨的世界是宗教的，更是世俗的。这应该是仓央嘉措的逻辑，也是我之所以开启'七度母之门'的原因。具体说，有爱加无恨，就相当于香波王子加梅萨，那就是整个世界，一半世俗，一半宗教，缺了是不好的。"

梅萨生气地说："你说着说着就来劲，你要学会尊重别人，尊重我，也尊重智美。"

"智美不在，我怎么尊重？"

"不管他在不在跟前，我都是属于他的。"

"你在欺骗你自己。"

"你还没回答我的问题，长寿殿的由来。"

香波王子说："你总让我走神。按照公认的说法，六世达赖喇嘛仓央嘉措在康区理塘转世后，作为七世达赖喇嘛被迎请到青海塔尔寺供养。他告诉僧众，他上一辈子活了二十四岁，这一辈子要多活些年头，至少超过一倍。为实现七世达赖喇嘛的这个愿望，塔尔寺联络当地部落施主建起了长寿殿。建成后，九岁的七世达赖喇嘛噶桑嘉措率领僧众举行隆重的开光法会，撒了许多吉祥花，所以信民们又叫它花儿寺。"

长寿殿环绕着琉璃砖墙，是一座重檐歇山顶的汉式建筑，雕饰精致，古趣盎然。院中的菩提树密叶繁花，飘散檀香的清芬。殿内主供释迦牟尼及其弟子迦叶、阿难，还有骑青狮子的文殊菩萨、骑白象的普贤菩萨、十六尊者和四大天王。

香波王子和梅萨从一尊尊佛像前经过，不是寻找，而是靠着灵性感悟。感悟了近一小时，还是没有感悟到万玛活佛的踪迹。最后他们来到菩提树的清香里，面对花坛中一块青色大怪石发呆。

大怪石涂着酥油，沾满了信徒们贡施的硬币，几条弯曲的白色石纹在硬币下面执拗地游走着。

香波王子说："这是憩石，宗喀巴的母亲当年去山中背泉水，常常在这块石头上歇息。"

梅萨随口问："为什么要在这块石头上歇息？"

"因为上面有莲花。"

梅萨走过去看了看，果然那些游走在青色大怪石上的白色石纹清晰地组成了一朵带着花蕊的八瓣莲花，便说："那就不能叫憩石，应该叫莲花台，圣者都坐在莲花台上。"

香波王子愣了，突然一拍脑袋说："对啊，我怎么把这茬忘了，这里显示的是莲花，大经堂显示的其实也是莲花。你想想，大经堂的柱子是一百六十八根，除去墙内的六十根，我们能看见的长柱和短柱加起来是一百零八根。这一百零八根柱子应该是莲花柱。莲花生大师从印度乌仗那来到西藏，一路上降伏了一百零八个凶神恶魔，莲花柱代表的就是莲花生的一百零八种神武业绩。"

梅萨自语着："莲花石，莲花柱……"

香波王子说："还有万玛，'万玛'的意思就是莲花。"

梅萨喊起来："对啊。"

香波王子激动地说："'万玛之踪'就是莲花之踪。"

"你是说，我们已经找到了万玛活佛的踪迹？不会吧？'幸福的伊卓拉姆'在哪里？'七度母之门'在哪里？"

"只能说是又靠近了一步。"

"我这么想，所谓的'万玛之踪'也许指的并不是万玛活佛进入圣门的历史踪迹，而是现代踪迹。我们完全可以直接去找万玛活佛，反正活佛是不死的，都可以转世，现世万玛活佛一定知道他前世的重要事情。"

香波王子"呵呵"一笑，嘲弄道："你太笨了，这么简单的问题才想到，如果还能找到万玛活佛，我们一来塔尔寺就去找他了。告诉你吧，万玛活佛已经不转世了。"

"什么原因？"

"谁也说不清楚。"

梅萨沉默着，他对香波王子的嘲弄多少有点反感。

香波王子说："我现在想的是，苦行殿的南墙向我显示了大经堂，向你显示了长寿殿，它们都用莲花让我们看到了'万玛之踪'。那么阿若喇嘛呢，他去了小金瓦殿，小金瓦殿会让他感悟到什么呢？"

长寿殿的后面,路过伟岸的时轮金刚塔,就是小金瓦殿。

一进小金瓦殿,梅萨就有些迷惑:"怎么神像和动物在一起?"

香波王子说:"小金瓦殿就是塔尔寺的护法神殿,殿内供奉身、语、意、智慧、功德五大勇猛明王。你看到的殿两侧二层回廊上的野牛、羊、熊、猴等动物标本,也是护法神的生灵形体,象征了对邪恶魔鬼的征服和民间图腾的威严。那边的那匹白马标本,是三世达赖喇嘛的坐骑,驮着主人从西藏拉萨来到了青海塔尔寺。后来三世达赖喇嘛要去蒙古弘法,白马不肯离开,便留了下来。不久,白马因思念主人不食而死,僧徒们便当作神马供了起来。"

香波王子和梅萨在小金瓦殿没看到阿若喇嘛,却轻易发现了莲花,它是一件古老的佛教艺术品,悬挂在独雄双身马头明王的前面。

梅萨问:"这是什么?"

香波王子说:"堆绣。堆绣是塔尔寺独创的宗教艺术品。就是用各色绸缎剪成佛像、人物、花卉、鸟兽等图案,填充羊毛或棉花让它凸起,然后绣在布幔上,立体感很强。你看面前这莲花,好像刚刚绽放,闻着还有香味呢。"

莲花按"息诤塔"的形状排列,一共八朵,叶瓣袅娜,清香阵阵。

"莲花柱是一百零八根,青石上的莲花是八瓣,堆绣莲花一共八朵,而且是息诤塔的排列,为什么?"香波王子低头思考着,突然说,"看来阿若喇嘛并不笨,走。"

"去哪里?"

"阿若喇嘛去哪里,我们就去哪里。"

他们来到塔尔寺寺前广场,看到著名的如来八塔风光正好。阳光照出了它们的白亮,也照出了长长的斜影。度生之念在塔身上缭绕。那种只有虔诚者才可以感觉到的静谧而辽远的悲愿之色、弘化之光,蔓延出一天的湛蓝。几个信徒围绕如来八塔一丝不苟地磕着长头。一群游客跑前跑后地拍照。一个跟香波王子一样留着披肩长发的藏族青年站到息诤塔的塔基上,正在给塔体抹刷白晃晃的灰浆。

香波王子说:"如来八塔跟莲花柱的一百零八根、莲花石的八瓣、莲花堆绣的八朵一样,说不定也是伏藏者的有意组合,用来延伸万玛活佛的踪迹。"

阿若喇嘛伫立在息诤塔前,看到香波王子和梅萨走来,赶紧离开。香波王子假装没看见他,带着梅萨环绕如来八塔转了两圈,又来到息诤塔背后,闭着眼睛想了想。再看阿若喇嘛时,已经不见了。

披肩长发的藏族青年从息诤塔的塔基上咚地跳下来,又提着灰浆桶爬上了尊胜塔的塔基。

香波王子看了他一眼,小声说:"维护如来八塔的怎么不是喇嘛?这是大功德,喇嘛们都会抢,不可能乱雇人的。"

梅萨说:"我也这么想。"

香波王子说:"莲花柱代表了莲花生大师降伏一百零八个凶神恶魔的业绩,它象征和平;莲花石上的八瓣莲花在佛经里也叫和平花;堆绣上的八朵莲花是息诤塔的排列,而息诤塔是为纪念释迦牟尼劝息比丘们的争端舌战而建,又叫和平塔。和平,和平,为什么是和平?好像又回去了,回到历史,回到仓央嘉措的故事里去了。"

梅萨说:"这跟仓央嘉措有什么关系?"

香波王子沉思不语。

梅萨又说:"不过从伏藏学的角度说,只要能回到仓央嘉措身上,说明我们的思路是正确的。"

香波王子问:"理由呢?"

梅萨说:"因为伏藏首先是要伏藏在虚空而无限的时间里。在时间面前,很多事情我们忘记了,突然想起来的时候,发现它不管消失得有多久,都是今天的需要。"

香波王子说:"太对了,仓央嘉措就是今天的需要,世界、中国、我们,都需要和平的歌声,需要爱情和感动,所以便有了'七度母之门'。"

仓央嘉措更是新信仰联盟的需要,是辱佛灭教的需要。但这话梅萨没有说出来,只是说:"这个需要就是掘藏的契机,它连接的是伏藏者的愿望。伏藏者在伏藏的同时,也把掘藏的机缘伏藏在了人的意识里,那个能够唤醒这种意识的人,就是伏藏者期待的掘藏者。你是一个被神灵和历史期待的人,你很幸运,但'七度母之门'最终是什么,仓央嘉措遗言是不是你想要的,还要看你的感情和立场。"

香波王子说:"你越说越在理了,既然'七度母之门'是仓央嘉措遗言,那就一定是我想要的,因为我的感情和立场就是仓央嘉措的感情和立场。"

梅萨说:"就说掘藏的'授记'和'指南'吧,可以是有形的,也可以是无形的,可以实有,也可以空无,可以作用于我们的眼耳鼻舌身,也可以直接作用于我们的内心,诱发我们的证悟。证悟是什么?就是理解的灵感。或者,它什么也不是,就是你头脑里一根睡着的神经。它是莲花生大师授记的定时灵感,一旦宿缘触动,机会成熟,就会爆发。那就是证悟,就是俗说的破译。"

香波王子说:"不错,现在看来,莲花生大师和仓央嘉措在伏藏'七度母之门'的同时,也在我心里伏藏了掘藏的智慧,不到预定的时间,他不会唤醒我。一旦唤醒,我就会不由自主、舍生忘死地投入掘藏。"

梅萨鼓励道："走下去吧,香波王子,快沿着仓央嘉措的思路走下去。"

香波王子看看天色。天气晴朗,吹过一股股风,就像吹过一抹抹蔚蓝。他有点疲倦地走过去,坐在如来八塔前文物商店门边的椅子上,点着了一根烟。梅萨跟着他,坐到了他身边。

两个人沉默着,在梅萨是等待,在香波王子也是等待,好像能讲仓央嘉措故事的,是别人不是他。

香波王子舔了舔干涩的嘴唇说:"要是现在有瓶啤酒、有一堆牛肉就好了,我是又渴又饿。"

梅萨不失时机地说:"我想郑重告诉你,你必须戒酒、戒烟、戒肉,掘藏者要绝对清净,这是完成掘藏的基本条件。"

"你不会让我连色都戒掉吧?"

"绝对清净就是六根都净,色是首戒之物。"

"那你和智美清净了吗?难道你们不是掘藏者?"

梅萨一时语塞。

"我倒听说以往的掘藏大师必有法侣才能成功,法侣就是性伙伴,我戒什么也不能戒这个。"香波王子说着,朝梅萨身边靠靠。

梅萨朝旁边挪了挪:"不错,许多掘藏大师都有法侣,那是掘藏的方便之门,是证悟的必要条件。但他们是修炼者,不仅掘藏大师是修炼者,法侣也是修炼者。他们的行为是超越了男女性别的掘藏必修,是佛之空乐,而不是俗人的色受。"

"这么说你和智美是修炼者?"

"是的,我们一直在修炼,不是为了信仰佛教,而是为了发掘'七度母之门'。像你这样一个五毒俱全的人,在掘藏之路上能走到今天,就已经是奇迹了。"

"那我就要继续创造奇迹，不清净，不修炼，也不放弃掘藏。"

"不会再有奇迹了，我们的掘藏每一步都走得如此艰难，几次差点丧命，就是因为你不清净。如果你还不能改变自己，还要变本加厉，等在前面的就不是伏藏，而是死亡。"

香波王子夸张地打了一个激灵："死亡？多可怕呀，哈哈。"

梅萨生气了，起身离开，大声说："不是开玩笑，我是研究伏藏学的，我比你懂。"

香波王子严肃地说："关于历史，关于仓央嘉措，你也比我懂？听不听？很可能关系到我们下一步的行动。"

梅萨回来，坐在了离他一米远的地方。

香波王子立刻又不正经了，歪着头，色眯眯地望着梅萨说："我发现了一个秘密，你为什么总是端端正正戴着这顶牛绒礼帽。"

"为什么？"

"因为你想把自己装扮成一个男人，一个对我没有任何诱惑的男人。"

"算你还有点灵性。快说正经的，仓央嘉措。"

寺前广场上，朝着如来八塔前的香波王子和梅萨，从东边走来了骷髅杀手，从西边走来了警察碧秀。两个人几乎同时看到了对方，立刻停下了。他们都想杀人，都格外警惕此时靠近香波王子的任何一个人。

骷髅杀手想：黑方之主说警察就要出现，果然出现了，我怎么才能"趁乱而为"呢？他转身走开，却没有走远，躲在小金瓦殿的后面窥伺着香波王子。

碧秀寻思：这个人是干什么，怎么一见我就退回去了？他知道对方没有走远,又看到一群游客从广场大门那边走来,觉得不是动手的机会,转身藏匿到了广场边一排汽车中间,从对面汽车的车窗玻璃中监视着香波王子。握枪的手一直没有从裤子口袋里取出来,子弹已经上膛,能感觉到它跃跃欲飞的焦急。

第八章　伊卓拉姆

1

香波王子说："仓央嘉措在布达拉宫司西平措大殿登临无畏雄狮宝座的当天，萨迦法王的大管家八思旺秋和噶玛噶举派的头面人物噶玛珠古，就以自己的前途为抵押，打了一个赌。噶玛珠古说：'我已经看出来了，仓央嘉措一副离经叛道的面相，他要是成了一个好达赖，我就带着所有尊我为上师的噶玛巴改宗格鲁派。'八思旺秋说：'我也是会看相的，结论恰恰相反，如果仓央嘉措不能成为一个好达赖，我就率领所有听我话的萨迦僧人改宗噶玛噶举派。'噶玛珠古说：'好啊，到了那个时候，噶玛噶举就又要掌权，我们楚布寺就是西藏的中心了。'

"入主布达拉宫、开始达赖生涯之后,仓央嘉措的经师就不仅仅是曲介和久米多杰活佛了。摄政王桑结指派了更加博学而严厉的甘丹寺大法座和数名格西给他讲授《根本咒》《秘诀》《菩提道次第广论》《辩理初程》和诗学、历算等。摄政王自己则亲自教授梵文声韵知识和《甘珠尔》。仓央嘉措苦不堪言,厌烦得见了经师就跑。曲介追上他说:'摄政王严令我等,督促尊者精进奋学,尊者眼看就要亲政了,所学的经典还差得远呢。'他苦涩地问道:'还差多远,有从拉萨到门隅这么远吗?'他对着经师唱起来:

在那东山顶上,
升起了皎洁的月亮,
玛吉阿米的面容,
浮现在我的心上。

"曲介说:'玛吉阿米,你就不要再想她了。'仓央嘉措说:'这由不得我,她就像我的本尊神,盘踞在我的心里。'说罢又唱:

观想我的本尊,
怎么也看不到面影,
不想我的情人,
却占满了我的眼睛。

"曲介说:'这样的修行是浪费时间,为了众生的幸福,达赖喇嘛不能这样。'仓央嘉措唱道:

面对大德喇嘛,
恳求指点迷津,
可心儿长了翅膀,
又回到心上人身旁。

"就在仓央嘉措心猿意马难以自持的时候,摄政王桑结送给他一座金质的息诤塔,对他说,你要日日面对息诤塔祈祷。西藏存在着政治、军事和宗教的各个派别,争权夺利从来没有止息过,战争随时都会发生。我们在用岩石一样坚硬的态度针锋相对的同时,不能忘了我们是释迦牟尼的信徒,我们最大的愿望就是和平。然后摄政王提到了达赖亲政的事儿。

"按照惯例,达赖喇嘛坐床以后就可以亲政。但仓央嘉措对亲政一无所知,只是本能地觉得那肯定是一种桎梏,而真正成熟起来的欲望的生命,却澎澎湃湃地渴望着挣脱。他说:'亲政以后干什么?我可以走出布达拉宫,想去哪里就去哪里吗?'摄政王摇摇头说:'不能,为了救度众生,达赖喇嘛承担了所有人的苦难,他就是烦恼的化身,是痛苦的象征。他给西藏带来了福音,自己却一点也不幸福。'仓央嘉措吃惊地说:'为什么我是烦恼的化身?如果我能给西藏带来福音,我自己首先就应该幸福,如果我能够救度众生,我自己首先就应该救度自己。'

"摄政王桑结点点头,似乎同意他的说法。又说:'你出身宁玛世家,我知道你对宁玛派密宗方便道的修炼格外感兴趣。但你一定要明白,显宗是密宗的母亲,显宗要人悟道,密宗要人修炼。显不通,密不修,尤其是男女双修的方便道,是不可轻易而为的。'仓央嘉措不想听这些话,转脸望着窗外。摄政王说:'从格鲁派的角度说,尊者是观世音菩萨的化身,从宁玛派的观点看,你又是莲花生大师的肉身再现。但不管你的在天之父是谁,你都是伟大五世达赖喇嘛的转世,五世是亲政的,你也必须亲政。现在亲政的时机已经成熟,请尊者不要推诿。'

"仓央嘉措一声不吭。摄政王桑结说:'那就这样吧,择日亲政。'说罢离开,就要走到门口时,仓央嘉措突然起身,叫了一声桑结,大声说:'亲政不亲政再说。'然后扑通一声跪下了:'你是西藏的摄政王,是我的上师,请你给我自由,我要去参加僧众多多的祈愿大法会,我想在法会上唱歌跳舞,要去看看拉萨的街市,要去为苦难的人民摸顶祝福。'摄政王桑结回头一看,愣了。仓央嘉措又说:'我来拉萨六个月,除了学经,还是学经,没有一天离开布达拉宫,为什么?为什么你要把我关起来?'摄政王桑结眼泪唰啦啦流了下来,心里的酸楚就像拉萨河滔滔不绝:这就是我们西藏的活佛、众生的主人。他当然有权力自由自在地做他想做的一切,但是,但是……桑结也是扑通一声跪下了,颤抖着发出一声肺腑之言:'请尊者赶快起来,我这个愚鲁之人,在神圣的德丹吉殿向你保证,我一定让你自由。'

"就是摄政王桑结的这个承诺,推后了仓央嘉措的亲政。因为人人都知道,要自由就不能亲政,亲政就不能自由。不久,服侍达赖的小喇嘛阿朵猝死,促使摄政王彻底放弃了让仓央嘉措即刻亲政的打算。阿朵是中毒死亡的。他从膳食官手中接过午饭端进了寝宫德丹吉殿,恰好仓央嘉措郁闷得没有胃口,就说你吃一点再送回去吧,免得膳食官又来劝我。阿朵死后,摄政王追查毒源,发现膳食官已经逃走。膳食官负责安排达赖的饮食,早中晚吃什么,每天写成食谱交给达赖厨房制作,每顿饭前他都要亲口尝遍所有食物,防止有人下毒。可现在，这个防人下毒的人自己却下了毒，真是防不胜防了。摄政王桑结来到布达拉宫红宫塔殿，在巨大的五世达赖灵塔前跪下说：'伟大的父亲般的五世请你告诉我，我现在还能相信谁呢？我应该怎么办才能符合你的遗愿、神的想法呢？'跪拜祈祷了三个小时，他又派人请来乃琼大护法，对他说：'保护六世达赖喇嘛就是保护西藏，是圣教第一重要的事情。请大护法速降神旨，叛誓者到底把仇恨和毁教之力伏藏给了谁？格鲁巴的克星隐藏在哪里？我们怎么做才能保证六世达赖不被人暗害？'乃琼大护法当即降神，完了拉着摄政王，避开参加降神仪式的其他人，来到灵塔背后悄悄说：'神旨的意思是格鲁巴的克星就在格鲁巴身上。仓央嘉措命中没有权势之运，给他权力，他只有死路一条。必须有人顶替他，顶替他的权力，也顶替他的死亡。'摄政王问：'谁，谁能顶替他？'乃琼大护法指着摄政王的鼻子说：'你。'

"六世达赖喇嘛仓央嘉措和摄政王桑结的命运，就在这一刻发生了变化。桑结再也不提仓央嘉措亲政的事。作为一个表面上权欲熏心的摄政王，他把自己投身在各种矛盾的交汇处，一方面是大权独揽，一方面是夙兴夜寐，提心吊胆。而仓央嘉措却按照摄政王的承诺，渐渐自由了。自由反而给了他安全，似乎所有格鲁派政权的敌人都按照摄政王的意图，修正了自己的打算：既然达赖喇嘛对西藏的权力已经被摄政王取代，除掉这个达赖再扶持另一个达赖又有什么意义呢？有意义的只能是除掉摄政王桑结。

"在仓央嘉措获得自由的最初的日子里，布达拉山后的宗角禄康用疯野的秀色迎接了他。宗角禄康是个树林茂密、野草峥嵘的所在，林中的龙王潭清澈旖旎，常有拉萨的贵族男女在这里聚会唱歌跳锅庄。仓央嘉措望着歌舞的人群，禁不住唱起来：

柳树没有砍断，
画眉也未惊飞，
热闹的宗角禄康，
掩映不住玲珑的姑娘。

"后来他换上俗装，加入青年男女的队伍里载歌载舞。他是歌舞的天才，听一听，看一看，转眼就出类拔萃了。有人问他从哪里来，叫什么？他说我叫宕桑旺波，来自魔女的肚子。传说西藏和拉萨的地形都是一个仰卧在地的魔女，为了镇住魔女的命脉，使她成为众生幸福安康的乐园，千百年来西藏和拉萨修建了大大小小数以万计的圣地胜迹。对魔女的西藏而言，拉萨正好在她的肚子上；对魔女的拉萨而言，布达拉宫正好在她的肚子上。

"来自魔女肚子的宕桑旺波，在姑娘们眼里是如此出色，以至于所有来到宗角禄康的姑娘，都把他的出现当作了茶余饭后的传说。传说他的眼睛就像龙王潭的碧波，一荡就荡尽了姑娘们内心的杂质。你必须喜欢他，你只能喜欢他。传说他的舞姿带着山野的风涛粗犷而刚健，他的歌声带着午夜的呢喃柔美而温暖。那是水对沙漠的诱惑，你永远都不会想到摆脱。传说他率真得就像孩子，想怎样表达就怎样表达，用语言或者行动，从来不知道掩饰爱。总之他魅力无穷，他让所有姑娘水汪汪的眼睛变成了热辣辣的欲望之灯。就在这样的传说中，十二个俗装的侍卫喇嘛逐步减少了，最后只剩下了一个。这说明在小心翼翼地试探之后，摄政王桑结做出了这样一个判断：仓央嘉措的危险正在过去，自己的危险正在来临。

"留在仓央嘉措身边的最后一个侍卫喇嘛名叫鼎钦。鼎钦是个康巴人，除了魁梧壮硕、出手不凡之外，还有沉默寡言、忠诚如葵的优点。这样的优点让他很容易成了摄政王的心腹,也就是说,他首先忠诚的是摄政王桑结,其次才是达赖仓央嘉措。每次跟随仓央嘉措出来,回去后他都要向摄政王详细汇报。摄政王时而高兴,时而担忧,高兴的是格鲁派的克星、随时可能出现的暗杀已经放过了仓央嘉措;担忧的是仓央嘉措很可能会因为没有束缚而走得太远。他已经听说了噶玛珠古和八思旺秋的打赌,知道这两个实力人物的打赌,其实就是萨迦派和噶玛噶举派联合起来跟格鲁派的赌博。而格鲁派是万万不能输的,一输就会输掉政教的前途、整个西藏的命运。

"又有了新的传说。传说仓央嘉措,不,来自魔女肚子的宕桑旺波,他阔绰洒脱,出手大方,把玛瑙的项链送给了对他嫣然一笑的央金,把黄金的佩饰送给了为他端去奶茶的勒宗,把华美的腰刀送给了教他说拉萨方言的达娃。实在没什么可送的时候,他解下丝绸的腰带送给了望着他傻笑的拉毛。传说他曾跟着宗角禄康最漂亮的姑娘桑姆走进了她家的黑夜,曾带着最热辣的姑娘曲珍隐入大昭寺附近的冲赛康,曾把自己考究的软牛皮松巴靴遗忘在女店家的楼上而穿着一双姑娘的羊毛褐子靴跟跟跄跄冒雨而归。这就是说,仓央嘉措的足迹已经不再局限于宗角禄康的湖光林色,而延伸到了环绕大昭寺的拉萨街市。

"拉萨的街市对仓央嘉措有着无与伦比的诱惑,金匠铺、银匠铺、首饰铺、衣帽铺、肉铺、酒肆、骡马店,更有倚门而笑的女店家,远远地向他问好。他看什么都新鲜,以少年人的好奇,几乎在每个店铺里进进出出。谁也不知道他在这里经历了什么,只知道这时候仓央嘉措的情歌特别多,特别纯:

人们的闲言碎语,
我只能默默承受,
少年我的脚步,
女店家里去过。

时来运转的时候,
竖起了祈福的宝幡,
有一位名门闺秀,
请我到她家赴宴。

初次和姑娘相遇,
是酒店妈妈的撮合,
如果结下了孽债,
还请妈妈代我养活。

被底的软玉温香,
情人的蜜意柔肠,
但愿不是巧使机关,
想得到我少年的银两。

浓郁芳香的内地茶,
拌上糌粑最香甜,
我看中的情人,
横看竖看都俊美。

"就在仓央嘉措浪迹拉萨街市的时候,一男一女站在布达拉宫前帐篷林立的朝圣者营地,瞩望着通往布达拉宫彭措多朗大门的石阶。他们就是以情人以明妃的身份,从门隅措那粲下村一路跟来的玛吉阿米和她的保护者宁玛僧人小秋丹。他们来到朝圣者营地已经七八个月,天天都是瞩望和等待。玛吉阿米以爱情的名义相信,她一定会看到仓央嘉措。至于看到以后怎样,她从来不想。小秋丹以苦修者的坚定鼓励着她:'姑娘,仓央嘉措最需要具有佛母气质的明妃,而你就是佛母的转世、密宗最高教主大日如来的派遣。'而真实的意图却是,宁玛派是西藏最古老最民间的佛教教派,却因为从来没有取得过政权而地位低下。现在,宁玛派里出了一个格鲁派领袖,如果再有一个宁玛派出身的姑娘做明妃,宁玛派的地位就万无一失要超过萨迦派和噶玛噶举派了。

"仓央嘉措始终没有沿着布达拉宫彭措多朗大门前的石阶,走到朝圣者营地来,走来的却是戴着黑帽子的楚布寺住持噶玛珠古。噶玛珠古慢条斯理地说:'我在浪卡子见过你们,你们想干什么我也能猜出个八九不离十,跟我来吧,我让你们达到目的。'于是玛吉阿米和小秋丹骑马走向拉萨街市冲赛康,在噶玛珠古的指点下看到了仓央嘉措。

"仓央嘉措迎面走来,如果他不是左顾右盼,再走几步就能一眼看到玛吉阿米。但是他停了下来,他看到熟悉的姑娘曲珍在门里冲他招手,就琢磨去还是不去。他觉得另有姑娘等着他,几乎所有的姑娘都等着他,他不知道把自己交给谁。不知道的时候他会把自己交给情歌,因为不是他主宰着情歌,而是情歌主宰着他。他告诉自己,哪个姑娘能让他产生情歌,他就把情歌送给哪个姑娘。送情歌也就是送自己,他是情歌的音符和辞藻,是整个拉萨的情人。他走进她们的心,成了她们的期待。期待中的姑娘们昨夜有个协商,谁能在今天招待宕桑旺波并让他在家中留宿一夜,谁就可以得到一领大家集资制作的花氆氇袍,从而成为拉萨街市上的度母王,也就是花魁,就是第一把交际花。

"仓央嘉措在曲珍姑娘门前停了一会儿,突然转身离开了。热辣辣的曲珍冲了出来,拦住他说:'香甜的奶茶已经煮好,为什么不进去坐坐?'从冲赛康沿街而设的门楼里又冒出几个姑娘,她们都说:'我家不仅有香甜的奶茶,还有醉人的美酒,来啊,来我家。'仓央嘉措伫立在街心不知所措,他被这个姑娘扯着,又被那个姑娘拉着,都是度母王的候选、花魁的苗子,谁也不让谁。这时候很多男人围了过来,粗声大气地笑着,叫着,挑逗着。有人出主意说:'你们抓阄啊,谁抓到就是谁的。''让这少年蒙起眼睛摸,他摸到谁,谁就是今天的花魁。'还有人说:'度母王也得轮着做啊,今天是你,明天是她。'仓央嘉措突然觉得热闹竟是如此烦人,当情歌就要喷涌而出时,他最想面对的是一处幽静、一种含羞、一个只会用眼睛说话的纯情少女。他推搡着姑娘们,就要离开,可是围着他的那些男人不让他走,他们发誓要把热闹看到底。

"侍卫喇嘛鼎钦出现了,他一身俗装,牛高马大,推搡着人群,想给仓央嘉措开出一道突围的路。没想到越推人越多,那么多男人开始打他,不仅打他,也打仓央嘉措。姑娘们尖叫着,就像打在了自己身上。尖叫刺激了那些男人,男人总是嫉妒的。他们转眼就把仓央嘉措和鼎钦打倒在地。这样的局面只有一种办法可以自救,那就是仓央嘉措高喊一声我是达赖喇嘛,或者鼎钦高喊一声他是达赖喇嘛。只要喊出来,就能把他们吓死,不死的也会一辈子在颤抖中悔罪。可是主仆二人谁也没有喊,在仓央嘉措,他知道一喊出来姑娘们就不会是他的情人，他再也不能来这里了。更何况以他的善良，他也不想吓傻那些打他的男人。在侍卫喇嘛鼎钦，他要服从仓央嘉措的叮嘱：'不要说我是达赖喇嘛，死也不要说。'只有渐渐靠拢过来的玛吉阿米小声对小秋丹说：'怎么能这样对待仓央，他是达赖。'

"玛吉阿米说着扑了过去，小秋丹也扑了过去。他们钻进拳脚的夹缝里，想用自己的肉体保护仓央嘉措，喊着：'罪恶的人，罪恶的人，你们住手吧。'仓央嘉措听到了她的声音，抬头一看，大叫一声：'玛吉阿米。'两个人迅速抱在了一起，又迅速被殴打的人拉开了。殴打持续了很长时间才住手，等玛吉阿米和小秋丹鼻青脸肿站起来时，发现那些男人正在散去，仓央嘉措不见了。似乎只有侍卫喇嘛鼎钦看见仓央嘉措被劫持，他疯了似的跑向布达拉宫去向摄政王桑结报告。没跑多远，就被一根绳子绊倒了。玛吉阿米泪流满面，仓央嘉措挨打的时候，她就已经泪流满面。小秋丹安慰道：'仓央嘉措是观世音菩萨和莲花生大师的双重转世，有凡人不及的神通，他御风而去，是我们肉眼看不见的。'正说着，就见两个面孔丑陋的人从后面悄悄摸了过来，小秋丹说：'玛吉阿米快跑。'

"玛吉阿米没来得及跑，就被独眼夜叉和豁嘴夜叉撕住了。小秋丹抢起木棍就打，却被豁嘴夜叉一把抓住手腕，夺走了木棍。豁嘴夜叉走风漏气地说：'你要是不想死，就回你的门隅措那，我们并不想杀死一个谋杀指令以外的人。'说着推搡着小秋丹离开了那里。独眼夜叉迅速绑住玛吉阿米，拽着绳子跳上了马背。马奔跑起来，玛吉阿米跟跟跄跄跟在后面，跟了几步就被拉倒在地。地是凹凸不平的，她被马拖着腾起落下，眼看就要拖死了。突然一声吆喝，一块石头从路边飞来，击中了墨竹血祭师独眼夜叉的马腿，马一头栽下去，把独眼夜叉甩向了天空。有个戴着尸陀林主面具的人跑来，割断绳子，抱起玛吉阿米走向了路边一匹栗色马。栗色马疾驰而去。

"仓央嘉措眨眼不见了，玛吉阿米也是眨眼不见了。摄政王桑结派出守卫布达拉宫的藏兵，挨家挨户搜遍了拉萨街道上的所有人家，一无所获。焦急之下，桑结来到大昭寺，亲自审问那些参与殴打仓央嘉措的人，才知道拉萨街市上前些日子来了一个蒙古女人，她在租住的碉楼里用青稞酒免费招待所有被她招徕的男人。告诉他们，她有个仇家叫宕桑旺波，谁要是打死宕桑旺波，谁就可以得到她和她的所有金银财宝。她把财宝拿给他们看，满满的一铁匣子，都是玉石玛瑙。桑结立刻派人前往捉拿蒙古女人，碉楼里空空荡荡，女人早已不见了踪影。

"这蒙古女人到底是谁？又是谁劫持了仓央嘉措，劫持了玛吉阿米？事情显得机密而玄乎。第三天下午，独眼夜叉和豁嘴夜叉带着一伙藏兵悄然来到了布达拉宫前的朝圣者营地，正在一户户搜寻时，就听宁玛僧人小秋丹在自己帐篷门口激动地说：'玛吉阿米？玛吉阿米回来了。'她骑着一匹漂亮的栗色马，神情怡然，姿态高傲，身边是一个戴着礼帽、裹着氆氇、看不清面孔的人，也骑着一匹栗色马。独眼夜叉和豁嘴夜叉扑了过去，想把玛吉阿米拉下马，就听玛吉阿米身边的那个人呵斥道：'住手，你们这两个罪大恶极的人，我来就是要告诉你们，你们杀死她，就等于杀死达赖喇嘛，你们难道想让布达拉宫德丹吉殿里出现一具尸体吗？'独眼夜叉和豁嘴夜叉哪里经得起这般恐吓，扑通一声跪下，战战兢兢说不出话来。那人调转马头，走了。玛吉阿米喊道：'仓央，仓央。'仓央嘉措回头一笑，招了招手，大声说：'别忘了。'玛吉阿米回答道：'忘不了。'她瞩望着他，一直发呆地瞩望着他，这样的场景大概就是那首著名情歌的起源吧：

一个把帽子戴在头上，
一个把辫子甩在背后。
一个说你多保重，
一个说你慢慢走。
一个说你不要难过，
一个说很快就能见面。

"仓央嘉措没有告诉摄政王桑结，是萨迦派的八思旺秋派人在拉萨街市殴打的人群里劫持了他，玛吉阿米也不说是噶玛噶举派的噶玛珠古派人从独眼夜叉的残害中劫持了她，劫持就是营救，而营救的目的显然是成全他们两个———一对破天荒热恋的教男教女、一对旷世独立的西藏最高情侣。仓央嘉措从此再也不去姑娘如云的拉萨街市，也不去风光秀丽的宗角禄康。他只想着一个情人，只想把所有感情所有诗歌都献给青梅竹马的玛吉阿米。玛吉阿米和宁玛僧人小秋丹离开朝圣者营地，搬到了林木葳蕤的拉萨河边。拉萨河的见证让两个青春年少的情人激情澎湃，他们开始半个月见一面，后来是六七天见一面，再后来就是两天见一面。这是仓央嘉措最幸福最充实的时光，除了收获爱情，他还学完了一个高级喇嘛应该学习的大部分基础教典，又学习了格鲁派以外的萨迦、宁玛、噶举等派别的成就经藏、密咒、教规，还去色拉寺给僧众讲了一次经，撰写了《色拉寺大法会供茶如白莲所赞根本及释文》。他的几个经师对他的聪慧大加赞赏，都说他的证悟能力和语言能力是他们没见过的。如果不是伟大五世把惊世才华给了他的转世，绝不可能这样。摄政王桑结表示满意，意识到正是玛吉阿米的存在才使仓央嘉措如此敏锐而慧心四射，就暂时把剪除她的想法搁了下来。更重要的是，'隐身人血咒殿堂'正在把许多无形密道延伸到西藏内外,以发掘藏匿在地表、天空、人心人脑的叛誓者的伏藏,确认谁是政教的敌人、格鲁巴的克星。而种种迹象表明,无形密道已经把玛吉阿米排除在外了。

"但玛吉阿米生活在那个时代又来到仓央嘉措身边,就已经决定了她是一个动荡不安、痛苦悲伤的按钮。当又一次拉萨默朗木祈愿大法会隆重开幕时,按钮的意义突然就显现出来了。默朗木祈愿大法会由格鲁派宗师宗喀巴创立,每年一次,正月初四开始,正月二十五日结束,是格鲁派寺院最重要的节庆。按常规,没有亲政的达赖喇嘛不能参加讲经说法和每天六次的诵经集会,也不能游览正月十五晚上的大昭寺酥油灯会,更不能去观看正月二十三日的送鬼典礼和摔跤、举重、赛马、射箭比赛。但六世达赖喇嘛仓央嘉措一走出布达拉宫,就是普通人宕桑旺波了,他可以不讲经诵经,谁能阻止他走进那些热闹的娱乐场所呢?他去了,以一个青年人的好奇流连忘返。突然想到为什么不能带着玛吉拉米一起来看看呢?便匆匆来到拉萨河边。宁玛僧人小秋丹告诉他,玛吉阿米早就去找他了。这是一个必然出现的结果:他们谁也没有找到谁,玛吉阿米失踪了。他和小秋丹一连找了几天,找遍了拉萨所有地方,没有找到一点点线索。最后他来到摄政王桑结面前质问对方把玛吉阿米抓到了哪里?桑结吃惊地说:'她不见了?为什么才告诉我?她为什么不见了?''是啊,她为什么不见了?'仓央嘉措反问桑结,桑结无言以对。仓央嘉措一再说,如果不是强迫挟持,这种时候的玛吉阿米,是决不会离开他的。

"'这种时候'的玛吉阿米?为什么说是'这种时候'?也就在这种时候,仓央嘉措唱出了许多失恋的情歌:

情人被人偷走,
只得去打卦求签,
纯真善良的姑娘,
又来梦中和我会面。

太阳照耀着四大部洲,
围绕须弥山日夜转悠,
我那心爱的情人,
却是一去不再回头。

那山的松鸡,
这山的画眉,
不是缘分已尽,
而是磨难来临。

"离别是情歌的酵母,当仓央嘉措一遍遍哭歌的时候,他看到了藏戏《诺桑王子》,于是就有了那首关于'伊卓拉姆'的著名情歌:

心爱的伊卓拉姆,
本是我猎人拿住,
却被有权有势的官家,
诺桑王子夺走。

"《诺桑王子》的情节是这样的,北方俄登巴国的猎人增巴因救护龙王,得到了一根神索。他用神索捆住仙女伊卓拉姆,献给了英俊贤明的诺桑王子。诺桑王子和伊卓拉姆恩恩爱爱，引起众妃忌恨。他们迫使诺桑王子远征，图谋杀害伊卓拉姆。凄凉孤独的伊卓拉姆只好逃离王宫，飞回天堂。诺桑王子远征归来，看到爱妃杳然逸去，悲伤得几欲自杀。后来他历经千难万险，到达天堂，把伊卓拉姆迎回人间，过上了幸福美满的生活。这是一出赞美诺桑王子的藏戏，仓央嘉措却颠覆了它的本意，让诺桑王子成了一个强梁霸道的爱情杀手。而真正的爱情属于淳朴厚道的猎人，一个侍奉主子的卑贱者。这就是说，一代活佛达赖喇嘛把自己看成了一个失恋的卑贱者，从这样的心境出发，他多情地把伊卓拉姆当成了玛吉阿米，更把扮演伊卓拉姆的演员当成了情人。他送给她几页自己用金粉手抄的经文，对她唱道：

太阳和天空在一起，
大地就亮了；
金经和玛吉阿米在一起，
我就放心了。

"注意，这里的'玛吉阿米'应该是'伊卓拉姆'。"
香波王子长出一口气，不说话了。

2

又是一抹蔚蓝吹过，扬起了一些金色的尘，好像把金瓦殿上的鎏金抹刮下来了。闪闪的塔尔寺的金尘，下功夫就能淘洗出金粉、金粒来。香波王子舔舔干裂的嘴唇，把那情歌按照仓央嘉措的调子和自己的理解唱了一遍。

"听懂了吧,仓央嘉措告诉了我们什么?"

梅萨问:"你是不是说,'金经和玛吉阿米在一起'这句歌词,谕旨了今天?"

香波王子说:"还有'我就放心了'这一句。放心了什么?是不是放心了伏藏?拉卜楞寺'授记指南'用'伊卓拉姆'让我们想起《诺桑王子》。《诺桑王子》又让我们注意到:'金经'和玛吉阿米也就是伊卓拉姆在一起。"

梅萨从椅子上站起来说:"我们现在要找的是'金经'?"

"应该是,但塔尔寺几乎每个殿堂都有金粉抄写的经书,所有金经都是我们无法看到的。"

"金经?金经在哪里?"梅萨跺跺脚说,"你搞没搞清楚仓央嘉措送给扮演伊卓拉姆演员的是什么经文?"

"考证过,不得而知。但并不重要,无非是大藏经《甘珠尔》和《丹珠尔》中的某几页。"

梅萨失望地说:"你怎么也有不得而知的时候?"

这时一个老喇嘛路过这里,香波王子随口问道:"老人家,金经在哪里?"

没想到老喇嘛抬起了手,指了指前面说:"里——头。"

梅萨不相信地接着问:"里——头?金经在里——头?"

老喇嘛还是指着前面:"里——头。"

老喇嘛走了。香波王子说:"'里——头'是明白的,把'里'拖长,说明在塔尔寺的最里头。"为了验证,他快步走向如来八塔,问那个还在用灰浆抹刷塔体的披肩长发的藏族青年:"金经在哪里?"

青年站在尊胜塔的塔基上,低头看他一眼,不说话。香波王子只好转身走开，忽听青年说："我没有名字吗？"

香波王子赶紧回头："哦，对不起，请教尊姓大名？"

"谐本万玛。"

"谐本万玛？谐本万玛就是泥水匠万玛，你也叫万玛？塔尔寺有几个叫万玛的？"

"活佛里就一个。"

"这我知道，万玛活佛不是已经不转世了吗？"

谐本万玛瞪他一眼说："他的儿子不是他的转世吗？"

香波王子吃了一惊："你是万玛活佛的儿子？"立刻喊梅萨过来："你说对了，万玛活佛还存在。"

谐本万玛把刷完白灰的空桶丢下来，站在塔基上望了望远方，深深地吸了一口气，然后跳下来，提起空桶就走。

香波王子问："你要去哪儿？我们说说话。"

"白灰用完了，我要去金经房取白灰。"

"金经房？塔尔寺哪里有金经房？"

"你们叫藏经楼，我们家的人都叫金经房。"

香波王子和梅萨互相看看，赶紧跟了过去。

他们沿着下酥油花院，走向塔尔寺的纵深处。香波王子一路追问，终于搞清楚，万玛活佛不是不转世了，而是离开寺院娶妻生子，过起了俗人的生活。

"为什么，好端端的格鲁派活佛居然不做了？"

谐本万玛说："佛母不让他做了。"

香波王子说："岂有佛母不让人念佛的？除非你阿爸犯了错误。"

谐本万玛甩动漂亮的披肩长发说："阿爸得到了佛母的授记，佛母让他还俗娶老婆他就还俗娶了老婆。让他生一儿一女他就生了一儿一女，让他的儿子用七年时间维护如来八塔，让他的女儿名叫伊卓拉姆，让他把藏经楼叫金经房，他都一一照办了。"

香波王子追问道："佛母的授记？什么时候出现的？"

"阿爸说是三百年前。"

"他怎么知道三百年前的事儿？"

"佛经上有哩，他看的。"

"什么经？"

谐本万玛得意地说："自然是'金经'。"

香波王子恍然道："仓央嘉措的'金经'？果然应了情歌里的那句话——金经和伊卓拉姆在一起。"

梅萨说："越来越有意思了，这就是伏藏，它有时在经卷里埋藏，有时在心灵中隐驻。当机缘成熟，它就会用种种偶然和巧合，显现出'指南'和别的启示来。"

香波王子问："你阿爸人呢？你是带我们去找他吗？"

谐本万玛笑了笑说："阿爸死了，阿妈还在。"

"那么伊卓拉姆呢，她在哪里？"

"不知道，我从来没见过伊卓拉姆，只听阿妈说，万玛的女儿是别的女人生出来的。"

他们继续跟着谐本万玛走，来到藏经楼也就是金经房的大院里，就见院中央铺着一地酥油灯盏，一个穿着黑色彩边氆氇袍的老女人坐在地上，用抹布擦拭着它们。金灿灿的光亮映照着她红扑扑的脸。

香波王子和梅萨走了过去。她仰起脸，冲他们笑着。

谐本万玛去院子角落里提了一桶和好的灰浆，又去抹刷如来八塔，走时对老女人说："阿妈呀，他们不找你，找伊卓拉姆。"

好像是一个小时前约定好的，老女人说："我知道，我知道。"

香波王子问:"你怎么知道?"

老女人笑笑,站起来,走了两步,回身看了看藏经楼院内的人和门口进进出出的游客,对香波王子说:"你跟我来。"看到香波王子朝前走了几步,又说,"就在这儿等着,不要动,我去给你拿。"

香波王子诧异地想:她去给我拿,拿伊卓拉姆?又看看老女人让他等待的地方,发现正是四个明光闪闪的黄铜转经筒的中间,知道朝佛的习惯里这是个格外吉祥的佛光之角,就老老实实站着。一会儿,老女人出来,一手攥着一个钧瓷宝瓶,一手拿着一块黄缎子。她打开黄缎子,拿出一张古旧的小型唐卡,交给了香波王子。香波王子一看是一幅彩绘的白度母像,下方写着"伊卓拉姆"几个藏文字,吃惊得半张了嘴。正要问是哪来的,就听砰的一声响,接着又是砰的一声响。老女人"啊呀"一声抱住了他,接着她手中的钧瓷宝瓶碎了。

是枪声,子弹打在了香波王子身上,鲜血喷出来,染红了他的前胸下腹。

香波王子低头看着,不敢相信那是从自己身上流出的血。梅萨推开老女人,惊惶地扶住了香波王子。香波王子倒在了梅萨怀里。梅萨没挺住,两人一起摔倒在地。梅萨呼喊着:"香波王子,香波王子。"

老女人站到他们前边,一脸愤怒,手指来人说:"你、你、你,杀人凶手。"

来人是王岩和碧秀,他们从南北两个方向跑来,在离香波王子十步远的交会点上停下来。

王岩厉声道:"你为什么要开枪?他并没有拒捕。"

碧秀茫然地说:"不错,我开枪了,但在我开枪之前已经有了枪声。"

王岩说："那是因为我看见了你，我想用枪声阻止你开枪。"说着，大步走向香波王子，就见藏经楼正殿前的昆仑石背后突然闪出了阿若喇嘛。

阿若喇嘛快步来到香波王子跟前，抓住他的手，想把攥在手里的小型唐卡夺过去。香波王子攥死了不放。这时王岩过来，推开阿若喇嘛，在香波王子手腕上使劲一捏，手掌便自动展开。王岩一把抢过小型唐卡，看了一眼彩绘的白度母像和他不认识的几个藏文字，问老女人：

"这是什么？你为什么要给他？"

老女人用意想不到的敏捷一把夺过来，指着他说："我看见了，我看见了，你想打死他。"

王岩厉声道："谁？谁想打死他？你看清楚喽。"

老女人浑身一抖，瑟瑟缩缩离开他，走到一脸苍白的梅萨跟前，把手中的小型唐卡塞给她，在她耳边嘀咕了一句什么。

梅萨略一迟疑，拔腿就跑。

王岩冲她吼一声："跑得了和尚跑不了庙。"又对碧秀说，"先救人。"

王岩和碧秀抬着香波王子朝藏经楼的门外走去，刚到门口，就见喇嘛鸟卷尘而来。

邬坚林巴从喇嘛鸟上下来，冲着王岩和碧秀说："罪人，原来你们才是罪人。"

喇嘛鸟带着香波王子以及阿若喇嘛和警察王岩、碧秀，朝县医院驶去。

骷髅杀手躲在游客中看着，心说这次香波王子完蛋了，就算不死,也不能掘藏了。只是,还能不能唱仓央嘉措情歌呢?"一双明眸下面,泪珠像春雨连绵。"是这样唱的吗?

3

抢救只进行了二十分钟,香波王子就被推出了手术室。

王岩问伤势如何。医生说很严重,子弹打穿了肺叶,估计是没救了。护士把昏迷不醒的香波王子推进了二楼的外科病房,撒手就走。

病房里还躺着一个披头散发的姑娘,见了王岩和碧秀,忽地坐起来,指着王岩哭喊:"你打死我,你打死我。"王岩赶紧出去。那姑娘又指着碧秀说:"你看你把我打成什么样子了,看啊,看啊。"说着就开始撕扯自己的衣服。碧秀在马路上见识过她的无耻,吓得喊一声"哎哟妈呀",转身就走。接着是阿若喇嘛的离开,他看到那姑娘半裸着身子,露出了青青紫紫的两肩和前胸,感觉一阵眩晕,摇摇晃晃出去了。

只剩下了香波王子和那姑娘了。姑娘躺平了自己,很安静地望着天花板。香波王子把眼睛慢慢睁开了一条缝,看到没有别人,再睁大,睁大,忽地坐了起来。他悄悄下床,路过姑娘的病床来到窗边,朝外看了看,发现里面是二层,外面的高度至少三层。好在下面是几丛茂盛的修剪成球形、方形、菱形的冬青树,正好可以托住自己。

他回头,望着姑娘用眼睛说:我走啦病友,你好好养病。这一望不要紧,他的眼光就再也离不开姑娘了。披头散发的姑娘庄重美丽得如同白度母,跟他在老女人给他的那张小型唐卡上看到的一般无二,连眉宇间的一颗小痣都不走样。

门外有了响动，香波王子跳到自己床上躺下了。姑娘欠起腰，指着门口喊起来："你打死我，你打死我。"把伸进头来的王岩吓了回去。

香波王子起身，再次望着姑娘，发现了更加奇妙的：姑娘裸露的伤痕，清清晰晰地变成了藏文字"伊卓拉姆"的排列。

他不禁轻轻叫了一声："伊卓拉姆？"

姑娘"嗯"一声，笑了，笑得有点凄然。

"谁把你打成这样，打出了伊卓拉姆的名字？"

伊卓拉姆小声说："阿爸。"

"你阿爸不是死了吗？"

"阿爸死了，阿爸还有魂。"

"他为什么打你？"

伊卓拉姆诡谲地说："为了挣钱，为了讹诈，我讹诈了很多很多钱。"伊卓拉姆说着从枕头底下拿出一个镶嵌着珍珠和绿松石的华丽钱包，用手指夹出一张钞票给他看。

香波王子打了个寒战，他看到的不是钞票是冥币，黄灿灿的冥币。他说："你拿这种钱干什么？"话音未落，眼睛就耷然一亮，发现冥币又变了，那不是冥币，那是伪装的冥币，伪装的冥币居然就是他来塔尔寺以命相求的"七度母之门"，是"七度母之门"里的"光透文字"。阳光从窗外铺进来，照耀着那一张泛黄的白纸，上面遏制不住地泗出了红、白、蓝三色文字。

香波王子一把抢过"光透文字"，激动地颤声问道："怎么在你这里？你这是哪来的？"说着，叠起"光透文字"，装进了上衣里边的口袋，"这东西我要了，你要是度母我就给你磕头，你要是凡人我就给你钱。"

但他什么也没来得及做,病房的门就被打开了。王岩再次探头进来,一看香波王子居然站着,大吼一声扑了过来。

香波王子敏捷地爬上窗台,一步跨出去,正要跳,被王岩一把拉住了。

伊卓拉姆神经质地喊起来:"你打死我,你打死我。"

王岩不理她,她跳下床,冲过来撕住了王岩的领口。王岩只好腾出一只手对付她,趁着这个机会,香波王子身子一倾,借着重心的偏移,倏然倒向了窗外。王岩脱手了,眼看着香波王子从眼前消失。他推开伊卓拉姆,转身出门,跑下楼,和碧秀一左一右朝楼后包抄而去。

香波王子从冬青树上滚下来,正要往医院大楼后面的树林里钻,就见树后蹿出一个人来,一把揪住了他。他一看,是警察卓玛,立刻就软了。

但卓玛很快又松了手,傲慢地留给他一句话:"我早就知道你会来这里,下次还会知道。别忘了,你永远都在我的掌握之中。"

"你为什么要放我?"

"想看看你到底有多大本事,竟敢发掘'七度母之门'。"

香波王子绕过医院大楼,在拐角差一点和王岩撞个满怀。这时从楼上的窗口传来一声尖喊:"你打死我,你打死我。"接着泼下来一盆水,浇在了王岩头上,就在王岩用手抹脸时,香波王子和他擦肩而过。

一出医院大门,香波王子就听到了梅萨的喊声:"这边,这边。"他循声而去,来到一家出售铜鹿、铜龙、铜法幢、铜伞盖的商店门口,钻进了一辆出租车。出租车穿过鲁沙尔镇的街道,朝西宁飞奔而去。

香波王子问:"你怎么知道应该在这里等我?"

"那个国际刑警给我打了电话。"

"他？他怎么知道你的手机号码？"

"是啊，我也这么问。"梅萨又问，"你真没受伤？"

香波王子做了个挺胸动作，表示自己一如既往地强健。他说："老女人的钧瓷宝瓶碎了，宝瓶里的血洒在了我身上。我一见血，就感到疼，真以为自己要死了。上了手术台，看到医生坐在一边只跟护士聊天不管我，还有些生气。医生说：'我行医这么多年，不会连人血和羊血分不清楚。'我这才觉得自己什么事也没有，想给医生解释，医生摆手制止了我，说：'我是藏民，我看你也是藏民，藏民不帮藏民，释迦牟尼会生气的。'又说，'我行医的使命就是为了让你做一个假伤员。'"

梅萨眼眶湿润了："那么近的距离，怎么就打不上你？"

香波王子说："那还不好理解，神佛保佑呗。"

正说着，就见几个人拿着水枪站在路当中喊着："洗车，洗车。"

司机绕了几下没绕过去，只好停下，小声说："我的车干干净净，洗什么洗？妈的，车匪路霸。"他掏出五块钱，开窗递了出去，"钱你收好，车不洗了。"

有个胖子蛮横地说："不洗不行，脏车西宁不让进，下来。"看里面的人不下来，打开车门，把水枪对准车内一阵激射。

三个人淋了一头一身的水，赶紧下车。司机是不敢得罪车匪路霸的，一声不吭。香波王子却冲那人吼起来。胖子突然换了一副笑脸，丢掉水枪，拿出一块白布在香波王子身上擦起来："对不起，对不起。"一捏衣肩，"哎哟，这儿湿透了，脱下来我给你拧拧。"不由分说扒下了香波王子的上衣。

很快拧干了，香波王子穿上了衣服。胖子把车胡乱一洗，踢了踢车轮:"走吧。"

出租车再次飞奔起来。香波王子禁不住唱起了仓央嘉措情歌,大致两种情况能让他放开歌喉,一是得意,二是失意。他唱着摸了摸上衣里边的口袋,一摸就不唱了,然后浑身上下摸遍了所有的口袋,喊道:"回去,回去。"

返回的路上,梅萨问他怎么了,他不吭声。他知道肯定是那个强迫洗车又主动给他拧干衣服的胖子偷走了"光透文字",他一定把它当成钱了。

洗车的地方已经没有了人影。香波王子呆愣在出租车里,这才把他得到又丢失"光透文字"的事儿说了出来。梅萨长出一口气,瘫软在座位上。香波王子问司机,以前见没见过这帮洗车的。司机断然摇头。

4

抓捕香波王子未果的王岩和碧秀在医院大楼后面碰见了卓玛。

王岩问:"你也在这里?怎么样,你的脚?"

卓玛活动着右脚说:"没事儿,好了。"

王岩说:"我记得你左脚崴了,怎么又变成右脚了?"

卓玛说:"其实两只脚都崴了。"

王岩说:"你说我们不应该追踪,应该拦截,医院就是你拦截的地方?"

卓玛说:"正好碰上,可惜没抓着。"

这时阿若喇嘛从树林里钻出来,审视着卓玛说:"是没抓着,还是不想抓?"

卓玛回避着阿若喇嘛说："王头儿，我们追吧？"

王岩发火道："追什么追，每一次快要抓住时他都能逃脱，你们说为什么？因为有人一直在帮他。"

碧秀问："告诉我是谁，我把他和香波王子一起崩了。"

王岩更火了："我再次提醒你，要活的不要死的，让香波王子交代，比要他的命重要一万倍。"说着，瞥了一眼卓玛。

卓玛说："也许我们的目的应该改变了，不是抓捕香波王子，而是利用他打开'七度母之门'，找到'最后的伏藏'。"

王岩没好气地说："这是你的目的。我的目的，不仅要惩罚香波王子，还要抓到乌金喇嘛，摧毁新信仰联盟对佛教的进攻。"

卓玛固执地说："别忘了，正是乌金喇嘛首先对我们说：快打开《地下预言》，快开启'七度母之门'。正是他引出了香波王子和一连串的事件。"

碧秀问："你是什么意思啊？"

卓玛说："我是说，也许乌金喇嘛就在'七度母之门'里头，也许发掘'最后的伏藏'就是发掘乌金喇嘛，也许最终抓住乌金喇嘛的不是警察，而是香波王子。"

王岩说："你的意思是我们什么也不用干了？"

卓玛说："恰恰相反，我们应该调整思路，重新开始。"

阿若喇嘛突然说："重新开始，必须依靠佛法。"

王岩不屑地说："你的佛法在哪里，拿出来看看。"

"一切都是法，山川地貌，人来人往，物高物低，每时每刻，都是佛法的表达、禅机的显露，就看你有没有证悟了。"阿若喇嘛仰头望着上面，好像不是说给人而是说给天的，"塔尔寺让你们丢失了路虎警车，这是物空；没抓到你们要抓的人，这是人空；乌金喇嘛寂然无声，这是声空；'七度母之门'似有似无，如同幻象出现，这是幻空。物空、人空、声空、幻空，四色皆空，这就是'金刚不坏'。所谓'金刚不坏'讲的就是一个空。金刚是光明、锋利、坚固的象征，损害它的办法就是抹去光明，钝去锋利，毁去坚固。但如果连光明、锋利、坚固都没有，损害又从何谈起？金刚已经无存，它的'坏'又在哪里？金刚不坏，就是金刚不在。佛法出现了，只可惜你还不是一只悟眼，穿不透表层，不知道塔尔寺已经启示了你们的追捕和未来。"

王岩一脸茫然地望望碧秀和卓玛。

卓玛说："喇嘛的意思是，我们跟香波王子是金刚之战，香波王子既不光明，也不锋利和坚固，甚至都看不出他发掘'七度母之门'的动机，所以他是不在的。不在就能不坏。你也是金刚，你面对的是'四色皆空'，但你却处处存在。你有警察的身份，你存在过于明确的目的——抓住香波王子、惩戒乌金喇嘛、摧毁新信仰联盟、保卫佛教，等等，所以你的结果只能是'坏'。中国人不是常说'无为而无不为'吗？意思是当你不为什么的时候，你就无所不能了。"

王岩面向阿若喇嘛："太玄了，来不及学习，你就说下一步怎么走。"

阿若喇嘛说："往空处走，大空在上，小空在前。"

王岩说："还是玄的，卓玛，听明白了吗？"

卓玛说："听明白了，大空是佛，小空是经，不空是僧，原路返回，去藏经楼。"

王岩说："先要把路虎警车找回来。"

他们走出医院，一路打听，走向了真正的派出所，远远就见路虎警车停在派出所门口。

把车交给王岩时，派出所的警察说："怎么样，我们的效率？你们的车丢失不到三个小时，我们就帮你们找回来了。"

王岩说："比起我们办案，你们效率高多了。"

5

香波王子和梅萨又回到鲁沙尔镇，下了出租车漫无目的地走动着，希望能看到那个偷钱偷走了眼的胖子。又知道这样的希望渺茫得几乎等于零，就沮丧得一摇三摆，像抽去了浑身的筋，连饥饿都忘了。梅萨买了面包让他吃，他把面包顺手给了一个要饭的老头。心想自己为了发掘"七度母之门"的伏藏，殚精竭虑，连命都搭上了，眼看就要成功，想不到失败的原因竟是粗心大意。

梅萨问："你怎么又来医院了？"

香波王子这才意识到他走来走去，就在医院和镇街头的塔尔寺之间穿梭。似乎潜意识里，他想按照"光透文字"出现的轨迹，返回去，再找一遍。如果时间能倒流，他就一定要把"光透文字"贴肉揣到胸怀里。

他们走进医院，来到二楼外科病房，看到病床平平展展的，那姑娘已经不在了。香波王子去问护士，护士说她走了，说她交不起住院费。问护士她去了哪里，护士说谁知道。

香波王子说："我们去藏经楼看看。"他很想再见见那个老女人，神秘的老女人就像"七度母之门"一样吸引着他。更何况她暗中救了他的命，又让他见到了伊卓拉姆。

但是藏经楼的院子里已经没有了那个穿着黑色彩边氆氇袍的老女人，也没有了金光一片的一地灯盏。仿佛做了一场梦，梦醒了，一切都消失了。今天的最后一批游客们就要离去，一个女孩正在推搡转经筒，一个男孩准备给她照相。香波王子看到，男孩照相的地方正是当时老女人指定自己等待的地方——四个明光闪闪的黄铜转经筒的中间，铜镜似的光亮强弱不一，照在男孩身上就使那细长的身子变形移位了。从十米以外看，男孩的身影会偏离真实的立足之地至少十公分。他恍然大悟，这就是为什么警察开枪没有打中他的原因，是吉祥的佛光保佑了他，是伊卓拉姆的母亲那个老女人保佑了他。

梅萨警惕地观察着周围："快走吧，我感觉这里很危险。"

他小声道："'光透文字'丢了，我等着他们一枪毙了我。"

梅萨从口袋里掏出老女人交给她的小型唐卡，在他面前晃了晃说："'圣门之内，万玛之踪，伊卓拉姆吉'，一切都是设计好了的。"

香波王子说："伏藏当然是设计好了的，但我们呢，我们的行动呢，包括丢失'光透文字'，难道也会由别人设计？"

梅萨严肃地说："按照伏藏学的理论，历史和时间是一种设计，人生和事件更是一种设计。出生、死亡、福祸、荣辱、相遇、分手、敌人、朋友、爱情、仇恨，所有的状态、所有的心情，都是一种设计。历史早在发生以前，人生早在开始以前，开端和结果早在出现以前，就已经在冥冥之中设计好了。每种物、每件事、每个人都是被设计的一员。人类在天衣无缝的设计中一步不落也一步不超地走到了今天。一切生命、一切人都在已有的设计中挣扎着，奋斗着，苦闷着，欣喜着，不差分毫地沿着设计走向了终结，走向了新一轮设计的起始。"

"可我的行动全是随心所欲。"

"所有的随心所欲都是设计的一部分。"

香波王子一把从她手里揪过绘有伊卓拉姆的小型唐卡，塞给一个正从自己身边走过的神情矍铄的喇嘛："送给你。"

矍铄喇嘛看了看唐卡，惊喜地"啊唷"一声，盯了他一眼，快步走了。

香波王子问："刚才这个行动也是设计？谁设计了我？"

梅萨想说肯定也是设计，突然闭嘴，推推他："快走。"

已经走不了了，黄昏的藏经楼门口，停靠着路虎警车和喇嘛鸟，王岩、碧秀、卓玛、阿若喇嘛和他的几个随从喇嘛立在车前，虎视眈眈地面对着香波王子和梅萨。

香波王子没有逃跑，听天由命地望着那些跟他过不去的人，心说扑过来抓吧，我无所谓。或许还是好事儿，能告诉我"光透文字"的去向。这些人懂得它的重要，会不遗余力地寻找那个洗车的胖子。

梅萨说："就这样结束了，你难道会甘心？"

香波王子说："不甘心又有什么用。"

突然听到身后有人喊叫，回头一看，藏经楼偏殿和正殿之间的木门前，那个矍铄喇嘛一边喊着"伊卓拉姆"，一边挥舞着小型唐卡。香波王子和梅萨几乎是靠着本能理解了矍铄喇嘛的意思，转身跑了过去。

矍铄喇嘛指着木门说："往这边跑。"

香波王子说："你是谁，为什么救我？"

矍铄喇嘛说："在拉卜楞寺，你就知道我了，我是加洋博士。看来你忘了，不要紧，我知道你就行了，为救你我等了几十年。"

香波王子说："没忘，没忘，你是木匠扎西的哥哥，你们兄弟两个都是'七度母之门'的守护神。"

来不及多说什么了，王岩、碧秀、卓玛和阿若喇嘛已经扑到跟前。梅萨拉着香波王子钻进了木门。加洋博士迅速关上木门,咔嚓一声锁住了。

就听门那边,阿若喇嘛和加洋博士吵起来。

阿若喇嘛说:"看来你是叛誓者的传人,你正在叛变你的本尊,佛法密宗会清除你的,文殊师利在上,赶快让我过去。"

加洋博士说:"你过去干什么?我在苦行殿给了你开启'七度母之门'的'授记'和机会,可你却荒废了它。你不如香波王子,本应该追随他协助他,却生出满怀的嗔忌之念,做了一个穿袈裟的警察。你才是个十恶不赦的叛誓者。"

梅萨说:"还说不是设计,他等你都等了几十年。"

香波王子说:"顶屁用,'光透文字'又不能回来。"

三个警察踹开门追了过来。香波王子和梅萨顺着石阶往山上跑,跑上半山腰的车道就听有人打喇叭。抬头一看,吃惊得不敢相信:前面竟然停着牧马人。

几乎同时,王岩也看到了牧马人,他对碧秀和卓玛说:"继续追。"自己转身往回跑,心说你有牧马人,我有路虎,看谁跑过谁。

逃跑的人上了车。牧马人在坑洼土路上走起来。

香波王子问:"你怎么知道应该在这里等我们?"

智美摸了摸脸颊上的伤疤,把怀里的胜魔卦囊朝靠车门的那边拉了拉,算是回答,又问:"去哪里?"

香波王子说:"往西走,绕一圈,返回塔尔寺。"

这条道往前走会经过汉东,到达多巴。多巴是国家高原体育训练基地所在地,中国最优秀的田径运动员大部分都在这里集训过。香波王子的意思从多巴东返西宁,再从西宁南来塔尔寺。他还是想再去找找那个洗车的胖子。

"不用返回塔尔寺了吧?"智美得意地瞥了一眼身边的梅萨,从胜魔卦囊里摸出一张泛黄的白纸,丢到了后排座上。

香波王子拿起来看看,心里一抖,吼道:"原来是你啊,半路打劫,为什么要这样?"

智美迅速回头笑了笑,没说什么。

"你知不知道我们就像死了爹娘一样痛苦?玩笑不是这样开的。"

梅萨知道智美绝不是开玩笑,他安排洗车的胖子盗走"光透文字",是想证明自己不光会占卜。他的能耐足以形成一种警告和预示:尽管主要是香波王子在发掘"七度母之门",但最后得到伏藏的必然是他。

"有点过分了。"她小声说。

智美不快地想:心疼他了?你可从来没有这样心疼过我。

香波王子继续数落着:"以后千万不敢这样,我都有了自杀的念头。当然我不会一个人自杀,梅萨已经说了,'你死我也死。'是不是梅萨?"然后哈哈一笑。

"胡编乱造,又不是疯子,谁给你说这种话了?"

香波王子知道梅萨是说给智美听的,报复智美似的唱起了仓央嘉措情歌:

> 大河中的金龟,
> 能将水乳分开,
> 我和我的情人,
> 没有谁能拆散。

梅萨从香波王子手里拿过那张泛黄的白纸，放到太阳下面，看着渐渐显露的红、白、蓝三色文字，心情陡然豁亮，也跟着香波王子唱起来。

智美厉声道："别唱了，赶快翻译。"

但显然现在不是翻译的时候，往西的路上，蛮横地堵挡着路虎警车。

只要王岩驾驶路虎，那就是飙车的速度，牧马人不可能是对手。智美无奈地刹住了车，车上的人都瞪着站在路中央的王岩。而王岩的眼光却是弯曲的，弯到了路虎警车的保险杠下，那儿躺着一个人，一个被路虎警车撞倒撞烂的人，地上的血就像撕烂的晚霞。

香波王子惊叫一声，他认出被撞的人就是那个曾经冲着王岩哭喊"你打死我，你打死我"的姑娘，那个披头散发、满身伤痕的白度母，那个庄重美丽，和小型唐卡上的绘像一模一样的伊卓拉姆。

香波王子打开车门，跳到地上。

梅萨喊道："小心警察，回来。"

香波王子不听她的，跑了过去。

伊卓拉姆死了，她一脸安详，表达心迹似的把一只白花花的手捂在胸脯上。

香波王子望着白花花的手心惊肉跳，它曾经出现在菩提大银塔的基座上那道半人高的圣门之内，引诱他和梅萨走向了黑暗的地下庙宇，走向了苦行殿的南墙启示，走向了后来的一切一切，白花花的女人手。

香波王子蹲在姑娘身边喊道："伊卓拉姆，伊卓拉姆。"就像藏戏里的诺桑王子呼唤伊卓拉姆，就像三百多年前的仓央嘉措呼唤伊卓拉姆，每一个字都饱含悲怆和凄凉。

王岩掏出手铐走过来:"她死了,都是因为你。"

香波王子忽地站起来:"你为什么要撞死她?"

王岩说:"是她扑过来的,她想自杀。"

香波王子说:"你要是不想撞死她,完全可以停下来。"

王岩说:"是有点说不清,车速太快了,来不及刹车。"

香波王子瞅了一眼他举起来的手铐,一拳挥过去,打在了王岩的鼻梁上。王岩一屁股蹾在地上,一只手摁在了伊卓拉姆的鲜血里。他撑着血泊站起来,准备扑打时,香波王子已经钻进了牧马人。

香波王子说:"智美,我来开。"

智美不紧不慢地说:"还是我来吧。"

牧马人启动了,朝着警察王岩开了过去,那种暗绿色的坚硬和执着像是告诉他:你撞死了伊卓拉姆,我们就撞死你。

王岩拔枪举铐挺立在车前,宁死不让的样子。牧马人冲了过去,也是宁折不弯的姿态。较量的其实是心理,坚定者胜,赌命者胜。

香波王子鼓励着智美:"冲,冲,冲,冲到跟前再停下。"

智美用面无表情的冷漠告诉同伴,他可不会冲到跟前再停下,既然对方已经撞死了别人,那就应该以牙还牙。梅萨似乎想阻止冲撞,看了一眼智美和手中的"光透文字",又把头埋进怀里,闭上了眼睛。

王岩终于让开了,牧马人蹭着他的警服呼啸而过。但一瞬间谁也没注意王岩的手,那只手飞快地扔掉手铐,把满掌的血污抹在了牧马人的保险杠上。王岩说:"妈的亡命徒。"朝着牧马人开了一枪,打穿了后面的玻璃,打碎了悬挂在车内的金刚铃。

香波王子喊道:"没打上我们,这是'七度母'的保佑。"又咬牙切齿地说,"操你个杀人犯,我让你吃不了兜着走。"立刻拿出手机拨通了110："一辆路虎警车撞死了伊卓拉姆，正准备逃逸。司机以为他是警察就可以执法犯法，人民群众是不答应的。"后一句话他连说三遍，心说但愿在下来的行程中，警察和阿若喇嘛统统绝迹。

6

王岩开着路虎警车返回塔尔寺，拉上了碧秀和卓玛，没开多远，就被一个黑脸交警拦住了。黑脸交警拉开车门，一把将王岩拽了下来。碧秀和卓玛赶紧来到车外。

黑脸交警说："早就听说我的同行有执法犯法的，今天终于碰上了，什么叫罪加一等，知道不？就是警察撞死了人又驾车逃逸。现在给你们一个赎罪的机会，自己把自己铐起来。"

王岩、碧秀、卓玛面面相觑。卓玛问："什么意思？"

黑脸交警说："装，还要装，早就有人报案了，你们撞死的人叫伊卓拉姆，你们和她是什么关系？"

对这样一个询问陷阱王岩轻易躲开了："你先要搞清楚报案的人跟她是什么关系，谁报的案？你连谁报的案都不知道，怎么就断定他说的是真话？我告诉你，这个报案的人是我们追捕的罪犯，他撞死了人，要栽赃到警察头上，你有没有脑子？"看对方还在疑惑，又说，"不信你看我们的车，哪里有撞人的痕迹。"

黑脸交警在车头部位仔细检查了一遍，真没看到任何撞人痕迹，大声诅咒着报案的人，骑上摩托就去追。

路虎警车再次启动时，开车的换成了卓玛。

卓玛开了一段问："我们现在去哪里？"

王岩不吭声。碧秀说:"车头朝哪里就往哪里开。"

卓玛打开 GPS 卫星导航仪,看了一眼说:"车头的朝向是重镇多巴。"看王岩不理会,就问,"王头儿,你怎么了?你好像……你真的没有撞死人吧?"

王岩突然一掌拍在座垫上,愤怒地吼起来:"我什么时候给你们说过假话?一个警察肇事逃逸就是往绝路上走。但是我现在真的想撞死人了,开快一点,追上牧马人,只要见到香波王子,我不撞死他我就不姓王。"

卓玛放慢速度,渐渐停在了路边。

碧秀说:"为什么不走了?你想放跑罪犯?"

卓玛说:"我觉得你们情绪都不对,好像八辈子的仇人,不搞死人家不罢休。这不是警察应该有的。"

碧秀说:"我们还轮不着你来教训,你算老几?"

王岩长叹一声说:"你是对的卓玛,往回开。"

卓玛和碧秀吃惊道:"往回开,为什么?"

王岩低沉地说:"我想去看看那姑娘。"说着摸了摸口袋里的钱。

他们开着车原路返回,很快来到了撞死伊卓拉姆的现场。他们走到跟前,和几个交警碰了碰眼光,再往地上一看,突然就僵住了:惨不忍睹,撞死的姑娘好像重新死了一回。全身裸露,平躺着,腿叉开,从脖颈到右腿右脚,排列着一溜儿十四个血洞,每个血洞都很深,明显是一种特殊钻器钻出来的。

卓玛惊叫起来:"怎么还有这样杀人的?"

一个年长的警察说:"懂吗?都是'肾经穴'的穴位。"

王岩诧异道:"为什么要伤害穴位?"

年长的警察说:"不是伤害穴位,是通过穴位伤害性命。"

王岩把攥在手里的钱装回口袋，眼光从血肉烂开的身体移向面孔，姑娘的面孔是完整的，依然庄重而美丽。他问年长的警察："凶手抓到了吗？"

"对不起，我们是交警。"

他们回到路虎警车上。卓玛开动了车。

王岩骂道："妈了个蛋的香波王子，不抓到他，我就不当警察了。"

碧秀问："你认为是香波王子干的？"

王岩说："不是他是谁？"

碧秀说："那就快点，卓玛，你这么慢，能追上吗？"

卓玛说："你以为快就能追上？动动脑子吧，我们从北京雍和宫开始，到了甘肃拉卜楞寺，又到了青海塔尔寺。这是一条什么路线？宗教传播总是有流向的，有人称它为信仰传播带。就好比一条河，它有源头，有上游、中游、下游。我们只要不离开这条河，就能从下游走到中游，再走到上游，最后到达源头。"

王岩"哦"了一声，回味着卓玛的话。

卓玛又说："雍和宫、拉卜楞寺、塔尔寺都是藏传佛教的顶级寺院，这些寺院应该是宗教流向的坐标，如果我们把雍和宫看成是下游，拉卜楞寺和塔尔寺就应该是中游，也就是说，现在还没到达的是上游和源头。而藏传佛教流向的上游、藏族信仰传播的源头，是不难判断的。"

碧秀说："还没到达，你怎么知道在哪里？"

卓玛生气地说："你没到达黄河上游，难道就不知道黄河上游在哪里吗？弱智。"

碧秀大笑："问题是罪犯怎么可能乖乖地沿着黄河逃跑呢？难道他不会跑到长江、金沙江去？你几岁啦？是警察吗？"

卓玛平静了一下,不再理会碧秀,转向王岩说:"他们在发掘'七度母之门'的伏藏,而伏藏作为信仰的载体或者信仰本身,一定不是胡乱放置的,一定有它的方向、线路和范围,不然仅靠两三个人的力量怎么发掘?"

王岩摆摆手:"不要再说了,我明白你的意思。"拿出手机,打给了阿若喇嘛,"你们在哪里?我们失去了目标。"

阿若喇嘛说:"我们也失去了目标,你们在哪里?"

王岩说:"正在赶往多巴镇。"

阿若喇嘛说:"多巴往东是西宁,罪犯肯定回西宁了。"

王岩问:"多巴往西呢?"

阿若喇嘛说:"往西就不知道了。"

关了手机,王岩说:"阿若喇嘛不肯告诉我们的,正是他们要去的。我们也应该往西走。"

卓玛说:"我也这么想,宗教和自然的分布应该是一样的,上游和源头都在西边。"

第九章　情爱印戳

1

手机响了。香波王子没想到，这一次是珀恩措主动打给他的，高兴得就像找到了"七度母之门"："一定是我在佛前的祈求起了作用，你终于开机了。我都不知道打了多少回，以为你已经……"

珀恩措说："本来早就跳下去了，又觉得还有话说，就等着，等着想说的时候。"

"现在想说了？"

"不，现在想死了，说完了以后就死。"

"那你就不要说了，继续等着，我不听。"

珀恩措乞求道："你还是听听吧，你不听，我就带走了，我给这个世界连诉说都不会留下了。"

"好吧，好吧，你慢慢说。"

珀恩措声音很细地说："我是个早熟的人，很小就知道，是父母在床上的痛快产生了我，我是罪孽的产物，我一出生就带着他们强加给我的罪孽。我一天天长大，常常问自己：这种罪孽带来的人生还有什么意义？我厌恶我的父母，他们是地道的藏民却不信佛，所以我也不信。他们留给我的，除了离异后对我和哑巴妹妹的漠不关心，再就是一所房子。后来妈妈的新丈夫、一个信佛的男人夺走了我的房子，还打了我，我就更不信了。爸爸准备帮我把房子夺回来，没来得及就在车祸中死去。好在公司给我开得工资不低，我能租房，还能养活我的哑巴妹妹。这之后，我的生活就变了，先是吸毒，戒了后，又开始酗酒，酗酒带给我的是酒精中毒，每喝必醉。我知道我漂亮迷人，在这个浮华世界里，我可以随心所欲。我没有爱，我不爱别人，别人也不爱我。我跟男人的交往都是性、性、性，充满了冒险和占有。当一天晚上我把自己交给三个男人而癫狂到天亮之后，我开始一见男人就恶心。性放纵带给我的恰恰是性厌恶，我从此罢性。但是后来又变了，我发现一个女人只有产生无法自抑的爱情时，才会进入真实而确切的生活，才会有真正的愉悦，包括性交的愉悦。我有了爱情，我自己都吃惊我居然有了爱情。拿不准他爱不爱我，可是我爱他，就像内心里不觉落了一粒种子，很快长成了一棵树，葱茏至极。感觉是可怕的，疼痛的，但又有一种别样的骄傲和温爽。你骄傲你可以为他付出一切，你可以为他去死。哦哟，爱情原来就是想为他去死。他是一个警察。我们好了三年，这三年我滴酒不沾，也不跟任何别的男人来往。当我百分之百地相信他会娶我时，他却朝我怒吼一声：'滚出去。'理由是他发现我的哑巴妹妹在吸毒。我觉得这不是理由，我妹妹是我妹妹，我是我，又不是我可怜的哑巴妹妹要嫁给他。我要求他解释，他说：'我这样的人需要跟什么人结婚你应该想到。'我能怎么办？一只随时都会被人踩死的蚂蚁，一个在惶恐不安中怯懦偷生的女人，怎么能向一个警察乞讨爱情？如果不是哑巴妹妹没人管，我早就自杀了。这时候我认识了你，你是我这辈子遇到的最优秀但又让我最不敢爱的一个男人，于是自杀的念头便越来越强烈，越来越强烈。"

她不说了，香波王子沉默了一会儿才问："能告诉我抛弃你的警察是谁吗？我可以打电话，讲些关于爱情的道理给他听。"

"他怎么可能听你的？"

"我可以给他一种药，他吃了以后就会重新爱上你，并且永不抛弃。"

"什么药，这么灵？"

"仓央嘉措情歌。"

珀恩措喊起来："别给我说童话，我不是孩子。"

"佛祖在上，我是真心的。这样吧，我们把那个警察一脚踢开，说说我们之间的事情。你说别人不爱你，还说我是最优秀的男人，一个你不敢爱的最优秀的男人现在开始爱你啦。你听着，我不是一个骗子，我句句实话。只要你放弃自杀，你让我怎样我就怎样。我们认识已经两个月了吧？不短了，足够产生爱情了。"

"你不过是想救我，等我不自杀了，你就不爱了。所以我必须自杀，带着你爱我的承诺，从这里跳下去。三十六层大厦并不高，从跳下去到死亡，也就十几秒吧，好啊，肉体粉碎，灵魂出窍。"

"原来你是相信有灵魂的，你的灵魂缺少主宰。"

"我不相信，不相信世界上有灵有神，不相信报应，不相信佛对我们有什么好处，甚至我都不相信人可以有一个区别于肉体的精神。"

"那你相信我吗？相信我能让你相信佛吗？"

"你能让我相信佛？什么时候，就现在？"

"快了，等我开启了'七度母之门'，你就相信了。"

"为什么？'七度母之门'是什么？"

"佛光，能让别人爱你，也能让你爱别人的佛光。"

珀恩措轻蔑地说："又是佛，佛是从来不解决问题的，遇到不想死的人，他说好啊，快结束这痛苦的一生吧，死了好转世。遇到饥饿的人，他说这辈子饥饿是上辈子没有积德，赶紧做好事儿吧。遇到别人欺负你，他说吃亏是福啊，以德报怨啊。最终不想死的还是死了，饥饿的还在饥饿，吃亏的仍然吃亏。尤其是遇到战争、地震、洪水，人死了那么多，佛在哪里？"

"那是因为人心不佛，更因为……"

"不要再说了，我不想听。"

"这话你必须听，你死了你的哑巴妹妹怎么活？"

"不管了，想管也管不了了，她还在吸毒，是我当初传染给她的，我戒了，她戒不掉。我挣的钱都让她抽掉了，还不够，还要变卖首饰、衣服和一切值钱的东西，还要偷。我拿她一点办法都没有了。也许我死了倒好，我找过算命的，说她的结果一定比我好。"

"你不过是给你找了一个放弃哑巴妹妹的借口。"

"我买了人身保险，我死了，哑巴妹妹就有钱了。"

"她拿着钱再去买毒品你怎么办？"

"我活着都没办法，死了还能怎么办？"

珀恩措说罢，毅然挂断了。香波王子再次拨过去，她不接，急得他用手机使劲敲打自己的脑袋：怎么办？怎么办？珀恩措就要死了，怎么办？

梅萨冷笑道："她哪儿是自杀，不过是借自杀跟你谈情说爱。"

香波王子大声说："既然珀恩措在用生命谈情说爱，那就更不能不爱了。停下，停下。"

"停下干什么？你不发掘伏藏了？"梅萨说着，把翻译出来的"光透文字"递给了他，"快看看，到底是什么。"

香波王子捧着"光透文字"一个字也看不进去，脑子里一个劲地显现着珀恩措："是警察抛弃了她，她是为警察才自杀的，我要是知道这警察是谁就好了。"立刻给珀恩措发了一个短信：那警察是谁？谁？谁？谁？谁？谁？

香波王子知道珀恩措不会回应，把手机和"光透文字"扔到座位上，双手抱住了头。然而手机响了，是短信的声音。

珀恩措说：该不该告诉你呢？我要想想。

这就是说还有时间，有时间就有希望，他立刻回信：慢慢想，我不吃不喝等着。

2

一个小时后，牧马人来到了多巴镇。多巴镇是青藏公路的必经之地，往东三十公里是西宁，往西就是一些壮阔豪迈的地方：湟源县、日月山、青海湖、柴达木、昆仑山。牧马人往西驶过国家高原体育训练基地的大门时，香波王子看起了翻译过来的塔尔寺"光透文字"。这次他看进去了，神情僵痴，两眼发直，思维在历史深处串联，能发现脑门子上仓央嘉措的影子在如水的时间里蹚来蹚去。

智美放起了音乐:《怀念班禅大师》。他对"光透文字"一如既往地表示了淡漠,似乎他习惯这样:在别人显示智慧时,他显示愚笨,在别人显示兴趣时,他显示无趣。但他不是真的愚笨和无趣,一旦别人忽略了他,他的智慧和兴趣就会突然爆发。

香波王子说:"塔尔寺'光透文字'的形式跟前面的一样,先是作为'授记'的仓央嘉措情歌,然后是'指南'。"

梅萨说:"这不用你说。"

"不用我说,那我就唱。"似乎塔尔寺"光透文字"的情歌格外抒情,香波王子闭上眼睛,摇头晃脑地唱起来:

写在纸上的黑字,
雨水浸后看不清了,
写在心里的情意,
怎么擦也擦不掉了。

印在纸上的图章,
不会倾吐衷肠,
请把情爱的印戳,
打在各自的心上。

香波王子睁开眼睛,盯着梅萨的肚子说:"这是一首情歌的两段,产生这首情歌的唯一理由是玛吉阿米怀孕。"

梅萨说:"玛吉阿米怀孕?"

"许多崇敬仓央嘉措的人都会震惊我的话,玛吉阿米居然会怀孕,因为在他们看来,仓央嘉措是个纯情主义者,他的情爱与传宗接代无关，就像人们说的：

> 没有女子做伴，
> 从来未曾睡眠；
> 虽有女子做伴，
> 从来未曾沾染。

"但是我要说，玛吉阿米的确怀孕了，'印戳'就是证明，我采访到一首古老的门隅民歌：'公马对母马说，马驹就是我的印戳。'门隅青年仓央嘉措知道，他已经给玛吉阿米留下了自己的印戳。所以在玛吉阿米失踪后，他一再给摄政王桑结说，如果不是强迫挟持，这种时候的玛吉阿米决不会离开他。'这种时候'就是怀孕的时候。但我要说的还不是怀孕本身，而是玛吉阿米失踪的原因，唯一的原因就是怀孕。

"仓央嘉措试图跟玛吉阿米保持纯洁专一的爱情，其实就是把自己放逐到了一个巨大的陷阱里。远远近近的眼睛，很多很多，明里暗里盯着他，也盯着玛吉阿米。他们比仓央嘉措，比她本人，还要仔细地观察到了她的身形的变化。又开始了押宝，各个政治势力和宗教势力把整个西藏的命运押在了玛吉阿米隆起的肚子上。

"在摄政王桑结这边，他可以允许仓央嘉措的放荡，但决不允许他跟任何女人做丽影常双的打算，尤其不能容忍玛吉阿米的怀孕。在他看来，萨迦派、噶举派、宁玛派之所以渐次衰落，不能匹敌格鲁派而成为整个西藏的权威教派，就是因为这三派持戒不严，允许僧人娶妻生子。或者说，是偏重男女双修的密宗风气导致了萨迦、噶举、宁玛的衰败。而格鲁派的强盛关键在于，它拒绝僧人对女人的兴趣,哪怕是必须拥有修法女伴的密道修炼,无妄至上的教传也要求修炼者摒除性欲,禁绝精液与卵子的结合所留下的任何痕迹。精液是转世的根本,密宗修炼就是要把精液变成不灭的精神和飞翔的灵识,在浩茫的虚空里寻找安驻之地,进入天界或者登上须弥。如果还想发菩提之心教化众生,就要找到寄居的依托,也就是凡身肉胎,这就是转世。可要是仓央嘉措有了精液变成的后代,那后代就是灵童,是真正的转世,它将否定所有从别处选来的灵童和任何别处的转世,这就等于达赖喇嘛的传承以及权力机制,由转世制变成了世袭制。而活佛世袭,在格鲁派祖师宗喀巴的教言里,几乎就是教派灭亡的同义语。所以禁绝结婚生子,严格转世传承,这是格鲁派的命脉。从这个理由出发,仓央嘉措当然可以认为玛吉阿米的失踪与摄政王桑结有关。

"但仓央嘉措不知道的是,'隐身人血咒殿堂'的无形密道已经掌握了这样一些信息:远在新疆的蒙古准噶尔部首领策旺阿拉布坦决定保护玛吉阿米,目的是以她为诱饵,让仓央嘉措靠拢自己,以便渗透西藏,玛吉阿米很可能被隐藏在拉萨的准噶尔密探控制供养起来了。而驻扎西藏的蒙古和硕特部首领达赖汗和他的小儿子拉藏汗,却把注意力转向了玛吉阿米即将出世的孩子。就像摄政王桑结担忧的那样,他们认为达赖的孩子也是达赖,达赖可以转世,更可以世袭。在孩子降生的同时,杀掉仓央嘉措,世袭的达赖自然就会掌控在自己手里。所以他们更有可能绑架玛吉阿米。此外,萨迦法王的大管家八思旺秋也想利用玛吉阿米,他对玛吉阿米的怀孕抱了怂恿期待、幸灾乐祸的态度:你格鲁派不是持戒清净、超凡脱俗吗?现在你们的领袖连孩子都生下来了,你们跟我们萨迦派有什么两样?更重要的是,他要告诉全西藏和诸蒙古的萨迦信徒:坚持世袭制的萨迦派又有了重新崛起的可能。而噶玛噶举派的头面人物噶玛珠古，则抱了更为直接的目的，他希望从玛吉阿米的怀孕中抓到仓央嘉措的把柄，以便废除他，从而有机会在自己的教派里推出转世灵童，像掺沙子一样掺进格鲁派，改造、控制或替代格鲁派。他们，八思旺秋和噶玛珠古，都有可能以保护的名义绑架玛吉阿米。至于宁玛派就更有可能把面临危险的玛吉阿米藏起来了。这个西藏最古老却从来没有取得过政权的民间教派，正在等待一个千载难逢的机会，让所有的宁玛巴可以自豪地说：格鲁派的领袖是我们的人，领袖的明妃也是我们的人，领袖和明妃的孩子更是我们的人。

"摄政王桑结派出藏兵在拉萨到处搜寻怀孕的女人，未果，命令传下去，所有的路隘、关卡、庄园、宗本，都要严格盘查。这个举动似乎表明，即使摄政王跟玛吉阿米的失踪有关系，那也是此后而不是此前。'隐身人血咒殿堂'的无形密道显示出至少有十三个孕妇死于藏兵之手，说明当时的搜寻盘查已经到了滥杀无辜的疯狂程度。六月，是玛吉阿米预期生养的月份，摄政王召见乃琼大护法说：'这么多年过去了，我们仍然不知道谁是政教的敌人、格鲁巴的克星、走向阴谋的叛誓者。但现在可以断定叛誓者已经把强大的毁教之力伏藏在了女人的肚子里，七人使团的死亡不是仇恨的完结而是开始，我已经预感到了危机，危机。请你赶快祈神降旨，玛吉阿米在哪里，她的孩子在哪里？'降神的结果不得而知，玛吉阿米及其孩子的死活更不得而知，摄政王桑结从'隐身人血咒殿堂'的无形密道里获取了这样的信息：

'准噶尔密探正在拉萨街市密访玛吉阿米。'

'和硕特将军拉藏汗带领骑手前往藏南搜寻玛吉阿米。'

'萨迦派的八思旺秋参拜大昭寺，打听玛吉阿米。'

'噶玛噶举派的噶玛珠古走进色拉寺,大呼玛吉阿米。'

　　'宁玛派领袖久米多杰约会小秋丹,询问玛吉阿米。'

　　"好像所有的政治和宗教势力都没有得到玛吉阿米,不然怎么还在寻找呢?又像是掩人耳目——有一股势力已经得到了玛吉阿米和她的孩子却还在装样子寻找,但它是哪一股呢?来不及搞清楚,六世达赖喇嘛仓央嘉措离宫出走了。

　　"玛吉阿米一失踪,仓央嘉措就罢工了,不学经诵经,不拜佛念佛,情绪跌入深谷。就像黑暗中受伤的马,在不知方向的奔跑中,开创流血。出走是唯一的选择。往哪儿出走?所有的地方都很陌生,都有敌人。只有家乡门隅措那还有熟悉的村落、温馨的记忆——他的家乡,玛吉阿米的家乡,措那,措那,桒下,桒下,梦中的清河大山、森林草原。但是他被制止了。侍卫喇嘛鼎钦飞报摄政王桑结,桑结亲自带人,在拉萨河边拦住了他。都跪下了:'尊者,你不能这样。'仓央嘉措泪雨纷飞,苍凉而悲痛地喊道:'我为什么不能这样?我连我的女人都保护不了,我还留在达赖喇嘛的位置上做什么?玛吉阿米,玛吉阿米。'

　　"被请回布达拉宫的路上,仓央嘉措边哭边唱:

　　　草尖上的霜挂,
　　　寒风凌厉肃杀,
　　　为什么,为什么,
　　　拆散了蜜蜂和鲜花。

　　"唱了一首又一首,那一种哀婉悲痛随着荒风飞翔,整个西藏都在凄号感伤:

> 危岩上的风暴，
>
> 摧毁了鹰的羽毛，
>
> 那些诡诈和伪善，
>
> 让我憔悴难熬。

"仓央嘉措的歌声是诅咒也是预言，驻扎西藏的蒙古和硕特部首领达赖汗突然去世了，他的小儿子拉藏汗继位。拉藏汗继位后的第一件事，就是公开宣布风流放荡的仓央嘉措是假达赖，和硕特部不予承认。仓央嘉措知道后只有冷笑，心说你不承认正好，这个达赖喇嘛我还不愿意当了，我要的是自由，是玛吉阿米。我要去寻找玛吉阿米，天涯海角。

"摄政王桑结立刻意识到，仓央嘉措的爱情和玛吉阿米的怀孕，已经成了政敌进攻的有力武器，威胁摄政王地位和格鲁派统治的不仅有敌对势力，更有格鲁派自己的领袖。桑结知道拉藏汗接下来的动作：一是向朝廷禀报所谓假达赖的种种乖谬行状，二是联合各派势力，扩大不承认的范围。而他作为六世达赖喇嘛最可靠的拥立者，首先要做的就是严加管束仓央嘉措，在这位新达赖身上迅速培养出符合教德教规的模范举止让政敌们闭嘴。为此他安排仓央嘉措前往后藏日喀则的扎什伦布寺，在班禅大师面前授比丘戒。摄政王亲自陪同前往。

"比丘戒有二百五十三条，条条都是受戒僧人的座右铭。仓央嘉措问摄政王桑结：'受了比丘戒，还能有我的自由吗？'摄政王知道他指的是爱情自由，毅然决然地说：'不能。'仓央嘉措又问：'要是我不受戒呢？'摄政王生气地说：'哪有达赖喇嘛不受戒的。'仓央嘉措默然无语。半个月的路途颠簸结束了，辉煌的扎什伦布寺迎面而来。隆重的欢迎仪式之后，仓央嘉措被安排在了坚赞团布寝宫休息。第二天，仓央嘉措来到日光殿，拜见了曾在浪卡子给他剃度授戒（沙弥戒）的师父、无量光佛的化身五世班禅额尔德尼罗桑益喜。班禅大师建议仓央嘉措在大经堂为全体僧众讲经，仓央嘉措断然拒绝；又提到授比丘戒事宜，仓央嘉措说：'我不受比丘戒。'又说，'违背上师的旨意，实在惭愧。'一连说了好几遍。班禅大师还要劝说，仓央嘉措决然站起，走出了日光殿。他仰头望着天空，仿佛压抑已久的火山突然爆发，扑通一声跪下，向班禅大师三叩首，然后哭着说：'你给我的法衣我还给你，你授予的沙弥戒我也还给你，达赖的位置我不坐了，教主的桂冠我不顶了，我是一个自由的门隅人，我不想成佛，我只要玛吉阿米。'说罢，擦着眼泪站了起来。这个场面是如此得惊心动魄，让在场的摄政王桑结和所有活佛喇嘛都像面临着雷霆的轰炸。五世班禅后来在他的自传《明晰品行月亮邀》中说：仓央嘉措'把那些话交替说着，扬长而去，弄得我束手无策。以后的几天里，我多次呈书，恳切陈词，但毫无效验。他反而说：'若是不能交回以前所授的沙弥戒，我就面朝扎什伦布寺自杀。收回沙弥戒，或者让我自杀，二者当中，选择其一，请你明确告诉我。'就这样他把未授的比丘戒和已授的沙弥戒都无法阻挡地抛弃了。最后，以我为首的众人都请求他不要换穿俗人服装，以近事男戒而受比丘戒，再转法轮，但终无效应。

"仓央嘉措以无比沉重的悲伤，在日喀则的山野里游逛了十多天后，带着难以遏止的思念，走向了拉萨。

"拉萨郊外，有一片女人等待着仓央嘉措。不知是谁走漏了消息，她们居然知道今天日照中天的时候，六世达赖喇嘛会路过这里。一片女人，都是失去孩子的女人，她们刚刚出生不久的孩子都莫名其妙地被人抢走了，是谁？是谁？女人们在问，仓央嘉措也在问：是谁抢走了孩子？她们趴伏在地，你争我抢地吻着仓央嘉措的靴子。仓央嘉措潸然泪下，尽其所能地给她们摸顶祝福。他想，就因为我没有幸福，这么多人都要陪伴我失去幸福，就因为我想得到爱情，这么多人都掉进了苦难的深渊。我呀我，我不是达赖喇嘛，我是罪人、罪人。摄政王桑结凑过来小声恳求道：'这些都是你的人民，看她们多么可怜啊，做一个好达赖，帮助她们渡过苦海吧。'仓央嘉措问道：'为什么要抢走她们的孩子？是谁让她们陷入了苦海？'桑结说：'不是我，是他们。'仓央嘉措再问：'他们是谁？'桑结咬牙切齿地说：'格鲁巴的克星、那些试图毁灭政教和西藏的叛誓者。'仓央嘉措脸上掠过一丝阴影，咬了咬嘴唇说：'不，是我，是我给西藏带来了不幸。'他说着，俯身从一个枯瘦女人腰里拔出一把藏刀，反握在手，一刀刺向了自己的心窝。"

"哎呀。"梅萨浑身一颤，喊起来，"仓央嘉措自杀了？"

香波王子不说了，点着一根烟抽起来。

3

过了好一会儿，香波王子才长叹一声，无限感喟地说："这就是仓央嘉措，我们的情圣歌王。这就是'写在心里的情意，怎么擦也擦不掉了''请把情爱的印戳，打在各自的心上'背后的故事。'光透文字'之所以'授记'仓央嘉措情歌，肯定是为了让我们知道仓央嘉措情歌产生的背景，并从这些背景中找到今天的对应和我们的需要。我们的需要就是'授记'，就是想从中知道'七度母之门'到底在哪里，那么今天的对应呢，到底是什么？"

梅萨瞪着香波王子，突然扭过头去："你说呢？"

"玛吉阿米怀孕并且很可能已经顺利生养，各种势力都行动起来，有人想杀了她和孩子，有人想利用她和孩子。如果当时没有达到目的，这个目的就会延续到今天。"

"你是说今天还有人想杀了她和孩子？玛吉阿米和她的孩子早就不在人世了。"

"难道没有延续吗？发掘'七度母之门'的伏藏以来，出现了玛吉阿米、姬姬布赤、仁增旺姆、伊卓拉姆，她们都是仓央嘉措情人的延续，除了玛吉阿米，其他三位都已经被杀。被杀在延续，说明被杀的原因也在延续。"

梅萨歪过脸来说："你的意思是'隐身人血咒殿堂'的无形密道还存在，这我知道。但蒙古准噶尔部首领策旺阿拉布坦、蒙古和硕特部首领拉藏汗、萨迦派的八思旺秋、噶玛噶举派的噶玛珠古、宁玛派的久米多杰呢，他们难道也都还存在？"

香波王子停了片刻说："他们也许存在，也许不存在，但可以肯定他们的意图是不灭的，利用、杀害和保护玛吉阿米及其孩子的原因是不灭的。历史的原因很可能导致现实的结果。我想到的是乌金喇嘛，他断定'七度母之门'即仓央嘉措遗言是倒出来的苦水，是对佛教的诅咒和控诉，深知只要开启'七度母之门'，就一定会引来'隐身人血咒殿堂'的阻止。而阻止必然是暴力的，这似乎正是他的目的。他把'隐身人血咒殿堂'看成了制造惊天血案甚至地震的武器，策略就是四个字：以佛灭佛。"

智美突然说："你分析得不错，乌金喇嘛是不是很高明？仓央嘉措是佛，'隐身人血咒殿堂'也是佛，前者用泛滥的情爱否定了佛教，后者用血腥的暴力否定了佛教。就好比一个人用一把刀对准了自己的心胸，用另一把刀对准了自己的肺腑。佛教死定了，佛教是自杀，与乌金喇嘛有什么关系？"

"遗憾的是，现在是我香波王子在发掘'七度母之门'，而不是你。我没有一天怀疑过仓央嘉措也就是没有一天怀疑过爱的至上。在仓央嘉措这里，没有什么比爱情更重要，达赖的地位、荣华富贵、西藏的权力、对蒙藏甘青滇川等大半个中国的影响、因转世而长存不死的命运，以及生命、生存、生活，等等，统统都是淘出来的沙尘，只有爱情才是金子，才是真正的需要和真正的不朽。仓央嘉措是佛，佛对我们说，爱情就是信仰，就是宗教，就是生命。"

智美"呵呵"一笑，高声说："释迦牟尼啊，快来惩罚异端邪说的徒子徒孙吧，让我们看看乌金喇嘛是怎样以末日宣判者的身份宣布新信仰联盟的胜利的。"

香波王子说："我一看你幸灾乐祸就替你本人和梅萨难过，真正的叛誓者恐怕就是你了，当然还有乌金喇嘛。我一想到你在为虎作伥，就发誓一定要把梅萨从你手里夺回来。"

"梅萨不是一样东西，她是个人，她有她自己的选择。"

智美的信心，来源于他和梅萨的性爱。男人的爱情以性力为基础，性力越强大，爱情越牢靠。你香波王子沾都没沾过梅萨，梅萨怎么可能芳心吐蕊呢？但是，他又深深地忧虑着，因为仓央嘉措情歌的存在便是巨力和神魅的存在，情歌正在通过香波王子的口，变成飓风，掀动着任何性力无法比拟的情爱之潮，湮灭而来。他很难受，也很害怕，害怕失去的不仅仅是梅萨。是的，不仅仅是梅萨，一定还有比爱情更重要的，使命、信仰、生活本身，或者别的。

仿佛看穿了智美的心思，香波王子亮出歌喉唱起来：

> 一箭射中鹄的,
> 箭头钻进地里,
> 遇到我的恋人,
> 魂儿跟她飞去。

"别唱了。"梅萨打断他,"唱歌重要还是'七度母之门'重要?"

香波王子半晌才说:"最重要的是,情歌和'七度母之门'都在制造死亡。"

梅萨叹口气:"是啊,不论谁死,对我们都是包袱。但掘藏是历史的契机,几百年甚至一千多年以前就确定好了,你不可回避,就好比多数人没有机会掘藏,你也没有机会不掘藏。担心是没有意义的,你应该心无旁骛,就想一个问题:现在该往哪里走?"

"看来你越来越了解我了。"香波王子审视着她,像是有意说给智美听的。

"那就不要左顾右盼,快说下一步。"

梅萨的口吻里,不经意地含了一丝难以觉察的撒娇,智美敏感地捕捉到了,报复性地一脚踩住刹车,搞得梅萨和香波王子一阵颠踬。

"妈的拦路的石头,滚开。"智美瞪着路面骂道。

香波王子笑了笑,指着"光透文字"对梅萨说:"'授记'给我们的仓央嘉措情歌已经告诉了我们下一步的去向,还是那句证明玛吉阿米已经怀孕的歌词:'请把情爱的印戳,打在各自的心上。'这里的'印戳'除了喻指怀孕,还能引出藏史记载的一段历史、一个典故:'为了一个女人,松赞干布从雅砻河来到卧马塘。上一世,他把印戳打在女人身上,说,这个女人是我的。此一世,女人千里迢迢来寻找这个注定会掌握印把子的男人。来吧,登上拉托托日年赞的隐修之地,在天地的额头,拥有男人和女人。男人说,我就是天,天叫拉。女人说,我就是地,地叫萨。女人和男人一起说,天叫拉,地叫萨,吃饭叫作卡拉萨。"

梅萨两眼忽闪忽闪地瞪着香波王子。

香波王子继续说:"7世纪初,吐蕃部落从西藏山南雅砻河谷崛起,他们引水开田,经营农业,发展人口,盛极一时。到了第三十一代赞普达日涅斯,开始扩大领地,四处征战。达日涅斯的孙子是松赞干布,他十三岁时,王朝出现灾变,大臣争权夺利,谋反叛乱,毒死了松赞干布的父亲朗日伦赞。十三岁的天才王子松赞干布奋起即位,杀死叛逆者,平定内乱,以更大的魄力投入到开疆拓土的战伐中。一日,松赞干布战败苏毗部落,来到一个叫卧马塘的地方。看到这里河水奔流,地势坦荡,牧草连绵,平野之中,一红一绿两座山峰突兀挺峙,既可以高居,又可以坦驰,便说这一定是传说中的王者之地,我的祖先第二十八代赞普、那个活了一百二十岁的拉托托日年赞,离世后就在这座高峻的红山上隐身修行。他曾托梦给我,红山是天地的额头,我的后代将在这里创基立业、征服世界。说完此话,年轻的赞普松赞干布便决定迁都卧马塘。红山就是布达拉山,后来建起了布达拉宫。"

梅萨问:"我不明白,怎么把'卡拉萨'也拉出来了?"

"那个被松赞干布打了印戳的女人,就是文成公主。松赞干布从雅砻河谷来到了卧马塘,文成公主从中原长安来到了卧马塘。一个是阳刚的天,一个是阴柔的地,天叫'拉',地叫'萨',合起来就叫'拉萨'。而'卡'是嘴,加上'拉萨',就是嘴吃天地的意思,食物是天地的精华,拉萨—天地之间,到处都是精华。这就是民间传说中'拉萨'这个名字的由来。"

梅萨又问："可这种解释与'七度母之门'有什么关系？"

香波王子微微一笑："'七度母之门'从华北平原的北京上到黄土高原的拉卜楞寺，又上到青藏高原第一阶梯的塔尔寺，现在又要上一个阶梯了，那就是拉萨。"

梅萨说："去拉萨？我们没有任何准备。"

"那就在路上准备。"香波王子说着，禁不住激动起来，"我又要去西藏了，这次一定要去雅拉香波神山下看看妈妈和姐姐。我上中学的时候在拉萨，年年回去，五百公里路，每次都是偷偷爬上运货的卡车，辗转到达。有时候路上来回要走二十天，而我在家里只能待两三天。为了能和妈妈在一起的这两三天，来回折腾多少天都是值得的。上大学的时候在北京，也是年年寒假都回去。这时候有了助学金，就节省下来，先坐火车到成都或者格尔木，再坐汽车到拉萨，然后换车到泽当，到琼结，到雅拉香波神山脚下。后来工作了，没有假期了，两三年才回去一次。可是妈妈却天天等着我，天天等着我。她不知道过去是等一年见我一面，现在是等两三年才见我一面，还以为现在的日子延长了，一年的时间比过去多了。她见我一面，就给自己增加一岁，现在是两三年才增加一岁。唉，我的好妈妈呀，两三年才增加一岁的八十多岁的好妈妈呀……"

智美把车停在了路边，让梅萨坐到驾驶座上，自己来到后面，抱着胜魔卦囊，两手伸了进去。他没有取出什么来，手一直在卦囊里头活动，嘴里不断念叨着什么。片刻，他撑开卦囊口，低头朝里窥伺一下，愣愣地望着前面。

梅萨问："卜神没有来？"

智美指了指自己的心："早来了。"

梅萨又问："香波王子说的跟占卜结果不一样？"

智美说："一样，去拉萨。"

香波王子说："太好了，我们不谋而合。"

智美说："智慧可以让一个人像神一样通达一切，香波王子，你让神灵失去了用武之地，你很可怕。"

梅萨说："拉萨很大，又是佛教万花筒，'七度母之门'就更难找了。"

香波王子望着"光透文字"说："我们只解释了'授记'，还没有解释'指南'。但愿'指南'能告诉我们具体位置。"然后念起来：

> 酸奶子是这样酿制出来的：先把鲜奶煮熟晾起来，至微温，放入酸奶引子（注意：放引子时，鲜奶过热，酸奶子就会发酸，过凉，酸奶子就不会凝结），倒进酸奶桶，加盖，用皮袍或棉被包裹，从太阳出山到落山，就是佛赐的琼浆酸奶子。
>
> 吉彩露丁的酸奶子是全西藏最好的酸奶子。在供奉右旋法螺的地方，她消除了众生的疲劳症、气类病，强壮了四肢和九十八把铜壶的信念。

香波王子说："怎么是酸奶子的酿制方法？"他皱着眉头，半晌又说，"吉彩露丁的酸奶子？为什么是吉彩露丁的酸奶子？仓央嘉措有一首情歌提到了'吉彩露丁'。"他征询地望了一眼梅萨，唱起来：

> 白昼看你美貌无比，

夜晚看你肌香扑鼻，
我那终身的伴侣，
和吉彩露丁一样美丽。

梅萨说："什么意思啊，'吉彩露丁'？"

香波王子说："一座山、一条河、一片湖，或者一个人，现在还无法确定，到了拉萨再打听。我们最初遇到了玛吉阿米，后来又遇到了姬姬布赤、仁增旺姆和伊卓拉姆，现在又遇到了吉彩露丁，它同样出自仓央嘉措情歌，不可能跟'七度母之门'无关。就算不是伏藏的内容，那也至少是发掘伏藏的突破口。你说呢，智美？"说罢，留意着智美的反应。

智美抠着脸颊上的伤疤，不说话。

香波王子又说："还有'九十八把铜壶的信念'，会是什么？"

回答他的是一声吼叫，是牧马人的吼叫。梅萨猛踩油门，朝着一辆从后面驶来的小货车冲了过去。

智美前后摇晃了一下，胜魔卦囊掉到了脚下，抓起来，愤怒地说："你干什么？"

梅萨一手扶正歪到一边的牛绒礼帽说："往前看。"

香波王子已经看到了：前面的小货车上，拉着一个铁笼子，铁笼子旁边坐着一个喇嘛，正是他们在拉卜楞寺见过的那个留胡子的喇嘛。但重要的当然不是铁笼子和胡子喇嘛，而是铁笼子里的山魈，那只原属北京动物园的死而复生的山魈。山魈原本是坐着的，一见追过来的牧马人，突然四肢着地，做出一副准备奔跑的样子，犹豫了片刻，一头撞到了铁笼子上。

香波王子心疼地叫了一声。

山魈左撞右撞，把铁笼子撞得哗哗直抖，眼睛放出两股荧光，东一闪西一闪。

香波王子说："追上去，追上去。"

智美说："不能追，不能追。"

梅萨还是加快了速度。智美一把抓住梅萨的胳膊不放。梅萨只好停下。

香波王子说："你好像格外不想见这只山魈。"

智美说："我讨厌动物。"

香波王子说："你不能讨厌，它肯定还会出现。我感觉它是我们的引导，它走向哪里，我们就会到达哪里。我们还是应该追上去，问问它去哪里。它会说话，它的眼睛会说话。"

梅萨看了看智美，智美瞪着她，她没有追。

香波王子无奈地点着了一根烟，抽了几口，瞄着窗外黯淡下来的天色说："那我们也不能不走啊，警察和阿若喇嘛追上来怎么办？前面是湟源县，到了那里再说，车要加油，人要吃饭。要不要休息一晚上，你们看。"他这才意识到自己一天没吃东西了。

牧马人朝着湟源县驶去。

4

香波王子一行就在湟源县城吃了饭，又买了锅盔和矿泉水带着，打算不管天黑天白，轮换着开车往前赶。但是他们一出餐馆就发现牧马人不见了。

梅萨焦急地望着漆黑的夜色说："怎么可能呢？我们明明是锁了车门的。"

香波王子苦苦一笑说:"只能不要了。"

梅萨没想到他会如此轻描淡写,瞪着他:"你那么喜欢牧马人,说不要就不要了?况且我们需要它。"

香波王子说:"丢失的就是不需要的。偷车人迫不及待地打草惊蛇,很可能是提醒我们:你们又被盯上了,牧马人目标太大,很危险,你们不能再开了。我猜想,他会一直跟着我们。"

梅萨问:"你琢磨他是谁?"

智美说:"不管他是谁,我们一定要甩掉他,我们不需要任何人的帮助。"

梅萨说:"这个我同意,打开'七度母之门',发掘'最后的伏藏',最忌讳的就是杂乱。伏藏一旦现世,如果碰到不良分子,很可能就会自动消失,古代的掘藏无数次都是这样。"

他们沿着公路往前走,一辆白色卡车从后面驶来。香波王子转身扫了一眼,看到车门上有"共和"两个字,便吼一声:"师傅。"

白色卡车停了下来。这是一辆返回海南藏族自治州共和县的卡车,它的出现让香波王子想起了唐蕃古道,也想起了当年仓央嘉措离开拉萨远徙青海的路。这条路以蜿蜒崎岖著名,比青藏公路难走多了,去拉萨的人一般不走这条路。但对他们来说,也许这是一条最安全的路。

白色卡车的光头司机是只要给钱就拉人的,问道:"我这车是拉过活羊的,臭烘烘的,你们坐不坐?"香波王子问梅萨和智美:"坐不坐?"智美又一次表现出了反应的敏捷,没等梅萨说出话来,已经踩着轮胎爬了上去。

似乎是神不知鬼不觉,他们于清晨到达共和县恰卜恰镇,找了一家隐蔽的小旅馆睡了一觉,黄昏时再度启程。还是那辆白色卡车,香波王子跟光头司机说好，就坐他的车去拉萨。光头有些奇怪："你们是什么人，怎么会雇一辆破卡车去拉萨？"香波王子笑而不答。

白色卡车驶向"河源北门"的乌海（今花石峡），天亮前到达黄河第一镇的玛多县城。车上的人在县城吃了早饭，换了智美开车。翻过黄河源头高旷的巴颜喀拉山顶，进入了玉树藏族自治州，下来就是通天河、结古镇。天黑了。

作为贸易集散地的结古镇在夜晚有一种暧昧而神秘的斑斓，街镇上的房间好像换了内容，一盏盏灯光是一层层惺忪，诱人而勾魂。一种属于草原的热烈而单纯的繁华，携带白天的余温，寂亮着不退。

梅萨说："这里真不错，就是海拔高了点。"

光头司机死活不走了。他把卡车撂到停车场，说他有个相好在这里开商店，知道来了没去看她，骂死他哩。

香波王子付给他一千块，说好了明天出发的时间，然后带着梅萨和智美来到镇街上，轻车熟路地走进了一家碉楼旅馆。

梅萨嘀咕道："说好要把我们拉到拉萨，司机怎么变卦了？我感觉不对劲，他眼睛贼兮兮的，跟过来看着我们走进了这家旅馆，是不是把我们当成坏人了？"

智美说："人家眼光没错，我们不是什么好人，沾香波王子的光都成了逃犯。"

梅萨说："看样子我们不能住这儿。"

香波王子说："我就没打算住，赶紧走，警察马上就到。"

他们从碉楼旅馆的后门出去，一路上坡。香波王子说："前面是彭措达泽山，山顶就是著名的结古寺。"香波王子带着他们上山走进寺院建筑群，在一些红墙白檐的殿堂间穿来穿去，又顺着一条小路往南绕过去。半个小时后，他们出现在丁字街口的结古影剧院对面，溜进一家饭馆，要了十斤手抓肉、十个大饼和十瓶啤酒，统统打包，然后来到了停车场的白色卡车跟前。

香波王子看看四下没人，用右肘一下捣碎了车门玻璃，打开门，坐进驾驶室，摸出一把钥匙插了进去。

梅萨惊问："你怎么有钥匙？"

香波王子"嘿嘿"一笑："道高一尺魔高一丈，快上车。"

白色卡车驶出停车场，刚开上街，就见路灯下光头司机带个几个警察追踪过来。香波王子加大油门，忽一下从他们面前开了过去。

光头司机喊道："跑了，他们跑了。"

白色卡车直奔囊谦县和澜沧江上游，三个小时后进入了西藏。

香波王子心里一阵松快，仿佛一进入西藏，所有的追踪就不会再有了。其实朦胧的感觉里，更多的倒是扑入故乡怀抱时的激动。好像激动和由来已久的眷恋就是保护，比别处更浓烈更坚固的信仰就是依靠，迎面而来的西藏第一座经幡猎猎的鄂博就能壮胆。他不怕了，似乎什么也不怕了。香波王子唱起来：

> 为爱人祈福的经幡，
> 飘扬在柳树旁边，
> 看守柳树的阿哥，
> 请别用石头打它。

身边的梅萨说："一连几天都没好好休息，你不累啊？"

靠窗口的智美说："你不累我累，不要唱了，我想睡一会儿。"

香波王子一手攥着啤酒瓶，痛快地喝着："我知道你为什么不敢面对仓央嘉措情歌，你害怕失去梅萨是不是？情歌是我的武器，我已经向你宣战了。"

智美嘲弄道："吓死我了，一听到宣战，我马上屁滚尿流。"

香波王子说："这里是西藏，是信仰的天堂，就是呛一口尘埃，那也是净土。别说你，就是乌金喇嘛、新信仰联盟，要是不皈依佛教，统统都得屁滚尿流。"

智美冷峻地说："新信仰联盟认为人类绝对需要信仰，但信仰不等于宗教。皈依宗教其实并不是皈依信仰，因为信仰首先关注的是人类精神的纯洁与高尚、无私与奉献。而宗教却更在乎组建一个集团，然后争名逐利。"

香波王子说："你错了，你把宗教集团当成了宗教。"

智美说："都一样，都要垄断信仰，禁锢思想，迫使许多人因为不愿意或者没有机会加入宗教集团而失去信仰。所以新信仰联盟要挽救信仰，要把信仰从宗教的桎梏中解放出来，变成更加普世的新信仰。"

香波王子说："请问，新信仰联盟的新信仰到底是什么？"

智美说："目前还没有，正在寻找，一定能找到。"

香波王子说："不用找了，只要读懂仓央嘉措，就算找到了。在仓央嘉措看来，宗教的最高理想就一个字：爱。"

智美冷笑道："仓央嘉措怎么看待宗教，打开'七度母之门'以后才知道。"

香波王子哈哈一笑："那就请听仓央嘉措的歌声吧。"

心中爱慕的人儿，
若能够白头到老，
不亚于从大海里，

采来了奇异珍宝。

智美喊了一声:"别唱了。"

香波王子唱得更加抒情了:

> 高贵优雅的小姐,
> 容颜如此美丽,
> 就像熟透的桃子,
> 悬在高高的枝头。

隔着梅萨,智美伸过胳膊来,一把揪住香波王子的衣领:"我让你别唱,听见了吗?"

梅萨说:"智美快放开他,车要翻了。"

智美松了手:"梅萨,你让他闭嘴。"

梅萨说:"嘴巴长在他身上,你让他唱;耳朵长在你身上,你可以不听。"

智美说:"你怎么那么喜欢听他唱?"

香波王子声音更加洪亮了。

> 我和情人幽会,
> 在南山密林深处……

智美大吼一声:"停车,我要下去。"

车停了,仓央嘉措情歌没有停,好像不把智美气死不罢休。智美从车前绕过去,拉开车门,撕住香波王子的衣服把他拽了下来。

两个男人面对面峙立着,在西藏寂静的夜空下,一个沉默,一个唱歌。旁边是梅萨,紧张地看看这个,望望那个。智美一拳打了过去,打在对方嘴角上,仿佛说我打烂你这张唱情歌的嘴。香波王子没有还手,还是唱:

> 没有一个人知情,
> 除了巧嘴的鹦鹉……

再一拳,又一拳,都在嘴上,香波王子摇晃着,倒地了,还在唱:

> 巧嘴的鹦鹉啊,
> 可别在外面泄露。

"看来你是宁死不罢唱了,那你就死去吧。"智美压住了他,抡起拳头一下一下揍着。香波王子还是不还手,也没有躲避,只是用一张烂嘴倔强地唱着。好像情歌就是回击,就是呻吟,就是惨叫,就是痛哭。

梅萨扑过去,推搡着智美。

"梅萨你不要管,让他打,让他打。"接着又唱起来:

> 在这短暂的一生,
> 多蒙你如此待承……

香波王子脸上堆积着青紫,鼻子、眼角、腮边都流血了,疼得他一声声地吸着冷气。但仓央嘉措情歌没有断,依然坚顽地从他血嘴里流淌着：

  不知来生少年时，
  能否再次相逢。

  智美从香波王子身上爬起来，也拉着对方站起，阴沉沉地说："既然你抱定了死的决心，那我也不想活了。"说罢，抽出自己的藏刀，在衣袖上擦了擦，"我们决斗，西藏的男人就应该用西藏的方式解决问题，我们只能决斗。"
  香波王子揩着满面的血说："我同意，你杀不了我，仓央嘉措情歌就要唱到底，只要情歌唱到底，梅萨就属于我。"
  智美说："也许我也会唱情歌，活着的是我。"
  梅萨哭着说："那还不如我死。"
  香波王子推开她说："你要是死了，我们两个都得死，你要是活着，我们还能活一个。"又面对智美，"但决斗不能在这里。"
  智美说："那你说吧，在哪里？"
  "应该在昌都强巴林寺大门口的平台上，那里可以看到昌都全貌和澜沧江。一旦我死了，死前看到的是昌都城，我就能托生在城市里。看到的是澜沧江，我的灵魂就能乘江而去，选择一个风景好的地方停下来。"
  香波王子舔了舔流出嘴唇的血迹，粗喘了几声，又说：
  "更重要的是那里有加惹坝。当年莲花生大师在喜马拉雅山南麓的洛门密林黑洞中修行时，受到一大批被称为'斩杀者'的恶魔信徒的挑衅。斩杀者说，作为圣者，你要是在修持完男女密道之后，解脱（意为杀掉）她，并吃掉她的肉，喝掉她的血，你将获得欢乐和权势以及无与伦比的神通力。否则你的圣者之名就是不真实的。莲花生大师大怒,立刻显现九头十六臂的忿怒金刚相,镇服了那些恶魔信徒斩杀者。只有一个名叫塔巴纳波的斩杀者不服,发下毒誓说,为了反对你的教理,我的转世将和你决斗。"

梅萨拿出纸巾,要揩去他脸上的血,他躲开了,接着说:

"若干年后,莲花生大师来到喜马拉雅山北麓的吐蕃,果然遇到了斩杀者塔巴纳波。决斗就在澜沧之头、强巴林寺所在地的加惹坝。自然是莲花生大师获胜。从此加惹坝成了佛教的福地。传说在那里多次发生过圣教和外道的决斗,祈请过莲花生大师的佛教徒,没有一次失败。你不是莲花生大师的信徒,你敢不敢去啊?"

智美收起藏刀,咬牙切齿地说:"事到如今,没有我不敢的了。"

再次出发的时候,还是香波王子开车,还是不屈不挠地唱着仓央嘉措情歌。梅萨和智美再也没说什么。智美就像听着魔咒,痛苦得埋下头,双手死死捂着耳朵,一遍遍地念叨:决斗,决斗,昌都决斗。

类乌齐到了,这里刚刚下过一场透雨,空气里有一股潮湿而清新的泥土气息。白色卡车左拐往东,一路上伴河而行,很快跨过了桑多桥。香波王子严肃地说:"再有大约五十公里,就是藏东重镇昌都了。"然后还是唱。正唱着,眼前突然一片昏暗,他一脚踩住刹车,梅萨和智美朝前冲去,汽车里丁零当啷一阵响。

有塌方,似乎被雨水浸泡过的山体塌下来才不久,夜空下还有烟雾扬起,路被积土堵得严严实实。三个人下车,朝前走了走,听到左首的山壁上,土石还在哗啦啦往下淌,赶紧回到卡车旁。

梅萨说:"往回开吧,停在这里会埋了我们。"

香波王子说:"我们没有退路,追兵就在后面,只能弃车步行,走到昌都去。"

梅萨还要说什么，就见智美已经踏上积土的顶端，准备翻过去。

更大的塌方还在发生，一阵轰隆隆的声音震耳欲聋，土石倾泻而来，铺天盖地。香波王子拉着梅萨往后跑，总算躲过了土石的追击，回头一看，智美已经消失在尘土灰烟里了。

梅萨尖叫起来："智美，智美。"冒着仍然零星落下的土石，跑向路面上刚刚垒起的土石堆，站在最高处，四下瞭望，没看到智美的身影，便号啕大哭。

香波王子追过去，把梅萨连推带抱，带离了土石堆。又是一波隆隆作响的塌方，岩石疾风般滚荡。他们跑向百米开外，停下来再看时，两山之间深阔的低凹已经不见了，一座土坝黑森森地隆起，弥扬的尘土黯淡了高原的大月亮，悲风阵阵。

就这么快，一个同伴不见了，一个生命逝去了。

两个人互相搀扶着，定定地立了很久。

走向昌都的路上，香波王子一直在沉默。智美的突然消失让他无言而伤感，悲痛是不由自主的。虽然心灵是一只更加透彻的眼睛，但在这个山神震怒、死亡比活着更容易的西藏之夜，他感觉不到侥幸会眷顾智美。他想到梅萨非常难过，就尽量不去打搅她，没料到梅萨会主动问起来：

"昌都你不熟啊？"

"熟，很熟。"

"那你为什么不给我说说？"

香波王子盯着她，夜色中能看得见她脸颊湿湿的，泪水经过的地方，成了闪闪的沼泽。她不希望沉默，她需要分心，她需要感觉到现实的存在、目标的存在。不然就太空幻了，空幻得自己也想死了。

他说:"昌都的藏语意思是河水汇合处,汇合之水指的是澜沧江上游的两大支流昂曲和扎曲。这里古来就是连接西藏、青海、四川、云南的交通孔道。当年十六岁的少年宗喀巴入藏途经昌都时就预言,如此形胜之地将来定能兴寺弘法。六十四年后,宗喀巴的弟子喜饶桑布在古冰河切割而成的红壤第四阶地上创建了强巴林寺。但我更看重的是,仓央嘉措到过这里,这位落魄的活佛离开西藏时,就是从昌都走向青海的。他和他的祖师青海人宗喀巴默然神会地走在了同一条路线上,但却是相反的方向、不同的遭际。"

"是啊,不同的遭际,总有不同的遭际,智美就这样走了。"梅萨呜呜呜地哭起来。

5

还没走到昌都镇,天就亮了。进入昌都镇区时,已是日上三竿。

香波王子和梅萨走过昂曲桥,来到昂曲河崖上,在一家挂着"康巴人"招牌的商店买了早点,一边充饥,一边谨慎地朝汽车站的方向走去。他们意识到玉树结古方面已经通报昌都,汽车站肯定有警察设伏,希望能在离汽车站远点的地方拦到一辆去拉萨的长途车。但是没想到他们一过昂曲桥,就被警察盯上了。

一辆面包车在一百米外跟踪着香波王子和梅萨。车内,一个老警察吩咐几个年轻部下:"不要急着动手,先看看他们来昌都准备干什么,最好能在作案现场实施抓捕。"

但昌都警察还是跟得太紧了,香波王子一回头发现了慢慢走动的面包车,拽起梅萨,加快了脚步。警察意识到已经暴露,加速追来。香波王子和梅萨拐进一条街道,在一些骑马和步行的人群里穿来穿去。六七个警察跳下面包车在后面奔跑。他们熟悉环境,直奔路口,等香波王子和梅萨发现路已到尽头,必须左拐或右拐时,路口已经被堵住了。

警察们吼叫着,扑过来瓮中捉鳖。

这时从香波王子后面跑来一队骑马的喇嘛,用马身堵住了三面的警察。其中一个跳下马,把缰绳塞到香波王子手里说:"快去强巴林寺。"

香波王子是从小骑过马的,先扶梅萨上去,然后自己跃上马背,驰骋而去,把警察和他们的喊叫远远甩在了身后。快到高高的第四阶地了,参差巍峨的强巴佛殿、宗喀巴殿和护法神殿扑面而来。忽然,一个十一二岁的小喇嘛闪出来拦住了他们:"下来,下来,把马给我。"又指指两排白墙僧舍的中间说,"你们快走吧,想去哪里去哪里。"

香波王子和梅萨跑向小喇嘛手指的地方,大吃一惊:"牧马人?湟源县城丢失的牧马人怎么会在这里?"

他问小喇嘛:"谁把这辆车停在这里了?"

小喇嘛说:"你自己。"说罢,拉着马跑了。

我自己?香波王子摇晃着头,云里雾里。

牧马人行驶在昌都镇的街道上,路过追捕的警察,居然平安无事。在结古警察给昌都警察的通报里,只有白色卡车,没有牧马人。牧马人从容不迫地离开昌都镇,朝着拉萨驶去。

但是香波王子并不高兴,觉得有人不仅盯着他,还想操控他。这个人是谁?他是一个特立独行惯了的人,从来都是自己支配别人,现在竟要受到一个隐身人的支配。如果不是昌都警察的追捕,他真想和这个人的意志拗着来:丢弃牧马人,偏不开,坐长途汽车去拉萨。他说:"梅萨你说过,伏藏一现世,要是碰到不良分子,就会自动消失。

怪不得到现在我们还没有打开'七度母之门',就是因为不良分子一直伴随着我们。"

梅萨说:"你指谁呢?"

香波王子说:"我不知道是谁,所以我郁闷,居然有人提前知道我们要来昌都。"

梅萨说:"这一路奇奇怪怪的事情还少吗,你应该习惯,应该把牧马人的归来看成是神的帮助,有了它总要方便一些。"

香波王子还是闷闷不乐,路过公路边一片平坦而开阔的冲积扇时,他把车开上去,停了下来。他静静地坐着,她也静静地坐着,都不说话。

突然,香波王子从驾驶座上下来,打开后排车门,把梅萨拉下车,一把将她抱在怀里。

梅萨呆若木鸡,没有任何回应。她感觉到的不是香波王子的欲望,而是灰心、孤独、脆弱和迷惘。她内心一痛,慢慢张开双臂,抱住了他。这时候,她听见了他的心跳,也听见了自己的心跳。

香波王子低声说:"你妈妈是怎么告诉你的?'你可以抛弃你的父母,但你不能抛弃你的等待。你一辈子都会等待一个男人,这个男人一旦出现,你的心就会咚咚咚地跳……'"

梅萨推开他,脸红成了紫茄子,不是害羞,也不是愤怒或激动,悔罪好像更确切,如同有人一下子揭穿了她:你长期等待的就是这一刻,如今智美不在了,你的等待终于实现了。"不不不。"她反应激烈地说,"我不想听你说感情,除了'七度母之门',你什么也别说。"

"可是你需要我,我也需要你。"

"我们共同的需要是发掘伏藏。"

香波王子说:"这个没问题,我以生命发誓,掘藏到底。"

梅萨沉默片刻，突然冷笑一声说："别作践了生命，你连烟、酒、肉都舍不得戒，还侈谈什么掘藏。你根本没有接近'七度母之门'的资格。我早就说过，戒除一切不清净的嗜好，是掘藏的前提和伟大伏藏的期待，是伏藏学告诉我们的真理。"

香波王子睁大眼睛，用上牙咬住下唇："如果我不想戒酒，戒烟，戒肉呢？"

"那就预示着掘藏失败，预示着再往前就是送死。"

"也预示着你将离我而去？"

"一定会的，因为你不是我的等待。"

"可女人的爱情并不取决于自己，痴迷于诱惑和屈从于强迫有时并没有严格的界限。这里是西藏，到处是荒山野岭……"

梅萨转过身去，毅然从腰里拔出藏刀，像熟练的护士扎针一样迅捷地扎向自己的胳膊。锋利的藏刀穿透衣服，立在了皮肉上，刀身开始是摇晃的，渐渐不动了。

香波王子大惊失色，喊道："你别这样。"又无奈地摇摇头，从衣袋里掏出香烟和打火机，用最大的力气扔向了宽阔的冲积扇。他痛惜地看着梅萨的胳膊说："戒戒戒，我向你发誓，什么都戒。现在可以了吧？"

梅萨把扎着藏刀的胳膊朝前一伸，逼视着他："不可以。戒只是掘藏的需要，还不是我的需要。我需要真正的感动，而你并没有感动我。"

"说吧，怎么才能感动你。"

"你能用仓央嘉措情歌把我唱哭吗？如果能……"

"你就属于我。你等着，你肯定哭。"香波王子唱起来：

> 和我相爱的情人，
> 已经被人家娶走，
> 心中的积郁成疾，
> 身上的皮肉枯瘦。

音调的悲伤是前所未有的，仿佛香波王子经历了所有的痛彻、所有的爱情悲剧，让人感觉他胸腔里有一冬的冰凉、一秋的凄惨。

泪水慢慢在梅萨眼眶里聚集，缓缓流出。

香波王子高兴地惊呼起来："你哭了，我感动你了，你属于我了。"

他热烈地拥抱梅萨，想吻去她眼中的泪。

梅萨伸手托住他的下巴，使劲往后推，拒绝着香波王子的拥抱和亲吻。她泪水后面的目光冰森森的，尖刀一般刺过去："你不懂，我是为智美难过。"

香波王子松开了手，似乎这才想起，智美尸骨未寒。

又听梅萨说出更加冰冷彻骨的话来："我更为仓央嘉措难过。"

香波王子愕然。梅萨接着说："一个自称仓央嘉措转世的人，一个整天把仓央嘉措情歌挂在嘴边的人，其实是最不懂仓央嘉措、最没有资格唱仓央嘉措情歌的人，也是最不配拥有爱情的人。"

香波王子如同被人打了一闷棍，死僵僵地瞪着她。

成年以来，香波王子以情圣自居，风流倜傥，情场上漫天撒网，遍地开花。用所向披靡、战无不胜比喻，也不过分。天下只有他拒绝姑娘，哪有姑娘拒绝他的。就算遭受一次挫折，也不至于挫败他的信心，不过是落花有意，流水无情，缘分而已。如今天大的遗憾出现了：最不该拒绝的梅萨拒绝了他，拒绝的理由竟是他最不懂仓央嘉措，最没有资格唱仓央嘉措情歌，最不配拥有爱情。

香波王子后退一步打量梅萨,这个他深爱的姑娘,让他看不懂了。一贯口若悬河的他这时出现了口吃:"你,梅萨,你,刚才说,说的是什么?"

梅萨说:"我再也不想听你唱仓央嘉措情歌了,不是怕被你感动,是怕仓央嘉措情歌被你糟蹋。"

香波王子窘得脸色通红,细瞅过去,发现梅萨远了,仿佛跟他已不是同类了,中间横亘着整个西藏,用心用手都是抓不住的。但毕竟他禀赋是争强好胜,是有强烈自尊心的,不甘与征服依然左右着他。他什么也不想干了,追求暂停,情欲罢休,就想着一件事,把仓央嘉措情歌唱好,唱出最锐利的锋芒,刺痛她,感动她,让她的眼泪腌渍她。

忽然,他望着天空大声说:"今天,此刻,当着我心中的'七度母之门',当着身前身后、天空大地西藏所有的神灵,我想跟梅萨有个誓约:如果我用仓央嘉措情歌唱不出她的眼泪,我香波王子就不是男人,就说明仓央嘉措遗弃了我,我不配拥有爱情,我将离开梅萨和所有女人。在誓约兑现之前,如果我对梅萨有任何妄念妄动,佛不佑,神不保,天诛地灭!"

梅萨也仰望天空高声说:"我也发誓,只要我身边这个叫香波王子的人,为我唱的仓央嘉措情歌能够感动我,让我流泪,我就属于他,包括我的肉体、我的感情、我的心、我的灵魂!"

又上路了。香波王子说:"你现在可以摘掉你的牛绒礼帽了,它虽然漂亮,但戴着不方便。再说,你有一头这么浓密漂亮的头发,用帽子压住多可惜啊。"

梅萨说:"伏藏学告诉我,对那些衣冠整洁的人,神灵会格外关照。"不过她还是摘掉了牛绒礼帽,把它扔到了座椅后面。

香波王子迅速回头看了她一眼:"你怎么可以对自己用刀呢,而且那么狠?"

梅萨捂着胳膊上的伤口说:"伏藏学还告诉我,对那些用自残发过血誓的人,神灵的关照将成倍增加。"

香波王子紧打方向盘,绕开了一块从山上滚落的石头。

大概是香波王子戒烟、戒酒、戒肉的缘故,接下来的几天出奇的顺利。他们路过了八宿、波密、林芝、工布、墨竹,都是些风光无限的地方,让香波王子低落的情绪渐渐高涨起来。虽然他以前不止一次地来过,但这些地方每一处都是来不够的,多看一眼就多一种福分。他又开始唱仓央嘉措情歌,却没有了以前的洋洋自得。梅萨的话严重损害了他一贯的自信,让他不得不怀疑自己:我真的不懂仓央嘉措和他的情歌?

6

那天晚上,塌方并没有埋葬智美。他动作敏捷,迅速从推倒他的土石中爬出来,借着飞扬的尘土和浓厚的夜色,脱离了同伴的视线。两个同伴互相搀扶着为他悲伤的时候,他已经朝着昌都方向走出很远。他知道这是逃避,逃避痛苦、仇恨和决斗,也是挽救,挽救面子和"七度母之门"。他比谁都清楚,香波王子不能死,他死了谁来掘藏,自己也不能死,死了谁来决斗——不是现在决斗,而是掘出伏藏以后,最后的决斗将是新信仰联盟面对佛教、乌金喇嘛面对"隐身人血咒殿堂"、他面对香波王子、梅萨面对她自己。谁是最后的胜利者,连占卜都是空白,说明人与神都无法预测,他不能一时冲动而中断了所有依然未知的进程。

他一边孤独地前行,一边用手机和邬坚林巴通话:

"我离开了他们,他们以为我被山体滑坡压死了。"

"为什么?"

"我受不了香波王子。"

邬坚林巴试探着问:"你受不了的恐怕是梅萨吧,梅萨变心了?"

智美沉默着,不得不承认这已是事实:尽管他和梅萨彼此有过共信、共爱、共生、共死的承诺,都知道发掘"七度母之门"是他们共同的使命,但现在面对的是香波王子,是香波王子魅力巨大的光环——仓央嘉措及其情歌。

邬坚林巴说:"这就是你的无明了。你也算是个修法之人,尽管你的修法仅仅是为了发掘'七度母之门',但也应该有超越情事的能力。"

"超越是做不到的,谁都可能是仓央嘉措。我仇恨香波王子的仓央嘉措,又希望我自己是仓央嘉措。我是人,人有天性,人的天性换一个名字就叫仓央嘉措。"

邬坚林巴沉吟着:"我有点明白了,照你的说法,只有具备仓央嘉措天性的人才能发掘仓央嘉措遗言,天性是掘藏的资本。但是不管怎么说,你一定不能陷入粗欲俗爱中,该放弃的就要放弃,尤其是梅萨。"

"可她是我的法侣,法侣是掘藏的助力。"

"法侣可以再找,助力可以重生。你的目的是发掘'七度母之门'的伏藏,为了这个目的,什么事情都可以做。你不是说你有仓央嘉措的天性吗,仓央嘉措可不会在一棵树上吊死。"

"什么再找、重生,我从来没想过。"

"那就现在开始想,到了昌都你会看到第二棵树,有了第二棵树,你就不会吊死了。"

"什么意思?"

"我们可以在昌都见一面。"

这会儿,智美走进邬坚林巴指定的昌都澜沧江酒店,挑了一个僻静的座位刚坐下,就见邬坚林巴不知从什么地方闪了出来。他们坐到一起,边喝奶茶边说话。

"怎么没见阿若喇嘛,你不帮他了?"

"不动佛明示阿若喇嘛,应该开着喇嘛鸟从青藏线去拉萨。我为了你们的安全,替你们把牧马人开到昌都,现在,香波王子和梅萨大约已经见到它了。随后我去拉萨,还得跟阿若喇嘛在一起。"

智美看着正墙佛龛里的绿度母塑像和四壁的度母画像说:"酒店也供奉度母神,有什么讲究吗?"

"这是西藏唯一一家把度母当作财神供奉的酒店,如果一个单身汉经常来吃饭,就会有你们俗人说的艳遇。"

"看来我不该来这个地方。"

邬坚林巴笑道:"恰恰相反,你最应该了。你守望到明天下午,就会有一位白度母一样的姑娘来这里吃饭,她可以是你的下一个法侣。"

"我对梅萨以外的任何姑娘都不感兴趣。"

"她说她前世是仓央嘉措的情人,她叫索朗班宗。"

智美噌地站了起来:"仓央嘉措的情人?你怎么认识她?"

"她从拉萨来昌都已经半个月了,专门来这里等一辆牧马人,我开着牧马人一过桥头,就被她拦住了。她说是她妈妈让她来这里等的,等她前世注定的爱侣,一个今年夏天去西藏开启'七度母之门'

的人，看来又是一个活生生的掘藏'指南'。我一直在考虑，是把她介绍给你呢，还是介绍给香波王子，现在看来介绍给你是合适的。你说呢？"

智美醋溜溜地说："你应该介绍给香波王子，他喜欢阔爱，比我多情。"

"正因为如此，不能介绍给他。用情泛滥的人不会是最后的掘藏者，我把希望寄托在你身上。"

智美坐下说："怎么证明她真的就是仓央嘉措情人的转世呢，就凭她说？"

"你自己来证明，如果你情不自禁爱上她，她就一定是了。"

智美没再说什么，一口一口喝着奶茶。

邬坚林巴起身要走，说是要去看看他的老朋友强巴林寺的首席大喇嘛森朵才让。智美要了酒菜，慢慢吃，慢慢喝，直到深夜关门。他去楼上开了房间，睡到第二天早晨，然后又来到把度母当作财神供奉的地方继续守望。下午两点，白度母一样的女人娉娉袅袅地出现了。

智美倏地站了起来。

一个白色仙女装的女人走动着到处看看，最后眼光落在了智美身上。智美笑着，招了招手，正要走过去，就见端庄秀丽的白衣女人神情一暗，转身走了。

智美愣了片刻，喊一声"索朗班宗"，追了出去。

索朗班宗转瞬不见了，就像稍纵即逝的音符，豁然一亮，便天籁归天。智美追出澜沧江酒店，前后左右地寻找，哪儿也没有。酒店前的马路上，甚至都看不到一辆可疑的汽车。难道是我眼花了？思盼心切产生幻觉了？他沿着门边往前走，突然发现酒店外观一壁华彩的妙莲祥螺、金瓶宝伞原来是一扇扇可以开启的门。他推门进去，只见一弯月梯盘旋而上。他沿着月梯往上走，来到一个扎着几顶夏季帐篷的平台上。平台连接着山脊。山脊的腰里，延伸着一条马路。马路上有一只乌鸦，那不是乌鸦，是一辆远去的黑色轿车。他跑上山脊追视着轿车，轿车通过了昂曲桥。

索朗班宗走了，一见他就走了，为什么？智美迅速回到澜沧江酒店，告诉经理，他希望租一辆去拉萨的越野车。

经理说："你有担保吗？最好是昌都人。"

智美说："有，强巴林寺的首席大喇嘛森朵才让。"

经理拿起电话说："那我要落实一下。"

智美知道一落实就完蛋了，他不过是听邬坚林巴提到了首席大喇嘛森朵才让，便随口说了出来。他赶紧离开，忽听经理在后面喊："不租了？"原来是森朵才让答应担保。一定是邬坚林巴起了作用。

一个小时后，智美钻进了一辆切诺基。

切诺基直到第二天中午才追上索朗班宗的"乌鸦"。"乌鸦"是一辆出租车，智美一看就知道，是车主给一辆其他颜色的雪铁龙上了黑漆。黑色神秘而庄严，它在西藏，比红色更吉祥、更壮美。

已经到达波密县扎木镇。秀丽的风景让索朗班宗停车走进了路边树林，等她握着一把野花走出树林时，智美拦住了她。

索朗班宗凤眼竖起："你是谁？拦我干什么？"

"你是索朗班宗，仓央嘉措的情人？"

她看了一眼他的切诺基说："你认错人了吧。"

智美说："看你的眼神你一定是，邬坚林巴让我来找你。"

"邬坚林巴？就是那个开着牧马人的喇嘛？他应该知道，我等待的是牧马人的车主、一个长头发的男人。"

"你指的是香波王子,他开着牧马人已经往拉萨去了。"智美说完了就后悔,干吗要给她说实话。又说,"我落在后面,就是为了找到你,走吧,我们坐一辆车。"说罢,走向"乌鸦",自己掏钱打发走了司机。

索朗班宗看着智美,没再说什么。

继续赶路的时候,智美一直在寻思,如果有仓央嘉措情人的转世做他的法侣,是不是仅靠他的占卜就能发掘"七度母之门"呢?也许,也许。在此之前,他从来没有奢望过单独掘藏,总以为自己和梅萨都是在协助香波王子。尽管他们和香波王子有着大相径庭的目的,但过程绝对是一致的。现在,绝对一致的过程因为两个男人都爱梅萨而有了不可重合的分袂,有了分袂之后的"法侣再找"和"助力重生"。是不是天助我也?索朗班宗就是我的,"七度母之门"也是我的——不仅掘藏的结果是我的,过程也应该是我的?

风的呼啦仿佛一声声冷笑,在智美的心底响起,转眼又变作《卜神法音·占卜修炼》:"他听到箴言从水中升起,就像明母的眼光之剑穿透了他的心——控制了女人的身体,就能控制女人的灵魂。那法要如此清晰:你们合并,你们合并,你们是乌斯藏的青山绿水、受教心子。此后,吁请卜神安驻心灵。"智美想,一定不能让索朗班宗和香波王子见面,一定要把她牢牢控制在自己手里。

晚上到了林芝,他们在一家四川人的路边店吃了饭,然后回到车上连夜赶路。大约前行了二十公里,在一处林深车稀的地方智美突然停了下来。

索朗班宗正在打盹,晃醒了以后惊问道:"怎么了?"

"忘记买水了。"

"我这里有。"

索朗班宗把自己包里的矿泉水拿出来给他。他拧掉盖子,咕噜噜喝完了一瓶。然后,然后他就镇定了。他下车又上车,坐到了索朗班宗身边。

"你是索朗班宗,是仓央嘉措情人的转世,反过来说,你是谁的情人,谁就是仓央嘉措的转世对不对?"

"对啊。"她点着头,一脸的天真无邪。

智美突然抱住了她。她想挣脱,摇晃了一下身子,就试出他有一身牛力气。

"我就是你等待的牧马人的车主、那个长头发的男人,我的头发在昌都剪掉了。"

她惶恐地说:"可我感觉不到你就是。"

"那是因为我没拿出信物来。"智美说罢就唱起来:

> 表面化冻的土地,
> 不是跑马的地方,
> 刚刚结交的姑娘,
> 无法倾诉衷肠。

他的仓央嘉措情歌是一路上从香波王子那里生吞活剥来的,唱得有些生硬。但藏族人的艺术天赋让他基本靠谱,音调是准确的,歌喉是响亮的。索朗班宗有些迷糊,感觉他不是她的等待,却又没有更多理由否定。

"好听吗?"

"好听。"

"当年仓央嘉措就是这样唱的。"

"怪不得我从来没听到过。"

索朗班宗觉得耳朵是舒服的,情歌钻透的耳朵仿佛慰藉了她的头脑:有情歌作信物,怎么能说他不是她的等待呢?但心还是有点冰硬,极想推开他,手却不听使唤,一点力气都没有。怎么办?衣服已经被他撕开了,怎么办?她发现自己选择的不是反抗和顺从,而是真的还是假的。也许,也许让他进去就是真的了。她犹犹豫豫让智美进去,一瞬间便失去了判断的能力,愈发不知道是真是假了,甚至连判断的企图和理由都被智美的热烈悄然消解,代之而来的是从未体验过的幸福的饱胀感和甜蜜的撕裂感。她由不得自己地配合起来,呻吟,喊叫,扭动,还有希望:猛点,猛点,再猛点。

平静了。

她温柔得像一只小狗蜷缩在他的怀抱里。

第十章　血咒殿堂

1

　　拉萨到了。一望见城市的遥影,香波王子就放慢了速度,仿佛要静一静,静一静每个藏族人进入拉萨时都会不期而至的激动不已。妈妈,妈妈。刹那间他想起了家乡雅拉香波神山,想起了妈妈,自从离开家乡,每次他都是从拉萨出发去看妈妈。妈妈,我回来了,妈妈,我就要去看你了,妈妈。

　　香波王子感觉身上震动了一下,是心脏,还是手机?摸了摸,好像是心脏,拉萨让所有的信仰者心跳轰轰,就像妈妈让所有的儿子激动不已。又摸了摸手机,突然想到,他一直在等待珀恩措的回音:是哪个警察抛弃了她?知道了起码可以想办法通知那警察:"有个姑娘正要为你自杀,你赶快去救她。"要是警察无动于衷,那就真的要替她讨个说法了。

香波王子停车,拿出了手机,打给了珀恩措。关机。

他下去,焦虑地在车前走来走去:"不会是已经……"

梅萨从窗口伸出头来说:"祈祷吧,祈祷会帮助你。"

香波王子虔诚地跪在路边,朝着布达拉宫的方向磕头祈祷,完了再拨打,终于打通了。

香波王子说:"我都急死了,恳求你不要关机。"

珀恩措说:"不想让别人骚扰我,我躲避这个世界,好不容易躲到了三十六层大厦的顶层,我想绝对安静。"

"你安静不了,我时刻都想骚扰你,想好了吧,应该告诉我了。"

"告诉你什么?"

"那警察是谁?"

"一个以为我虔诚信佛的人。"珀恩措发出一阵咯咯声,好像笑了,或者哭了,"当他知道被他搂在怀里的这个藏族姑娘并不信佛的时候,吃惊得就像意外发现了罪犯。他说这是他一生最大的诧异。我告诉他,信不信佛是有遗传的,我爸爸妈妈不信,我自然就不信。但是说真的,一提到信仰我就很自卑。小时候,爸爸妈妈带我去拉萨,我看到那么多大人都在热切忘我地磕头拜佛,而我的爸爸妈妈只是在一旁冷静地站着,就觉得我们是孤单的,是被眷顾和生活抛弃了的可怜虫。后来我结交了一些藏族朋友,他们都信佛,让我感到了他们的优越和自己的低贱。我想和他们一样匍匐在佛的脚下,可他们似乎不许可。他们问我,你会梦到佛吗?我说我从来没梦到过。他们说那你拜什么佛?你心中根本就没有佛。他们还问我,如果让你在一栋别墅和佛之间选择,你会选择什么?我脱口而出:别墅。他们笑了,告诉我,没有佛,你就只会拥有一栋别墅;有了佛,你将拥有整个世界。我想了想说,我还是想要别墅,世界对我没有用,那么大,我走都走不过来。他们说我不可救药。是的,我就是不可救药。"

香波王子说:"世界上有四种人,一种是既有信仰,又很高尚,比如许多藏族信徒;一种是有信仰,但好事坏事都干,比如我;一种是无信仰,却一生都是好人;最后一种是既无信仰,又无德行。你觉得你是哪一种?"

"最后一种,既无信仰,又无德行。"

"不,我看你是第三种,无信仰,却一生都是个好人。你爸爸妈妈也肯定是这一类人。这类人很多,包括许多西藏人。他们不拜佛,并不意味着他们没有佛的慈悲,当慈悲即人、人即慈悲的观念变成一种无意识的举动时,拜佛不拜佛又有什么要紧呢?在西藏有一个名叫碧秀拉巴的人,他就是一个不拜佛的佛,不念经的菩萨,三百多年前他创办了西藏第一个孤儿院,比大部分活佛产生的慈悲力还要大。我给你讲讲碧秀拉巴的故事吧?"

"对不起,我累了,很累很累,什么也不想听了。"

"那就回家睡觉去,在三十六层高的大厦顶上,风吹日晒,你不难受啊?"

"现在是夏天,这里风和日丽,比下面好多了。我就在楼沿上睡吧,一翻身、一做梦就会掉下去。说不定是个美梦呢,我在美梦中死去,多好啊。"

"可是我想见你,还想和你……谈情说爱。"

"我不想,我就想结束,结束生活。这座大厦才三十六层,为什么不能再高一点?"

"有比它高的,你等着,我回去帮你找,我现在在拉萨,很快就回去了。你不是想要我的鹦哥头金钥匙吗?你等着,我送给你。"

珀恩措叹口气说:"来不及了。现在,我所有的语言都变成了一个词:跳、跳、跳,所有的问题都变成了一句话:什么时候跳?即刻就跳?"

香波王子喊起来:"听我说,珀恩措,你听我说,你还没告诉我抛弃你的警察是谁。"

"我知道你想让他来救我,死了你的好心吧,他跟你一样去了西藏。"

"你们还有联系?你告诉他你想跳楼自杀?"

"不可能,这个世界上,这种事情,我只对你说。"

香波王子心里一凛:"那个警察,他去西藏干什么?"

"警察还能干什么,抓捕罪犯呗。"

"他是谁?他是谁?"

"他是冈底斯山的石头。"

"喂喂喂,你说清楚。"

珀恩措挂断了。香波王子的心情一下跌进了深渊,半晌爬不上来。等意识到黑暗的兀自黑暗,光明的还在光明时,不禁怯怯地有些担忧:珀恩措已经说清楚了,盘踞西藏西南的"冈底斯山"是诸天神的住处,是万山之王,或王者之山,简称"王山","冈底斯山的石头"就是王山的石头。自己难道要主动去找找那个警察——王山的石头?他下意识地朝后看看,观察着驶来的汽车是不是警车。

2

香波王子缓慢地把牧马人开上拉萨北京东路，想去布达拉宫附近找一家下榻的宾馆，但路过大昭寺后面的冲赛康巷口时，他突然停下了。他给自己的理由是冲赛康是仓央嘉措会过情人的地方，望一眼就能看到这位情圣过去的影子。但他望到的却是一个招徕客人的姑娘。

姑娘穿着藏戏舞台上的"拉姆切"仙女装，左手举着"藏红花酒店"的招牌，来到车前用汉语说："先生住店吗？我们有正宗的青稞酒、酥油茶、风干肉、奶皮子，都是免费的。"香波王子放下车窗玻璃，望着姑娘，眼睛不由得有些雾蒙蒙的。

他说："就住藏红花酒店吧，名字挺好听的。"

"恐怕是人好看吧？"梅萨说，"你看她的右手。"

姑娘的右手抱在胸前，从僵硬的程度、食指与小拇指翘起的情状以及泥土的颜色看，那是一个做工粗糙的假肢。

梅萨说："一个过于漂亮的残疾人？让人格外不舒服。"

香波王子说："阿芙罗蒂德也是残疾的，让你不舒服了？"

梅萨说："那是艺术品，她呢？"

香波王子说："也是，漂亮应该照顾，漂亮加残疾就更应该照顾。"

梅萨说："那还不赶紧唱起仓央嘉措情歌？"

香波王子愣了愣，没说话，显然底气不足了。

姑娘说："我们代买飞机票、汽车票、火车票，尽可能提供一切服务。我们的房间可以看到拉萨河、哲蚌寺。在同等酒店里，我们是最便宜的。"

香波王子说："不用说了，上车吧，带我们去，你叫什么？"

姑娘微笑着说:"引超玛。"

香波王子吸了一口冷气:引超玛?引超玛的意思是夺魂女。

藏红花酒店是一栋五层高的平顶藏式建筑,外表的斑斓让瞩望它的人恍然觉得自己面对的是一壁巨大的彩绘艺术。酒店前的院落呈"凹"形,一地不规则的石板,在傍晚的阳光里铺陈着青幽幽的古老。楼梯是木质的,有点陡,陡得老式而传统。上了楼梯是一道华彩的伞盖式木门,门内宽敞的太阳厅让人头晕目眩,仿佛把西藏人对色彩的感觉都堆积到了这里。

让香波王子不解的是,藏红花酒店坐落在拉萨西边鲁定南路尽头的拉萨河边,引超玛姑娘却要在拉萨靠东的冲赛康招徕客人,问她为什么,她说:"那里去的游客多。"

引超玛在服务台拿了钥匙,带他们直接来到四楼的房间,打开门,做出请的样子让他们进去。

梅萨伸头看了一眼房间里面,立刻缩了回来:"我们干吗要住得这么豪华?"

香波王子望着引超玛笑道:"这里连姑娘都很豪华。"说罢进房间看了看,出来说,"我们大概不能住一起吧?"

梅萨说:"当然,我们有誓约在先。"

引超玛又开了一间房。梅萨进去,放下包,钻进了洗手间。

引超玛来到门口对香波王子说:"把身份证和押金给我,我去帮你们登记,押金一间两千人民币。"

梅萨从洗手间冲出来说:"两间房就是四千,不住了。"

引超玛说:"你已经住了,用过洗手间就算住了。"

梅萨瞪起眼睛说:"你想讹诈?"

香波王子说:"算了,既然来了,我们就大方一回。"

一刻钟后，引超玛把身份证和押金收据送回到香波王子的房间。香波王子盯着她的右手假肢说："姑娘先别走。"

引超玛嫣然一笑说："有什么事儿先生，请吩咐。"

香波王子说："你的假肢，我从来没见过这样的假肢。"

引超玛把假肢藏到背后说："先生还没吃晚饭吧？"

晚饭是香波王子和梅萨一起吃的，在一楼餐厅。正宗而粗朴的藏餐，连餐具也显得地道：羊毛编织袋里的糌粑，羊肚袋里的酥油和曲拉（奶渣）；铜壶盛来了酥油茶，需倒进木碗品尝，木桶里装着稠乎乎的青稞酒，需用木勺舀进银碗畅饮；风干肉用羊皮包着，奶皮子用木盘托着，土巴（糌粑糊糊）用陶锅盛着。香波王子埋头享用，一声不吭，好像一说话，这些小时候阿妈喂养过他的食物就会不翼而飞。

突然他抬起头问梅萨："你吃得惯吗？"

"吃得惯，喜欢什么食物是有遗传的。"

香波王子贪馋地抓起两根风干肉，就要往嘴里塞。

梅萨说："誓约：戒酒，戒烟，戒肉，戒除一切不清净的习惯和毛病。"

香波王子咽着口水，放下风干肉说："难受，难受，难受，我不吃难受。那青稞酒呢？"

"酒店自己做的青稞酒你可以喝一点，它不是酒，是饮料。"

香波王子用木勺从木桶里给自己舀了一银碗，端到嘴边就要一饮而尽，突然又放下了："算了吧，还是有酒味。我要严格遵守誓约，不能做一个叛誓者，因为……"他看看梅萨，"因为现在我有了两个目标，都很神圣，一个是发掘'七度母之门'的伏藏，一个是最终得到心爱的姑娘。"

香波王子又喝了些土巴，望着桌上的铜壶说："真漂亮。"

梅萨喝了一口酥油茶说："我一直在想，你为什么要研究仓央嘉措，还出了两本书？为什么要自诩为情圣仓央嘉措？除了妄自尊大、个性膨胀，还能不能找到别的理由？"

香波王子不置可否，打着饱嗝在桌上寻找："怎么没有酸奶子？"

梅萨对酸奶子没兴趣，又说："你既不是活佛，更不是教主，你生不逢时，仓央嘉措对你很可能只是一个深深吸引的泥坑。而这个泥坑的另一个名字就是你无力自拔的'七度母之门'。"

香波王子喊道："服务员，服务员，上酸奶子。"

引超玛快步走来："今天只有酥油茶，没有酸奶子。"

梅萨说："交了四千押金的酒店，怎么连酸奶子都吃不到？"

"今天整个拉萨都吃不到酸奶子，酸奶子留给了明天。"

"留给了明天，为什么？"没等引超玛回答，香波王子就噌地跳了起来，"哎哟我忘了，梅萨，明天是雪顿节。"

梅萨凉凉地说："雪顿节？我知道雪顿节很热闹，可我们不是来过节的。"

香波王子热烘烘地说："我们就是来过节的。你想想，塔尔寺的'授记指南'是制作酸奶子的方法，而雪顿节的'雪'就是'酸奶''奶酪'的意思，'顿'是宴会，雪顿节——酸奶的盛宴，或者，吃酸奶的节日。"

梅萨恍然道："哦，是这样。"

香波王子说："'雪顿'在17世纪以前是一项纯粹的宗教活动。夏季六七月份，天暖地热，所有生命都开始出土现身，尽情活动。格鲁派的僧侣们不想无意中伤害它们，就在每年藏历六月到七月这段日子里，把自己关闭在寺院之内，行虚静，守长净，号称'夏安居'。

解禁之日，憋了几十天的僧侣们纷纷出寺，世俗百姓早已准备好了这个季节最美的食品等待着他们。最美的食品就是酸奶子，因为草青草肥的夏天，牛羊的奶水是最稠最多的。除了施舍酸奶，还在哲蚌寺演出藏戏，庆祝'夏安居'的结束。藏戏是信众对僧侣的慰问。作为回报，哲蚌寺便举行'晒大佛'活动，祈祷众生平安幸福，所以最早的雪顿节叫'哲蚌雪顿'。后来，僧侣们守长净的'夏安居'消失了，独剩下吃酸奶、看藏戏、晒大佛的活动，成了僧人与俗人共同参与的节日。"

梅萨问："塔尔寺'授记指南'要求我们去哲蚌寺？"

香波王子盯着漂亮的铜壶说："这是唯一合理的猜想，因为除了'酸奶子'的启示，还有'吉彩露丁'：'吉彩露丁的酸奶子是全西藏最好的酸奶子。'在西藏有很多地方、很多人都叫吉彩露丁。但如果我们确定'授记指南'的指向是哲蚌寺，那也许就只有一个选择。在古代哲蚌寺的附近，有一座名叫'吉彩露丁'的园林，是去哲蚌寺的必经之地。哲蚌寺的僧人迎接贵客时，往往会走出寺院，来到'吉彩露丁'守候。所以它又被看作是哲蚌寺的外围，或者哲蚌寺的前花园。"

梅萨警惕地望了一眼引超玛。引超玛悄然离开。

梅萨说："我们不该当着她的面说这些。"

香波王子说："我就是说给她听的，想看看她的反应。快走，我们不能住在酒店里了，连夜前往哲蚌寺。明天太阳升起之后，我们会看到西藏最大的佛和雪顿节的第一场藏戏。"

梅萨一拍桌子说："四千押金白交了？"

但香波王子听得出，她是高兴的。

3

去哲蚌寺没开牧马人,香波王子说:"这是为了表达对雪顿节的虔诚。"

虔诚的人都在步行,很多很多,在暗夜的拉萨,街街巷巷,朝着哲蚌寺,深沉地流淌。是从下往上的流淌,有点吃力,喘息就像河流的呜咽,也是深沉的无语之息。没有人大声说话,默契之中,走向哲蚌寺的数万人众都在心领神会:这是如此寂静的一刻,我们谁也不能逃离神圣。人是一种什么灵物,竟然需要这样的行动?

香波王子忍不住咳嗽了一声,似乎整个拉萨都听到了。风呼地刮来,把那声不合时宜的咳嗽掀到了天上。连诵经念咒都是默默的,连手中的嘛呢轮都是细声细气的,连孩子哪怕他或她只有几个月也都知道此时不得大声哭喊。

就像百川归海,大家渐渐汇聚到哲蚌大道上,黑黢黢的树林护卫着一河上行的人。突然有了灯光,照耀着悬挂的哈达和煨桑的柏叶、青稞、酥油。很多外来的游客过去,投一点钱,拿一条哈达或者一包酥油、柏叶、青稞。而拉萨的市民、西藏各地的信徒,已是准备好了哈达、酥油的,趁此机会,紧趱几步,走到前面,占好地方去了。

在树大林阔、哲蚌大道弯出一个直角的地方,簇拥着一些游手好闲的人。他们是拉萨的底层,毕生只做两件事,到处流浪和接受施舍。尤其是节日里,他们总是哪儿人多往哪儿去。这会儿,他们正在静悄悄面对着一场邪恶的招募。

招募他们的是一个颧骨高隆的人,他举着钞票小声告诉每一个人:"到时候我把那个人一推倒,你们就过来踩,踩一脚十块钱,踩两脚二十块钱，踩十脚一百块钱。踩死了他，我在'玉包子'请大家吃饭。我先预付每人十块，接好了，更多的钱还在后头呢。"伸手要了钱的有俗装也有僧衣，但熟悉流浪汉的人都知道，俗装的未必不是喇嘛，僧衣的未必就是喇嘛。讨要决定着他们的外表：面对僧人，俗装更好；面对俗人，僧衣更胜。

颧骨高隆的人压低嗓音说："大家看着我的旗帜走，别落下，拿了钱不去是要受惩罚的，谁来惩罚你们？请记住我的名字：我叫骷髅杀手。"说着，举起一把骷髅刀摇了摇，又举起一面白旗摇了摇。

黑压压一片流浪汉汇入了人流，哲蚌大道更加拥挤了。

哲蚌寺坐落在根培乌孜山怀里，它是藏传佛教格鲁派六大寺院之一，又与甘丹寺、色拉寺合称"拉萨三大寺"，也是全世界最大的佛教寺院，全盛时期僧侣达到一万多。它兴建于公元1416年，明永乐十四年。全名叫"贝曲哲蚌却唐门杰勒朗巴结瓦林"，意思是大米一样堆积起来的十方吉祥尊胜洲。藏族人喜欢比喻，哲蚌寺便是一个比喻的典范。从天上以神的眼睛看，那些白墙金顶的宝殿刹房，就是一堆倾撒在山坡上的大米，白的是米粒，金的是稻壳。所以这个名字不是人起的，是天神起的。

香波王子和梅萨走走停停，终于来到了哲蚌寺旁边面向东方的晒佛山前。这是一座大石累累的山，青灰的氛围里，斑斓的六字真言旗帜一样招摇在经石之上。角铁焊接的支架依山而铺，偌大一片斜坡都被覆盖了。

数万人众集合在这里，而山谷依然寂静。

太阳就要出现，东方天际渐渐金红。在一处喇嘛簇拥的地方，响起了法号的轰鸣，升起了柏叶的烟岚。这是佛出世的前奏，掩盖了人群的肃穆。谷口那边，七八十个喇嘛蜿蜒排队，扛着望不见头的巨型卷轴，长龙一般游弋而来。人群纷纷让开。

不一会儿，喇嘛们就站到了铁支架的上端，把巨型卷轴沿着铁支架的坡面滚了下来，瀑布似的哗啦啦一阵响，白浪飞泻。噢唷——满山谷都是整齐洪亮的喊声，仿佛就为了这一声喊，他们沉默了九千年。

但是大佛并没有露面，一层洁白的纱绢覆盖在上面，朦胧了华彩的圣像。静雅与肃穆、沉浸与欢喜，依然是等待。等待的时候仰望着东方，所有人的眼睛都在说：出来了，出来了。

太阳出来了，只露出曙红的一绺。与此同时，四根绳子把那白纱拉了起来，大佛徐徐开幕，先是法身，再是法容。似乎太阳的金光是受人控制的，恰到好处地照射而来，铺满了山坡，辉煌灿烂。好像升起的不是太阳，而是大佛。不，升起的既是太阳，也是大佛，太阳和大佛同时照亮了哲蚌寺的山谷，山谷里人山人海。有人试图爬上去顶礼大佛的身子，一队喇嘛立刻鱼贯而来，守卫在了大佛下面。

一阵如雷贯耳的欢呼，再也不需要沉默了，经声大作，所有人都发出了声音，激动得无以言表。哈达展开了翅膀，飞翔的是鸟，落地的是河。哈达之河流淌在大佛座前，信徒们跪下了，然后是五体投地。膜拜既是身形的，更是灵魂的。许多人希望用自己的头碰触到佛像，你争我抢地拥挤着，一批下去了，一批又上来。人群和信仰都处在淹没中，淹没之后就是升华，是内心的欢喜。

那些不是信徒的，大都站着，举起了照相机，还有些朝着香波王子挤过来。

香波王子回头望着他们，反感地说："挤什么挤？为什么不跪下？你们除了抢镜头还会什么？就知道猎奇。"

有人边挤边喊:"你不是也没有跪下吗?"

香波王子正要跪下,梅萨一把拉住了他:"这么挤的地方,跪下就起不来了。"

香波王子前后左右看看,拉起梅萨离开了靠近大佛的地方。他想离远一点,看清楚大佛的全貌,而在刚才的位置上,只能看到局部——圣洁的佛衣飘带。

这是一幅用彩丝编织的巨大的释迦牟尼像。

香波王子问:"看清楚了吧?"

梅萨说:"这还用问,长眼睛的人都能看清楚。"

香波王子说:"我问的是看没看清楚别人看不见的东西。既然塔尔寺的'授记指南'暗示我们关注'哲蚌雪顿',与'哲蚌雪顿'有关的一切就都有可能显示'七度母之门'。"

梅萨说:"道理是这样,但伏藏是根据掘藏者的天然佛性和佛缘来显现的,我的天然佛性没你好,别人看不见的我也看不见。"

香波王子摇摇头:"可我的佛性在哪里呢?"说着,扑通一声跪下了。他觉得虔诚才能带来灵感和好运。没想到刚一跪下,一只结实的靴子就踩在了他的脊背上。他"哎哟"一声趴在地上,想回头看看是谁踩了他。突然涌来一堆人,用好几只脚踩住了他,也踩倒了另一个穿着绛色氆氇袍的汉子。汉子正好倒在他身上,为他承受着踩踏。他喊叫着,朝前爬去,汉子也朝前爬去,越来越多的靴子和皮鞋踩在了汉子身上。

梅萨扑过去,推搡着那些人:"踩死人了,踩死人了。"

骷髅杀手用经幡包了头,只露出眼睛,举着白旗指挥一些人拉起手,把更多的人圈过来,迫使他们从香波王子和那汉子身上踩过去。一个喇嘛模样的人在前面撒起了打着吉祥结的红丝绳,大家争抢着，人越来越多，挤得水泄不通。

梅萨看出他们是故意的，大声说："你们这是杀人，大佛面前竟敢杀人，恶道！魔鬼！"

香波王子驮着汉子吃力地爬向腿与腿的缝隙，却引来更多更狠的踩踏。正无计可施，就见汉子从他身上翻下来，用头顶着他，猛力把他顶向了一个石头坑窝。他惨叫着，蜷缩到坑窝里，脸面朝下，凝然不动。

依然是猛踩狠踩。汉子躺倒在香波王子身上，满脸满身都是血。

有人大声说："他死了，已经死了。"

这仿佛是信号，拉手圈人的人不圈了，抛撒吉祥结的人不撒了，他们混在拥挤的人群里拼命朝四下钻去。

梅萨扑过去撕住了抛撒吉祥结的喇嘛，喊道："凶手，凶手。"

喇嘛惊怕得缩起了身子。用经幡包了头的骷髅杀手大步过来，一个耳光扇得梅萨左歪右晃，等她回过神来时，所有凶手都不见了。

许多人簇拥在那汉子和香波王子身边祈祷着。梅萨挤到跟前小心翼翼地扳了一下汉子的肩膀，汉子呻吟坐了起来。

梅萨喊道："快把他送到医院去。"

几个维持秩序的喇嘛过来，扶起了汉子。梅萨看到，从汉子的绛色氆氇袍里露出了明晃晃的钢板，惊想这人居然早有防范。汉子被几个喇嘛架到哲蚌寺藏医院包扎去了，趴卧在石头坑窝里的香波王子感到背上一阵轻松，蠕动着转过身来，惊恐地望着人群。

梅萨庆幸地说："我以为你死了。"

香波王子说："差一点，要不是有人保护我，我今天恐怕就要血祭哲蚌寺了。那汉子呢，他怎么样？"他坐起来，摇晃着肩膀，疼得直吸溜，咬着牙说，"肯定是'隐身人血咒殿堂'的人，他们无处不在。"抬头望了一眼超然物外却又悲悯人间的大佛,眼前突然一阵熠亮,愣了:是什么,能比大佛还要吸引他的眼球呢?他揉了揉眼睛,闭上,睁开,再次瞩望大佛时,发现此刻在他眼中熠亮无比的竟是大佛衬景上斑斓的云彩。

一瞬间他忘了疼痛,指着云彩数起来。他数了九十八朵。

"梅萨,你也数一遍,大佛后面的云彩,仔细数。"

梅萨数起来,数到三十就摆手:"不行不行,我眼花了。"

香波王子说:"我再数一遍。"他是小时候放过羊的,每晚都要清点跑动的羊群。而面前丝绣的云彩是不动的,数起来好比酥油里抽毛,太容易了,结果还是九十八朵。"你再看看九十八朵云彩像什么?"

梅萨看不出来。

"像不像九十八把躺倒的铜壶?"

梅萨呆痴地望着:"太像了。"

"快,扶我站起来。"

还好,没有踩折香波王子的骨头,皮肉之伤虽然痛苦,咬咬牙还能走动。他被梅萨搀扶着,挤挤蹭蹭穿行在人群里,走向大佛下面那排守卫的喇嘛。

香波王子在一个戴眼镜的老喇嘛面前匍匐在地,用极其虔敬的口吻说:"请问上师,'九十八把铜壶的信念'是什么?"

戴眼镜的老喇嘛倏地睁圆了眼睛,打量着他,小声说:"终于有人来打听九十八把铜壶了。你是干什么的?你连袈裟都不穿,居然也知道'九十八把铜壶的信念'?"

香波王子说:"固然佛是穿袈裟的,但穿袈裟的又有几个是佛?我不穿袈裟是因为我是俗人,而佛是俗人的佛。"

眼镜喇嘛说:"你的意思是佛在佛门之外、俗人之内?不去管他了,反正我们哲蚌寺的喇嘛都知道,在雪顿节这天,要是有人打听'九十八把铜壶的信念',就一定是惊天动地的预兆。好呢,是佛光再现,坏呢,是灭教之灾。几百年了,我们一直都在等待。"

香波王子说:"请教上师,佛光已是如日中天,怎么还能再现?圣教本是免灾之教,怎么还能自己有灾?"

"就算佛光等于太阳,太阳也会陨落。昨天的太阳属于昨天,我们需要新的灿烂。等着我的回话。"眼镜喇嘛说罢,望了一眼香波王子身边的梅萨,走了。

眼镜喇嘛一去不归,那回话不过是风的语言。从噶丹颇章那边送来了藏戏开场的鼓乐。香波王子仰头望着大佛,发现已经看不到九十八朵云彩——九十八把躺倒的铜壶了,只有莲花座下七朵抽象的浪花以最醒目的方式漂浮在眼前。

香波王子说:"佛经上讲,有八朵浪花,八种妙谛。可这里的浪花为什么是七朵?看啊,七朵浪花的下面……"

骤然一阵轰鸣。有人尖叫,有人大喊:"躲开,躲开。"

一块锅大的石头从上面滚下来,碾过大佛的身体,砸向香波王子。香波王子瞪着彩丝大佛上的浪花一动不动。梅萨就像一只鹰,飞过去扑倒了他。许多人奔跑着,一片惊叫。

人们看到大石腾地跳起来,越过香波王子和梅萨,落在地上砰的一声碎了,地上一个大坑,天上一圈飞扬的土尘,谁也没砸着。一阵释然的叹嘘,表达了人们的喜悦:眼看要砸上的石头,突然跳过了人,本来不可能粉碎的石头,突然就碎了,这就是佛法。滚下来的石头,一经过释迦牟尼的身子,就变成了棉花,而且是长眼睛的棉花。

惊奇让人们忘了追究：谁把石头滚下来了？目的何在？

用经幡包了头的骷髅杀手站在不远处，愣愣地想：还有人也想杀死香波王子，他们是谁？他拿出手机，真想打给无形密道的大护法黑方之主："你不相信我，你在责怪我，你又派了别人，或者你在亲自动手。"但是他忍住了，黑方之主总会在恰当的时候，让他消除那些不断产生的疑惑。

香波王子和梅萨爬起来，互相拉扯着离开了那里，突然又停下了。

香波王子回头说："看啊，七朵浪花的下面，那尊护法女神的头上，有一个藏文词'阿姐拉姆'。"

梅萨瞪起眼睛说："是啊，是'阿姐拉姆'。"

香波王子说："怪不得大佛莲座下的浪花是七朵，因为它们代表了七姊妹的'阿姐拉姆'和藏戏的起源。"看梅萨愣怔着，他又说，"大约15世纪中叶，噶举派僧人唐东杰波看到人们渡河困难，发誓要在藏地各条大河上架起桥梁。为募化经费，他四处奔波。有一天，他来到山南的琼结，看到白娜家的七姊妹美貌出众，能歌善舞，想到度母曾经有过下凡的梦示，就灵机一动，以僧人的权威组成了一个戏剧班子。唐东杰波搬来佛经故事，又为故事中的人物编创了唱段，以歌舞剧的形式流动演出，筹集修桥经费。最后桥建起来了，藏戏同时也产生了。所以在西藏，藏戏的称呼是'阿姐拉姆'，意思是'仙女大姐'。'阿姐拉姆'是七位度母的化身，以七姊妹的形式来到人间，造就了最初的藏戏。"

梅萨沉吟着："七姊妹的藏戏？七度母的化身？"

香波王子说："既然'阿姐拉姆'是七位度母的化身，就肯定和'七度母之门'有关系。我们从彩丝大佛上看到了九十八朵云彩——

九十八把躺倒的铜壶，又得到了去观看'阿姐拉姆'也就是藏戏的启示。更重要的是，在两种启示出现的同时，我们躲过了两次暗杀。这也许是好的缘起，说明'七度母之门'的伏藏——'唯一的法门'离我们已经很近了，有可能就在哲蚌寺。"

两个人朝着哲蚌寺的噶丹颇章走去。

骷髅杀手跟了过去，没走多远，手机响了。黑方之主？他赶紧掏出来放到了耳边。

黑方之主说："香波王子还活着，你发动了那么多游手好闲的人，并没有达到目的。"他顿了顿，"不过目前，你还是我最信赖的人。"

骷髅杀手心里轰的一热，马上又冰冰的。他听出来了，这是督促也是威胁，"目前"总会过去，如果他还不能杀了香波王子，血淋淋的使命和伴随使命的修行圆满就将和他擦肩而过。他战战兢兢说："我知道，我知道，我会让你满意，会让你满意。"

黑方之主说："有人想用石头砸死香波王子，你看见了吧？其实比赛早已经开始，谁都在修炼，谁都在追求圆满，谁都想领先。"

"不会是你和你的助手鹫头病魔吧？"

"不知道。"黑方之主挂了。

和以往一样，黑方之主的电话之后，骷髅杀手总是郁闷，总让他更加思念格桑德吉。他和以往一样拨通了格桑德吉的电话，格桑德吉也和以往一样拿起了话筒。两个人又像以往一样沉默着，倾听对方的呼吸声。

快到格桑德吉挂断的时候了，她听不见他"你回家，我也回家"的呼唤，又该失望了。骷髅杀手心底里涌出绵绵悲伤，到达嘴边，变成了一串会拐弯的词：

一双明眸下面，

泪珠像春雨连绵，

……

骷髅杀手愣住了，自己在唱歌，自己居然还会唱歌，而且是他追杀的香波王子唱过的仓央嘉措情歌。而且——已经过了时限，格桑德吉仍然听着话筒，没有挂断。

骷髅杀手要接着往下唱，却发现下面的不会了。赶紧返回来重唱，就两句，一遍又一遍，直到格桑德吉一声长叹后，电话那头无声无息。

4

一座古老而恢宏的藏式建筑出现在根培乌孜山的平台上，眼前一片华彩，经幡把色彩带来了，色彩把视野覆盖了。

香波王子突然激动起来："这就是噶丹颇章。"

梅萨说："我发现哲蚌寺是深藏不露的，越往里走越气派。"

噶丹颇章的意思是极乐宫殿，是哲蚌寺最著名的建筑，建于二世达赖喇嘛根敦嘉措担任哲蚌寺第十任赤巴（住持）时。以后三世、四世、五世达赖喇嘛均在此坐床并担任哲蚌赤巴。公元1580年，三世达赖喇嘛索南嘉措担任哲蚌寺赤巴时，曾应蒙古人俺达汗之邀，到青海讲经传法，名声大振，俺达汗便封索南嘉措为"圣识一切瓦齐尔达喇达赖喇嘛"。"圣识一切"就是"遍知所有"之意，"瓦齐尔达喇"是梵语"金刚持"之意，"达赖"是蒙古语"大海"之意，"喇嘛"是藏语"上师"之意。从此便有了"达赖喇嘛"这个称号。索南嘉措有了这一尊号之后,追认宗喀巴的弟子根敦珠巴为一世达赖,根敦珠巴的转世、自己的前世根敦嘉措为二世达赖喇嘛,达赖喇嘛世系从此产生。五世达赖喇嘛时期,格鲁派突然雄起,依靠蒙古和硕特部首领固始汗的力量,以噶丹颇章为依托,建立起了统驭全西藏的政教中心,噶丹颇章从此蜚声西藏内外。公元 1652 年,五世达赖喇嘛进京朝见清顺治帝,次年归藏,途中接受了顺治帝金册金印的封号:"西天大善自在佛所领天下释教普通瓦赤喇怛喇达赖喇嘛"。哲蚌寺一年一度的藏戏演出,就是在五世达赖喇嘛建立噶丹颇章政权之后,变成了庆祝"夏安居"结束的重要仪式。

香波王子和梅萨来到二层大场院时,那里已是水泄不通,观众热烈的情绪几乎能把戏场抬起来。来自江孜的江喀曲宗剧团正在演出传统剧目《诺桑王子》,女主人公伊卓拉姆悲声呼唤:

> 阿妈妈妈,
> 我心里多么悲伤,
> 千思万想,
> 实在难舍诺桑。

诺桑王子唱道:

> 我遵父王之命,
> 去把敌人摧毁,
> 我若顺从你心,
> 就把父命违背。

这时出现了两个剧情之外的人，他们扮演着一黑一白两个空行男，蹦蹦跳跳哼唱着仓央嘉措情歌：

  心爱的伊卓拉姆，
  本是我猎人拿住，
  却被有权有势的官家，
  诺桑王子夺走。

一黑一白两个空行男来到戏场边缘，做出种种令人费解的滑稽动作吸引着观众。突然他们扑向前面，想抱住一个观众，又倏地缩了回去，然后便沿着戏台转圈，时不时做出扑抱的举动，引起观众阵阵骚动。观众的躲闪既惊喜又恐惧，似乎谁都希望两个空行男看中的是自己却又不想让他们抱住。两个空行男转了一圈又一圈，大概转到第七圈时，终于抱住了一个人，这人不是别人，正是香波王子。

两个空行男把香波王子推拉到戏场上，其中一个指着他说："谁是那个欲杀圣教的邪魔怨敌，谁造下了偷走七姊妹'阿姐拉姆'的罪业，你、你、你，你是谁？"

香波王子紧张地说："别这样问我，我可不会演戏。"他想脱身而走，两个空行男撕住不放，舞台上扭成一团。

这时从鼎沸的观众里突然蹿出那个眼镜喇嘛，指着一黑一白两个空行男说："你们两个不在佛理中空行，却来藏戏里穿越，到底想干什么？想当年，两把铜壶失踪不见，是伟大的唐东杰波带到了天上，还是魔鬼窃到了地狱？你们说。"

黑空行男指着眼镜喇嘛说："好一个魔鬼，如果不是你偷走了两把铜壶，怎么会来自投罗网？"

眼镜喇嘛拉起香波王子说:"不跟他们演戏了,我们走。"

藏戏继续演出:诺桑王子远征而去,嫉恨从五百嫔妃心里走来,逼迫伊卓拉姆离开了王宫。伊卓拉姆悲痛欲绝地唱道:

高坐虚空上的,
无欺佛法三宝,
请从智慧天界,
看顾苦命的我。

两个空行男走向观众,盯着梅萨扑过去。梅萨尖叫一声,钻进人堆拼命朝外挤去。两个空行男停下来,阴冷地笑着。

香波王子说:"你们怎么能允许骚扰神圣的演出呢?"

眼镜喇嘛说:"这是在哲蚌寺噶丹颇章演出《诺桑王子》时独有的。它来源于这样一个故事:最早的时候七位度母每人都有十四只手,每只手里拿着一把铜壶,加起来就是九十八把铜壶。铜壶里装着印度恒河的水。她们在琼结河边找到了七个天然的玉石盆,一位度母守护一个玉石盆,每天倒一壶水到盆里。十四天后,当最后一壶水倒完,七个玉石盆里便浮现了七位美丽的仙女。她们自称是七姊妹'阿姐拉姆',来到人间用歌舞和戏剧超度众生的灵魂。她们说,我们的九十八把铜壶,就是九十八出藏戏。我们要一年演一出,演到第九十八年的时候,雪域西藏的九十八座雪山上,就会出现九十八座香巴拉温泉。那是七位度母带给人间的欢乐之源,沐浴过香巴拉温泉的人,就再也不会有烦恼和苦难了。但是九十八座香巴拉温泉并没有出现,因为魔鬼偷走了两把铜壶,她们只演了九十六年。七姊妹'阿姐拉姆'出门寻找失去的铜壶,却一去不归,西藏大地上从此消失了她们的面影。后人的追问是：那两把铜壶在哪里？那两出戏剧是什么？七姊妹'阿姐拉姆'因何而逝？而在藏戏里，往往是迄今蒙昧不现的两把铜壶化现为一黑一白两个空行男，在追寻偷走了它们的魔鬼，因为偷走了它们也就等于偷走了藏戏和七姊妹'阿姐拉姆'。

香波王子说："原来是这样，'九十八把铜壶的信念'就是九十八座香巴拉温泉。这是不是说，'七度母之门'的伏藏——'唯一的法门'，就应该是九十八座雪山上的九十八座香巴拉温泉呢？如果是，九十八座雪山、九十八座香巴拉温泉到底在哪里？"

眼镜喇嘛眼睛一亮："'七度母之门'？今天是什么日子，居然有人提到了它。可惜哲蚌寺并不知道伏藏就是九十八座雪山上的九十八座香巴拉温泉，更不知道九十八座雪山在哪里、九十八座香巴拉温泉在哪里。"

香波王子说："也许两把被偷走的铜壶会告诉我们。"

眼镜喇嘛说："可惜再也找不到它们了，许多年前，格鲁派的大成就者雄巴拉鲁获得了莲花生大师的亲示，所有寻找两把铜壶的，都是贼喊捉贼。"

香波王子吃惊道："你是说铜壶化现为空行男，在掩人耳目地寻找自己？这又何必呢？铜壶又不是魔鬼，又不怕被人找到。"

眼镜喇嘛狡黠地眯起眼睛说："贼喊捉贼的，当然不是铜壶。魔鬼最恨的还是魔鬼，我们的藏戏，七姊妹的'阿姐拉姆'，带给藏人的因果报应，是谁也无法预测的。当年的惨案里，又是什么人做了死亡的信使、夺命的罗刹呢？"

"当年的惨案？为什么说是当年的惨案？"

"传说有人在当惹雍措发现了七姊妹'阿姐拉姆'的尸体，她们被砍去了舞蹈的手脚,割掉了唱歌的喉咙。她们的发辫是拔掉的,满头是血,她们没有了耳朵。更不幸的是,她们每个人都被剜掉了一根穴位经络,分别是通往心轮的经络、通往胃轮的经络、通往肺轮的经络、通往肝轮的经络、通往胆轮的经络、通往生殖轮的经络、通往顶轮的经络。"

香波王子打着寒战说:"这是'隐身人血咒殿堂'的谋杀风格,我已经见识过了。"

眼镜喇嘛点点头说:"在《地德玛宝鬘》中记载了当年的情形,一些高层僧人认为唐东杰波的藏戏泄露了佛教内部的秘密,起而反对,并且密谋杀害唐东杰波。唐东杰波躲进深山静修不出,杀害的魔爪就伸向了七姊妹'阿姐拉姆'。"

香波王子说:"这就是说,也可能那些高层僧人就是偷走两把铜壶的魔鬼?七姊妹'阿姐拉姆'找到了他们,想奋力夺回铜壶,却遭到了他们的杀害?"

眼镜喇嘛摇摇头说:"我只是想让你知道,在雪域西藏,有两种铜壶:一种是九十六把已经变成藏戏的铜壶,那已经没有大用处了,只能用来熬茶煮奶;一种是两把还没有变成藏戏的铜壶,那也是没有大用处的,除非有人发现它们的大用处。"说罢,蛮有深意地剜了香波王子一眼,突然跟着戏场上的人唱起来:

> 峰岩上罩起了层层罗网,
> 右旋法螺保佑雄鹰吉祥。

唱着,离开了香波王子。

香波王子不由自主地跟了过去。他们穿过人群,走出大场院,沿着狭窄的石阶,走向了西北侧的措钦大殿。

梅萨气喘吁吁追上来问:"你怎么不喊我?"

香波王子说:"正要去喊你。"

梅萨问:"去哪里?"

香波王子说:"供奉着右旋法螺的地方。"

5

香波王子和梅萨跟着眼镜喇嘛来到了措钦大殿前。仿佛仅仅是为了给他们引路,他们一踏上石块铺成的措钦广场,眼镜喇嘛就不见了。

香波王子指着坐北朝南的措钦大殿说:"这就是哲蚌寺的心脏。"

梅萨朝前望去,看到通往大殿的石阶已经磨去了棱角,许多足窝烙印在上面,青灰色的古老显示着时间的飘逝,阳光均匀地铺洒在上面,没有阴影的凹凸嘴巴一样沉默、眼睛一样灵光着。而在石阶前的广场上,一左一右立着两根粗壮的经杆,左边的经杆后面立着一个庞大的柴垛,眼镜喇嘛就消失在柴垛后面或者里面。

香波王子凑过去寻找,发现柴垛上挂着眼镜喇嘛的袈裟和贴身的僧衣,吃惊地想:难道他是光着身子消失的?抬头望望云彩,仿佛眼镜喇嘛羽化而升天了。再看一眼僧衣,就见上面用粉笔浅浅地画着一把铜壶,壶盖是一只白色的右旋法螺。

他喊道:"梅萨快过来看。"

梅萨扑过去,来不及看什么,拉起香波王子就跑。高高的柴垛就在这时倒了下来,粗硕的原木和根块纷纷坠落,掩埋了香波王子刚才站过的地方。几声呐喊从柴垛那边传来,就见几个青年喇嘛裹挟着眼镜喇嘛飞奔而去。

香波王子逃到十米外的地方，浑身抖颤着说："他们早有准备，抽空了下面，不然这么大的柴垛几个人推不倒。想不通的是，眼镜喇嘛既然要害我，为什么还要给我预示铜壶的存在呢？"

梅萨问："铜壶在哪里？"

香波王子说："就在措钦大殿，右旋法螺的下面。"

他们沿石阶走上去，来到金黑两色的幕布之下、八根大柱的明廊里。两个守门的喇嘛低头诵读怀里的经文长页，看都不看一眼。他们迅速跨进了门槛。

华丽的装饰浪潮般淹没而来，酥油灯的光亮和挂物、地毯、卡垫、供品的色彩浓烈地堆积着，一阵阵洪亮的经声绕梁而起，加上释迦牟尼百行转图、人间形成图、生死轮回图等壁画，措钦大殿把佛僧对亮声亮色的喜好推向了极致。"措钦"就是大法堂，它是整个藏地也肯定是全世界规模最大的经堂，可同时容纳八千喇嘛诵经。

他们绕过立柱，沿着右侧的通道往前走，路过了供奉着龙崩神塔和三世达赖喇嘛、四世达赖喇嘛、藏王赤列嘉措灵塔的"龙崩康"，路过了伟岸的文殊菩萨和顶髻白伞盖佛母，路过了后殿正中供奉着镏金强巴佛的弥旺拉康和哲蚌寺最早的神庙堆松拉康。香波王子突然停下，走进堆松拉康，双手合十，弯腰拜了拜里面的三世佛、金刚大力士、马头明王和三世达赖及其弟子像。

香波王子指着一个金锻覆盖的座位说："这里是当年三世达赖喇嘛索南嘉措担任哲蚌寺赤巴时打禅静修的地方，你仔细看，能看出什么？"见梅萨摇摇头又说，"你难道看不出它是个铜壶的形状吗？"

梅萨说："啊，有点像，你是怎么知道的？"

香波王子说:"哲蚌寺我来过八趟,以前就觉得这个座位的形状很特别,刚刚才想到它是古铜壶的造型。"

梅萨说:"哲蚌寺为什么和铜壶有这么多缘分?"

香波王子说:"肯定是一种佛法的传承,但现在还不知道是哪种佛法,跟'七度母之门'的伏藏是什么关系。我只知道宗喀巴大师在哲蚌寺'襄炯玛'闭关静修时,身边就带了一把铜壶,弟子们每个星期把铜壶拿出来一次,装满奶茶再送进去。"

两个人来到措钦大殿东边、一个干打垒似的小山洞前。

香波王子说:"这就是'襄炯玛',宗喀巴大师在这里留下了静修开悟的圣迹,从这里出来以后,他就在西藏人眼里成了'第二佛陀'。可以说是铜壶维系了宗喀巴的生命,帮助他修证了密法最高境界。他的弟子们感恩铜壶,从而崇信铜壶。"

山洞小得只能容一个人进出,里面阴气逼人,可以想见在一无建筑、四下荒凉的当时,"第二佛陀"的修行是如何艰难而坚定。

梅萨想下去看看,刚弯下腰,就听一个喇嘛喊道:"不行。"

香波王子说:"不用去了,宗喀巴的铜壶已不在这里。"

梅萨问:"在哪里?"

香波王子说:"这把铜壶出现在很多地方,但肯定都是伪托。现在要考虑的是,宗喀巴的铜壶跟七姊妹'阿姐拉姆'丢失的铜壶有什么关系?'七度母之门'的'授记指南'里,'九十八把铜壶的信念',是不是包括了这把铜壶?七姊妹'阿姐拉姆'是被人杀害的,杀害的传承迄今犹在,他们还在不断重复历史的血案,他们是谁,知道吗?"

梅萨说:"'隐身人血咒殿堂'。"

香波王子说:"更可能是乌金喇嘛,或者是他们有意无意地合谋。

我已经见识了'隐身人血咒殿堂'的人,现在最想知道的就是乌金喇嘛在哪里?"

两个人走向措钦大殿三楼,来到强巴通真佛殿前。

香波王子说:"这里有哲蚌寺的主供佛——强巴佛八岁时的等身镏金铜像。它由宗喀巴亲自开光,在西藏所有的强巴佛里,是最有灵光、最具神通力的一尊。"他带梅萨来到强巴佛跟前,又说,"强巴佛就是弥勒佛,是释迦牟尼预言的未来佛,要在释迦牟尼寂灭后,再经过天上四千年即人间五十六亿七千万年之后,降临人间鸡头城的华林园,在龙华树下成佛,转动法轮,弘扬佛法。因为他目前还在兜率天宫等待下生,还没有成佛,是低佛一级的菩萨,所以又是菩萨装扮的弥勒菩萨。汉传佛教里笑口常开的大肚弥勒佛,则是未来弥勒佛的转世。藏传佛教里,弥勒佛的待遇尤为尊崇,原因是未来的弥勒世界美好无比,人们企盼弥勒早日下世,尽快结束这漫长而苦难的现实天日。寺院里,站立和坐在椅子上的弥勒,表明了弥勒现在的菩萨身份;而代表过去、现在、未来的三世佛中,并行盘坐、螺发肉髻的弥勒,则代表了弥勒未来成佛的身份。"

香波王子和梅萨一起跪下,虔诚地拜了拜,然后出了强巴通真佛殿,快步走向供奉着右旋法螺的佛堂。

香波王子说:"右旋法螺是哲蚌寺的最高信仰物,比任何佛像都高,称为'镇寺之宝贝法器'。当年释迦牟尼把这只天赐海螺送给了大弟子目犍连,目犍连又把它伏藏在了黑头藏人聚集的旺布尔山法库,预言将有一位圣人在此建寺弘法,并掘得法螺利益众生。公元1409年,藏传佛教格鲁派宗师宗喀巴在西藏达孜地方的旺布尔山倡建第一座格鲁派寺院——甘丹寺,标志着格鲁派正式诞生。建寺的同时,根据典籍提示、空行托梦和护法降神,掘出了这只法螺。宗喀巴珍爱备至，天天顶礼，待到因缘时节到来，便把它赐予弟子绛央曲杰·扎西班丹，希望他建一座格鲁派寺院作为供养。于是哲蚌寺破土而起，神奇的右旋法螺遂成为僧俗眼里的上首之宝。"香波王子说着，一把捏住了梅萨的肩膀，"看啊，法螺。"

年深日久的法螺闪烁着老钝的光芒，就像古喜马拉雅海底的呈现，隐去了洁白，浮现了浅紫，岁月和神圣，都能看得到。但他们不是来膜拜法螺的，他们想知道右旋法螺下面是什么？眼镜喇嘛在僧衣上用粉笔浅浅地画了一把铜壶，壶盖是一只白色的右旋法螺，这不就意味着法螺下面是铜壶吗？可是没有，没有铜壶，只有一行红铜色的字在法螺下闪烁：能仁。

梅萨问："什么叫能仁？"

香波王子说："快走。"

他带她来到措钦大殿四楼的觉拉康，才告诉她："能仁就是释迦能仁也就是释迦牟尼，觉拉康就是释迦佛殿也就是能仁殿。"

能仁殿里供奉着释迦牟尼说法像，两旁是十三座银塔。香波王子和梅萨先是瞪着释迦像看了很久，然后挨个儿观察每一座精致的银塔，没有捕捉到任何关于铜壶的信息。正在左顾右盼，琢磨是不是去隔壁的罗汉堂看看罗汉和哲蚌寺主要大活佛的报身像，一群游客走了进来，殿堂里顿时嘈杂起来。

梅萨皱起眉头说："讨厌。"

香波王子说："佛祖说，'自净其意，是诸佛教'。不是人家吵，是你心里不安静。"然后翘起食指，"嘘——听听，你听到了什么声音？"

梅萨听了听："好像是……法号。"

"法号的背后，宏音掩盖不住的……"

"神舞？"

"不是神舞是歌舞。"

这时就听一个游客说："你们听，喇嘛们居然在合唱圣歌，怎么跟基督教一样了？"

香波王子怦然心动：仓央嘉措情歌？拉着梅萨来到能仁殿的窗口。风在吹，歌声浪涌而来，又浪涌而去，一下子消失了。再听，除了法号与风啸，什么也没有。但是刚才的确是有过歌声的，是众声合唱的仓央嘉措情歌。

梅萨把头探出窗外，谛听着："怎么这么神秘？就像一个幽灵，似乎来了，又似乎没来。也许这就是伏藏的脚步。"

香波王子说："不错，是伏藏的脚步，那么轻柔悠长，就像情人的眼光，在无色中亮丽。听听，听听，听到了吧？"伴随着喇嘛们的歌声，他小声唱起来：

　　姑娘你启齿一笑，
　　把我的魂儿勾跑，
　　是否能真心相爱，
　　请发下一个誓来。

梅萨闭上眼睛，使劲听了听，摇摇头："没有啊，只有你的声音。"

香波王子陶醉地说："我感觉那声音像是从石墙里渗出来的，一种古老的悲凉，在忧伤中叮叮咚咚。合唱结束了，现在是独唱，我敢肯定它是仓央嘉措的原唱。听听，用心听。啊，我知道了，你没心，我是说你没有一颗仓央嘉措之心。"

"我一个女的，本来就应该没有仓央嘉措之心。"

"那就应该有情人之心,玛吉阿米之心。"

"可它跟'七度母之门'有什么关系?"

"仓央嘉措指引我们一扇一扇打开了'七度母之门',现在我们需要搞清楚的是,为什么指引我们来到了这里?"

"是啊,为什么?"

"我会告诉你,不,仓央嘉措会告诉你。"香波王子趴到窗沿上,侧耳听着,"听啊,还是独唱。"他轻声唱着:

虽然有几次欢会,
却不摸姑娘的深浅,
不如在地上划圈,
能量出星辰的近远。

看到梅萨着急的样子,又说:"你当然听不出情歌背后的故事,还是让我直接告诉你吧,为什么仓央嘉措领我们来到了这里。"

6

香波王子沉默了一会儿说:"上回说到哪儿了?"

梅萨说:"在扎什伦布寺,仓央嘉措拒绝受戒,然后回到拉萨,一群失去了孩子的母亲在拉萨街头向他哭诉。看到自己带给别人无尽的痛苦而深深自责的仓央嘉措,从一个枯瘦女人身上拔出一把藏刀,一刀刺向自己心窝。"

香波王子点头说:"这时候,他身边的摄政王桑结毅然伸过去一只胳膊挡住了锋利的刀尖。仓央嘉措又来了一刀,这一刀刺伤了他自己的肩胛。桑结紧紧抱住了他。他面前一地的女人不禁痛声号哭："神圣的太阳啊，你不能流血。"藏刀落地了，藏刀的主人那个枯瘦女人抖抖索索捡起来，几乎没有犹豫，就把藏刀刺进了自己的喉咙。她觉得刺伤达赖喇嘛的不是他自己，而是她的藏刀，她和她的藏刀都是罪大恶极的，她必须以死亡赎罪。她刺得又准又狠，扑倒在地的同时，断气了。仓央嘉措吓得一脸苍白，连连后退，然后就哭了，就像他面前的那些女人一样痛声号哭。他被人扶上马背，哭着往前走，唱着往前走：

　　　　核桃，可以砸开吃，
　　　　桃子，可以嚼着吃，
　　　　今年满地的酸苹果，
　　　　实在是没办法吃了。

　　"仓央嘉措路过哲蚌寺的时候，被闻讯赶来的喇嘛接住了：'尊者你身上有伤，你需要治疗，我们有遍治一切的医圣、闻名全藏的大药王的化身。'

　　"这是六世达赖喇嘛仓央嘉措第一次来到哲蚌寺。喇嘛们把他接进了严密封闭的密宗道场阿巴札仓，因为遍治一切的医圣正是阿巴札仓的首席堪布。医圣的神奇医术让仓央嘉措的刀伤五天就结疤。就在这五天之内，摄政王桑结跟仓央嘉措有过一次十分重要的谈话。桑结告诉仓央嘉措：'你不受僧戒，却受过先天神戒，受了先天神戒你才能成为前辈达赖喇嘛的转世。转世的教主，你应该知道格鲁派的存亡高于一切，为此，所有格鲁派僧人都是可以舍命的。'仓央嘉措说：'让我舍命，可以，让我舍情，不行。'摄政王跪下说：'你不能这样尊者，格鲁派是你的，藏土是你的，众生是你的，我不过是在替你管理。如果你不听我的话，我就把摄政王的权力交给你。'这对仓央嘉措来说，几乎就是拿刀子逼他，他害怕了。他不害怕死亡，却害怕权力，害怕自己掌握权力。他打着哆嗦离开了一直跪地不起的摄政王桑结，喃喃地说：'那就这样吧，你们怎么逼，我就怎么来，反正不等我死了，我是不能自由的。'突然他以诗人的狂放喊起来，'可我是有灵魂的，灵魂啊，归属于玛吉阿米的灵魂你飞吧，飞吧，飞到拉萨以外的山野里去吧。'

"仓央嘉措没有很快离开哲蚌寺，似乎哲蚌寺那殿堂庭院小落差的开阔敷设比布达拉宫的高耸及天更让他惬意。他的经师大喇嘛曲介和宁玛派高僧久米多杰活佛从布达拉宫赶来为他讲经。他用闭目听讲的极度安静欢迎了他们，让两位经师有些吃惊：怎么突然变得如此不动，就像不动金刚的深寂法相？讲经持续下去，讲的是显宗教典《依靠经教》和《法华经》。一星期过去了，有一天，在默记熟思的时间里，曲介突然听到了一声他从未讲授过的经咒。经咒出自仓央嘉措之口，就像布谷鸟的翅膀流畅地划向了窗外的天空。他不禁打出一个激灵：怎么是它？赶紧和久米多杰商量，也让久米多杰谛听。这一次，躲在柱幕后面的他们听得更加清晰，是大寂静度母的身、语、意三咒：唵达热都达热都热索哈。他们吃惊地掀开柱幕，来到了仓央嘉措面前。

"曲介扑通一声跪下，严厉地说：'尊者是达赖喇嘛，我们不好严加管束，但你现在的举动关系到我们的身家性命，我们不能不过问。''是啊，是啊。'久米多杰活佛也跪下了，磕了一个头说，'我是一个宁玛巴，我担不起让格鲁派教毁人亡的责任。'仓央嘉措慢腾腾睁开眼睛，似乎说：'什么事儿，过问吧。'曲介说：'你已经

有本尊了，是宁玛派的大寂静度母，谁给你的灌顶？'

"本尊是密宗修炼的法要，是占据坛城东南西北中的大神，它统摄修炼的境界和修炼者的灵魂，它使观想变得有形有色、有根有底，而又上升为妙高天境，亦真亦幻。曲介的意思是，按照格鲁派的铁律，没有系统研修显宗教典的人绝对不可以学修密宗，你现在显宗才入门不久，怎么就已经有了密宗修炼的法要？密宗修炼需要上师灌顶也就是授权，哪个上师给你授了权？更何况大寂静度母是宁玛派的密教本尊、是用来男女双修的意念支柱，而达赖喇嘛作为格鲁派的领袖，只能选择格鲁派的本尊，比如阿巴札仓供奉的大威德怖畏金刚。如果改修别派本尊,那就是叛教之举,是要逐出教门的。

"仓央嘉措不回答。但曲介马上就明白了：'一定是宁玛巴上师小秋丹，他一直跟随着尊者，从门隅措那桒下村跟到了拉萨，如今他在哪里？'这一问让仓央嘉措倏然抬起了头：是啊，如今他在哪里？已经很长时间不见了。小秋丹是他的密法启蒙上师，更是玛吉阿米的影子，影子跟着身子去了，小秋丹唯一要做的，就是走遍天涯去寻找玛吉阿米。一线希望在仓央嘉措心里升腾而起：这个世界上，毕竟还有一个人，想他所想，做他所做。他站起来，告诉两位经师，他要去拉萨城里走一走。曲介和久米多杰不让他去，死死抱住了他。他挣脱他们往外跑，两位老迈的经师跌跌撞撞追了出来。这时阿巴札仓的首席堪布、遍治一切的医圣出现了，拦住两位经师说：'就让他去吧，我已经看到了他前世的密宗法脉，伟大而不朽的莲花生大师做了今天的仓央嘉措，为了圣教的绵长他必须承担西藏所有的苦难。玛吉阿米是他苦难的引导，所有的人间佛母一部分是他的肉体引导，一部分是他的精神引导。'大概老医圣的音量过于充沛，或者煨桑之风把话捎了过去，已经跑出去很远的仓央嘉措听到了,突然返回来,恭立在医圣面前说:'尊敬的上人,所有人都说我叛教、叛教、叛教,你为什么说我是为了圣教?'医圣微笑着,朝他挥挥手,恭敬地说:'伟大的尊者你去吧,只有走进你的心灵,你才是自由的行者,只有走向你的众生,你才是辽阔的大海(达赖)。'

"仓央嘉措带着侍卫喇嘛鼎钦骑马离开了哲蚌寺,来到大昭寺附近的冲赛康。他见到了他赠送过玛瑙项链的央金,见到了他赠送过黄金佩饰的勒宗,见到了他赠送过华美腰刀的达娃,见到了他赠送过丝绸腰带的拉毛,见到了宗角禄康最漂亮的姑娘桑姆,见到了最热辣的姑娘曲珍,见到了曾让他喝酒、留他过夜的所有女店家。他拥抱她们,拥抱所有他熟悉的姑娘,一个个呼唤着她们的名字:'玛吉阿米,玛吉阿米,你就是玛吉阿米,所有的姑娘都是玛吉阿米。'他又回来了,他是来自门隅措那的放浪青年、行空天马,是巴桑寺的山野里自由惯了的痴情喇嘛,是爱死了姑娘也被姑娘爱死了的英俊王子。姑娘们喜悦的眼光告诉他:这个来自魔女肚子的宕桑旺波,是整个西藏的情圣。他情不自禁地唱起来:

> 住在布达拉宫时,
> 是喇嘛仓央嘉措,
> 来到拉萨街上时,
> 是浪子宕桑旺波。

"他又唱道:

> 姑娘是不会死的,
> 美酒是喝不完的,

>我终身的希望,
>全部寄托在这里。

"他还唱道:

>若把思恋的苦心,
>用来修行学法,
>就在今生今世,
>一定修成菩萨。

"摄政王桑结知道了他的行踪,立刻派人请他回布达拉宫,他不从,只好派兵绑架。藏兵绑架着仓央嘉措来到布达拉宫脚下,看到那么多大僧官和大俗官都来顶礼迎接,才知道他们绑架了六世达赖喇嘛,一个个滚翻在地,低声祈请着,不知死了好还是活着好。仓央嘉措不理睬那些僧官和俗官,从绳索中伸出一只手,给几个近前的藏兵摸顶,和蔼地点着头,告诉他们,没事儿,不就是绑了达赖喇嘛吗?达赖喇嘛也是凡胎俗骨一个、七情六欲一身,跟你们平时捆绑过的任何人没什么两样。然后,拒绝了前来给他松绑的官员,走上了布达拉宫的台阶。

"就在这天,在仓央嘉措的寝宫布达拉宫德丹吉殿,当着摄政王桑结和经师曲介喇嘛、久米多杰活佛的面,仓央嘉措对两个哆哆嗦嗦给他松了绑的喇嘛说:'绑了我的绳子属于我,割断绳子的刀子也属于我,拿来,拿来。'他拿到了绳子和刀子,平静地对摄政王桑结说:'你是我的上师,你告诉我,我是用绳子吊死,还是用刀子刺死?'桑结说:'尊者,你要是死了,我也就不活了。'仓央嘉措说：'那你是希望我活下去了？可我怎么能按照你的心愿活下去？我应该按照自己的心愿活下去，要是不允许，还不如死，还不如死。'摄政王桑结脸色大变，颤抖着说：'尊者，你怎么就不考虑我的处境呢？你这样逼我，我还能说什么？可怜的西藏，可怜的众生，看看你们的活佛吧，他怎么会这样。'说着，掩面而泣，跌跌撞撞出去了。

"这天晚上，六世达赖喇嘛仓央嘉措果然上吊自杀，但是未遂。侍卫喇嘛鼎钦守候在寝宫门口，时不时地朝里窥伺着，主人刚把绳子套在脖子上，他就扑了进去。立刻上报给摄政王桑结，桑结悲叹一声，恼怒地打了自己一个嘴巴说：'那就遂了他吧，只能这样了。'从此不再严加管束。仓央嘉措用上吊自杀给自己争取来了一段时间的自由，他白天修炼密法，夜晚游荡在酒肆之中、民女之家。他戴着宝石戒指，留着披肩长发，每天都有好酒，每天都唱新歌，花心绽放，郊野问柳，一任自性奔驰于卿卿我我，扮演着情歌大王、放逸公子、大众情人的角色。到了后来，竟至于把华丽的绸缎便装穿到了布达拉宫。这时传来消息：有人找到了玛吉阿米和孩子的尸体。仓央嘉措听了哈哈大笑：'她还活着，怎么会有尸体？'经师曲介问：'你怎么知道她还活着？'他说：'密法告诉了我，本尊告诉了我。'他坚信玛吉阿米没有死，坚信自己的等待在一个观想本尊时看到的草新花艳的日子里会有豁然天晓的结果。

"真的是草新花艳，头一天下了一场雨，然后就是一碧如洗。清澈的阳光雨露般地瀑洒着，所有的花骨朵都开了，所有的绿色都莹润闪亮。但对仓央嘉措来说，命运却不是豁然天晓的恩赏。他站在德丹吉殿的窗前，远眺拉萨河谷连天而来的田畴美景，突然看到离布达拉宫很近的雪村前，簇拥着很多人。他天性喜欢热闹，就想去看看。侍卫喇嘛鼎钦紧紧跟着他,一再地劝说:'主人,你不要去了吧,不要去了吧。'仓央嘉措岂是侍卫能够阻拦的,飞快地奔下台阶,奔向雪村,奔向了一个惨不忍睹的场面。他先是看到了独眼夜叉和豁嘴夜叉,这两个一直都在追杀玛吉阿米的墨竹血祭师今天显得格外神气,他们提刀在手,昂首挺胸,就像能愚母和能惧母那样,一人脚下踩着一个人。不同的是,独眼夜叉脚下是个女人,豁嘴夜叉脚下是个不足一岁的女婴。他们面对着人众,正在狞笑着谛听一个藏军军官的宣说。宣说的意思是这个女人和这个女婴亵渎了神明,侮辱了神圣的达赖喇嘛,又犯有淫欲、贪婪、欺妄、诓骗、无耻等人间极罪,所以她们是该死的。言毕开始动手,独眼夜叉和豁嘴夜叉同时把刀刺向了女人和女婴的心脏。她们没有反抗,甚至也没有挣扎,尤其是女人,她歪脸望着从人群中疯挤过来的仓央嘉措,喃喃地叫了一声他的名字,然后就口吐鲜血而死。仓央嘉措扑了过去,却没有扑到跟前,惨叫一声,昏倒在地。玛吉阿米,玛吉阿米,他终于见到了玛吉阿米,却是一个悲惨到令人昏厥的下场。

"在场的人里,有关注死者的,也有关注仓央嘉措的,他们从仓央嘉措的态度中知道,这一次不是错杀无辜,死于刀斧的应该是真正的玛吉阿米和她的孩子。一直在密访玛吉阿米的蒙古准噶尔部首领策旺阿拉布坦的密探,悄悄走了;蒙古和硕特部首领拉藏汗的眼线,悄悄走了;萨迦法王的大管家八思旺秋的派员,悄悄走了;噶玛噶举派的头面人物噶玛珠古的随从,悄悄走了;暗中监视这些人的'隐身人血咒殿堂'的喇嘛,悄悄走了。他们都去向各自的主子报告见闻。两个墨竹血祭师独眼夜叉和豁嘴夜叉像是怕人报复,转眼消失得无影无踪。几个藏兵用毡片裹走了两具尸体。仓央嘉措还在昏迷。侍卫喇嘛鼎钦又哭又叫:'主人,主人。'

"玛吉阿米和她的孩子的公开被杀，显然是'隐身人血咒殿堂'的意思。他们想让围绕玛吉阿米和孩子而产生的各路政教阴谋统统休止，也想让仓央嘉措明白，所有和他交媾并生下孩子的女人，都会是这个下场。你是悲悯化身的达赖喇嘛，你应该立刻打住你和姑娘们的交往。但'隐身人血咒殿堂'没想到，就是从这天开始，西藏局势萌动了新的变化。首先是新疆蒙古准噶尔部首领策旺阿拉布坦立场骤变，他认为玛吉阿米既死，以她为诱饵，拉拢并控制仓央嘉措的策略已经失败，不如转而反对仓央嘉措。他连续向朝廷参奏摄政王桑结姑息达赖放荡的罪责，声称：'摄政王奸谲，新达赖有伪。'接着，监护西藏的蒙古和硕特部首领拉藏汗也向朝廷急奏：'六世达赖喇嘛违背修道誓愿，行为放荡，皆摄政王怂恿之故，我等笃信黄教之蒙古皆羞于见拜'，希望朝廷治罪摄政王，并予废黜假达赖，速立新达赖。两股政治和军事力量既然如此，萨迦派的八思旺秋认为机不可失，迅速向和硕特部首领拉藏汗和准噶尔部首领策旺阿拉布坦靠拢，对废旧立新推波助澜，甚至表示灵童可以转世，也可以世袭，更可以转世之后再世袭，到底如何办，谁是法王谁说了算？这就是说，坚持世袭制的萨迦派，早已做好了产生新灵童的准备。而噶玛噶举派的噶玛珠古则发动本派僧人到处散布：摄政王桑结并没有匿丧，五世达赖喇嘛圆寂不过五年，转世灵童有待寻找。同时又散布，有秉性特异者已经诞生，出生第三天就说：'哎呀，我的《水晶宝鉴》哪里去了？'出生第五天就说：'我想看看我的《恒河水流》，你们给我拿来。'出生第七天又说：'我的《杜鹃歌声》就放在我的文殊狮子吼案上。'《水晶宝鉴》《恒河水流》《杜鹃歌声》都是五世达赖喇嘛的著作，如果他不是五世达赖喇嘛的转世，出生不到十天怎么会说出这些？

"现在，重要的是朝廷，是康熙皇帝的态度。因为匿丧不报和私自拥立仓央嘉措为新达赖，康熙皇帝对摄政王桑结极度不满。但康熙也洞悉拉藏汗和策旺阿拉布坦对控制西藏的野心，知道仓央嘉措的废立牵动着西藏的命运，要么和平，要么战争。他明智地采取了调和的态度，颁诏下去：仓央嘉措作为达赖喇嘛是真是假，朝廷将委派精于相术、明察秋毫的金字使者前往查验，验后果然如奏，再查办不迟。

"金字使者迤逦而来，拉藏汗派了要员在藏北那曲等着，策旺阿拉布坦也派了要员在昌都等着，他们带着重礼，名为迎接，实为行贿。摄政王桑结也派了僧俗官员各五人在当雄等着，只带了哈达和必要的饮食，却让'隐身人血咒殿堂'通过无形密道，以最快的速度直达能最早见到金字使者的青海湖。这是大约两个月的心急如焚的等待，所有人都明白，仓央嘉措到底是不是真达赖，就在于金字使者一句话。他说是，那就是，他说不是，顷刻之间就会天翻地覆、人头落地。最焦急的当然还是摄政王桑结，他知道一旦仓央嘉措被否定，轰然灭亡的还有作为摄政王的他，还有整个噶丹颇章政权，还有所有格鲁派高僧和寺院，还有格鲁派在整个藏土的地位和利益。他来到布达拉宫德丹吉殿，给仓央嘉措详细陈述了当前的局势和面临的危机。仓央嘉措木然发呆，喃喃地说：'要是玛吉阿米活着就好了，要是我不是达赖喇嘛就好了，要是他们都是潜心念经的佛徒就好了。'说着说着他就唱起来，似乎歌声比话语更能够表白自己：

> 黄边黑心的乌云，
> 是产生冰雹的根源，
> 非僧非俗的出家人，

是圣教佛法的祸根。

"这里的'非僧非俗'也不知说的是他自己,还是那些权欲熏心、动辄刀兵相加的信教人。又唱道:

> 具誓金刚护法,
> 高居十地法界,
> 若有神通法力,
> 请将佛教的敌人消灭。

"秋天来临的时候,康熙皇帝委派的金字使者到了。预感不妙的摄政王桑结把仓央嘉措转移到了哲蚌寺严密封闭的密宗道场阿巴札仓,告诉他,明天就是金字使者查验的日子,你在这里好好念经,哲蚌寺的全体喇嘛会彻夜为你祈祷好运,我和布达拉宫的全体喇嘛也会为你祈祷好运。看着摄政王匆匆离去的背影,仓央嘉措一声哽咽,眼泪泉涌而出:'对不起了上师,你为我承担的太多,太多。'

"第二天,摄政王桑结亲自带人,从哲蚌寺接走了仓央嘉措。金字使者在布达拉宫等待着。西藏格鲁派的所有寺院都在这一刻敲响法鼓法钟,吹响法号法螺,念诵起了免除一切凶灾的度母咒。到底仓央嘉措会被认定为真达赖,还是假达赖,全西藏都在等待。"

香波王子住口了,定定地望着梅萨。

梅萨一脸悲戚,眼眶里泪光闪烁。

香波王子心中一喜,又唱了一首仓央嘉措情歌。凑到跟前仔细端详梅萨。梅萨眼眶里的泪水并没有滚落,脸上的悲戚反倒消失了。香波王子失望地说:"你是想着我们的誓约,憋着不哭吧?"

梅萨摇头，一脸讥讽："你知道不知道，你刚才唱的情歌不是仓央嘉措情歌。"

香波王子说："不可能，我怎么会搞错？香波王子怎么会搞错？"

梅萨说："你居然迟钝到如此程度，同一首歌，仓央嘉措唱出口，那是仓央嘉措情歌。经你一唱，就不是仓央嘉措情歌了。"

第十一章　吉彩露丁

1

能仁殿在措钦大殿的最高一层，居高临下，一眼就能看到右后侧有一座森然高峻的建筑。

香波王子回头看了看释迦牟尼的说法手印和端严的面孔说："这就对了，即便我们听不到喇嘛合唱仓央嘉措情歌，也能明白右旋法螺为什么指引我们来到了能仁殿的释迦牟尼身旁。你看佛祖的手印和眼睛正对着那里，正对着合唱情歌的地方，那就是严密封闭的密宗道场阿巴札仓，是仓央嘉措在哲蚌寺的唯一驻锡地。"

梅萨说："为什么正对着阿巴札仓，它重要吗？"

"既然阿巴札仓已经成为'授记指南'的一部分，对发掘'七度母之门'的伏藏来说,它恐怕是哲蚌寺最重要的。哲蚌寺有罗赛林、郭芒、德阳和阿巴四大札仓,阿巴札仓是唯一的密宗道场,具有全西藏最深最秘最灵最纯的教法,自然也是最有威望和地位的。仓央嘉措来过后,这里就有了合唱情歌的传承。"

说着,香波王子带着梅萨朝外走去,突然又拐回来,走到那个不理解喇嘛唱歌的游客面前说:"喇嘛们合唱的不是基督教一样的圣歌,是情歌,不不,也不是情歌,是六世达赖喇嘛仓央嘉措的法音。知道吗,仓央嘉措的法音,也可以叫道歌,所有的仓央嘉措情歌,都是道歌。"

那游客愣愣地点点头:"你是干吗的?"

香波王子说:"拜佛的。"

二十分钟后,香波王子和梅萨来到了阿巴札仓的外面。

一些曲扭的石阶绳索一样把阿巴札仓捆绑在一个台地中央。朴素的白墙红檐上,镶嵌着神秘的黑窗紫楝,仿佛一排排眼睛,盯着你也看透了你,而你却丝毫看不清它们的内容。墙与墙之间有一些"一线天"的通道,让你在仰望时会感到那是一个与天衔接的机密悬梯。建筑是拥挤的,布局是陡峭的,风格是一致的。梅萨想不通,地域辽阔的藏地,为什么要把房子积木一样摞起来。

香波王子说:"这叫金字塔心理,希望离天离神更近。"

密宗秘地的阿巴札仓挂着"谢绝参观"的牌子,他们进不去,也不见一个喇嘛出来,连打通关节的机会也没有。合唱已经消失了,仿佛情人不诚实的引诱,等你兴致勃勃跑来会面时,留给你的却是空白和寂寞。他们在墙外走来走去。

香波王子说:"调查仓央嘉措的时候,我来过这里。那时候有开放日的,现在连开放日都取消了。札仓里供奉着格鲁派密部五大本尊之一的九面三十四臂十六足的阎魔德迦——大威德怖畏金刚、大日如来降服妖魔时所化现的玛哈噶拉大黑天、阎魔敌、增禄天母等。最重要的是一尊大力忿怒罗刹像，当年塑造忿怒罗刹时，对每一撮香泥，宗喀巴大师和弟子们都要念诵十万遍大密宗根本咒：'嘛嘛格灵杀面达。'十万遍六道金刚咒：'啊啊萨杀嘛哈。'以至于感动了罗刹神的真身，在塑造完忿怒罗刹的下半身后，它的上半身自然长了出来。"

梅萨说："可我们现在需要亲眼看到这些神像。"

香波王子上下左右看了看："翻不进去，只能走门了。"他走过去，重重地打门，喊着："施主来了，远方的施主来了。"没有人理睬。他掏出一张百元钞票，从门缝里塞进去，又喊道，"亲爱的喇嘛、我的上师，我已经听到了合唱，我是仓央嘉措的朝拜者，放我进去，求求你们放我进去。"

门吱扭一声开了，伸出一个光溜溜的喇嘛头："你没看见'谢绝参观'吗？我们都在冥想，这里需要安静，你有完没完？"说着，把那张百元钞票扔出来，砰地关上了门。

香波王子说："怪了，怎么还有拒绝施舍的喇嘛？"

依然在墙外走来走去。突然香波王子愣住了，瞪着白墙上的黑色墙饰说："你看这是什么，像不像藏文？"

梅萨定睛看了看："是啊，是藏文，好像是雪山。"

接着他们就断定那的确是"雪山"的藏文，因为他们在另一面墙上更加清晰地看到了表示"温泉"的藏文。

香波王子几乎跳起来："原来阿巴札仓就是'雪山'和'温泉'，这说明塔尔寺'授记指南'里'九十八把铜壶的信念'所表达的九十八座雪山和九十八座香巴拉温泉不过是个比喻，七位度母带给人间的欢乐之源——香巴拉温泉应该是一座座拔地而起的寺院,确切地说是一座座密宗道场。"

梅萨说:"如果是这样,'九十八把铜壶的信念'就代表了九十八座密宗道场,难道我们要找遍拉萨乃至全西藏所有的密宗道场?'七度母之门'离我们似乎越来越远了。"

香波王子说:"不,越来越近了。塔尔寺'授记指南'让我们来到了哲蚌寺,而哲蚌寺唯一的密宗道场阿巴札仓明确告诉我们,它就是九十八座雪山和九十八座香巴拉温泉之一,我们必须进到它里头去,它也许就是我们现在唯一的目标。"

他们徘徊着,直到一个年轻女子背着奶桶,提着铜壶,弯腰弓背地从密法经堂的大门里出来。

香波王子凑过去问:"我们是远道来的香客,想进去磕头,什么时候方便?"

年轻女子捏起右手的拇指、食指和中指,飞快地搓了几下。

梅萨问:"什么意思?"

香波王子说:"要钱呢。"掏出十元钱给了年轻女子。

年轻女子说:"阿巴札仓不可能让你们进去,一年三百六十五天都不可能,别说香客,连其他札仓的喇嘛都不能进。"

梅萨说:"你收了钱,就告诉我们这个?"

年轻女子说:"我说的是实话。"

梅萨说:"说实话就得要钱?还是个信徒呢。"

"别跟她较真了。"香波王子又问,"你怎么能进去?"

年轻女子说:"我不进去喇嘛们就喝不上酥油茶了。"

香波王子说:"你是送牛奶的,一天一次?"

"上午一次,下午一次。"

"都是什么时候?"

"上午十点,下午三点。"年轻女子说着,加快了脚步。

香波王子拽着梅萨跟了过去。一直是下坡的石阶,跟到山门前石阶结束的地方,再想往上返回阿巴札仓时,已经没有力气了,又累又饿。心说今天就算了,明天再来。就要顺着那条绿树掩映的哲蚌大道走向拉萨市区,突然看到哲蚌寺藏医院门前的平地上,摆着一片红灿灿的装饰有精美图案的铜壶。哲蚌寺没有像模像样的山门,因为上下进出都要路过寺院南端的藏医院,繁花似锦的藏医院之门就权充了山门。铜壶的主人——一个中年妇女衬着卡垫坐在山门前的石阶上,一边摇着嘛呢轮,一边漫不经心地观察着一个个路过的游客。

香波王子用藏语随便问了一句:"铜壶卖吗?"

中年妇女说:"不卖我摆在这里干什么。"

香波王子蓦地停下了:"多少钱一把?"

中年妇女说:"一百。"

"这么好的铜壶才一百块?"

"嫌便宜那就加一百,两百块钱你要?"

香波王子浏览着:"怎么图案都一样,全是雪山?"

中年妇女说:"一面是雪山,一面是温泉。"

香波王子和梅萨对视了一下,蹲下来,抱起一把铜壶,仔细看看,问道:"为什么是雪山和温泉?"

"从我的老祖宗开始,就是雪山和温泉,我们卖出去一把,就制作一把,从来都是这样的图案。九十八把铜壶,九十八座雪山,九十八座香巴拉温泉,这是不能变的,就好比山水不能变成森林。斯巴宰杀小牛时,砍下牛头放高处,所以山峰高耸耸;斯巴宰杀小牛时，割下牛尾栽山阴，所以森林郁葱葱。"

斯巴是藏族人的创世大神，是他创造了天地山水林草。而在中年妇女的口气里，好像斯巴大神同时也创造了铜壶和铜壶上"雪山"与"温泉"的图案。

香波王子警觉地问："你有九十八把铜壶？为什么是九十八把？为什么卖出去一把才制作一把？"

中年妇女说："这个谁不知道。七姊妹'阿姐拉姆'是七位度母的化身，她们每人都有十四只手，拿着十四把铜壶，少了空着手，多了拿不了。"

香波王子说："可是据我所知，七姊妹'阿姐拉姆'的九十八把铜壶都已经没多大用处了，只能熬茶煮奶。"

中年妇女得意地"哼"了一声，把头凑过来，神秘地说："熬茶煮奶的是九十六把，还有两把，那可是宝物，半个拉萨换不来。"

"哪两把？"

"我要是知道，就会自己买了去。"

"你也不知道，好像你是代销的？"

"是啊，我们的祖先和我们，都是为神代销信仰的人。"

香波王子惊望着她：一个摆地摊的妇女也能说出这种话。

梅萨说："高明的推销术，每个人都会为了得到这宝物买她一把铜壶。可如果有人把所有的铜壶一次买走呢？"

中年妇女说："我一天只卖一把。"

香波王子说："等你第二天再来时，又变成了九十八把。铜壶是一样的，你根本不知道你买走的是古董，还是昨天晚上的制作。这样，那两把宝物铜壶就很有可能从祖先一直保留到现在。"

中年妇女望着香波王子，同意地点点头。

梅萨说："那也有可能两把宝物铜壶早就被人买走了。"

中年妇女又望着梅萨点点头。

香波王子抱着侥幸说："挑吧，我们别无选择。"

他们把九十八把铜壶都过了一遍，又过了一遍，尽管铜壶与铜壶还是有细微的差别，但那不过是手工制作时多了一锤少了一锤，无法区分宝物不宝物。中年妇女有点不耐烦了，问他们到底是买铜壶，还是在消磨时间，她可要收市了。梅萨无奈地站起来：怎么办？香波王子用坚定的眼神示意她再找一遍。

香波王子说："不要再比对了，这把铜壶和那把铜壶的区别并没有意义，你就看每一把铜壶上有没有我们感兴趣的信息，纹饰的信息、打造的信息，最重要的是损坏的信息。既然是七姊妹'阿姐拉姆'的铜壶，又被魔鬼偷走，又经岁月打磨，又让许多人关注，就不可能不留下痕迹。"

但最终他们也没有得到渴望的信息，垂头丧气地坐在地上，一脸无奈，又舍不得离开。

黄昏了，落日悬挂在山顶，一束格外红亮的阳光斜扫过来，照耀着铜壶。关键是它只照耀一把铜壶，而不照耀别的铜壶。这把铜壶便蓦然高大，昭昭煌煌地燃烧起来。不抱希望的香波王子似乎看到了希望，忽地直起腰，心说我为什么不能把阳光的照射看作是神明的引导呢？他扑过去，抱起那把铜壶说："别的不用看了，就是它。"他摸出两百块钱，丢给中年妇女，抬脚就走。

梅萨追了过去，急切地问："你发现了什么？"看到香波王子摇头，又问，"没发现什么你买它干吗？"

香波王子说："我感觉它就是我们要找的。"

梅萨问："你的感觉牢靠吗？"

香波王子说:"不知道。"

一辆出租车开过来停在了他们身边,像是专门来接他们的。他们上去,沿着哲蚌大道直奔藏红花酒店。

2

香波王子和梅萨在一楼餐厅匆匆吃了饭,来到香波王子的房间,抱着那把买来的铜壶,里里外外、上上下下研究了半晚上,直到哈欠连天,也没有研究出任何有价值的线索。

"睡吧,明天再说。"梅萨说罢,回到自己房间去了。

香波王子熄了灯,躺下就睡,又想起了珀恩措,立刻打电话过去。就跟他预料的那样,打了几次都不通,便发了短信给她:"等着你爱的警察,也等着我,我要扭转乾坤,给你惊喜。"然后仰倒闭上了眼睛。

他很快打出了呼噜,抑扬顿挫的,走廊里都能听到。有个黑影从楼梯口走来,关掉走廊的灯,在香波王子的房间门口停了片刻,掏出钥匙打开门,溜了进去。

黑影的目标是铜壶,铜壶挨着香波王子躺在床上。黑影轻轻抱起它,迅速朝外走去。呼噜声依旧,香波王子的眼睛却睁开了。他看着黑影出了门,起身跟了出去。走廊里一片黑暗,只有沙沙的脚步声从楼梯上传来。

香波王子从电梯下去,想在一楼的楼梯口拦住黑影。可是他等了一会儿,却不见有人下来,便顺着楼梯走上去,一直走到了自己居住的四楼。

他谁也没有碰到,唯一的异样是,一丝灯光从自己房间的门里,渗漏到了漆黑的走廊里。他跑过去推门而入，就见铜壶回来了，依然躺倒在床上，好像压根没有人动过它。他抱起铜壶，出门顺着楼梯跑下去，来到灯光灿烂的太阳厅，就听伞盖式的木门外，木质的楼梯上，有咚咚咚下沉的脚步声。他追过去，看到引超玛的身影穿过酒店的"凹"形院落，在青幽幽的石板上留下了一串清脆的敲击声。

已经来不及追撵了，引超玛转眼消失在一辆红色面包车里。面包车迅速驶出了酒店院门。与此同时，一辆黑色轿车悄悄跟了过去。拉萨黎明前的黑夜顿时显得诡异，有些梦魇似的鬼寂。

香波王子呆望着，抽了抽鼻子，一股奶香味从怀中的铜壶里油然而起。他打开壶盖，朝里看了看，转身就走。

他摸到一楼餐厅，打开灯到处走了走，甚至走进了厨房，想找到昨天晚饭时他和梅萨享用过酥油茶的漂亮铜壶。他没有找到，便断定自己怀里这把散发奶香的铜壶就是那把。

他回到自己房间，把铜壶丢在床上，躺下睡着了。等他醒来时，天已放亮，梅萨抱着铜壶站在床前。

"睡得好香啊，我怎么发现铜壶跟昨天不一样了。"

香波王子苦笑一下："是不一样了，你怎么看出来的？"

"昨晚我们看了好几遍都没有发现这几个藏文字。"

香波王子低头一看，一把夺过了铜壶，那几个刻在壶底的藏文字居然是"吉彩露丁"。塔尔寺"授记指南"中说："吉彩露丁的酸奶子是全西藏最好的酸奶子。"

他沉思着，突然说："恐怕我们已经找到了一把七姊妹'阿姐拉姆'的铜壶。"他把昨天晚上引超玛偷换铜壶的事儿简单说了，又道，"除了我们，任何人都没有得到过塔尔寺'授记指南'，所以他们根本不可能知道自己已经拥有了一把七姊妹'阿姐拉姆'的铜壶。这一点别人也明白，于是就盯上了我们，以为只要我们得到的，就一定是非同一般的宝物铜壶。"

梅萨说："她换走了假的，留下了真的，我们怎么办？"

"铜壶上出现了'吉彩露丁'，说明塔尔寺'授记指南'所说的'吉彩露丁'既可能指哲蚌寺，更可能就是这把铜壶。但我们现在还不知道这把铜壶和'吉彩露丁'能不能告诉我们'七度母之门'的伏藏在哪里。也许它还在指引我们靠近，也许它就是伏藏本身，只是我们的证悟还不够。也许另一把铜壶会告诉我们，我们应该找到它。"

"另一把铜壶在哪里？有方向吗？"

"两个方向，都是昨天找过的，一个是哲蚌寺藏医院门前地摊上的九十八把铜壶，我们不放弃另一把七姊妹'阿姐拉姆'的铜壶就在里面的可能；一个是密宗道场阿巴札仓，既然我们认定它是唯一向我们显现的'九十八座雪山'和'九十八座香巴拉温泉'中的一座，就绝对要探究到底。"

他们立刻去吃早餐，然后开着牧马人朝哲蚌寺走去。经过拉萨海关，往左拐上北京西路，前走大约二百米，突然发现路虎警车迎面驶来。后面的车辆络绎不绝，拐回去是不可能了，只能硬着头皮往前冲。香波王子下意识地加快了速度。

3

路虎警车是从青藏公路驶来的，车里的人边走边打听喇嘛鸟，一路跟踪，今天才到达拉萨，没想到一进入市区，就碰到了逃犯。

开车的是卓玛，他一见牧马人，就想横过去拦住。发现王岩和碧秀还在睡觉,又拐到路边,慢慢悠悠,想停又没停。牧马人呼啸而过。

这时身后的碧秀吼起来:"你怎么搞的,为什么不拦住?"原来他是醒着的,"叛徒,叛徒,你绝对是叛徒,见了逃犯让着走。"

王岩醒了,吼一声:"追。"

卓玛赶紧掉头,追了过去。

王岩说:"他们怎么往西走,好像要离开拉萨。"

碧秀说:"不会,肯定是去哲蚌寺的,这是去哲蚌寺的必经之路。"

路虎警车追了不到半公里,意想不到的事情发生了。就见急速逃跑的牧马人突然180度急转弯,停了下来,车门打开,走出来一个人,正是香波王子。

香波王子望着路虎警车,眼神里满是疑虑和惧怯。

梅萨在车窗里喊:"你掘不掘藏了?"

香波王子回望一眼,深深地歉疚着:我只能这样,是人都会这样,矛盾地想逃跑却又要去送死。

梅萨的声音更急切了:"还有我,你想没想到我?"

这句话反而成了最后的催动:我想你不会喜欢一个贪生怕死的人吧?香波王子不再犹豫,坚定地走向路虎警车,举起了双手。

路虎警车停下了,车里的三个警察对视了一下。碧秀抢先下车,举着枪扑过去。

香波王子凌厉地望着碧秀:"别动我,披着警察外衣的门隅黑剑,我找王岩。"

王岩过来了,拎着手铐。

香波王子又把凌厉的眼风吹向王岩说:"我有话跟你说。"

"说什么,我们有的是时间。"王岩说着就要把他铐起来。

香波王子后退一步说:"你们又是手铐又是手枪,全副武装,我手无寸铁,又是主动走来,你们紧张什么?把枪放下,不要把枪口对准一个会唱仓央嘉措情歌的人。你们要是敢打死我,一辈子没有爱情,仓央嘉措会惩罚你们。"他这么说着,就什么也不怕了,好像情歌,好像仓央嘉措成了他的依仗之势,让他有胆量对抓捕他的警察虎视眈眈。

"在什么地方说,是你的私事?"

"我没有私事。"

"珀恩措……"

王岩一怔,审视着香波王子点了点头,对碧秀说:"你回车上去。"

碧秀警告似的剜了香波王子一眼,回身去了。

香波王子小声而急促地说:"救救珀恩措,她在北京海淀区京晶大厦的顶层,三十六层高的顶层,就要跳下去了,快想办法救她。"

"你怎么知道?你认识她?"

"珀恩措要是自杀,你脱不了干系,因为直接的死因就是你抛弃了她。"

王岩盯着他,半晌不说话。

"你不相信我?可以给她打电话。我一路上都在打,大部分时间打不通。但是总会打通的,一直打,一直打,只要你想救她,就有的是办法。因为你是她唯一爱过的人。但是你千万不要报警。"香波王子把珀恩措的话复述给王岩听,"一个真正想自杀的人是谁也阻拦不了的,你报警就是逼我早死。只要警察一出现,我立刻就跳。不是威胁,是誓言。在藏族的世界里,不可违拗的,只有誓言。"

"你为什么要来告诉我,你不怕危险?"

"现在怕了,'七度母之门'还等着我呢。"

香波王子转身就跑。王岩看着他的背影，踌躇着没有扑过去：一个冒着生命危险去挽救别人生命的人，也会成为罪大恶极的杀人逃犯？他扫了一眼牧马人的车头，发现保险杠上，依然有不少血污的沾染，一些是杀害边巴的所谓证据，一些是由他抹上去的伊卓拉姆的血迹。香波王子似乎一派坦然，根本不屑于清洗。

但是，所有善意的猜测都会被另一种可能粉碎，那就是香波王子不是一般的狡猾，挽救别人和不清洗血迹，都是为了掩饰他的罪恶，更为了让追捕者分心，以便排除干扰达到他还没有达到的目的。

碧秀从车里跳出来，就要追，王岩一把撕住："让他走。"

"为什么？"

"为了不让你成为一个错杀无辜的烂警察。"王岩说，心里想的却是：香波王子，我还你一个人情，从此一笔勾销，你还是逃犯，我还是警察，我仍然要抓你。

香波王子的安然归来让梅萨佩服不已。

"你好像知道他不抓你。"

"我只是相信警察也是人。"

牧马人又开始奔驰。

4

路虎警车开向市区，半个小时后，王岩一行住进了靠近布达拉宫的新世纪宾馆。

王岩说："好几天都没躺着睡觉了，大家先睡一会儿，两个小时后在车上集合。"

碧秀说："罪犯在逃跑，警察却要睡觉。"

卓玛说："你不是说他去了哲蚌寺吗？跑不了的。"

王岩当然也不会睡觉，他让别人休息是想腾出时间来处理一下自己的事情。他关上房间的门，躺在床上拨打珀恩措的手机，打了至少二十遍，都是关机。他只好把电话打给北京的同事，请他们立刻前往救人。同时也没忘记提醒他们，一定要穿便服，因为珀恩措发誓一见警察就要跳，藏族人的誓言是不可违背的。

然后王岩很快离开房间，钻进了宾馆的网吧。

他打开QQ，给"度母之恋"留言道："知道你忙，我也很忙，本来说好忙完了这阵我们再聊。现在正忙着，却有了聊聊的欲望，今天晚上，如果上线，一定等我，不见不散。"完了，正要关机，就听有了对方回答的"嘟嘟"声。王岩大喜过望，一般来说俗人都不会在上午上网聊天，他一个夙兴夜寐修炼密法的喇嘛居然在线。

"度母之恋"说："'乌仗那孩子'，知道你会联系我，我在隐身等你。"

王岩赶紧回复："你怎么知道？问错了，你是有第三只眼的，修炼'七度母之门'的人是不是都有第三只眼？"

"度母之恋"说："不好说，我也只是对有缘之人有所预感，比如说对你，你遇到麻烦了。"

王岩说："是的，很大的麻烦，对任何人都不能说，除了你。我撞死了一个人。麻烦的是我可以轻而易举地摆脱干系，而我的心却不让我这样做。"

"度母之恋"说："能说说她的情况吗？"

王岩说："她叫伊卓拉姆，不知为什么她扑向了我的车，我开得太快，没有刹住。后来我把伊卓拉姆的血抹在了牧马人的保险杠上，就是我正在追捕的嫌犯的车。完全是潜意识的举动，我不知道想达到什么目的。"

"度母之恋"说:"你想诬陷他?"

"有这种可能,反正他已经杀过人,杀两个人跟杀三个人是一样的,都是死罪。也有可能是想知道下次再看到牧马人时,保险杠上的血迹还在不在,他要是做贼心虚,就会很快清洗干净。"

"度母之恋"说:"明明是你撞的人,他怎么会做贼心虚?"

王岩说:"在我涂抹之前,保险杠上还有血迹,那是他谋杀他的老师边巴的证据。"

"度母之恋"说:"那就是提醒,你在提醒他赶快消除证据。"

王岩说:"我一个警察会这样做吗?"

"度母之恋"说:"也是潜意识的作用,你骨子里同情他。"

"不。"王岩断然写道,但心呼的一声跌下去,一直跌下去,发虚,好像做贼心虚的不是香波王子,而是他。

"度母之恋"妥协道:"那也许你是想做一次测试,看这个嫌犯会不会给你提供更充分的追捕理由。"

王岩说:"你这样说我是高兴的,但麻烦还是存在。"

"度母之恋"说:"你撞死的这个人,起了仓央嘉措情人的名字——伊卓拉姆,那就只能是红颜薄命了。她大概想到她必死无疑,就选择了让你撞死。"

王岩说:"为什么要选择让我撞死?"

"度母之恋"说:"也许她想阻止你追捕那个嫌犯。"

王岩说:"我也这么想,你好像亲临现场看过,判断如此准确。她必死无疑的证明就是,在被我撞死之后,她又重新死了一回。有人用一种特殊钻器在她身上钻出了十四个血洞,懂得的人说,那是'肾经穴'的十四个穴位。"

"度母之恋"说:"人体穴位是度母的创造,修炼'七度母之门'其中一个重要阶段就是修炼经络穴位,有人破坏了她的穴位,就是不让她再转世。她很可能被认为是度母的化身,如果她不能转世,就无法实现掘藏,'七度母之门'也就等于自动消失。谁会这么干,你知道吗?"

王岩说:"当然不会是新信仰联盟以及乌金喇嘛,他是巴不得'七度母之门'立刻现世的。是你告诉我的以封藏、禁绝、毁灭'七度母之门'为己任的'仇视派'即'隐身人血咒殿堂'?"

"度母之恋"说:"应该是。这样就可以判断乌金喇嘛离你不远,说不定就在你身边。而且我已经猜到,既然你追捕的嫌犯得到了伊卓拉姆也就是度母化身的同情,他或她就应该是一个跟'七度母之门'有关系的人。"

王岩说:"对案件我不想多说。你认为我应该怎样消除我的麻烦?"

"度母之恋"说:"履行警察职责,皈依慈悲佛门。"

王岩说:"这可能吗?我整天面对的是犯罪,是暴力和血案。"

"度母之恋"说:"只要命中注定,就没有不可能的。一个信佛的警察,必然是正义的化身,就像威慑邪恶的护法神。再说你毕竟撞死了一个人,念佛就是忏悔,度人就是赎罪。"

不可能的事情是没有必要讨论的,王岩改变了话题:"我有两个同伴,一个要杀了逃犯,他大概仇视'七度母之门',一个要给逃犯放生,他大概喜欢'七度母之门'。你说我应该怎么办?"

"度母之恋"说:"其实你知道应该怎么办。你是想告诉我,你的嫌犯是干什么的,为什么逃跑。我明白了,修炼的时候,我可能会观想到他。"

王岩看看表，写道："没时间再聊了，再见。"

出了网吧，王岩来到宾馆门口的路虎警车里。碧秀已经到了，坐在驾驶座上，似乎有抢着开车的意思。

王岩问："为什么不睡觉？"

碧秀闷闷地说："我去街上转了转，看能不能碰到香波王子。"

"你又想蛮干？"

"我发现你们不是在抓捕罪犯。"

"不，一定要抓到他，但不能打死他。"王岩说罢，打电话给卓玛。

卓玛说："正睡觉呢，急什么，还不到两个小时。"

王岩说："那你就继续睡吧，我们出发了。"

卓玛说："王头儿，你没有我可不行，碧秀是个喜欢胡来的警察。"

5

哲蚌寺藏医院的门前，卖铜壶的中年妇女还没来。昨天摆铜壶的地方已经被卖首饰的人占领，那些珍珠玛瑙、珊瑚松石、翡翠金银，真的假的，河水一样流了一地。

香波王子问一个摊主："卖铜壶的呢？都这个时候了。"

摊主说："我也奇怪，她怎么还没来。昨天卖掉了一把，是不是还没有凑齐九十八把铜壶。"

香波王子决定让梅萨在这儿等，自己先去阿巴札仓。

延伸向阿巴札仓的石阶似乎比昨天更加扭曲了，还有些飘，大概是今天多雾的缘由。越往上雾越大，撞到了阿巴札仓的墙壁才知道已经到了。他赶紧往后退，退回去五十米又停下来，看了看表。

香波王子等到九点四十，就看到了那个送牛奶的年轻女子。跟昨天一样，年轻女子背着奶桶，提着铜壶，弯腰弓背地走来。

他迎上去嘿嘿笑了笑，掏出一百块钱，递了过去："你今天遇到好事了。我给你一百块钱，是想让你休息，就在这儿休息，我替你去送牛奶。"

年轻女子呆愣着，满眼都是疑惑。

"是这样。"香波王子说，"我来实现我阿爸的夙愿，在忿怒罗刹面前点一百零八盏酥油灯，所以我必须进去。"见年轻女子盯着钱，他又加了一百，"求求你了，你成全我就等于成全了我阿爸，我阿爸快死了。"说着挤出了两滴眼泪。

年轻女子放下铜壶，转身背对着香波王子。香波王子满怀抱住奶桶，从她背上卸了下来。年轻女子再转身抱住奶桶，放在了他的脊背上，然后提起铜壶晃了晃，郑重其事地交给了他的右手。香波王子掂了掂铜壶，心说装满了牛奶的铜壶怎么这么沉。低头看了看，又想这铜壶上的图案也是雪山和温泉，肯定也是从中年妇女那里买来的。

香波王子走向了阿巴札仓密法经堂的大门。

门开了，还是昨天那个光溜溜头，他大概是守门的喇嘛，吃惊地瞪着香波王子说："你？你是谁？你要干什么？"

香波王子用藏语说："她病了，我来送牛奶。"

光溜溜头说："她病了我们派人去取，不需要别人送。"说罢就要关门。

香波王子一腿伸进去顶住了门扇："我好不容易背到这里了，为什么不要？"

光溜溜头说："我知道你想进来，你昨天就想进来。"

香波王子说："我听说哲蚌寺的喇嘛都知道，在雪顿节这天，要是有人打听'九十八把铜壶的信念',就一定是惊天动地的预兆。几百年了,喇嘛们一直都在等待。"

光溜溜头"哦"了一声:"你就是那个打听'九十八把铜壶的信念'的人?"他浑身哆嗦了一下,瞪着香波王子手里的铜壶,紧张地喊一声:"你怎么拿着它,放下。"

香波王子说:"你让我进去,进去我就放下。"

"你会给我们带来灾难的。"光溜溜头扑过来抢夺。

香波王子连连后退,沉重的奶桶和铜壶几乎把他拽倒,要不是想到它们是他走进阿巴札仓的唯一理由,他真想把它们扔掉。

"给我,给我,给我。"光溜溜头吼着,抱住了铜壶。

"你抢什么,又不是不给你。"说着,突然意识到铜壶是重要的,不然对方不会如此抢夺。香波王子一边死死攥着铜壶不放,一边从肩膀上松开了奶桶的背绳。咚的一声响,奶桶掉到了地上,牛奶溅白了光溜溜头。就在他擦脸擦头的时候,香波王子提起铜壶就跑。

他跑向了来路,把铜壶里的牛奶泼向准备拦住他的年轻女子。

年轻女子哭着说:"祖传的铜壶你还给我,我们家送了几百年牛奶的铜壶你还给我。"突然跪下来喊道,"祖宗,祖宗,你说度母会来送奶的路上取铜壶,如今度母没等来,却等来了一个强盗。"

香波王子说:"我不是强盗,我是度母的使者,我就是来取铜壶的。"说罢,从年轻女子身边绕过去,越跑越快。

光溜溜头追过来,长长的袈裟拖绊着脚步,没跑几步,就和香波王子拉开了距离。他大声吆喝着,声腔古怪得仿佛神号。顿时就有了同样古怪的回音。所有听到神号的喇嘛,不管老的少的,都从石阶两旁的殿堂和僧舍跑出来追撵香波王子。绛紫的潮水在那些神秘狭小的巷道里急速流淌着,不时发出阵阵恐怖的怒吼。

香波王子回头看看，狂奔起来。

石阶一路曲扭，一路下坡，香波王子就像前腿短后腿长的兔子，好几次都差点摔倒。喇嘛们越来越多，许多年轻喇嘛把袈裟裹缠到腰里，动作麻利地追撵着。距离越来越小，路也越来越窄，两面高可摩天的墙壁狭峙而来，中间是一条缝，只容一人通过。一个喇嘛堵挡在前面，香波王子停下了，回头一看追撵的喇嘛，又跑起来。地形是由高往低的，他俯冲而去，整个身子撞向了喇嘛。喇嘛倒下了，他也滚翻在地。等他爬起来再逃时，右腿膝盖的疼痛让他"咝咝"抽气。他一瘸一拐地奔跑着，后面的喇嘛你喊我叫地追过来，三十米，二十米，十米。更糟的是，前面又有了堵挡的人，一个绛色氆氇袍的汉子把去路堵得严严实实。

香波王子单手抱着铜壶，挥起拳头："让开，让开。"

汉子似乎害怕了，身子猛地一侧，让香波王子擦身而过，同时他趴倒在地，身子横斜着，弓起来，挡住了追撵的喇嘛。

趁这个机会，香波王子右拐再左拐，跟跟跄跄来到哲蚌寺藏医院门前，突然意识到，刚才给他侧身让路的绛色氆氇袍的汉子就是昨天在晒大佛场地上保护他的那个人。这汉子是干什么的，为什么要保护他？

香波王子一头钻进牧马人，喊道："快走。"

梅萨发动了车。香波王子紧张地往后看着。一群喇嘛疯追而来，率先的拽住了牧马人。牧马人忽地向前拉倒了他们。

"喇嘛们不要命了。"梅萨说。

牧马人沿着哲蚌大道疾驰而去。喇嘛们继续追撵着。刚刚到达哲蚌寺的路虎警车赶紧转弯跟了过去。

香波王子粗喘着，摸了摸疼痛的右腿膝盖，抱着铜壶看起来。

梅萨问："哪儿来的铜壶？"

香波王子一声不吭。也是在壶底，他一眼看到了刻在上面的一行藏文字："忿怒罗刹被盗之手"。他闭上眼睛沉思着：七位度母的两把铜壶，魔鬼偷走的两把铜壶，象征两座雪山和两座香巴拉温泉的铜壶，能够产生两出藏戏的铜壶，导致七姊妹"阿姐拉姆"悲惨死亡的两把铜壶，终于找到了。一把铜壶的刻字是"吉彩露丁"，一把铜壶的刻字是"忿怒罗刹被盗之手"。它们之间是什么关系？其中的一把到底是不是宗喀巴大师的铜壶？更重要的是，铜壶上的文字里，有哪些关于"七度母之门"的信息、"最后的伏藏"的指南？

梅萨又问："上面有什么？"

香波王子告诉了她。

梅萨说："西藏恐怕有数以万计的忿怒罗刹塑像，到底是哪一尊？"

香波王子说："既然刻有'忿怒罗刹被盗之手'的铜壶出自阿巴札仓，而阿巴札仓又是九十八座雪山和九十八座香巴拉温泉即九十八座密宗道场的唯一显现，这'忿怒罗刹'就笃定是阿巴札仓的忿怒罗刹。"

梅萨说："关键是我们无法进出阿巴札仓，不能和没有被盗的手比较，无法知道这只'被盗之手'是什么样子的。"

香波王子说："阿巴札仓也许对我们已经没有意义了，因为可以肯定，有人盗走了忿怒罗刹的手以后，又给它安了一只手，所以我们在关于哲蚌寺的一般文献里看不到忿怒罗刹缺一只手的记载。现在要紧的是，我们必须知道，忿怒罗刹那只被盗的手是什么形状，手印是什么，尺寸有多大，泥料还是石料，什么颜色，西藏颜料还是印度颜料。"

梅萨说："我们怎么可能知道这么详细？"

香波王子说："我想到了'佛手堂'。'佛手堂'是历史上的一个存在，它除了收藏着几千只来自西藏、中原以及印度的佛手之外，还汇集了最古老的密法手印。密宗修炼要'身''语''意'三密结合，这是肉身成佛、即世成佛的基础。身密是准确模仿本尊的手印和坐势，语密是大力念诵属于本尊的咒语，意密是完全拥有所修本尊的思想和意识。其中手印是外在形象的第一表情和神奇法力的首要条件。可惜古老手印已经留存不多，随着'佛手堂'的消失而成为传说，我们能够看到的手印宝藏也只有几十种。但是历代高僧对'佛手堂'几千只佛手以及手印的阐释并没有消失，这些阐释被掘藏大师苯波拉崩汇集在了《妙吉祥静猛手印》里。"

"《妙吉祥静猛手印》在哪里，我们能找到？"

"找不到也得找，我们迄今得到的所有启示和证悟都与哲蚌寺有关，所以还是要从哲蚌寺开始寻找。"

"可又怎么解释另一把铜壶的刻字'吉彩露丁'呢？"

香波王子说："我说了，'吉彩露丁'既可能是哲蚌寺，更可能是那把铜壶。现在看来，铜壶出自哲蚌寺，它归根结底的指向也许就是：'吉彩露丁'是'忿怒罗刹被盗之手'的所在地，也是'七度母之门'的所在地。现在关键要看手印的含义和指向里，有没有对'吉彩露丁'的照应与加持。"

吱的一声响，梅萨一脚踩住了刹车。五个喇嘛和一辆轿车出现在路中央，拦截着牧马人。香波王子不禁惊叫一声："喇嘛鸟？"接着便认出了阿若喇嘛和邬坚林巴。

阿若喇嘛走过来，敲敲车门。香波王子无奈地放下车窗。

"不动佛的明示让我们去哲蚌寺找你,没想到你这么快就出来了。我要跟你谈谈。"阿若喇嘛一脸冰冷。

香波王子朝后看了看说:"我下去,还是你上来?"

"就在这里。"阿若喇嘛说,"佛祖是传达无伪真谛的无上圣尊,这样的常识你不会不知道吧?佛祖希望他的信徒成就脱离生死痛苦的不灭金刚身,希望在世界重新开始审视信仰、寻找精神出路的时候,佛法能够战胜浑浑噩噩、孤独抑郁的魔障,不灭金刚身能够建构光明的未来之城,于是就托付莲花生大师把'七度母之门'伏藏在了人间。我这样说你大概不会反对吧?注意,成就脱离生死痛苦的不灭金刚身,仅仅做到惧怕畜生、饿鬼、地狱的三恶趣,希求转生到人、天神、非天即半人半神的三善趣是不够的。这样的世间善法根本不是修法之人的追求,所有的轮回包括人、非天和天神的轮回,都充满了生死流离的痛苦,都是熊熊火宅,茫茫苦海。真正的佛法要求我们出离三界生死,脱离六道轮回,它彻底否定了三恶趣的世界,也彻底否定了三善趣的意义。你有没有这样的出离之心、解脱之意呢?你是个俗人,你根本不可能有,所以……"

"所以我必须把我探索的结果告诉你?"

"我不要结果,我需要过程,我希望你跟我们合作。"

"我要是拒绝呢?"

"我没见过你这样大胆的罪犯。"

"我杀了人,又盗窃了文物,现在还准备盗窃更重要的文物,你随时都会把我抓起来。你想这样提醒我,对吗?"

阿若喇嘛不说话,眼瞪着追过来的一群哲蚌寺喇嘛和喇嘛身后的路虎警车。

香波王子大吼一声:"走开。"

阿若喇嘛突然脱下自己的披风和袈裟，从车窗里扔给香波王子："借给你啦，有用。"转身走向了喇嘛鸟。

香波王子一把抓起阿若喇嘛的披风和袈裟，团起来就要扔向窗外，突然又停住了，心说真是个聪明绝顶的喇嘛，居然知道下来我会干什么。他摇晃着披风和袈裟喊道："也是不动佛的明示吗？"

阿若喇嘛回头道："是的。"

喇嘛鸟让开了路。牧马人奔逃而去。

哲蚌寺的喇嘛追过来，望着牧马人的背影，喘倒在地上。路虎警车拉响警笛，扑向了牧马人。

梅萨看了一眼后视镜，紧张地说："可能跑不掉了。"

前面的岔道口驶出一辆满载水泥的卡车，横在路中央缓慢地右转着，牧马人只好停下。路虎警车追上来，紧靠牧马人停下。

"他妈的，怎么这么倒霉。"香波王子把好不容易抢来的铜壶扔到座位上，反手抱住后脑勺，一副听天由命的样子。梅萨的脚懊丧得离开了油门，车熄火了。

但是路虎警车里好像出了点事儿，直到前面的卡车完成右转，让开道路，直到梅萨再次发动牧马人朝前开去，警察也没有冲出来。

驾驶路虎警车的是碧秀，他追上牧马人，掏出枪就要下去，一推门发现车门打不开了。路虎警车有自动锁门的装置，但应该是外面的人进不来，不应该是里面的人出不去。碧秀在车前怎么摁按钮，车门都没有反应，想把玻璃放下来，举枪射击，玻璃也失灵了。他扭头朝卓玛吼道："是不是你搞的鬼？王头儿，肯定是他搞的鬼。"

王岩瞪着副驾驶座上的卓玛，厉声问道："是不是？"

卓玛没有回答，只是说："让我来看看。"说罢，趴到按钮上胡乱摁起来,摁着摁着,吧嗒一声,车门开了。碧秀冲了出去。

已经来不及了,冲出去反而是浪费时间,牧马人早已不见踪影。碧秀朝天开了一枪,愤怒地吼道:"卓玛,卓玛。"

卓玛正从车里下来,碧秀扑过去,一拳打歪了他的鼻子。

卓玛捂着鼻子平静地说:"这里是拉萨,是众佛的眼皮底下,车门打不开是佛的意志,有本事你去找佛算账,朝我发泄有什么用?"说着,一点也不吃亏地还了一拳,同样打歪了碧秀的鼻子。

王岩走向卓玛,小声问:"你必须给我说实话,门为什么打不开?"

卓玛说:"作为一个国际刑警,我是来寻找证据的,不是来胡乱抓人杀人的,这就是实话。"说罢,钻进了路虎警车。

王岩沉默着,他在想:要不要把碧秀和卓玛的情况汇报给上级?汇报肯定意味着失去卓玛或者碧秀,而失去卓玛,就会鼓励碧秀的急躁甚至胡作非为;失去碧秀,又会鼓励卓玛的过度沉稳甚至无所作为。碧秀的急躁和卓玛的沉稳其实都是一种需要,现在就看他王岩靠向哪一边了。而他的想法是,香波王子最好露出新的马脚,证明他就是乌金喇嘛,或者乌金喇嘛的派遣。如果香波王子执意走向死亡,那是谁也拦不住的。想着,瞪了一眼卓玛说:"我们这个三人组合我是头,你们得听我的。"然后挥了一下手,"上车。"

疾驰的牧马人里,梅萨问道:"现在去哪里?"

香波王子说:"去尼泊尔总领事馆,把我丢下,你继续走。"

几乎在同时,喇嘛鸟里,阿若喇嘛对开车的邬坚林巴说:"把你的袈裟脱给我,到前面拐弯处把我丢下,你跟上去,尽量让那个开车的女人发现你在跟踪他。"

邬坚林巴问:"也许现在开车的不是女人,而是香波王子。"

阿若喇嘛说:"香波王子已经下车了。"

邬坚林巴指了指别的喇嘛说:"我们两个一起去吧,跟踪的事儿交给他们。"

6

香波王子给梅萨打电话,证明喇嘛鸟一直在跟踪牧马人后,才从出租车上下来,放心大胆地朝前走去。

这是他第三次进入哲蚌寺,现在他是一个喇嘛。他既可以是外来的喇嘛,也可以是哲蚌寺的喇嘛。哲蚌寺很大,喇嘛很多,各个札仓的喇嘛互相不认识是常有的事儿。他穿过深长又曲折的巷道,不时和喇嘛们打着照面,大家都是大眼瞪小眼,没有人认出他就是那个抢走了送奶铜壶的人。

他直奔措钦大殿二楼东边的甘珠尔拉康,拜了文殊菩萨,捐了香资,问一个值守的喇嘛,他是不是可以看看掘藏大师苯波拉崩编著的《妙吉祥静猛手印》。值守喇嘛上下打量着他不说话。

他又问了一遍,值守喇嘛说:"你是哪里的?"

他客气地回答:"我从远方北京来。"

"没有,这里没有《妙吉祥静猛手印》。"

香波王子一听对方的口气,就明白他是知道这本书的,说:"甘珠尔拉康不是哲蚌寺的藏经阁吗,怎么会没有?"

似乎哲蚌寺的喇嘛自以为身处格鲁派教法的中心,在远方来的喇嘛面前有资格骄傲,用教训的口气说:"你这个喇嘛好糊涂,既然是珍藏显宗大藏经《甘珠尔》的甘珠尔拉康,怎么会有《妙吉祥静猛手印》这样的密宗秘籍?"

香波王子低下头，双手合十说："对圣教来说，拉萨是中心，其他地方都是远途边地。我这个边远喇嘛今天见识了中心喇嘛的风范，感谢博学的上师指点。"

他在"上师"前面加了"博学"作为敬语，那是徒弟用来称呼师父的。值守喇嘛很高兴，放下架子说："哲蚌寺最重要的秘籍都在绛央曲杰秘室，包括《妙吉祥静猛手印》。"

香波王子谦卑地说："请教上师，我怎么可以进去？"

"你是要做造像的参考吧？有你们寺院的介绍信就可以。"

"啊，介绍信？有啊，有啊。请问上师大名？"

"云丹多吉。"

"我要永远记住这个关键时刻给我指点迷津的名字。"

香波王子知道，绛央曲杰秘室就在措钦大殿后面。当年宗喀巴大师要在"襄炯玛"闭关静修，后来创建了哲蚌寺的宗喀巴的弟子绛央曲杰·扎西班丹希望自己陪伴尊师，就在离"襄炯玛"不远的地方营造了一间修习密法的秘室。修习期间，秘室里自然生成了一尊文殊菩萨石像，殊胜无比，使绛央曲杰大师在极短时间里，内生微妙大乐，外变苦乐为友，获得了无上瑜伽的证悟。秘室遂成为圣人之乐园、成就之妙境，名扬刹土，普天共景。

香波王子匆匆来到绛央曲杰秘室门口，发现那儿除了"谢绝参观"的牌子，没有人把守，便探头探脑地走了进去。

一个青年喇嘛盘腿坐在榻铺上正在翻阅一函长条经卷。

香波王子前走几步，扑通一声跪下，在正中自然生成的那尊文殊菩萨石像前磕了一个头，然后抬头观察，看到四壁都是玻璃门的柜子，里面供养着许多黄缎包裹的经卷。他起身过去，想打开一扇玻璃门，就听青年喇嘛问：

"你来干什么?"

"查阅《妙吉祥静猛手印》,能告诉我在哪里吗?"

"介绍信。"

"我从远方北京来,忘带了。甘珠尔拉康的喇嘛云丹多吉是我弟弟,弟弟说绛央曲杰秘室的喇嘛都是极其善良好说话的,他们不会难为我,让我返回北京去取介绍信。"

"你从北京来,是雍和宫吗?"

"是的。"

"雍和宫的阿若喇嘛他可好?"

"阿若喇嘛?他很好,很好。"香波王子摸摸自己身上阿若喇嘛的袈裟,虔敬地说,"上师,你能满足我吗?"

青年喇嘛点点头,站起来,走到文殊石像后面,打开一扇玻璃门,取一沓经卷,双手捧给了香波王子。香波王子接住,坐到卡垫上,并起双腿,在膝盖上打开了黄缎。经卷出现了,是木夹散页、图文并茂的那种,木夹上涂金阴刻着"妙吉祥静猛手印"一行藏文字,纸张的颜色和图文的形状都说明着它的古老和价值。

香波王子心说如此宝贵的典籍,我居然这么容易就看到了,似乎有点不相信,小心翼翼地摩挲着,再看看青年喇嘛。

青年喇嘛猜透了他的心,正色道:"这样的宝典是不会示人的。"

"那为什么我能看到?"

青年喇嘛神秘地笑了笑:"我昨天梦见了你,梦见你穿着别人的袈裟,你是一个掘藏者,百年不遇。"

香波王子浑身一颤。

"不要怕,赶紧看。"

他一页一页翻过去,每一页都绘有至少三只佛手,文字的描述有简有繁,有认识的也有不认识的。他发现"佛手堂"的几千只佛手居然没有重样的。终于翻到了忿怒罗刹的手印,一共十六种,一种一种细看,没看到跟阿巴札仓"忿怒罗刹被盗之手"有关的记载,甚至都没有"阿巴札仓"几个字。他研究来研究去,突然发现忿怒罗刹的手印标明是十七种,第十七种的绘图却是空白,只有一行简单说明:

期尅印,如人手,北方塑泥,藏南人色。

香波王子是知道的:"期尅印"就是中指、无名指、大拇指相连,食指和小拇指翘起,猛厉之神、护法明王很多都是这种手印,所以又称忿怒印和禁伏印。如果两手都做期尅印,那又叫金刚吽迦罗印。"如人手"就是跟人手一般大小。"北方塑泥"指的是产自念青唐古拉山的一种塑神泥土。"藏南人色"就是浅肉色,这是相对于藏北藏东人而言,藏北藏东海拔高,紫外线强烈,人的肤色较黑,史书上叫黑头藏民。

现在的问题是:为什么没有绘图?难道这只罗刹手印并没有进入"佛手堂"?有可能,罗刹之手被盗之后,就一直在民间流失,掘藏大师苯波拉崩之所以把图案空下,就是想告诉大家这个事实。如果这个推断正确,就等于终于知道了"忿怒罗刹被盗之手"的具体形貌。那么,如今它在哪里呢?

铜壶的启示是"吉彩露丁",也就是哲蚌寺,而哲蚌寺的启示却是"期尅印"。"期尅印"代表四大物质元素土、水、火、风中的"水";它的指向是南方;它的含义是六波罗蜜多中布施、持戒、忍辱、精进、禅定、智慧中的"精进";它的境界是出离心——出离欲界、色界、无色界的三界之苦，出离畜生、饿鬼、地狱、人类、半人半神类、天神类的六道轮回之苦；它的密宗次第是佛母的照耀：明妃初降，沐浴莲花池，度母临堂，水边起华章。

"水"自然应该是拉萨河，拉萨河在拉萨之"南"，河水昼夜不停，一路"精进"，欢跳的样子就像"出离三界苦"的灵识情状。这些都是显而易见的，也就是说，他必须前往拉萨河。至于"期尅印"的密宗次第"佛母的照耀"，也许可以解释为拉萨河是佛母的河，是沐浴节里仙女下凡的地方；拉萨河边，度母常驻，自然会有华丽的拉章即宫殿？

香波王子撂起翻开的散页，用黄缎包好，起身交给青年喇嘛，弯了弯腰，转身就走，心里嘀咕着：拉萨河，拉萨河，拉萨河边有度母？他一步跨出绛央曲杰秘室的门槛，急急忙忙往前走，却一个马趴摔倒在地。爬起来一看，绊倒自己的竟是一个人。那人脸面朝下，痛苦地扭曲着，手里攥着一把明晃晃的骷髅刀，嘎吱嘎吱地一次次划在石料地上。

香波王子惊怕地僵立着：骷髅杀手，他居然会追到这里来？我要是有杀人的本事就好了，现在就可以杀了他，杀了这个信仰的刺客、伏藏的敌手。

骷髅杀手爬起来，朝着香波王子一步一步挪动着。

香波王子说："你为什么不能住手呢，你这样追杀我，其实你比我更危险，因为你以仓央嘉措为敌，每一个崇拜仓央嘉措的人，都可以除掉你。"

骷髅杀手说："仓央嘉措是不杀人的，你们要是除掉我，就不仅背叛了圣教，也背叛了你们的主人。"

香波王子说："杀你不是杀人，是杀鬼，杀鬼是鬼逼出来的。"

骷髅杀手再也不吭一声,只顾往前,好像伤痛已经消失,刀在手中哗啦啦响。

香波王子后退着,他完全可以转身跑掉,但是他没有,他内心突然一阵激然地涌动,透过紧张耸起的眉眼,涌出一种果敢和希冀的锋刃,利利地刺了过去。不是刀,不是尖锐,是仓央嘉措情歌:

宝贝在自己手里,
不知道它的价值,
一旦归了人家,
不由得又气又急。

骷髅杀手站住了,好像情歌真的刺痛了他。

香波王子问:"你是不是从来没听过仓央嘉措情歌?"

骷髅杀手说:"我又不是第一次听你唱。"

香波王子高兴地说:"你竟然还记得,记得我唱了什么?"

骷髅杀手点点头。香波王子说:"那你唱,唱给我听听。"

骷髅杀手又摇摇头。香波王子说:"我知道了,你是只记得歌词不会唱。想学吗?"

骷髅杀手"嗯"了一声,突然又吼起来:"我一个杀手,学它干什么?"

"那就损失大了,一个西藏人如果不会唱仓央嘉措情歌他就不懂爱情。"香波王子相信仓央嘉措的力量,相信仓央嘉措情歌的感染力和穿透力是所有强大中最强大的,因为它鼓励的是人的本能,是人对幸福与生俱来的追逐和依恋。就算此刻情歌面对的是魔鬼,那也是人变的魔鬼,人变的就有人性,不过是比正常人少一点而已。

他接着又唱：

> 姑娘不是妈妈养的，
> 莫非是桃树生的？
> 这朝三暮四的变化，
> 怎比桃花凋谢还快？

骷髅杀手呆愣着，似有同感：是啊，怎比桃花凋谢还快？

香波王子说："罗马恩尼草原上的男子汉，别忘了我教给你的办法，只要你会说仓央嘉措的故事，会唱仓央嘉措情歌，草原上就没有不爱你的女人。不管她是旧的，还是新的，不管曾经是你的，还是将来是你的。"

骷髅杀手觉得自己就要崩溃了，恐惧地说："我再说一遍，我是'隐身人血咒殿堂'的世间护法主，我不可能去唱什么仓央嘉措情歌，我杀你就是要杀死情歌。"

"你能杀了我，但你杀不死情歌，就像杀不死你对女人的念想。放下你的骷髅刀，走过来，听我教你唱，你一唱你就知道你最需要什么，修炼最需要什么了。"

"不不。"仿佛仓央嘉措情歌对他是毒咒，是血光四射的刀剑，骷髅杀手不禁摇晃了一下，又说，"别让我上当，我不唱什么仓央嘉措情歌，这辈子下辈子都不唱。"

"你不唱，那就听吧。"香波王子又唱起来：

> 会说话的花鹦鹉，
> 从家乡来到这方，

我那心上的人儿,
是不是平安健康?

骷髅杀手疑惧重重地喊道:"别唱了,我不听。"
"你不听也得听,这是世间最响亮的声音,也是唯一有用的声音。"
"你再唱,我就动手了。"又是一阵骷髅刀的哗啦啦响。
"仓央嘉措情歌是不怕死的结果,谁能把它吓回去。来吧,举起你的骷髅刀来吧。"香波王子唱得深情无限:

一双明眸下面,
泪珠像春雨连绵,
冤家你若有良心,
回来看我一眼。

骷髅杀手迟疑着,渐渐安静了。香波王子精神一振,又唱了一遍。骷髅杀手一脸呆怔,似乎已经沉浸在歌声里了。
香波王子说:"你的女人,一定会回到你身边。但你必须先对她唱仓央嘉措情歌,唱出她的眼泪和感动,再唱着仓央嘉措情歌接她回家,然后一直唱下来,便是地久天长。"说罢,双手合十做了个祝福的姿势,撒腿就跑。
他边跑边想:就在骷髅杀手即将举刀冲进绛央曲杰秘室时,有人出手阻止了他。谁呢?谁能阻止骷髅杀手?阿若喇嘛?邬坚林巴?或者那个几次出手相救的绛色氆氇袍的汉子?
他一口气跑到藏医院前,钻进一辆出租车说:"离这里最近的拉萨河边，快。"然后掏出手机打给了梅萨。

梅萨说她刚刚带着喇嘛鸟经过冲赛康，正往小昭寺方向去。

香波王子说："调头，到西郊拉萨河边来找我。"

梅萨说："我在冲赛康巷口见到了引超玛。"

香波王子说："引超玛？她还穿着'拉姆切'仙女装在招徕顾客吗？"

拉萨河的水有些混浊，但不是污染的混浊，而是水土流失的混浊。就是在拉萨内外人口、工业、楼厦剧增的今天，在中国所有城市的河流里，拉萨河也是最清洁的河。夕阳照耀在河面上，柔软的光泽，活跃地流淌。岚光冉冉升起，把一阵阵清越的浪响送到了岸畔。岸畔的鸟语、林声、诗话，尽在漫然无际的时间里出彩。香波王子辛苦地挺立在一棵歪柳树下，干啃着一个从路边店买来的面包，仔细观察河水和两岸，不明白为什么"忿怒罗刹被盗之手"的"期尅印"会指引他来到这里。他脱下阿若喇嘛的袈裟和披风，拎在手里，朝东走去，走了一会儿，就看到梅萨开着牧马人前来会合。

梅萨停车下来，和他一起边说边走，有时走在金珠路上，有时走在堤岸上，很快路过了下榻的藏红花酒店。

坐落在鲁定南路尽头的藏红花酒店距离拉萨河不到五十米，从河边看，酒店就像一只在水边孵蛋的七彩鸟，华贵而斑斓。他们没有回到酒店，继续往前走。晚上了，天色疯狂地黑暗着，拉萨河因为黑暗的覆盖有些不快，伸胳膊蹬腿地咆哮起来。灯在扎堆，星星也在扎堆，越亮的地方越看不清是什么。他们收获了一身的疲惫，朝回走去，走到停放牧马人的地方，又开车走向藏红花酒店。

"鲁定南路？"香波王子望了一眼藏红花酒店门口的路牌说，"'鲁定'不就是'吉彩露丁'的'露丁'吗？可鲁定有南北两路，横穿整个拉萨西部，十几公里长，我们还是一片茫然。"

梅萨说："你是不是想把十几公里的鲁定路都走一遍？"

香波王子说："不，我是想，'吉彩露丁'，为什么是'吉彩露丁'？它契合的会不会是藏红花酒店呢？"他拍着额头苦思冥想，突然长喘一口气说，"累了，没有灵感了，休息吧。"他快步走去，把牧马人开过来，停在了藏红花酒店的院子里。

他们打着哈欠在一楼餐厅吃晚饭。很饿，但又吃不下，都说管它三七二十一，今晚好好睡一觉再说。吃完了，香波王子把餐厅四处看了看。

梅萨问他找什么。

他说："你不是说你在冲赛康巷口见到了招徕顾客的引超玛吗？他调换了我们的铜壶，我想知道她怎么好意思面对我们。"

梅萨冷笑一声说："喜欢就喜欢呗，不要给自己找借口了。你怎么会喜欢一个缺一只手的人？"

香波王子不甘心地问一个服务员："引超玛回来没有？"

"引超玛？哪个引超玛？"

"就是昨天把我们从冲赛康巷口带来这里的那个姑娘。"

服务员摇摇头，表示不记得谁把他们带到了这里。

梅萨掩饰不住生气地说："就是那个装了假肢的姑娘。"

服务员"哦"了一声："吉彩露丁啊？还没回来。"

"吉彩露丁？你说什么，她叫吉彩露丁？"

香波王子一下歪倒了，他要往前跑，被椅子一挡就倒在满桌的食物里，一盆酸奶飞溅而起，溅得他们浑身花花搭搭。他推开桌子喊道："梅萨，快走。"一脚踢开了面前的椅子。

7

"原来引超玛就是吉彩露丁，现在完全契合了。"开着牧马人疯跑的香波王子说，"'吉彩露丁'既是哲蚌寺，又是铜壶，更是一个与'七度母之门'休戚相关的姑娘。她是度母，度母临堂，水边起华章，华章就是藏红花酒店，藏红花酒店就是为她而建。尽管是无意识的，但神的安排往往体现在人的无意识中。"

梅萨说："她明明叫吉彩露丁，为什么要骗我们？"

香波王子说："也许引超玛是她的另一个名字，也许是伏藏者对我们的考验，考验我们有没有智慧最终找到她。再说了，如果不是我们找到两把失踪的铜壶，就算一开始就知道她叫'吉彩露丁'，对我们又有什么用呢？她把壶底刻着'吉彩露丁'的铜壶调换给了我们，无意中成为一种推动，推动我们去寻找另一把铜壶。因为事实上另一把铜壶上的'忿怒罗刹被盗之手'，才能让我们明白她的价值。"

梅萨说："我还是不明白，不明白她的出现、'吉彩露丁'的出现跟'七度母之门'的伏藏有什么关系。"

香波王子说："现在关键是找到她，找到她就明白了。"

灯火通明的冲赛康巷口，人来人往的街市上，已经看不到吉彩露丁的身影了。香波王子和梅萨到处打听："那个右手装了假肢的残疾姑娘，很漂亮的穿着'拉姆切'仙女装的姑娘。"好几个人都说，半个小时前她还在这里。"她去哪里了？"也是好几个人都说："她招揽到了顾客，肯定去了藏红花酒店。"

"哪里来的顾客，坐什么车走的？"

香波王子和梅萨迅速返回藏红花酒店，行至罗布林卡路西藏博物馆一侧时,路被堵住了。许多车停下来,司机和车里的人都朝路边的树荫跑去,那儿簇拥了一大片人,路灯照耀着黑压压的人头,一些怵然惊惧的面孔晃来晃去。

有人喊:"打110了没有?"

香波王子想绕过去,怎么绕都有车挡着,好像不让他们停车下来不罢休似的。

又有人喊:"杀人了,杀人了。"

森然惨淡的好奇迫使他们下车,顺着人流走了过去。

树荫下躺着一具女尸。第一眼就让香波王子的心脏几乎蹦出喉咙,啊、啊……他哆嗦着说不出话来。

梅萨则一脸苍白,惊叫道:"吉彩露丁?"

是的,这是一个名叫吉彩露丁的姑娘。

香波王子想起了哲蚌寺的眼镜喇嘛告诉他的传说中的"当年的惨案":"有人在当惹雍措发现了七姊妹'阿姐拉姆'的尸体,她们被砍去了舞蹈的手脚,割掉了唱歌的喉咙,她们的发辫是拔掉的,满头是血,她们没有了耳朵。更不幸的是,她们每个人都被剜掉了一根穴位经络。"

是历史变成了现实,还是现实回到了历史?就像他已经见识过的那样,可怕的吉彩露丁浑身赤裸,身上一溜儿血洞赫然在目。血洞一共九个,明显是"足太阳膀胱经穴"的走向。吉彩露丁趴在地上,假肢压在肚子下面,好像死前她在竭尽全力保护她的假肢。

香波王子打着寒战,下意识地摸了摸脖子上的鹦哥头金钥匙,推了梅萨一把:"快去车里等我。"然后咬咬牙扑过去,趴在吉彩露丁身上号啕大哭。似乎悲伤已经让他顾不得许多,他满身沾染着吉彩露丁的血,鲜红一片。

警察来了，赶紧拉起他，问："你是她什么人？"

香波王子悲痛欲绝，说不出话来。警察安慰着他，拉他离开了现场，却没有发现，香波王子趴在吉彩露丁身上号啕时，已经卸下她的右手假肢，戴在了自己手上。他现在是三只手，但斑斑驳驳的路灯下，警察没发现他是三只手。他把手抱在胸前，躲进黑暗悄悄后退着，突然转身，快步过去，一头扎进了敞开着门的牧马人。

梅萨启动了牧马人。

隐蔽中的喇嘛鸟跟了过去，更加隐蔽的路虎警车也跟了过去，最后跟进的是一辆黑色的现代越野。拉萨紧张了，当顶滚过一阵雷，但没有下雨。

香波王子沉思着，一瞬间，心头飘过那首仓央嘉措情歌：

白昼看你美貌无比，
夜晚看你肌香扑鼻，
我那终身的伴侣，
和吉彩露丁一样美丽。

他悲伤地说："我们按照《地下预言》的指南，试图打开'七度母之门'，搞清楚'最后的伏藏'到底是什么。这是为了信仰的努力，想得到拨云见日的结果，却没想到随之而来的是令人发指的血腥、死亡、恐怖。在北京，姬姬布赤死了，在拉卜楞寺，仁增旺姆死了，在塔尔寺，伊卓拉姆死了，到了哲蚌寺，又死了吉彩露丁。这些死亡似乎都是我们带来的，我不知道还有谁的生命在等着为我们付出，我都不想继续了。"

梅萨说："可你已经骑虎难下，要是不继续，连你连我都得死。"

香波王子叹口气："是啊，我们左右不了一切，包括自己。"

"再说血腥和死亡证明着'七度母之门'的重要，大伏藏都是新旧交替、继往开来的重光，密法意义上的宗教重光都带着原始的血腥气息，这在莲花生时代就已经有过了。莲花生大师之所以首开伏藏风气，就是因为当经教从印度来到西藏时，新信仰与旧信仰的较量始终伴随着血雨腥风。他把经教埋藏起来以待来日，同时也预言：魔鬼在伏藏旧信仰，佛子在伏藏新信仰。就好比没有魔鬼，就没有天使，没有旧信仰，引不来新信仰。"

香波王子摇摇头："真正的信仰不会旧，也不会新，它是恒久不变的，就像人的本性，发展了几千几万年，它变了吗？"

梅萨知道现在不是谈论这些话题的时候，立刻闭嘴了。

天空洒着星星雨，大地是哭的，夜色一阵阵地抽搐。情绪一直在悲戚哀恸中低回，而对香波王子来说，似乎唯一可以排遣郁愤的办法就是唱仓央嘉措情歌。他沉重而痛切地唱着，直到把自己唱出眼泪，然后哽咽而止。

梅萨一边开车一边听他唱，一种滚动出现在眼睛里，视线立刻模糊了。她想到了自己和香波王子的誓约，赶紧吞咽着，没有让晶莹滚下来，突然说："我想知道，如果有一天，我死了，你也会这样唱，也会情歌当哭？"

"会的。"他说，又改口道，"你怎么会死呢，有我在你身边。"

梅萨看看窗外，问道："我们现在去哪里？"

"去哪里都是危险的，就在路上。"

香波王子拿纸擦掉眼泪，也擦了擦满怀的血污，把吉彩露丁的右手假肢抱在怀里，仔细研究起来："不错，跟《妙吉祥静猛手印》中记载的一样，期尅印，人手一般大小，用的是北方塑泥，浅肉色。

太高明了，居然把'忿怒罗刹被盗之手'做成了假肢。我见她第一面时就有感觉，但当时说不上，以为是她的漂亮和免费供应青稞酒、酥油茶、风干肉、奶皮子的语言，以及她的'拉姆切'仙女装诱惑了我。现在我明白了，真正诱惑我的原来是她的假肢。显然是'隐身人血咒殿堂'的人杀死了她，因为他们发现她是'授记指南'的关键。但'隐身人血咒殿堂'并没有经历掘藏的过程，不知道她为什么是关键，否则假肢就会不翼而飞。"

他摩挲着假肢的每一个指头，又从腕口朝里看着，里面有一个半拃长的木头圆轴，想取出来，掰了掰，发现是固定的："怎么办？这可是一件珍贵文物，砸碎就可惜了。"

梅萨说："如果你能砸碎，这里就没有伏藏了，伏藏之器都有金刚般的坚硬，它一定是设了机关的，仔细找。"

香波王子用假肢在车门上磕了磕，果然坚硬得车破它不破。他翻来覆去地找机关，这儿摁那儿捏，搞了半天也没听到啪啦一声响。他想一定是什么地方被自己疏忽了，便皱着眉头使劲回忆所有细节，回忆得脑袋都疼了。

梅萨望了一眼后视镜说："喇嘛鸟又跟上了。"

香波王子说："他们现在需要的是结果而不是我们，不能停下来，答案必须在车里得到。快啊，快想想，梅萨你应该比我聪明。"

梅萨加快了速度："到前面买瓶水吧，太渴了。"

他们在一个路边食品摊前买了几瓶矿泉水，迅速离去。香波王子拧掉瓶盖，递给梅萨。车摇晃着，水溢出来洒在了假肢上。香波王子赶紧用袖子小心擦掉。

梅萨喝了一口水说："在仓央嘉措时代，有个掘藏师把伏藏分为六类，天伏藏、地伏藏、经伏藏、意伏藏、火伏藏、水伏藏。天伏藏是从天而降的虚空伏藏，地伏藏是埋入地下的岩石伏藏，经伏藏是暗藏在已有经文里的黄卷伏藏，意伏藏是深埋在人心里的灵识伏藏，火伏藏是经火烧制的圣器伏藏，水伏藏就是必须在水中捞取的密匣伏藏。吉彩露丁的假肢如果是伏藏或伏藏之器，应该算是火伏藏，因为它是泥胎，必须经过炭火烧制。"

香波王子说："什么火伏藏、水伏藏，说这些有什么用。"

梅萨说："火伏藏怕水，水伏藏怕火，水火不相容，为什么不能用水试试呢？"

香波王子想了想说："对啊，正好它是期尅印，代表了水，指向是拉萨河，它的密宗次第又是明妃初降，沐浴莲花池，度母临堂，水边起华章。"

牧马人穿行在拉萨的黑夜里，从夺底路往北到齐拉路，再到娘热路、当热路，然后开进鲁丁路、金珠路，沿着拉萨河往东走过江苏路，回到夺底路。这差不多是一条围绕拉萨的外环路线，梅萨开了一圈又一圈。

梅萨说："跟踪我们的不止喇嘛鸟，好像还有路虎警车和一辆现代越野。怎么办？该加油了。"

"不要紧，停下来加油，现在还不到他们动手的时候。"

当矿泉水泡软假肢，从里面取出那个半拃长的木头圆轴时，已经后半夜了。木头圆轴是铆合起来的，轴心镶着一颗宝石。摁了一下宝石，圆轴就开了，里面是一卷薄如蝉翼的兽皮。兽皮很结实，裹缠着一张丝绸一样的白纸。

牧马人正在经过哈达青鸟。香波王子打开白纸，看上面什么也没有，不无激动地说："又是'光透文字'。"

"我看看。"梅萨似乎忘了自己在开车，转过身来要看，牧马人忽一下碾过马路牙，冲到了人行道上。幸亏人行道上没有人，等它再下来时，喇嘛鸟突然加速，横过来挡在了面前。

梅萨一脚踩住刹车，差一点把香波王子扔出去。阿若喇嘛和另外几个喇嘛从喇嘛鸟里出来，迅速来到牧马人跟前。

香波王子放下车窗玻璃，从身边拿起阿若喇嘛借给他的披风和袈裟，扔了出去："谢谢了，麻烦你让开。"

阿若喇嘛接住说："你得到了什么，交给我，那东西不属于你，你不是喇嘛，甚至都不是一个见佛就拜的信徒。"

香波王子一惊："我们什么也没有得到。"

阿若喇嘛说："一定得到了，你们不回藏红花酒店就是证明。"

香波王子说："说句老实话，就是给了你们，你们也不可能开启'七度母之门'，'光透文字'上只有'授记指南'，你们没有能力破译它。"

阿若喇嘛说："有困难我会求助于你。但你要明白，你是无法得到'最后的伏藏'的。伏藏是佛法的再生，它依赖佛法僧三宝的结合，依赖根器，而不会依赖一个浑身不清净的俗人。'光透文字'对你只是文字游戏，对我们它是经旨，是法音。"

香波王子说："太对了，依赖根器，你怎么认为我的根器没有你好呢？'七度母之门'是仓央嘉措遗言，你对仓央嘉措又能知道多少？麻烦你唱一首情歌给我听听，唱啊，害羞是吧，仓央嘉措情歌就是法音，你害羞什么？"说着，随手把"光透文字"塞到了坐垫底下。

遭到奚落的阿若喇嘛突然招了招手，他身后的几个喇嘛立刻扑过去，打开车门，把香波王子撕了出来。

香波王子说："好好好，我给你们，给你们。"说着，回身从牧马人后座上拎出了两把铜壶，举起来就朝几个喇嘛砸去。他咚咚咚地把铜壶砸在喇嘛们身上，砸扁了"吉彩露丁"，又砸扁了"忿怒罗刹被盗之手"，砸得几个喇嘛抱起头连连后退。阿若喇嘛奋不顾身地冲过去抱住了香波王子的腰，香波王子把两把铜壶一起砸在了他身上，他惨叫着，抱着对方的手却坚决不松开。

这时一直在驾驶座上坐着不动的邬坚林巴下车过来，大声说："香波王子，你随时都会被警察抓起来，'光透文字'交给我们最安全，也最有效。"

仿佛他的话是一声召唤，路虎警车驶过来唰地停下了。王岩、碧秀、卓玛钻出来，直扑香波王子。香波王子回身就跑，却被碧秀一脚踢趴在地。碧秀跳过去骑住他，从腰里摘下手铐就要铐住，突然听到邬坚林巴大喊一声："危险。"

那辆一直跟在最后的现代越野这时疯驰而来，朝着碧秀撞了过去。碧秀丢开香波王子，一个滚儿打向一边。现代越野突然刹住，噌噌噌跳出六七个壮硕的藏民，为首的正是在哲蚌寺几次保护过香波王子的穿绛色氆氇袍的汉子。他们刁着棍棒冲过来，拽住了王岩、碧秀和卓玛，也拽住了香波王子。

绛色氆氇袍把香波王子拽向路边，吼道："趴下，别动。"

香波王子问道："你是干什么的？为什么要救我？"

绛色氆氇袍说："我干什么不重要，重要的是有人雇了我。"

"谁？谁雇了你？"

绛色氆氇袍不回答，在他身上乱搜乱摸。这时阿若喇嘛和邬坚林巴带人围了过来。两个藏民立刻挥起棍棒，不让他们靠近香波王子。

而在另一边，几个藏民和王岩、碧秀、卓玛扭打起来，哈达青鸟的地上乱成一团。三个警察都掏出了枪,但并没有吓跑对方,扭打更加激烈。王岩知道逞强硬来是会出人命的,只好命令两个同伴主动撤离。

路虎警车走了,接着是喇嘛鸟,最后是那辆现代越野。六七个壮硕的藏民离开时唱着仓央嘉措情歌:

> 我对你就像天上的云彩,
> 细雨蒙蒙缠绵相爱,
> 你对我如同无情的狂风,
> 一再将云朵吹开。

他们一遍两遍地唱,像是故意刺激香波王子。

趴在地上的香波王子站起来,看到不远处躺着梅萨,走过去扶起她说:"怎么连你都打,你是女的呀。"

梅萨擦了一把脸上的血:"我不让他们上牧马人,他们撕下来就打。"

香波王子扑向牧马人,手伸到坐垫底下摸了摸,又摸了摸,喊道:"梅萨过来。"

梅萨过来了,双手捂在腰里:"哎哟,哎哟。"

香波王子说:"'光透文字'呢?我藏在这里了。"

梅萨说:"我没看见你把它藏在这里了。"

香波王子一把揪住自己的头发,大叫一声:"完蛋了。"

梅萨埋怨道:"你怎么不交给我,你放在坐垫底下是人就能找得到。"

香波王子说:"交给你?人家也会搜查你的。"

梅萨说:"有些地方是不能搜的,我是女人,拉萨是佛天神地,即便他们是土匪,这点道德还是有。"

"我忘了你是女人。"香波王子气急败坏地打了自己一拳,吼道,"他妈的,我白白地洁身自好啦。现在,现在,现在,你知道我最想干什么?就是喝酒,吃肉,抽烟,搞女人。"

梅萨无奈而又怨恨地说:"那你就去吧。"

香波王子使劲甩上车门,大步走去,半晌又回来,哭丧着脸说:"哪里会有女人?我的女人不就在这里吗?"

梅萨阴沉着脸:"谁是你的女人?你的女人在天上,在三十六层高的大厦顶端死活不知呢。"

香波王子打了个愣怔,再也无话,手在身上急急忙忙摸索着。

第十二章　山魈之泪

1

香波王子摸出手机拨打珀恩措的电话，对方是开机的，却没人接，打了好几次，才飘出一个细若游丝的声音：

"我还是不习惯你用别人的手机，想了半天才敢接。"

香波王子说："边巴老师的手机好使，我喜欢它，你慢慢习惯吧，记住后面的数字是'2452'，就是'爱死我爱'。"

珀恩措说："'爱死我爱'？你这么说我真有点放不下你了。"

"放不下我？太高兴了。"

"你不是说，要给我讲讲碧秀拉巴的故事吗？"

"是的是的，也许对你有用，也许碧秀拉巴的故事是个阶梯，你会沿着它走下三十六层高的大厦顶层,也许……"

"不会又是喇嘛说教吧?"

"不会,是故事。"

"那就快说吧,我想知道人世间的最后一个故事能不能感动我,如果能感动我,我就不跳,如果不能感动我,我立刻就跳。我把生命交给你了。"

香波王子沉思了一会儿说:"碧秀拉巴曾是一个四方讨要的乞丐,有一天他带着老婆回到他的山南老家,正碰上努丹千户在屠宰牲畜的地方惩罚一个猎人。猎人射杀了一只棕熊,那是山神的伴神。山神迁怒于努丹庄园,让包括努丹千户的大儿子在内的十几个人传染上了烂掉灵魂的麻风病。那个时候,麻风病是不治之症,唯一的办法就是用猎人的血肉祭祀山神,祈求宽恕,再把得病的人绑起来背进深山,任其冻死、饿死,或被野兽吃掉。碧秀拉巴用他那嘶哑细小得几乎听不清的声音吃力地说:'如果千户大人对佛发誓不杀这个猎人,烂掉的灵魂就会痊愈,病人很快就会好起来。'努丹千户说:'我凭什么要听一个乞丐的话呢?'碧秀拉巴说:'要是病人的病七天不见好,你就把我的皮剥下来,用我没有皮的血身子祭祀山神。'

"七天过去了,十几个麻风病人不仅不见好,反而更严重,甚至有一个已经死掉。努丹千户派人把碧秀拉巴抓起来,同时抓起来的还有猎人的老婆。努丹千户说:'我对佛发誓不杀猎人,但没有发誓不杀猎人的老婆。'又指着碧秀拉巴问:'你自己选择,是活着剥你的皮,还是弄死了再剥你的皮?'碧秀拉巴的回答嘶哑细小得就像痛苦的呻吟,却依然浸透着力量:'当然是活着剥我的皮,死人的皮是剥不下来的。'剥皮的方法是,把活人绑在剥皮杆上,用刀从额头经过天灵盖、后脑勺直至脖颈，划出一道血口子，然后把烧滚的酥油浇下去，酥油浸渗之处，皮肉就会开裂。有时，人皮剥到一半，人就已经疼死了，有时整张人皮已经剥落下来，人还活着，等着血尽而死。

"努丹千户已经派人烧滚了酥油，就等着划出血口子往头上浇。碧秀拉巴说：'如果千户大人对佛发誓不杀猎人的老婆，我就有办法自己把自己的皮剥下来。'努丹千户说：'我从来没有听说过自己剥自己皮的，今天倒要见识见识。'于是就对佛发誓不杀猎人的老婆。碧秀拉巴费力地告诉他：'我剥皮的办法就是从现在开始不吃不喝，等饿得皮包骨的时候，再咬烂自己的嘴，从嘴上往下一扒，整张人皮就下来了。'努丹千户就让碧秀拉巴饿着，不吃不喝半个月，皮包骨的样子出来了。碧秀拉巴还活着，却已经咬不动自己了。碧秀拉巴说：'我已经剥不动我的皮了，你还是把我喂出肉来吧，没有肉的祭品山神是不理睬的。'努丹千户说：'我现在恨透了你这个骗子，我就是要喂你，喂出肉来再折磨你，那时候我会让你想死死不了，想活活不成。'

"一个月以后，身体恢复的碧秀拉巴又被努丹千户带到了屠宰牲畜的地方，一起带去的还有猎人的孩子。努丹千户说：'我对佛发誓不杀猎人的老婆，但没有发誓不杀猎人的孩子。孩子的肉很嫩，是山神最喜欢的祭品。'碧秀拉巴表示：'如果山神吃惯了孩子的肉，庄园里所有孩子包括千户大人的孩子就都会被吃掉。为什么不用我的肉代替呢？给我一把刀，我来割下我的肉。'努丹千户给了他一把刀，他又说：'请求努丹千户给我的老婆一口饭吃，她怀了孩子，我把她安顿在了心肠好、愿意照顾她的人家里。'说罢举刀就割，胳膊上顿时鲜血淋淋。这时努丹千户扑过来抱住了碧秀拉巴，大声

喊着：'乞丐，乞丐，你不要这样。'

"碧秀拉巴推开努丹千户，声音比以往更加嘶哑地说：'为什么不让我死？'努丹千户说：'你是一个不怕死的人，我喜欢不怕死的人，我现在不仅不惩罚你，还要奖励你，你说你想要什么？'碧秀拉巴毫不犹豫地说着比划着：'我要包括你的大儿子在内的十几个麻风病人，我要和他们在一起，我要照顾他们。'努丹千户答应了，就把那些病人和一些食物交给了碧秀拉巴。

"碧秀拉巴一家和那十几个麻风病人一起生活了十二年，直到病人们陆续死掉。当最后一个麻风病人被碧秀拉巴背到天葬台之后，老迈的努丹千户把庄园的三分之一领土送给了碧秀拉巴。他说：'我已经看出来了，你是佛菩萨降临，我要供养你，请你为我祈祷，让我下一辈子还能成为努丹庄园的主人。'碧秀拉巴用气息不畅的嘶哑的声音说：'我不是佛菩萨降临，但我可以为你祈祷。'然后接受了这些领土，并把它称为孤儿庄园。因为这时候，碧秀拉巴一家已经收养了一大群来自西藏各地的孤儿。这就是西藏历史上的第一个孤儿院。

"碧秀拉巴认为，西藏的佛教注重平和寡欲的心灵营造，启示人们从烦恼中解脱，从痛苦里超越，这是成功的。但作为一个佛教政权，只提倡安时顺处，忍耐贫贱，不着力去解决民生疾苦，改变社会贫困现状，让许多人挣扎在温饱线以下，这是失败的，是佛门的失败。碧秀拉巴在有了自己的领地以后，立刻把它划成小块，分给了那些孤儿，又招来一些成年乞丐，指导孤儿耕作。这事儿发生在三百年前，大概是西藏乃至中国历史上第一次出现的'分田到户'。但结果并不好，孤儿之间、乞丐之间很快就开始拉帮结派，然后就是侵占别人田土。碧秀拉巴只好把分下去的土地收回来，再行分配。

后来又出现了弃田罢耕，有些人天生懒惰，撂下田地不种，宁愿去过受人白眼的乞丐生活。碧秀拉巴就把丢弃的土地租给愿意种田的人，然后收租子施舍乞丐。

"但不管怎么说，孤儿庄园毕竟是一个人人有饭吃、有衣穿的地方。勤快的人除了种地，还可以养牛养羊。很多人把用粮食和牛羊换来的金子和银子交给碧秀拉巴，他们说：'把这些金子银子攒起来吧，孤儿庄园应该有一座寺庙。'碧秀拉巴就用木头制作了两个扑满，一个攒金子，一个攒银子。还没攒够，灾年就来了。碧秀拉巴砸开两个扑满，取出金子和银子，从别的庄园换来粮食，施舍给远远近近冲他而来的饥民。金子银子就这样没有了，寺庙没有建成，接着又是牛瘟，孤儿庄园的牛羊全死了。几乎所有人都怪罪碧秀拉巴：是你花掉了建造寺院的金银，是你让我们失去了佛寺佛僧的保护。这样的怪罪伴随着灾难的加重：有了死于牛瘟的人，一连几天，天天都有。一个呼声从黑暗的人心里悄悄跑了出来：谢罪，谢罪，谁得罪了神佛，谁就应该以身谢罪。

"有一天，几个忘恩负义的恶人从田野里抓住碧秀拉巴，扒光他的衣服，绑起来，投进了他们早已准备好的蝎子坑。几千只黑蝎子在洞里爬来爬去，爬满了碧秀拉巴裸露的肌肤。两天后，碧秀拉巴的家人找到他时，看到他身上疙疙瘩瘩，他被蝎毒摧残得已经奄奄一息了。几个恶人害怕受到碧秀拉巴的惩罚，丢下妻儿逃离了孤儿庄园。碧秀拉巴身体恢复后，亲自去寻找他们，用他们熟悉的嘶哑细小的声音断断续续说：'世上没有把恩人往蝎子坑里扔的黑心人，我是不小心掉进去的。'那些恶人后来都变成了知恩图报的好人。

"在西藏，不管是富人还是穷人，都喜欢把钱物捐给寺庙，以为这样就可以避免灾祸，积累功德。所以不管富地方穷地方、大庄园小庄园，寺庙都修得富丽堂皇。唯独碧秀拉巴对修建寺庙心不在焉，是他对佛不虔诚吗？肯定不是，他天天都对着雅拉香波神山磕头膜拜，告诉别人：'佛就在山上，它赐给我们林木和雪水，赐给我们太阳和四季的变化，赐给我们庄稼和富足的日子，佛就在山上。'碧秀拉巴把自然和神佛搞到了一起，拜山就拜佛，自然就没有必要修建寺庙，另立山头了。

"碧秀拉巴的家庭人丁非常兴旺，有七个女儿、四个儿子，而且都是一个老婆生的，说明碧秀拉巴的老婆是个生育能力很强的人。关于这个女人，传说的很少，我们只知道碧秀拉巴是为她而死的，她长寿，死在碧秀拉巴后头。那时候，碧秀拉巴已经六十四岁了，六十四岁的老人还保持着为他老婆去山里采花的习惯。以往他每年夏天去三次，这一年去了四次。第四次是不该去的，去了就出事。有一种杜鹃科的欺冰赛雪之花开在雪线崖壁上，黄灿灿的十分好看，开了以后才能采，采回来一个月不败。碧秀拉巴就是冲它而去的。它在那一年开得格外娇媚，也格外稀少，碧秀拉巴好不容易找到了一朵，兴奋得攀缘而上。崖壁用疏松的岩石推开了他，他陨落而下，摔死在一百多米深的山渊里。碧秀拉巴天不怕地不怕，多少次出生入死，完全是一个大男人伟丈夫的形象，最后却死在采花上，一朵欺冰赛雪之花用它的娇羞妩媚诱惑了他的生命。"

香波王子感觉对方已经沉默了好久，问道："你在听吗？"

珀恩措半晌才说："在听。"

香波王子问："感动吗？"

耳朵里传来珀恩措的抽泣。

香波王子长舒一口气："你说人世间的最后一个故事如果能感

动你,你就不跳,现在不跳了吧?"

"可我还说过,如果不能感动我,我立刻就跳。我把生命交给你了。"

"是啊是啊,我没有辜负你,你哭了,你被感动了。"

"不,一点也不感动,我哭是因为我把生命交给你的时候,你根本救不了我。我在三十六层高的大厦顶层就要跳下去,你却在给我编造一个毫无用处的碧秀拉巴的故事,你让我更加绝望,这是最后的也是最深的绝望。"

香波王子急得直跺脚:"也许故事感动不了你,但它绝不是编造,是碧秀拉巴的真人真事。碧秀拉巴在六十四岁的时候为他的爱人采花而死,这就好比我,我也会为你采花而死的。"

沉默。远方的珀恩措在沉默,他旁边的梅萨也在沉默。但是他知道,沉默背后是巨大的浪响,轰隆一声,拉萨河冲天而起。

半晌,珀恩措才说:"这么说,是爱情在对我说话?"

香波王子说:"是啊,我都这么爱你了,你还想去死吗?说呀,你怎么不说话,你还想死吗?"

依然是细若游丝的声音:"不想了。"

"真的?"

"我就在这里等你活到六十四岁,然后采花给我。"珀恩措说着,痛声号哭起来。仿佛压迫和抑郁突然找到了宣泄口,哗的一声,洪水泄了,怒浪走了。接下来是平静,一碧如洗、美不胜收的平静。

欢喜是巨大而温暖的,手机真好,电波真好,传递了不幸之后,又传递着不死。珀恩措有救了,尽管这时珀恩措关掉了手机。但香波王子知道她现在需要静一静,静一静之后,一定还会打过来:从大厦顶上下来了,回家了,好消息。

"梅萨,珀恩措不跳了。"香波王子呵呵呵笑着,一瞬间忘了所有的不愉快。

梅萨盯着他,就像盯着一个陌生人:"你真的会为她采花而死?"

香波王子的神情悲伤而宁静:"真的,这不会有假。"

"你就是嘴上的功夫,会唱会说。"

"你相信也好,不相信也罢,我也会为你采花而死的。"

梅萨冷笑道:"别说这些没用的话了,快回来面对我们的灾难,'光透文字'在哪里?"

香波王子心里一颤,看到阴霾就在头顶,极度的悲哀和懊丧再次袭来,瘫痪了他的灵肉。他顿时蔫头耷脑、萎靡不振了。

2

香波王子和梅萨没有再回藏红花酒店,就把牧马人开到罗布林卡旁边的树林里,似睡非睡地待到第二天上午。日照中天了,天蓝得透明,拉萨用极致的干净和晴好打扮着自己。梅萨的心情似乎还没有灰到最后,下车买了早点让香波王子吃。一个大饼,一碗辣红如血的牛肉粉汤,是从青海回民开的清真饭馆里连碗端来的。香波王子摇摇头,表示没胃口。梅萨就呼噜呼噜吃起来。

香波王子开门下车去转悠,很快又回来了,拿着手机给梅萨看,上面是一条短信:

速看邮件。

梅萨问:"谁发来的?"

"不是手机,是电讯台,大概是群发。"

"那就更应该重视。"

"为什么?"

"这显然是私人性质的提醒,却要群发,肯定是为了掩饰什么。现在的电讯台,只要掏钱,什么信号都能发。"

香波王子自语着:"掩饰什么?掩饰谁发了信息?"

边巴老师的笔记本电脑就在车上,他们打开,早就没电了,赶紧开车去找网吧。一刻钟后,有了惊喜,香波王子的邮箱里,出现了"光透文字"的翻译。这是哲蚌寺的"光透文字",是他们九死一生的结果。

梅萨脸上掠过一丝不快:"这么说,还有一个人也是伏藏学的专家,很熟悉古代专门的伏藏语言,谁呢?"

香波王子说:"显然就是这个专家或者专家指使的人从牧马人坐垫底下拿走了'光透文字',为什么要采取这种方式跟我们合作?我们都浑身伤痕、满脸流血了,还要听他或她的指挥,不听了,我们按照我们的想法往下走。"但立刻意识到这是不可能的,在发掘"七度母之门"的伏藏时,来自历史深处的"授记指南"便是"最高指示"。

梅萨从电脑前推开他,迅速抄录着"光透文字"的内容。

就在这家网吧,昏暗的角落里,智美和索朗班宗低伏在间隔板的后面,屏声息气地凝视着香波王子。

索朗班宗的目光始终在对方头发上扫描,她妈妈让她等待前世注定的爱侣、一个今年夏天来西藏开启"七度母之门"的人。这个人是牧马人的车主,是一个长头发的男人。而她现在看到的香波王子,那一头潇洒光亮的披肩长发,竟是完全契合了妈妈的叮嘱和她的心意。

智美不安地说:"太危险了,没想到他们也会来这里。"

索朗班宗说:"是你让他们'速看邮件'的,应该想到他们会来网吧。"

"拉萨网吧那么多,偏偏和我们挤在了一家。"

"有缘千里来相逢嘛。"

智美警惕地瞥了她一眼:"谁跟谁相逢啊?"

索朗班宗绕过间隔板,朝前凑凑,想看得更清楚些。

智美朝后拉了拉她:"别让他们看见你。"

索朗班宗说:"他们又不认识我。"突然回过头来,目光凛凛地望着智美,"你骗了我,你不是牧马人的车主,你的头发也没有在昌都剪掉。"

智美说:"重要的是我有给你的信物,有仓央嘉措情歌,你难道不相信情歌的力量?情歌的力量就是我的力量,最真实的,就是你渴望我的控制。想一想每天晚上的快乐吧,你就不会站在这山望那山高了。"说罢,嬉笑着挠挠她的腰肢,又拍拍她的屁股。

索朗班宗敏感地抖了一下,顿时就软了。智美拉她到怀里,款款地抱住。在别人眼里,就是一对热恋的情人了。

"你挺坏的,居然可以杜撰一个'授记指南'。"

"怎么算是杜撰呢?是我从卦书里摘出来的。"

"什么意思,你理解吗?"

"不理解,也没有必要理解,我们依靠的是熟悉伏藏语言的专家对哲蚌寺'光透文字'的翻译和我的占卜。如果占卜的结果和翻译出来的'授记指南'是一致的,那就说明莲花生大师和空行护法已经眷顾了我们,我们就可以义无反顾地往前走了。"

"等你往前走的时候,你的对手却远远地落在后面。"

智美得意地一笑:"是的,这是智慧和能力的较量,我要让香波王子失去方向,失去脸面,失去梅萨。你要记住,优秀的男人都应该这样,打败一切,占有一切,包括女人,包括成功和荣耀。"

索朗班宗在智美怀里摇晃着身子,想离开他,但那种柔若无骨的挣扎反而成了依恋。他抱她抱得更紧了。

网吧外面,有了停车的声音,门口闪过王岩、碧秀、卓玛的身影。

索朗班宗拿掉智美的手:"警察来了,我去告诉香波王子。"

"不用,这里商铺林立,就算警察在停车场发现了牧马人,也不知道抓捕对象就在网吧。

索朗班宗瞪着智美的眼睛:"这里怎么阴森森的,深邃得就像雅鲁藏布江大峡谷。我感觉你是想让警察抓住他们。"

智美诚实地点点头:"有点想。"

香波王子和梅萨从网吧出来,直奔停车场的牧马人,突然听到有人喊:"香波王子。"他回头,一看是王岩,拉起梅萨就跑,却一头撞进了早已埋伏在前面的碧秀怀里。碧秀紧紧抱住他,王岩飞奔而来,攥住他的手腕,咔嚓一声铐死了他。

接着,卓玛一把抓住了梅萨胳膊。

梅萨推搡着卓玛:"你想干什么,没见我是个女的吗?"

卓玛轻声问:"你好,梅萨,你的同伴智美呢?"

梅萨立刻停止了推搡,瞪着卓玛,似乎对一个身体强壮、戴着墨镜、一副凶悍的警察能这样柔和地说话感到诧异。

卓玛淡然一笑:"我叫卓玛。看你一个女神,我就不铐你了吧。"又指了指警车,"上去。"

梅萨听话地走过去，钻进了警车，不时回望着卓玛。卓玛一直在微笑。

那边，香波王子还在不驯地申辩："你们肯定冤枉了我们，我向佛祖发誓我没杀过人，也没盗窃过文物，我只是在掘藏，掘藏，依靠神的旨意文明掘藏。"

碧秀冷笑着说："你去打听打听，我在拉萨是有名的执法模范，拘留人的讯问期限绝对不会超过二十四小时，二十四小时内，你肯定交代。"

香波王子说："我要是不交代呢？"

碧秀说："按照法律，立即释放，然后再抓你，再拘留你二十四个小时。你要是还不交代，那就再放，再抓。"

"这样一再抓一再放，说明你们证据不足。"

碧秀突然吼起来："你的证据还少吗？你在北京杀了人，我们有人证。你盗窃了国宝级文物，我们也有人证。你在青海塔尔寺撞死了一个叫伊卓拉姆的姑娘，我们有物证。"说着，他把香波王子拉到牧马人跟前，指着保险杠上一直没有清洗的血污和头发以及凹痕，厉声问道："这是哪来的？"

香波王子小声说："门隅黑剑，你也是信佛的，为什么要诬骗、陷害、栽赃，这么无耻？"

王岩走了过来。

香波王子指了指牧马人后面玻璃上的弹洞和车内打碎的金刚铃说："这都是警察干的好事儿，你们没打死我，就想让我承担你们的罪恶。拉萨是佛聚之地，一个信佛的藏民在这里是不会说假话的。"

王岩说："你是说拉萨没有假话，全是真话？全是真话，也就没有了真话。"

3

身为副队长的碧秀回到拉萨重案侦缉队,就像到了家,一进门,就喊道:"我回来了。"

他的几个部下嘻嘻哈哈围了过来。他问道:"有酒没有?喝光了?买去,今天我们要庆祝庆祝。王头儿,卓玛,随便坐,这是我的地盘。"又给自己的部下说,"这个是北京的警察,这个是国际刑警,我们一路搭档到拉萨。你们呆迷实眼地干什么,还不快去。"

碧秀自作主张把香波王子和梅萨关到一间羁押室里,说:"你们商量商量,是交代还是不交代,是彻底交代,还是吞吞吐吐地交代。"

王岩说:"不能把他们关到一起,会串供的。"

碧秀"嘘"了一声说:"要的就是串供,我们有监听。"

碧秀的部下开着警车,鸣笛而去,又鸣笛而回。用塑料袋提回来一些风干肉、手抓羊肉、炸牛肉、辣牛肚,还有一盆牛肉包子,酒是60度的雪莲青稞白。早有人在羁押室隔壁的房间把两张办公桌并了起来,人还没落座,先把从抽屉里翻出来的所有一两深的粗瓷酒杯都一一摆开斟满。

碧秀招呼王岩、卓玛入座,端起酒杯说:"你们贵脚踏到贱地方,没什么招待的,除了酒还是酒,喝。"然后先自一饮而尽,过瘾地咂咂嘴说,"这一路,妈妈的,睡不好,吃不好,吃苦耐劳,一口酒也没喝。"

王岩和卓玛有点不习惯,一再推辞。推辞不过,王岩拿起简易筷子,塞了一嘴辣牛肚:"我们吃,我们吃。"

碧秀说："吃肉是不算招待的，必须喝酒，不喝酒是看不起我们。"又命令自己的部下，"我把两个客人交给你们了，你们看着办。"

部下们开始劝酒，拉拉扯扯，不依不饶。王岩和卓玛也就勉为其难地喝起来。

碧秀高兴地说："你们千万不要见怪，在藏地，上班时间喝酒很正常，不喝酒不叫工作。"

很快到了晚上，亮灯之后，一个戴着红玛瑙项链和白玛瑙手镯的女警察给香波王子和梅萨送来了盒饭和一壶奶茶。

香波王子盯着她，发现她的身条和容颜都出色得如同草原上唯一的树："喂，为什么不审讯我们？"

女警察说："喂什么喂，我没有名字吗？"

香波王子说："不知道你叫什么。"

女警察说："玛瑙儿。"看对方有些疑惑，便抓住自己的项链摇了摇，"就是这个玛瑙，汉话叫玛瑙儿。你问我为什么不审讯你们，碧秀副队长喝醉了。"

香波王子又问："还有两个抓我们的警察，他们呢？"

玛瑙儿说："差不多也醉了。"

梅萨说："我在电视上看到过老虎吃羚羊，老虎不一定马上咬死羚羊。"

香波王子说："我们可不是任其宰割的羊，我们是人。"

玛瑙儿嫣然一笑说："愚昧的人，你所鄙视的羊上一世说不定就是你父亲，是中阴世界里游荡的心识决定了你们的缘怨聚散，你是个藏民，怎么连这个都不懂？"

香波王子吃惊地望着她："你是一个警察，你抓捕的罪犯说不定上一世就是你爷爷，你还会抓他？"

玛瑙儿说:"为什么不抓?轮回有情离不开生死流转。"

于是,香波王子吃起了盒饭:"味道不错,就是有肉。天下人都知道我已经不吃肉了,难道你们不知道?"说着,看看梅萨,咽了一下口水,把肉扔到了一边。

玛瑙儿要走,突然回身说:"你这个人挺全面的,既会杀人,又会盗窃,还能掘藏。我父亲说你是研究仓央嘉措的专家,你写过书。"

"你父亲怎么知道我?"

玛瑙儿说:"现在寺院里很多人都知道你,说有个叫香波王子的杀人犯正在发掘'七度母之门'的伏藏。"

香波王子饶有兴致地问:"这么说你父亲是寺院里的喇嘛?"

"他是研究古经文字的,常年在寺院,但不是喇嘛。经常写点小文章,明天《西藏日报》副刊上就有我父亲的一篇文章,有兴趣你们可以看看。"

香波王子和梅萨几乎同时反感地说:"我们不看报纸。"

突然,梅萨扯了香波王子一把:"古经文字包括了伏藏语言。"

似乎玛瑙儿就是为了听到这句话,立刻转身离开了。

夜深了,隔壁房间还在喝酒。梅萨睡不着,拿出她从他邮箱里抄录的哲蚌寺"光透文字"的翻译,想跟他讨论。香波王子摆摆手,用指头在她腿上写了"可能有监听"几个字。梅萨睁大眼睛:真的?

香波王子说:"为什么把我们关在一起?就是想让我们说话。"

梅萨立刻打着哈欠说:"我才不跟你说,我困了。"

羁押室只有一张床,香波王子让梅萨睡床,自己睡桌子。说着就爬上了桌子。

梅萨把他拉下来："你身量大，你睡床，我睡桌子。"

香波王子力气大，轻轻一推就把她推倒在了床上："我一个大男人，怎么好意思比你舒服。"但是梅萨死活不肯，他只好说，"那就都睡床上，你睡里面，我睡外面。你放心，我会遵守誓约，绝对老老实实的，不动你一下，我说到做到。"

于是两个人都睡到了床上，彼此不沾，背靠着背。都是连日奔波、浑身疲倦的人，觉得一躺下就能睡死过去，但是没有，两个人都睡不着，静静的，清醒着，很长时间过去了，也不翻一下身，互相都知道对方没有睡着。

突然，梅萨坐了起来，推他一把："下去，下去，下去。"

香波王子溜下床，站到她面前："怎么了？"

梅萨横起眉毛说："你倒是说到做到了，可睡不着有什么用，还是睡你的桌子去吧。"

香波王子乖乖爬上桌子，把自己蜷了起来，一会儿就有了鼾声。梅萨恨恨地望着他，叹着气，渐渐进入了梦乡。

直睡到第二天上午，他们才被一阵开门声吵醒。

碧秀走进来，打着充满酒臭的哈欠说："你们商量好了没有，交代还是不交代？"

香波王子问："现在几点啦？"

碧秀说："你是说已经到了二十四小时拘留人讯问期限？好，等我准备好了抓捕，立刻释放你，我说了我是执法模范。"

十分钟后，香波王子和梅萨来到了羁押室隔壁的办公室。椅子被搬得乱七八糟，没有吃喝完的酒菜还在桌子上，散发着隔夜的腌臜浊气。王岩和卓玛也在这里，大概是不胜酒力吧，都是一脸蜡黄、浑身疲软的样子。他们蜷缩在沙发上，眼睛无神地望着香波王子，想站起来，蠕动了一下身子，又罢了。

碧秀对王岩和卓玛说："二十四小时到了，放了吧，放了再抓。"

王岩勉强点了点头。卓玛想说什么，但吃力地一张厚厚的嘴唇，吐出来的不是话，而是一瀑口水，赶紧用手捂住了。

香波王子和梅萨心惊胆战地签了字，在红墨水瓶里蘸红指头摁了手印，走出了拉萨重案侦缉队的院子。碧秀跟在后面，距离只有二十步，手插在裤兜里，显然是握着枪的。

香波王子小声说："你知道为什么他们没有审讯就放了我们？因为审讯至少需要三个人，万一审讯出无罪来，碧秀就不好动手了。但是现在，只要我们离开这里，碧秀立刻就会投入追捕，然后借口拘捕，达到羁押期间达不到的目的，那就是杀了我。你说怎么办？"

梅萨说："跑，我在后面，你在前面，总不至于朝我开枪吧。"

香波王子说："碧秀是门隅黑剑，为杀人不计后果。杀我不杀你，仍然存在开启'七度母之门'的可能。"

香波王子四下看着，面前的扎基路不属于商业区，车稀人少，跑出去三四十米，碧秀就会追上来，或者子弹就会射过来。他体验着羊被老虎戏弄的感觉，愤怒着，慌乱着，恐惧着，但还是本能地想抓住虎爪松懈的瞬间，逃跑，逃跑。

他小声说："梅萨听我的，现在你病了。"

"我？什么病？"

香波王子突然弯腰抱起梅萨，回到重案侦缉队的院子里，哭着喊起来："救命哪，她流产了，大出血，快来救命哪。"

梅萨说："我的妈呀，我怎么可能流产？"

梅萨的裤子转眼殷红了，鲜血滴沥到地上，在太阳城拉萨的光照里分外耀眼。梅萨自己先被吓得一脸苍白,抖抖索索地问:"我哪来的血,哪来的血?"

香波王子一遍遍喊叫着。碧秀过来,望着她身上和地上的血,一时不知所措。

这时女警察玛瑙儿跑了出来,以一个女人的惊怕和同情大喊大叫:"不得了了,大出血,大出血,快送医院。"

一听说送医院,碧秀下意识地抓住了香波王子。

玛瑙儿双手使劲推开碧秀,大声说:"去拿一些卫生纸来。"

碧秀不去。玛瑙儿还要推,他赶紧去了。

玛瑙儿跑过去,打开一辆标致警车的门,坐上驾驶座,发动了车:"快啊,快上车。"

香波王子把梅萨放进车里,绕过去,一把将玛瑙儿拉了下来。

标致警车夺路而去。碧秀扔掉手中的卫生纸,追出院子,开了一枪没打着。回身再去驾车追撵时,逃犯驾驶的车早已消失在扎基路的十字路口,东西南北不知去向了。

碧秀怒气冲冲地回到重案侦缉队院子里,指着玛瑙儿吼道:"都是你,是你放跑了罪犯。"然后一个耳光扇在了对方漂亮的脸上。

玛瑙儿踉踉跄跄倒在地上,捂着脸说:"你居然打我,你算什么男人,算什么副队长?"

奔逃而去的标致警车上,梅萨愤怒地问:"你把我怎么了,我流了这么多血?"

香波王子问:"你现在哪儿疼?"

梅萨说:"下半身疼。"

香波王子从口袋里抓出一个瓶子扔给了她。她认出来了,那是刚才她在重案侦缉队办公室签字摁手印时用过的红墨水瓶。

香波王子说:"是塔尔寺的那个老女人教会我的,她用钧瓷宝瓶和一宝瓶羊血救了我,我用一瓶红墨水救了我们两个。还疼吗?"

"不疼了。"

标致警车飞驰着,穿过小昭寺路,来到下密院的门前。这是个闹中取静的地方,警察一时半会儿不会排查到这里。

香波王子说:"就在车里等着,你需要把血衣换掉。"

4

离下密院很近就是商店拥挤的冲赛康巷,香波王子给梅萨买了衣裤,也给自己买了风衣礼帽。等他们穿戴好时,就已经不是先前的香波王子和梅萨了,至少远看不是。他们丢下标致警车,快速离开了下密院。

香波王子说:"都快饿扁了,我们吃饭去。"

这里是林廓路上的太阳城酒店,很安静。香波王子就是想找一个安静的地方,仔细研究陌生人发在他邮箱里的哲蚌寺"光透文字"。梅萨拿出她抄录的翻译内容,递给了他。

跟先前的"光透文字"一样,标明"授记"的下面,是仓央嘉措情歌:

若依了情妹的期盼,
就断了今生的佛缘,
若随了修行的喇嘛,
就违了姑娘的心愿。

愿问亲爱的姑娘，
可否永远做伴侣？
答曰：除非死别，
活着决不分离。

注释：玛吉阿米，一个民间歌者的第一首歌。

香波王子说："从北京雍和宫开始，所有'光透文字'中的情歌都产生在仓央嘉措的人生出现重要转折的日子里。时间是顺延的，就是从少年到青年的生活轨迹。面前这首分上下两段的情歌产生的时间正是仓央嘉措最后一次离开哲蚌寺之后。"

梅萨说："玛吉阿米死了，他还能唱出这么真切的热恋情歌？"

香波王子说："是啊，我也一直想不通，仓央嘉措不是一个没心没肺的人，他感情丰富，对爱情坚贞不渝，不可能不合时宜地乱唱情歌，一定是我们还没有找到产生这首情歌的理由。"说着，盯上了这首情歌后面的"注释"："玛吉阿米，一个民间歌者的第一首歌。"他皱起眉头说："难道仓央嘉措有'迁识夺舍秘法'，让死去的玛吉阿米唱出了他的情歌？但那也应该是以后的事。"

梅萨问："更贴近实际的猜测应该是，它就是玛吉阿米的歌，她死后被仓央嘉措唱了出来。"

香波王子说："不可能，仓央嘉措从来不唱别人的情歌。只能勉强这样解释：玛吉阿米死后，灵识常来和仓央嘉措相会，这首情歌就是相会后产生的。先不去管它了，更重要的还是'指南'。"

哲蚌寺"光透文字"的"指南"是这样的：

首先：他抓住弯弓，接着：将箭搭上弓弦，然后：那弯弓拉如满月，拇指把箭放松。就这样他把利箭射进，厉鬼茨沃莫安·吉莫乌的前胸。"我是黑魔王，亚西尔，被派来，让罪恶的女人丧命。"言毕，他已无影无踪，消失于花林乌紫。

香波王子说："显然这是化用了《法音》里的句子，而《法音》指的是藏王朗达玛的兴亡。公元843年，信奉本教的朗达玛开始灭佛，他下令将大昭寺觉卧佛像埋入地下，将所有寺庙、佛像、经书摧毁焚烧，并在桑耶寺、大昭寺等寺庙的墙壁上画上了僧侣饮酒作乐的漫画。出家人被杀、被逐、被迫还俗，或强迫他们打猎杀生，制造了西藏历史上的'灭法黑暗期'。三年后，修行者贝吉多吉受到吉祥度母的指引，来到拉萨，用暗箭射中了正在大昭寺前看碑文的藏王朗达玛。朗达玛握着箭杆说：'杀我早了三年，或者晚了三年。'说罢倒地死亡。贝吉多吉骑马逃跑，逃向了花林乌紫。"

梅萨说："什么意思，'指南'把我们指向了哪里？"

香波王子说："指向了更早的历史，朗达玛、贝吉多吉、花林乌紫。朗达玛死在大昭寺门口，贝吉多吉逃向了花林乌紫。'乌紫'我是知道的，清代驻藏大臣给皇帝的奏折里，常把拉萨北郊的乌孜山写作'乌紫山'，因为此山脚下盛开着一片片野玫瑰，既乌又紫。至于'花林'嘛，是不是应该这样解释：野玫瑰盛开的地方为花树之林，简称就是'花林'，合起来就是'花林乌紫'。而藏语把野玫瑰称作'色拉'，'花林乌紫'按照藏语的发音就是'色拉乌孜'。如果这样的解释是合理的，那么我们在任何一本西藏旅游手册中都能看到这样的表述：'色拉寺坐落在拉萨北郊的色拉乌孜山下。'"

梅萨说："你是说我们要去色拉寺？那是不是还要去甘丹寺？"她的意思是哲蚌寺、色拉寺、甘丹寺合称格鲁派的拉萨三大寺，'七度母之门'的伏藏很可能会如此排列。"

香波王子说："这正是我怀疑的，一离开哲蚌寺，一般人的思维路线都会按照拉萨三大寺的位置延伸，下来是色拉寺，最后是甘丹寺。可我觉得多数人想到的恰恰是当年的伏藏者应该回避的，伏藏者绝对不会做出这么简单的设计。"

梅萨说："我同意，历史上许多伏藏的发掘并不是靠了掘藏者的聪明判断，而是机会和运气。莲花生大师的发愿力和诸弟子的明智界有了契合的因缘，恰好又碰上保护伏藏的空行母、空行男等伏藏护法神在此集结，他们看到时机已到，便把完备开示的力量加持给了掘藏者，也把责任和荣耀托付给了他，于是他就成了法主，成了依靠掘藏获得修行成就和佛法传承资格的大师。我的意思是，很多掘藏者是这样的：当他发现自己聪明的判断异常合理时，经常会抛弃合理，走向不合理，因为他们深知聪明往往是靠不住的。太笔直的路，一定不是路。"

香波王子点着头："正是这样，所以我现在关注的倒不是哲蚌寺'指南'几乎明言相告的'花林乌紫'，而是'就这样他把利箭射进，厉鬼茨沃莫安·吉莫乌的前胸'这句话。被射中的'罪恶的女人'怎么是'厉鬼'？她应该是'情人'才合乎规律。"

两个人边吃饭边讨论，饭吃饱了，讨论还没有结果。

这时一身华丽的康巴汉子装束的服务员走来，把一张《西藏日报》放在了餐桌上。他们望了一眼，都想起女警察玛瑙儿说过的话："明天《西藏日报》副刊上就有我父亲的一篇文章，有兴趣你们可以看看。"

两个人对视了一下，同时把手伸向了报纸。

副刊在四版，一共五篇文章，其中一篇的标题是《光明透彻的佛理文字——夜读仓央嘉措情歌》，署名"桑杰"，"桑杰"就是佛。

梅萨说："女警察和她父亲知道你是研究仓央嘉措的专家，请你斧正呢。"

香波王子盯着报纸一眼不眨："岂止知道我是研究仓央嘉措的专家，她好像什么都知道，你好好看标题。"

梅萨又看了一遍："把爱情当作佛理，不就是在重复你的观点吗？你认为情歌就是道歌。"

"我是说标题里包含了四个字——'光透文字'。"

梅萨一看，愣了："是啊，这不可能是巧合。"

香波王子起身，大步走向送来报纸的服务员："谁让你送的报纸，是不是一个女警察？"

"不是，是邮递员。"

"邮递员？谁让邮递员送的？"

香波王子赶快又回到餐桌旁，拿起报纸，把那篇文章一字不落地看了一遍，激动地说："形式跟其他'光透文字'一模一样，但全世界只有我和你知道它跟'七度母之门'的关系。"

　　胡须满腮的老狗，
　　心眼比人还好，
　　不说我黄昏出去，
　　归来已是早晨。
　　夜里去会情人，
　　天亮时大雪飞扬，

脚印已留在雪上,
　　保密不保密都一样。

　　注释:老狗不是狗,胡须不是胡须。

香波王子说:"文章中引用的情歌显然是'授记'。"
梅萨盯着"注释"问:"什么意思啊?越注释越糊涂了。"
香波王子说:"我比你还糊涂。"再看一遍报纸上的文章,大部分是仓央嘉措情歌读后感,看不出什么堂奥,值得揣摩的只有最后一段:

　　读到这样的情歌,我们好似得到了发掘伏藏的"授记指南",定要去寻找那不是狗的"老狗"、不是胡须的"胡须",定要去会会那"情人",看"脚印"是否已延伸到龙女措曼吉姆窗前,看措曼吉姆的身影是否依然匍匐在一百零八块阳光般锃亮的经石上?

香波王子沉思着:"怎么会有两个哲蚌寺'光透文字'的翻译文本,而且指向不一?邮箱里的'授记指南'指的是色拉寺,报纸上的'授记指南'指的是大昭寺。"
梅萨问:"你怎么知道是大昭寺?"
香波王子说:"这里有'一百零八块阳光般锃亮的经石'一句,'一百零八'指的是大藏经,在西藏,只有大昭寺门前的石板,被称作'一百零八块无字经石'。这差不多也是明言相告。"
梅萨说:"都是明言相告,我们怎么办?是遵从邮箱的启示去色拉寺，还是遵从报纸的启示去大昭寺？"

香波王子说："也许可以先去色拉寺，再去大昭寺。"

梅萨说："绝对不行，这样就违背了伏藏唯一性的铁律。唯一的伏藏都是唯一的选择、唯一的途径、唯一的发掘。如果你被加持也就是无形中被赋予使命，你肯定会自发产生走入正途的能力。等待和发现自己的能力是必须的，有的掘藏大师一等就是几十年，即便此生没有机缘，他们也不会轻易走入歧途。要知道，先去色拉寺，找不到'七度母之门'再去大昭寺，说不定大昭寺的'七度母之门'就会自动消失；或者'七度母之门'依然存在，但你将不再成为唯一的掘藏者而得到任何接近目标的启示和机会。"

香波王子说："既然这样，我们怎么会同时收到两种截然不同的'授记指南'呢？"

梅萨说："这也不难解释，说不定是魔鬼的干扰，或者是空行护法对你的考验。越是临近成功，干扰和考验就会越多。每一种伏藏的现世都是一个'西天取经'的过程，'九九八十一难'是必须的。或者可以这样说，伏藏不是一个先人设计好的机关要你去勘破，而是活跃的灵魂、思想、佛法等待着同样活跃的灵魂、思想、佛法的碰撞。它是一种结合，就像人世间男人和女人互相的追求，双方都充满了幻变而神秘的生命活力。你在发掘伏藏，伏藏也在发掘你；你执着果敢，伏藏也执着果敢；你迷惘不明，伏藏也迷惘不明；你任运宽坦，伏藏也任运宽坦。至少理论上是这样。"

香波王子点着头说："我明白了，我们可以放弃对色拉寺和大昭寺的选择，找一个共同的用不着选择的符号，一步步推导下去。看最后的结论，是色拉寺就去色拉寺，是大昭寺就去大昭寺。"

梅萨说："最好这样，但共同的符号在哪里呢？"

香波王子自信地说:"恐怕已经找到了。邮箱'授记指南'中有'厉鬼茨沃莫安·吉莫乌',你读这个名字,'茨沃莫安·吉莫乌',快速读出来,是什么?快读它就成了'措曼吉姆'。根据藏语发音翻译成汉字的时候往往会这样,说明写出'茨沃莫安·吉莫乌'这个名字的人,并不经常搞翻译,不知道'措曼吉姆'是比较常见的汉译名词。当然也有可能是故意的,如果是魔鬼的干扰或空行护法的考验,那就一定是故意的。"

"你是说,邮箱'授记指南'中的'茨沃莫安·吉莫乌'和报纸'授记指南'中的'措曼吉姆'是一个人?"

"是的,两种'授记指南'都提到了措曼吉姆。措曼吉姆和玛吉阿米、姬姬布赤、仁增旺姆、伊卓拉姆、吉彩露丁一样,也出自仓央嘉措情歌。"说着香波王子唱起来:

奔腾的江水去了,
跳跃的鱼儿没了,
只有龙女措曼吉姆,
那是终身不去的伴侣。

一连唱了两遍,他说:"措曼吉姆是两种'光透文字'唯一的共同点。当你拿不准相信谁的时候,共同点就是你别无选择的依赖。措曼吉姆,这是情歌告诉我们的第六个情人,很可能也是第六个即将死去的女性。但这一次,我不仅想让仓央嘉措告诉我们她是谁,还想让他告诉我怎样保护她,我不相信开启'七度母之门',找到'最后的伏藏',需要以这么多生命为代价。"

梅萨说:"是啊,不能再死人,再死就经受不起了。"

两个人沉默着。香波王子端起杯子，一口喝干了里面的奶茶。

梅萨说："可是措曼吉姆并不能告诉我们怎么做。"

香波王子说："那就看措曼吉姆产生的背景喽，你还记得仓央嘉措这会儿在干什么？"

梅萨不假思索地说："朝廷的金字使者已经来到布达拉宫，仓央嘉措正在接受查验，到底他会被认定为真达赖，还是假达赖，全西藏都在等待。现在，全西藏的等待已经不重要，重要的是我在等待，你快说吧。"

香波王子望了一眼窗外拉萨深远的星空，喊一声："服务员，奶茶，再来一包烟，算了算了，不要烟。"

华丽的康巴汉子装束的服务员过来说："先生，已经很晚了，要不要开房间休息？我们可以把奶茶送到房间去。"

香波王子望着梅萨说："不用，我们就在这儿。"

5

香波王子喝着奶茶说："金字使者的查验是在布达拉宫仓央嘉措的寝宫德丹吉殿进行的。仓央嘉措裸体坐在正中的卡垫上，闭目观想。金字使者环绕着他仔细观察其面相、骨相、体相、纹络、血脉、肤色、肌肉、气息、痣疣、胎记等各种征兆，不停地念叨着《太清神鉴·说歌》，有时还会用阴阳鱼的铜镜照一照，很长时间才走出德丹吉殿。金字使者板着面孔不发一言，绕开摄政王桑结、拉藏汗、策旺阿拉布坦的使者、萨迦派的八思旺秋、噶玛噶举派的噶玛珠古、经师曲介大喇嘛和久米多杰活佛等一干邀请来的贵宾即见证人，朝布达拉宫外面走去。所有人的心都悬了起来，跟在金字使者身后，希望听到他的明示，哪怕是片言只语。但金字使者的金口就是不开，脚步匆匆得几次在陡峭的楼梯上歪倒。他穿越了法相森严的司西平措和措钦大殿，跨出彭措多朗大门，走下长长的台阶，示意随从备马，然后转身，望着那些眼巴巴面对自己的藏地政教要人说：'那位大德仓央嘉措是否为五世达赖喇嘛的化身，我固然不知，但作为圣人的体征法相则圆满无缺。'说罢，再无第二句话，弯腰礼拜，转身上马，立刻返京复命去了。摄政王桑结长舒一口气，疾步回宫，来到仓央嘉措面前激动地说：'尊者的体征法相圆满无缺，我没有选错，没有选错。尊者平安，圣教平安，我也就没什么遗憾了。'

"仓央嘉措闭着眼睛没有理睬摄政王，他正在入定，已经很深很深了。很深很深的密法入定，对他也许就是进入情歌境界的一种途径，这样的途径是真实不虚的那种，是怨亲无别、空乐无别的那种。他让人们看到，神秘的佛法禅定里，也有男女相悦的俗情：玛吉阿米，你去哪里了，怎么这个时候才来找我？已经分不清她是人，还是神了。摄政王桑结从佛像前的香炉里拿起一炷点燃的香，插在了仓央嘉措禅定印的指缝里。香灰落进了手掌，他没有感觉，香火烧到了指头，他也没有感觉，香烧没了，指间的皮肤有点焦黄了，他仍然没有感觉。桑结悄然离去，心说尽管尊者行为不检，违拗着佛门清规，但却是一个天生的修法圣者，没见他怎么修炼，他的入定成就却已是一般的密宗修炼者隐居深山十年都达不到的。但是摄政王桑结没想到，在他离开十多分钟后，侍卫喇嘛鼎钦的轻轻一句话，就把香火烧不醒的仓央嘉措唤醒了：'主人，宁玛僧人小秋丹希望见到你。'

"小秋丹虽然是具备灌顶资格的宁玛派高僧，但不是领袖级人物，没有资格进入格鲁派的顶髻道场布达拉宫，只能在街市或者拉萨河边的田野里等着仓央嘉措。仓央嘉措去了。遗憾的是，在关于仓央嘉措的所有文字记载和口头传说中，都没有留下这次见面的地点和内容。我们只知道以这次见面为开端，仓央嘉措又开始像先前那样经常走出布达拉宫去别处打发时光，而且时不时有情歌脱口而出。发到我邮箱里的'光透文字'和《西藏日报》上的'光透文字'里的情歌，都是这个时候产生的。与此同时，仓央嘉措情歌开始迅速在拉萨民间流传，很快就是妇孺皆知，人们传颂着情歌，也传颂着一个走下神坛、情深意长的六世达赖喇嘛。

"接着，就像民间流传的那样，发生了毒箭射杀摄政王桑结的事件。这天，桑结带人前往色拉寺主持一年一度的马头明王神怪金刚橛朝拜仪式，归途中右前方射来一支毒箭，射在了坐骑的脖子上，坐骑当场死亡。卫兵追向了射箭者，追到的却是射箭者拔刀自杀的躯体。自杀的人穿一身蒙古服装，面相却是典型的藏民，所以连摄政王桑结也发蒙：这个刚烈的不让自己变成活口的人，到底是受了谁的指派？仓央嘉措得知后，来到布达拉宫摄政王寝宫问候。他说：'上师啊，我知道他们不想让我占据达赖喇嘛的无畏雄狮宝座，我把宝座让出来就是了，为什么还要向你射来毒箭呢？'摄政王桑结说：'圣明的尊者你不能这么说，他们的目的既不是你也不是我，而是权力。我迄今没有把权力交给你，就是不想让你成为毒箭射杀的目标。至于我，就是死也不想把西藏的政教大业托付给蒙古人，大皇帝也不想，所以我是替西藏承担着危险，替大皇帝承担着危险。不是你连累了我，而是我连累了你。好好做你的活佛，总有一天，你会成为最出色的达赖喇嘛，会用观世音菩萨和莲花生大师的力量，消灭所有政教的敌人、格鲁巴的克星、走向阴谋的叛誓者。'

"谋杀失败后，蒙古和硕特部首领拉藏汗和准噶尔部首领策旺阿拉布坦再次以激烈的言辞呈奏康熙皇帝，要求废除仓央嘉措，惩罚摄政王桑结。奏折端出了萨迦派的八思旺秋和噶玛噶举派的噶玛珠古，说以他们两位为代表的萨迦、噶举两派高僧都已寒心彻骨，如果大皇帝不管，西藏各教派都将不再服从格鲁派的噶丹颇章政权，而信奉格鲁派的蒙古人也将改宗其他教派。尤其重要的是，这一次的奏折里，他们用蒙藏两种文字附录了几首从民间搜集来的仓央嘉措情歌，并改动词汇，夸张了所谓的宣淫含义。康熙皇帝意识到这已是西藏内乱的前兆，为稳定政局，立即颁诏，与蒙古和硕特部首领拉藏汗和准噶尔部首领策旺阿拉布坦以及其他信仰格鲁派的蒙古部落同时宣布，不承认仓央嘉措是五世达赖喇嘛的转世。

"仓央嘉措知道了，诗人和歌者知道了，这对他来说应该是最大的打击。此前尽管有拉藏汗和策旺阿拉布坦的阴算阳攻，但毕竟有朝廷有大皇帝的认可和明里暗里的撑台，这次却不同了，天塌了下来，人又往哪里躲呢。仓央嘉措不作任何幻想和努力，唯一的反应就是作诗唱歌：

  背后使坏的恶龙，
  不管它多么凶狠，
  为摘到前面的苹果，
  我敢拼了这条命。

又唱道：

  奔腾的江水去了，

跳跃的鱼儿没了，

只有龙女措曼吉姆，

那是终身不去的伴侣。

"措曼吉姆出现了，她是谁？在哪里？为什么在这个天塌地陷、命途危殆的非常时刻，她成了他唯一的寄托？"

梅萨说："你是不是想说仓央嘉措又有了情人，已经移情别恋？"

香波王子说："对，这个爱人太重要了，因为接下来就是仓央嘉措的失踪。他能失踪到哪里去？是拉藏汗或者策旺阿拉布坦绑架了他？似乎不大可能，远离西藏政权、已经不被众蒙古施主和朝廷承认的仓央嘉措在他们眼里不过是个废物。是摄政王桑结软禁了他？可能性更小，这时候的桑结已经做出避其锋芒、以退位稳定西藏的决定，正在安排摄政王的权力移交事宜，无暇他顾。是宁玛僧人小秋丹藏匿了他？也不合情理，因为仓央嘉措面临的不是生命危险，而是废黜，藏匿不藏匿都改变不了他的命运。唯一的可能是，仓央嘉措觉得既然连大皇帝都不承认自己是六世达赖喇嘛，不如索性做一个安时顺处的平民。他来到龙女措曼吉姆身边，再也不回布达拉宫了。当然对我们来说，重要的不是仓央嘉措是否和措曼吉姆待在一起，而是哲蚌寺'授记指南'给我们指出了措曼吉姆是我们开启'七度母之门'的下一个目标。措曼吉姆的任何信息，都可能和伏藏有关系，甚至能直接导致掘藏的成功。"

梅萨说："可我们现在并不知道措曼吉姆到底在哪里，两种'光透文字'的共同点给我们的依然是迷茫。"

香波王子说："但也并不是无迹可寻。仓央嘉措失踪后半个月，拉萨发生了一起火灾，朝拜的信徒当场抓到了纵火的人，居然是一个喇嘛。但这个喇嘛很快被赶来救火的墨竹血祭师独眼夜叉和豁嘴夜叉打死了。既然纵火者已经受到惩罚，也就没有人再去追究他为什么纵火，纵火案不了了之。我现在有这样一种联想，为什么要打死纵火者？很可能是不想留下活口。谁不想留下活口？一定是同伙，也就是说独眼夜叉和豁嘴夜叉跟纵火者是一伙的，都属于'隐身人血咒殿堂'。他们一直都在追杀玛吉阿米和她的孩子，现在却出现在了火灾现场，为什么？"

梅萨说："你是说他们来火灾现场也是为了追杀，追杀措曼吉姆，纵火是追杀的另一种方式？"

香波王子说："对。虽然玛吉阿米死了，但'隐身人血咒殿堂'一直没有放弃对仓央嘉措其他情人的追杀。尤其是对那些怀了孕的女人，不管她怀了谁的孩子，只要和仓央嘉措有过交往，格杀勿论。"

"他们烧死了措曼吉姆？"

"肯定没有，因为火灾之后仓央嘉措还在失踪，更重要的是，我们没看到诗人有一句控诉火灾的诗歌。"

"那我们赶紧去火灾现场吧，还坐在这里干什么？"

香波王子说："在所有关于这场火灾的记载中，都没有提到现场，只是说拉萨。拉萨这么大，又不是一个城墙城门围拢的地方，不可能全城着火，肯定是有意不记载的。为什么，纵火案发生的地方居然如此机密，连教典史籍都要遮掩？当然越机密的东西就越有价值，措曼吉姆的所在地和火灾现场应该是一致的，只要找到一个，就能发现仓央嘉措的行踪，也就能靠近我们的目标。我坚信我们离'七度母之门'的最后揭晓越来越近了。"

梅萨说："你刚才说朝拜的信徒当场抓到了纵火的人？有朝拜

的信徒，就说明火灾现场是一座寺院。"

香波王子说："既然火灾焚毁的是寺院，肯定会修葺或者重建，如果我们查到火灾之后的一两年内，拉萨修葺和重建寺庙的情况，不就可以锁定火灾现场了吗？"

梅萨说："对啊，应该去西藏社会科学院，这种地方总有一些热爱本地历史的人，知道哪朝哪代哪座建筑多了一块石头少了一块砖。"

两个人起身，同时喊道："买单。"

6

一出餐厅，他们就看到楼梯口和大厅里站着好几个警察。香波王子和梅萨赶紧缩回到餐厅，问那个康巴汉子装束的服务员，还有什么地方能走出去？

服务员说："你们就是在一起说说话，怕什么？"

香波王子一愣，这才意识到警察是以检查卖淫嫖娼为借口的，他们把注意力放在留宿的房间里，想不到都下半夜了，还有人在餐厅喝奶茶。而对这样的检查，酒店旅馆一律反感，没有人主动告诉警察，餐厅里还有一男一女。

香波王子说："毕竟我们不是夫妻，警察要是反映给她丈夫，说不清啊。"

梅萨说："你怎么不说反映给你老婆？"

香波王子说："那就更说不清了，本来我就有点花心。"

康巴汉子装束的服务员说："好吧，跟我来。"

他们走向洗手间，再走向杂物间，开门出去，便有一个室外的狭窄楼梯，通向旅馆后院。服务员领他们走下楼梯，指了指铁栅栏的围墙，然后就走了。他们来到铁栅栏跟前，觉得有点高，走了一圈，看有一处地上摞着几块木料，便踏了上去。

香波王子说："你自己翻，还是我抱着你翻？"

"你能抱动我？"

"试试吧。"香波王子张臂就抱，梅萨下意识地躲开了。

"还是我自己翻。"她抬脚跨上去，双腿一起一落翻到栅栏外面，就要跳下去，不禁惊叫一声，"下面有警察。"

但已经来不及了，倾斜的身体赘着梅萨，她只能跳下去。

香波王子抓了一把没抓住她，喊道："哎呀，哎呀，我们怎么这么倒霉。"喊罢，毫不犹豫地跟着跳了下去，尽管他已经闻出来也看清楚，下面等待他们的比警察更可怕。

两个人一前一后掉进了一个大粪池。似乎粪池并不正宗，是一个废弃的地基坑，天长日久就积累了满坑的污水和泔水、狗屎和人粪。香波王子站在粪池里，脏物几乎淹过他的喉咙。他一手搀着梅萨，一手在不堪入目的漂浮物上划着，挣扎着靠向池沿。

碧秀说："王头儿，你可以啊，每搜查一个酒店，你总是带我们在后面等着，果然等到目标了。"原来碧秀让重案侦缉队协助抓捕，重案侦缉队的人从前门进去是公开的，他们三个人从后面包抄是隐蔽的。

碧秀搬起一块石头砸向香波王子和梅萨，没砸上，飞溅的粪花反而让他连连后退，他掏出枪就要瞄准。

王岩严厉地说："任何罪犯，只要不威胁到你的生命就不能击毙。如果你执迷不悟，故意杀人，吃不了兜着走。"

碧秀："我不过是做做样子，震慑住他们。"

王岩说:"用石头砸,也是做做样子吗?"

碧秀咬牙切齿地说:"那是为了让他们吃屎。"

卓玛从不远处的柳树上撇下一根枝条,伸过来让他们抓住,然后拽他们来到了岸上。他掩着鼻子说:"你们怎么往这个地方跳,眼睛瞎了?"

香波王子一把一把从头上、脖子上拨拉着脏东西说:"逃命的人,顾不了那么多。"

梅萨"哇哇"地吐着,污水流了一地。

碧秀说:"这就叫狗急跳墙。"

香波王子说:"你骂我可以,别骂狗,骂狗就是骂你自己。"

他们太脏了,王岩和碧秀伸手要抓,又都把手缩了回去。香波王子立刻意识到大粪池的出现原来是为了防止警察抓住他们,他脱下外面的风衣,使劲朝警察甩着脏水,逼得他们不敢靠近,然后拉起梅萨夺路而去。

香波王子熟悉拉萨的街道,加上黑夜的掩护,疯跑了半个小时后,甩掉了警察。他们喘息不迭地走向了拉萨河。

他们拉开距离,躲藏在河边茂密的柳林里,脱光自己,钻进了拉萨河。即使是夏天,拉萨河也是冰冷刺骨的。但肮脏比寒冷更可怕,他们使劲洗着,恨不得把五脏六腑翻出来也洗一遍,直洗到天亮才罢休。

香波王子穿上洗过的湿衣服离开了河边,等回来时,手里提着里里外外两套新衣服和毛巾肥皂。两个人再次分开,又跳进河里打上肥皂洗了一遍,这才舒舒服服、暖暖和和坐到河边的石头上。身边是晒了一地的钞票,以及证件和手机。

香波王子把装着大饼和矿泉水的塑料袋丢给梅萨说:"吃吧,

吃饱了我们去社会科学院。"

梅萨"哇"地就吐："快别说吃了。"说着,一脚把塑料袋踢到了身后。

香波王子说："总要洗洗肠胃吧。"说着咕噜咕噜喝光了一瓶矿泉水,然后仰身躺倒,眯眼望着蓝天,感叹一声,"我们真是幸运啊,连大粪都在帮助我们。"

梅萨不望他："说这话真恶心。还吃,别吃了好不好?"

"没吃啊。"香波王子忽地坐起来。

一阵吧唧吧唧的声音从身后传来。两个人几乎同时回头,同时喊起来:"山魈?"

山魈已不在铁笼子里,而是被拉卜楞寺的胡子喇嘛牵狗一样用绳子牵着,正在享用被梅萨踢到身后的大饼。距离这么近,他们吓坏了,赶紧起身。

梅萨迅速从地上拾起晾晒的钞票、证件和手机,躲在了香波王子身后。

胡子喇嘛说："我们以前见过。"

香波王子说："是啊,见过,在拉卜楞寺。"

胡子喇嘛说："它好像很熟悉你们,不熟悉的人,给它东西,它都不吃。"

香波王子说："它是独脚鬼太乌让,是护持伏藏的神灵,又是一个已故贤者的寄魂兽,这个贤者名叫边巴,是我们两个的老师。他一生研究'七度母之门',现在死了,又寄魂于山魈,想继续关注'七度母之门'。"

胡子喇嘛说："原来你们是它的学生,学生见了老师不行礼,逃跑什么?"

香波王子赶紧把腰弯了弯:"边巴老师你好。"

梅萨也说:"边巴老师,你可要保佑我们,我们是来发掘'七度母之门'的,这也是你的遗志。"

山魈发出一阵人似的"喂喂"声,似乎是回答:"你们好。"头却低着,贪馋地啃着大饼。

香波王子说:"看来它很长时间没吃东西了,你好像不喂它?"

胡子喇嘛说:"我一个外来的僧人,靠化缘度日,我都吃不饱,还能顾得了它?"

山魈抬起了头,哭了,眼泪滴答下来。

梅萨说:"太可怜了,边巴老师。"

香波王子说:"我给你钱,给你钱,你可不能饿着边巴老师。"

香波王子从梅萨手里要过几张还没有完全晒干的百元钞票递了过去,看递不到胡子喇嘛手上,就朝前走了两步。就在这时,山魈一跃而起,伸出长长的前肢,抓了香波王子一把。香波王子的脖子上顿时有了几道血印子,丢下钱,赶紧后退。山魈暴躁地扑打着,皱起鼻子和嘴唇,朝他哈哧哈哧吹着气。

"为什么?为什么?边巴老师,为什么?"香波王子问。

胡子喇嘛拉紧绳子,开心地说:"行了行了,抓一下就够了。"又朝香波王子说,"它这是责怪你呢,你肯定做错什么了。"

"我能做错什么?边巴老师,你说。"

山魈再一次朝他扑来。胡子喇嘛拽不住它,跟跟跄跄往前走:"快走啊,还站着干什么?"

香波王子和梅萨赶紧离开,走几步又停下来回头看着。

梅萨眼泪汪汪的:"边巴老师,你保重。"

山魈好像很留恋她,立刻不凶悍了,坐到地上,深情无比地用琥珀色的眼睛送出了两道很亮很亮的泪光，然后"喂喂喂"地叫起来。叫着叫着，又开始号，委屈得就像被人丢弃的孩子。

7

西藏社会科学院在布达拉宫以东、大昭寺以北的色拉南路上。出租车带他们来到这里后，他们才知道今天是星期六。门房要他们后天再来。

香波王子说："我们是北京来的，寻找专家，咨询一个重要问题，后天我们就要走了。"

门房同情地问："你们要寻找哪方面的专家，咨询哪方面的问题？"说着拿起了电话。

香波王子说："我们的问题是公元1703年也就是康熙四十二年之后的两年内，拉萨哪些寺院进行过修葺和重建，你看找谁合适？"

门房拨通了一个电话说："次登老师，有两个北京来的人找你。"然后把电话给了香波王子。

香波王子客套了几句，便把问题提了出来。

对方说："你们还是去问问扎西旺堆吧？"电话扣了。

门房嘀咕了一句什么，又拨了几个电话，对方都说，这样的问题，最好去问扎西旺堆。

香波王子作着揖对门房说："求求你了，一定帮我们找到扎西旺堆。"

门房扑哧笑了，说："扎西旺堆是我儿子，他们回答不了你的问题，就踢给了我儿子。因为我说过，我儿子将来一个顶他们一百个。他们这是记了我的仇，挖苦我呢。"

香波王子说:"那就去问你儿子吧。"

门房笑得更开心了:"我儿子知道什么,他才七岁,不喜欢上学,整天逃学在家里,藏文汉文还识不全呢。有这点儿时间,你们还不如去西藏大学问问,那里的专家教授比我们社会科学院多。"

香波王子和梅萨坐出租车直奔江苏路上的西藏大学。虽然是星期六,但历史系的教授讲师们都在开会,一部分在开评职称会,一部分在开一个有美国藏学家参加的学术交流会。从两个会场上叫出来了四个饱学之士,请教的结果是得到了几乎一致的回答:重要寺院的重大修葺和重建都是可以查到的,但就是查不到公元1703年之后两年内拉萨寺院修缮的记载。"要不你们去问问扎西旺堆?"

走出西藏大学时梅萨说:"一个门房一句展望儿子未来的狂言在西藏学术界居然引起这么大反响,到处都知道,都在极其认真地挖苦,心眼也太小了吧。"

香波王子说:"认真挖苦的背后恐怕另有原因,就是这个孩子值得他们这么做,更何况还不一定是挖苦呢。"

梅萨说:"你的意思是我们去见见这孩子?"

他们没想到早有一个饱学之士跟上了他们,并且正在毕恭毕敬地电话告诉一个叫秋吉桑波的人:"师父,这一男一女真的是在打听公元1703年以后拉萨寺院的修葺和重建。"电话里传来秋吉桑波苍老的声音:"啊,也许,也许等待已久的时间已经到了,随时告诉我他们的行踪。"

香波王子和梅萨又返回西藏社会科学院。

门房得意地问:"怎么样,我儿子名气大吧?"

香波王子说:"你让我们跑来跑去原来就是为了炫耀你儿子呀?"

门房得意地笑笑说:"生一个这样的儿子不容易啊,走,见我儿子去。"那口气,好像他儿子已经是一个大人物了。

门房带着他们来到社科院住宅楼下。他儿子一个紫红脸蛋、黝黑肤色的孩子正和一只小狗你追我撵。门房招手喊道:"过来过来,有人请教问题来啦,他们从北京来。"他把"请教"说得既响亮又严肃,然后郑重其事地介绍道,"这就是你们要见的扎西旺堆。"

小孩和小狗一起跑了过来。香波王子觉得让自己请教一个拉着鼻涕的七岁小孩太不成体统,叉起腰,哼哼一笑说:"我今天来考考你。"

孩子用袖筒揩了一下鼻涕说:"嘻嘻,你不是老师,你怎么也说考考你。"

香波王子说:"你怎么知道我不是老师?"

孩子说:"我的老师身边没女人,你身边有女人。"

香波王子说:"这么说你的老师是个佛爷,你是佛徒?"

孩子点点头。

香波王子说:"好好听着,我问你,公元1703年也就是康熙四十二年之后的两年内,拉萨哪些寺院进行过修葺和重建?"

孩子说:"你打听的是秘密。"

香波王子顿时愣了:"你怎么知道是秘密?"

孩子说:"知道了修葺和重建,就知道了哪些寺院发生过火灾,火灾是秘密。"

香波王子问:"谁给你说的火灾是秘密?"

"不记录的都是秘密,色拉寺的喇嘛都这么说。"

"你去过色拉寺?"

"我家住在色拉寺。"

"你家不住色拉寺,你家住在色拉路。"

"色拉路走到头就是色拉寺。"扎西旺堆说着就要走。

香波王子忽地蹲下抓住他说："你还知道什么？"

孩子说："还知道你们……我不说了。"挣脱香波王子的手，追向跑远的小狗。

门房咂着嘴说："怎么样，你们评价一下。"看着孩子一个跟头栽倒在地，心疼地跑过去，"慢点，慢点。"

香波王子呆呆地望着孩子说："我们遇到灵童了，他肯定是某个活佛的转世，只是现在还没有被请到寺院里去。他才七岁，如果不是前世的安驻、灵识的附体，就算他早熟，他是天才，也不可能知道这些。而且他似乎知道我们要来，我们是干什么的，他相信我们跟他的缘分，最终还是说出了只有他知道的秘密——色拉寺。"

梅萨脸上掠过一丝忧戚的神情："不，我不认为他是某个活佛的转世灵童。"

"你怎么这么说？"

梅萨望着地面，思考着说："我也许正面对一个伏藏学研究的实例。从伏藏到掘藏，几千年、几百年的漫长时间里，可以变幻出无数种类的传承。其中一种是空行母使出神变愿力借腹胎授，得到胎授的人是个中间环节。就像传送鸡毛信的孩子，一俟掘藏者出现，就会有意无意把胎授的掘藏信息送出去。送出去就完成了使命，空行母的愿力就会消失，有时仅仅是灵性和表达的消失，有时是生命的消失。这就是说，传承的链条里，最终的掘藏者实际上是一个过河拆桥的人。他要拆掉很多桥，因为正确而伟大的掘藏只能出现一次，关于伏藏的各种信息也只能出现一次。如果出现第二次，那就是一个既没有伏藏，也没有掘藏的混乱过程，就意味着'第一次出现'没有结果。既然没有果，也就没有因，于是就形成了一种既没有因也没有果的现象。而佛是因果的聚合，有因必有果，有果必有因，或者，因就是果，果就是因，无因无果或者只有因没有果的世界是佛以外的世界。"

香波王子点着头说："你是说，我们已经害了孩子？"

梅萨紧张地说："也许是孩子害了我们。"

院子里突然出现了一群香波王子和梅萨从未见过的喇嘛，他们头戴黄色五佛冠，身披背缀宝石带的红色大披风，似乎是从密宗法会现场风风火火跑来的，有的手里还拿着金刚杵的法器。他们四下看看，直奔有孩子的地方。

"扎西旺堆，谁是扎西旺堆？"一个国字脸的喇嘛问。

门房牵着孩子的手问："你们也是来请教问题的？明天来吧，今天扎西旺堆很忙。"他仍然把"请教"说得既响亮又严肃。

国字脸喇嘛冲向孩子，揪住他，声色俱厉地问："你给那两个人说什么了？"

孩子吓坏了，"哇"地哭起来。国字脸喇嘛的盘问愈加急切。

门房说："你们要干什么，请教是这样的态度吗？"

五大三粗的国字脸喇嘛一把抱起孩子，吓唬道："快说，不说就把你抱走。"另外几个喇嘛把门房朝一边推去。

门房意识到事情有点严重，一点得意也没有了，分开那些喇嘛，扑过去抱住儿子，把刚才儿子和香波王子的对话叙述了一遍。

"色拉寺，扎西旺堆说到了色拉寺。"国字脸喇嘛拿出手机打给了派他来的秋吉桑波，得到的指示是，把那一男一女抓到大昭寺来，告诉他们色拉寺不能去，那是魔鬼的指引，是自投罗网，所有的逆缘者，将在色拉寺门口拦截他们。国字脸喇嘛放下手机，指挥众喇嘛去追撵香波王子和梅萨。

香波王子和梅萨已经朝社科院大门外跑去。他们从北京开始，一直都在逃跑，已经锻炼成逃跑的能手，一群五佛冠压顶、大披风裹身的喇嘛岂是他们的对手。逃跑和追逐几乎没有形成，他们就不见了踪影。

香波王子和梅萨其实并没有跑远。他们来到社科院外面沿着围墙跑了半圈，突然又翻墙回到了院子里。他们实在想知道，是不是就像梅萨说的，那孩子一旦说出只有他知道的秘密也就是把胎授的掘藏信息送出去，就会丧失灵性和表达，甚至生命。

满院子都是人，都在议论刚刚发生的事情。香波王子和梅萨听了听，知道喇嘛们一走，孩子就不会说话了，像把魂儿吓跑了似的。孩子和那个以儿子为荣的门房父亲已经去了医院。

离社会科学院最近的是林廓北路的区人民医院。

在一楼急诊科的病床上，香波王子和梅萨再次见到了那孩子。孩子正在打吊瓶。门房一脸苦相地守在床边，一见他们，厌烦地扭过头去。梅萨赶紧歉疚地哈哈腰。

香波王子给孩子做着鬼脸说："我今天来考考你。"

孩子呆痴地用舌头舔舔流下来的鼻涕，又把指头放到嘴里吮吸着，一点机灵劲也没有，好像傻了，已经不认识他们了。

香波王子还想说什么，梅萨扯扯他的衣服说："快走，再待下去就有麻烦了。"

出租车驶出林廓北路，沿着色拉路往北，直奔色拉乌孜山。山下就是色拉寺。

8

色拉寺内外有许多眼睛观察着来路上的汽车，那是一些严阵以待的眼睛，藏匿在绿树丛中、汽车里面、游客堆里、殿厦窗前。那些眼睛又是各不相谋的：王岩、碧秀和卓玛一伙，阿若喇嘛、邬坚林巴和另外几个雍和宫的随从喇嘛一伙，智美和索朗班宗一伙。

骷髅杀手还是独行侠的样子，却显得比谁都疯狂。他干脆剃成了光头，穿起了袈裟，用黑氆氇蒙住了嘴脸，坐在了山门右侧售票处的窗下。骷髅刀就在袖子里，只要香波王子来买票，他就会一刀捅进对方的肚子。他再次拿出手机看了看，那里有黑方之主刚刚发给他的短信：到现在还没有得手，你的机会不多了。

邬坚林巴到处转了转，跟几个色拉寺的喇嘛有一句没一句地聊着，然后拿出手机拨给了智美："对一个独立清洁的开启'七度母之门'的掘藏者来说，任何一个试图参与或阻拦掘藏的人都是绊脚石、逆缘者，而最大的逆缘来自色拉寺，色拉寺管委会已经紧急通知所有札仓的喇嘛，一旦见到那一男一女，立即抓到阿巴札仓听候处置。现在香波王子和梅萨的照片就在喇嘛们手里传来传去。"

智美问："是谁向色拉寺通报了掘藏者的行踪？"

邬坚林巴说："秋吉桑波，他不光通知了我们，也给色拉寺管委会打了电话：'香波王子和梅萨正在接近色拉寺，色拉寺将受到教界各派各僧团的关注，谁是政教的敌人、格鲁巴的克星、走向阴谋的叛誓者？啊，我不说你们也知道，现在就等着'七度母之门'的伏藏现世呢。'那一刻，秋吉桑波苍老的声音变成了古歌：'色拉寺，色拉寺，代表坚守的色拉寺，代表西藏的色拉寺。'秋吉桑波名扬教界，受到众僧推崇，他的话是有分量的。"

智美又问:"你认为这样不好吗?"

邬坚林巴说:"说不上,也好也不好。色拉寺的密宗道场阿巴札仓是仓央嘉措时代驻扎西藏的蒙古和硕特部首领拉藏汗主持修建的,是拉藏汗的诵经修法院。拉藏汗主持修建的还有色拉寺最雄伟的建筑一百八十根柱子的色拉措钦大殿。拉藏汗是仓央嘉措的敌人,敬信仓央嘉措并试图弘扬仓央嘉措精神的香波王子,在色拉寺的阿巴札仓会得到怎样的待遇是可想而知的。"

智美说:"既然你们教界有人认为'七度母之门'是伟大的伏藏,那就需要坚定顽强的发掘,也需要更加坚定顽强的保卫。对色拉寺来说,他们要做的就是把自己变成保卫仓央嘉措遗言的堡垒,哪怕付出所有喇嘛的生命。而掘藏者要做的,就是经受一次比一次严峻的考验。如果他经受不住,就说明空行护法已经根据佛界莲花生大师的旨意,取消了他作为掘藏者的资格。"

"不管怎么说,秋吉桑波阻止掘藏的行为是罪不可赦的。"

"也许秋吉桑波阻止的仅仅是香波王子的掘藏。和香波王子一起上路掘藏的,还有梅萨和我,我是占卜之神,我身边现在还有仓央嘉措的情人索朗班宗的转世,她已经成为助我掘藏的法侣。"

"你给我说这些干什么?我又不是不知道。我对你充满期待,期待你是唯一的掘藏者,但目前为止,你还没有一步是走在前面的。你雇人抢了'光透文字',也没翻译出来,色拉寺也是秋吉桑波通知我们的。"

智美说:"我找了熟悉伏藏语言的专家,也翻译了出来。不过很难理解,还是得依靠我的占卜,我一直在祈祷,但卜神还没有安驻到心里,暂时没有结果,所以我很怀疑秋吉桑波通知的可靠性。"

邬坚林巴说:"哦,是这样,那就只好相信秋吉桑波的通知了。"

在阿若喇嘛这里，不动佛的明示也没有出现，不知道为什么。"

透过出租车的车窗，香波王子和梅萨紧张地观察着前面的色拉寺。从远处看，白墙红顶金瓦饰的色拉寺就像一面打开的扇子，绿树是它的镶边，也是它的把柄。比起层层叠加的哲蚌寺，它显得平坦而流畅，少了些威严和霸气，多了些神秘和超脱。

就要到了，出租车慢了下来。香波王子盯着色拉寺左侧台地上白色的展佛墙，突然一掌拍在了自己脑门上："停车。"

出租车停下了，离山门还有两百米。

香波王子突然问："我们为什么要去色拉寺？"

梅萨说："因为我们确定它就是火灾现场。"

香波王子说："可是我又想，既然有人想在色拉寺纵火烧死措曼吉姆而没有烧死，那措曼吉姆还会待在色拉寺吗？或者火灾之前，或者火灾之后，她和仓央嘉措肯定已经离开那里躲藏到别的地方去了。因为火灾发生半个月以后，仓央嘉措才结束失踪，也就是说色拉寺不是他和情人措曼吉姆最后的藏身之所。既然措曼吉姆和仓央嘉措已经离开色拉寺，我们还去那里干什么？"

梅萨说："对啊，你这个思路很奇特，似乎也很正确。要命的是，你把三百年前的措曼吉姆和我们现在要找的措曼吉姆当作一个人了。"

香波王子说："为什么不能转世？仓央嘉措三百年前的情人突然出现在我们面前，又不是第一回了。还有，在《西藏日报》的'授记指南'和仓央嘉措情歌里，提到措曼吉姆时，前面都加了'龙女'。既然她是龙女，我们就应该去有龙的地方寻找。当年文成公主进入西藏后，看到西藏的岩石土壤里竟有海螺和贝壳，认为那是海底罗刹女的佩饰，西藏的地形就是一个仰卧着的海底罗刹女，而她所居住的布达拉宫东边的卧塘湖便是海底罗刹女的心脏，必须建庙镇之。这个建立在海底罗刹女心脏上的寺庙就是最早的大昭寺。海底罗刹女是龙王的女儿，自然就是龙女了。在这里，仓央嘉措把措曼吉姆当成了龙女，当成了命途多舛时期唯一的寄托，其实隐含了他对未来的预知和对西藏的爱恋。仰卧着的海底罗刹女代表整个西藏，西藏的情人和情人的西藏，在仓央嘉措这里是没有区别的。"

"你是说'龙女'已经暗示了大昭寺？既然这样，我们为什么不直接去大昭寺，还要费那么大劲去调查火灾现场呢？"

香波王子有点激动地说："不调查火灾现场，就引不出色拉寺，引出了色拉寺之后，我们才能判断它是应该被排除的，否则我们还会犹豫。再说了，我们面对的选择至关重要，仅靠'龙女'的暗示是不够的，必须完全排除色拉寺，大昭寺才有可能成为毋庸置疑的唯一目标。你说了，唯一性是伏藏的铁律，在达到唯一的选择、唯一的途径、唯一的发掘这个标准时，万无一失是最基本的要求。我们决不能在这个时候，因为一时的急躁而让已经迎面走来的'七度母之门'烟消云散，或者丢失我们自己被加持的资格和被赋予使命的机会。当然还有更重要的，那就是尽管前面是色拉寺，但我看不到欣悦和亮丽的光芒。欣悦和亮丽在后面，后面是大昭寺。我感觉现在是早晨，太阳正从大昭寺冉冉升起，照得我后脑勺暖融融的。"

梅萨冷静地问："你现在能不能保证已经完全排除了色拉寺？"

"能，现在能，一分钟以前还不能。"

梅萨点点头，又一次点点头说："有一句话我本来不想说，但现在憋不住了：我真的很佩服你。伏藏本来就有声东击西的性格，告诉你它在色拉寺，实际上又会出现在大昭寺。"

色拉寺和大昭寺正好处在一条线上的南北两极。出租车急转折回，向南直奔大昭寺。

9

手机响了。香波王子一看来电显示，喜出望外：很少主动打电话的珀恩措这次主动打了过来。他说："太好了，太好了，能听到你的声音就好了，回家了吧，感觉怎么样，还是活着好吧？"

那边一片沉默。

"说话呀，珀恩措。"

传来隐隐的哽咽。然后是愤怒："谁让你报警了？警察来了，早就来了，很多很多，尽管他们没有一个穿警服的，但我一看就知道是警察。我本来不想承认他们是警察，更不想让他们发现，想悄悄溜掉，但他们还是发现了。"

香波王子惊讶道："你还在三十六层高的大厦顶上啊？那就快下来，警察发现了不要紧，他们肯定是去救你的。"

珀恩措抑制住哽咽说："我已经下不去了，警察昨天就包围了京晶大厦，我堵死了楼梯门，他们正准备从最高的窗户里爬过来。"

"那你就不要让警察爬了，打开楼梯门，自己下去。"

珀恩措的口气严肃而峻急："香波王子，你忘了我的话，我说过你报警就是逼我死，只要警察一出现，我立刻就跳，这不是威胁，是誓言，在藏族的世界里，不可违拗，只有誓言。"

香波王子呆愣着，一定是王岩报了警，但解释是没有必要的，对珀恩措来说，结果都一样，她必须遵守誓言：只要警察一出现，她立刻就跳。香波王子恨不得即刻逮住王岩，让他代替珀恩措去死。

"听我说，珀恩措，我现在正式向你宣布：我爱你，爱到你要我干什么我都答应，包括结婚，包括这一辈子就爱你一个。嫁给我吧珀恩措，带着你的哑巴妹妹嫁给我，我会对你好，也会关照好你妹妹，一定想办法让你妹妹戒毒，戒毒。"香波王子望了一眼身边的梅萨又说，"你的誓言可以改变，可以用新誓言代替旧誓言，我们虔诚拜佛，佛祖会同意的。"

手机里传来珀恩措忧戚伤惨的声音："我不信神，不信佛，我只给自己保留了一点点信任，那就是人的誓言。现在，难道连这最后一点信任也要丢弃吗？我活着还有什么意思？我是个不好的人，但我不想食言，食言是无耻的。"

"别这样说，你可以来拉萨找我，我带你去各个寺院走一走，看看什么叫神圣，什么叫虔诚和信仰。完了我保证你信佛，保证你永远都想好好活着。"

"不必了，我的大脑已经指挥不了我，指挥我的是屁股。我坐在楼沿上，两条腿搭在外面，屁股一抬，我就下去了，屁股不抬，我就还坐着。"

"那你就稳稳坐着，不要抬起屁股，想着我，想着你的哑巴妹妹。"

"不，我已经抬起来了，这是最后一次和你说话。"

"可我觉得才开始，我们慢慢说。"

珀恩措的声音突然有些发抖，是抖抖索索的凄凉，是横了心的泣别："不说了，警察已经爬出了窗户，已经站到了顶层平台上，正在走来，警察走来了。其实我明白，死亡不是毁灭，只是离开可恶的人间，重新做出选择：下地狱，还是上天堂？我要走了，再见，香波王子，我爱你。"

"珀恩措，珀恩措……"

珀恩措的手机没有关，传来一声尖叫，接着是"嗡"的一阵响，显然是空中摩擦气流的声音。香波王子想象得出珀恩措攥着手机跳下去的情形，三十六层高的大厦顶层，她就这样跳下去了。

轰然一声响，接着就是死寂，什么动静都没有了。

香波王子扔掉手机，沉默着，眼睛直勾勾望着前面。

"她还是死了，我没有去救她。她其实是在等着我去救她的，可是我没去，她就只能死了。一个宣布自杀的姑娘，在她爱的人不救她的时候，她就只有死路一条了。"

"不，你已经救了她，是她的男朋友……"

"别跟我提王岩，我仇恨这个名字。"香波王子觉得应该立刻去找王岩算账，又想尽管王岩曾经跟珀恩措同居，珀恩措又是因他而自杀，但他是个警察，警察本来就应该是心如磐石、不徇私情的。错误也好，罪过也罢，严重的不是王岩，而是他香波王子。他捶打着自己的胸脯说："我真后悔啊，要是我对王岩不抱幻想，不告诉他珀恩措的事情，珀恩措会死吗？"

梅萨叹口气说："这一路我看得很清楚，你已经尽力了。"

"不，你没看清楚，其实我做得很自私，觉得告诉了她过去的男朋友，我就没什么责任，就可以解脱了。但她自始至终是依赖我、相信我的，是我把她推到楼下去了。"香波王子摸着脖子上的鹦哥头金钥匙，又说，"她曾经要我的护身符，我没给，给她就好了，她也许就不会死了。"

他责备着，悔恨着，悲伤着，他一悲伤就要唱，或者他一唱就要悲伤：

去年栽下的青苗，

今年已成了小树，
情人衰老的身躯，
比南弓还要弯曲。

梅萨听着，难过地抽抽鼻子，一言不发。香波王子泪眼蒙眬地望着车窗外的天空，唱得更加哀婉动人：

我和街上的大姐，
结下了三句誓约，
如同盘起来的蛇，
自己在地上散开。

梅萨拿出纸巾要他揩泪，自己的眼泪却禁不住啪嗒啪嗒落下来。
香波王子扭头望着她，一愣："啊，你哭了。"
梅萨浑身一抖："我哭了？我哭珀恩措，还有智美。"
香波王子摇头说："你不要掩饰，你是被仓央嘉措情歌感动了，我看到你眼泪中有情歌的影子。"
梅萨仰望天空，泪流满面，忽然长叹一声说："是啊，我控制不住，我流泪了。你放心，我没忘记我的誓言，我会遵守它。从现在起，我的肉体，我的感情，都属于你。你现在要，我现在就给你。"
香波王子一把抱住梅萨，使劲亲吻她脸上的泪水，感慨和激动让他浑身战栗。
梅萨泪如泉涌，奔流不息。香波王子吻着吻着，忽然感觉不对了，他的热烈和忘情并没有得到梅萨的回应，她是冰凉而僵硬的，带着不被融化的坚定。他身体后仰，仔细看梅萨的眼睛，惊疑不已，发现她脸上布满了悲戚甚至悲悯，她流的不是幸福的眼泪。同时她又让他感到,她的确气质不凡,是女人那种高贵而矜远的气质,是在异性面前单纯到透明、超然到无邪的气质,像西藏干干净净的蓝天,载着阳光来到了人间。他心说我从来没见过这么明亮的眼睛,如同我永远都在遥遥瞩望的雪山和冰川。

香波王子不知所措,小心翼翼地问:"梅萨,你怎么了?"

梅萨叹气说:"你记得我的誓言的原话吗?一字不差。"

香波王子说:"记得。"

梅萨说:"你背诵给我听。"

香波王子点头说:"'我也发誓,只要我身边这个叫香波王子的人,为我唱的仓央嘉措情歌能够感动我,让我流泪,我就属于他,包括我的肉体、我的感情、我的心、我的灵魂!'是不是一字不差?"

梅萨盯着他,没有回答。香波王子猛然醒悟,刚才梅萨答应给他的只是"我的肉体、我的感情",并没有"我的心、我的灵魂"。

"梅萨,为什么?"香波王子低声问,心情沉重。

"答案在我的誓言里。"梅萨说,"你记住了它,却没听懂它。"

这时出租车停了下来。司机说:"到了,大昭寺。"